Mirjam Müntefering
Unversehrt

PIPER

Zu diesem Buch

In der elften Klasse lernt Cornelia – von allen nur »David« genannt – ihre erste große Liebe kennen: Maya. Aufgrund ihres burschikosen Aussehens ist Cornelia-David es gewöhnt, dass Mädchen sich in sie verlieben. Maya weiß, dass David kein Junge ist, und sie scheint genau zu wissen, was sie von Cornelia will. Trotzdem dauert es fast zwei ganze Jahre, bis sich aus ihrer innigen Freundschaft eine zarte Liebesgeschichte entspinnt. Doch dann geschieht ein Unglück: Nach der Abiturfeier verursacht Cornelia einen Autounfall, bei dem Mayas beste Freundin stirbt. Cornelia selbst bleibt, wie durch ein Wunder, unversehrt. Der Unfall, die Trauer und die Schuldgefühle reißen eine tiefe Kluft zwischen die beiden jungen Frauen. Kurze Zeit später ziehen sie in verschiedene Städte und verlieren sich aus den Augen. Cornelias Leben ist von nun an geprägt von tiefem Schuldempfinden und der Sehnsucht nach Vergebung – und sie kann Maya nicht vergessen. So macht sie sich, Jahre später, auf die Suche nach der Freundin. In der Hoffnung, endlich zu begreifen, was mit ihnen geschehen ist ... Ein Roman über Schuld und Vergebung. Und natürlich eine wunderschöne Liebesgeschichte zwischen Frauen.

Mirjam Müntefering, geboren 1969, studierte Theater-, Film- und Fernsehwissenschaften, volontierte und arbeitete einige Jahre fürs Fernsehen. Im Jahr 2000 entschied sie sich jedoch gegen die journalistische Karriere und fürs Schreiben und Hunde. Sie lebt als Romanautorin und Trainerin in ihrer eigenen Hundeschule in Hattingen im Ruhrgebiet. Zuletzt erschienen ihre Romane »Liebesgaben« und »Taktgefühle«.

Mirjam Müntefering

Unversehrt

Roman

Piper München Zürich

Mehr über unsere Autoren und Bücher:
www.piper.de

Von Mirjam Müntefering liegen bei Piper vor:
Flug ins Apricot
Apricot im Herzen
Wenn es dunkel ist, gibt es uns nicht
Unversehrt
Liebesgaben

Für meine kleine
wilde freche zärtliche Elise
die so viel heilen konnte
nur nicht sich selbst

Originalausgabe
1. Auflage Februar 2007
5. Auflage Juni 2011
© 2007 Piper Verlag GmbH, München
Umschlag: semper smile Werbeagentur GmbH, München
Umschlagmotiv: Sebastian Pfuetze/Zefa/Corbis
Papier: Munken Print von Arctic Paper Munkedals AB, Schweden
Satz: EDV-Fotosatz Huber/Verlagsservice G. Pfeifer, Germering
Druck und Bindung: CPI – Clausen & Bosse, Leck
Printed in Germany ISBN 978-3-492-24869-3

KÖRPER.
Eine winzige Ader durchläuft die dünne Haut in der Kniekehle. Ein Finger fährt darüber. Vogelflug. Weichste Daunen. Seide. Hochklappen. Gefangener Finger. Wohlig in Warm und Samt. Lass mich nie wieder los.
Lass mich los. Hinauf. Zur sanften Rundung des Schenkels. Goldfarben im Kerzenlicht.
Winzig. Winzig kleine, sehr helle Haare. Sträuben sich unter der geflüsterten Bewunderung von Lippen.
Was sagen sie?
Dies ist der Geschmack von reifen Weizenfeldern im Wind. Den Wellen auf dem tiefen See. Einem Walrücken, der aus der Tiefe auftaucht.
Zwei Seiten. Die eine so stark, fest. Widerstand für sanft eingesetzte Zähne. Die andere zart. So zart, dass selbst die Zungenspitze zu sehr Berührung. Und nicht auszuhalten.
Aber der Duft. Das Erinnern. Bilder und Stimmen leben in den Händen. Streicheln die Körper dorthin zurück. Zum ersten Mal. Dem einzigen, das zählt.
Sanftes Zittern mit der Wange beruhigen. Hinlegen. Hineinatmen. Ruhig. Mit Lippen das Zittern erneut wecken.
Was sie sagen?

ERSTER TEIL

Welchen Sinn hat die Zuweisung von Schuld?

Meine Mutter war sechzehn Jahre alt, als sie mit mir schwanger wurde.

»Was lässt du dich auch mit so einem Ami ein?!«, sagte meine Großmutter dazu. 1968 war der Krieg mehr als zwanzig Jahre vorüber, die Menschheit stand kurz davor, zum ersten Mal auf dem Mond zu landen – doch meine Großmutter konnte nur schlecht verzeihen. Ihr Mann war als geistiger Krüppel mit einem schweren Hirntrauma heimgekehrt, erlitten durch eine Kopfverletzung. Für meine Großmutter stand fest, dass die Amerikaner, ein Volk per se, schuld daran waren, dass sie selbst keinen funktionstüchtigen Mann aus dem Krieg zurückbekommen hatte. Amerikanische Munition hatte ihn getroffen und zu dem gemacht, der er heute ist. Ein weiteres Kind, diesmal ein Mädchen, nämlich meine Mutter Gisela, hatten meine Großeltern zusätzlich zu ihren beiden Söhnen trotzdem noch hinbekommen. Schließlich waren von der Behinderung meines Opas nicht alle Körperteile betroffen. Und zu diesem Akt der Schöpfung bedurfte es nicht unbedingt hoher geistiger Kompetenz.

Dass meine Großmutter so wenig Verständnis aufbringen konnte für die Not ihrer sechzehnjährigen Tochter, hätte die beiden gewiss entzweit, wären sie sich vorher nahe gewesen.

Da sie aber auch in den vorangegangenen sechzehn Jahren keinen sonderlichen Draht zueinander hatten, fiel es kaum auf, dass sie von nun an kaum noch ein persönliches Wort aneinander richteten.

Als Kind habe ich meine Großmutter kennen gelernt als diejenige, die Regeln aufstellte und streng, sachlich, mit verkniffenem Gesicht darauf achtete, dass sie eingehalten wurden.

Zieh beim Hereinkommen die Schuhe aus.

Setz dich so auf den Stuhl, dass dein Rücken die Lehne berührt.

Greif nicht mit den blanken Fingern nach dem Essen.

Füttre Opa nicht mit Pralinen.

»Gigi«, fragte ich als Vierjährige einmal (ich habe meine Mutter nie mit Mama oder Mutti angesprochen), »muss Oma auf dem Klo auch mal pupsen?«

Meine Mutter blickte mich einen Moment lang mit einer Mischung aus Schreck und Faszination an und platzte dann laut lachend heraus. Die arme Gigi. Sie wagte es nie, ihrer strengen Erziehung bewusst entgegenzuwirken. Aber sie wurde süchtig nach meinen kleinen, scheinbar kindlich unschuldigen Bemerkungen über Großmutter.

Ich hatte diese Vorliebe schnell heraus und wurde darin – Gigi zuliebe – sehr erfinderisch. Sie waren Gigis ganz spezielle Art der Rache, meine Erkenntnisse und Fragen zu Großmutters menschlichen Schwächen.

Zu Opa hatte Gigi ein ganz anderes Verhältnis. Sie war sehr liebevoll und zärtlich zu ihm. Was nicht schwerfiel, denn er nahm jede Zuwendung mit einem Leuchten in seinen himmelblauen Augen entgegen. Er liebte es, Bilderbücher anzuschauen und seine eigenen Geschichten dazu zu erfinden. Als Kind wunderte ich mich nie darüber. Opa war für mich kein Großvater, wie andere Kinder einen hatten. Diese mürrischen alten Männer, die an ihre Enkel nur dann ein Wort richteten, wenn es um Schulnoten ging, die beim Essen als Erste das Fleisch vorgelegt bekamen und als Süßigkeiten bestenfalls ein Eukalyptus-Hustenbonbon zur Verfügung stellten. Mein Opa war ein Spielkamerad, mein kleiner, manchmal auch großer Bruder, ein Komplize bei Streichen und der größte Bewunderer meiner selbst gemalten Bilder. Außerdem liebten wir beide Hasenwaffeln und Esspapier, richtig saure Brause und Eis mit Waldmeistergeschmack. Heute glaube ich, dass sein Kriegsunfall für ihn ein echter Glücksfall war. Er konnte sich an die Schrecken des Krieges nicht erinnern. Aus seinem tiefen Schlaf wachte er mit einem Lächeln auf und schreckte nie aus Albträumen hoch. Er stand nicht zur Verfügung für den Wiederaufbau, die Schweißarbeit, die Männermaloche. Er lebte sein Leben in der kleinen, überschaubaren Welt der Familie Jochheim. Er liebte seine Söhne als Kumpel, seine Tochter als kleine Schwester, seine Frau als Mutti, und Sex hatte er offenbar auch noch hin und wieder. Konnte sich ein Heimkehrender etwas Schöneres wünschen?

Manchmal saßen Gigi und er stundenlang auf der Terrasse und hielten sich einfach nur an der Hand.

Wir vier lebten also zusammen im eigenen Haus, das Opas Vater – mein Urgroßvater – gebaut hatte, bevor er mit seiner Frau und Opas älterem Bruder gleich zu Beginn des Krieges bei einem Großbrand ums Leben gekommen war.

Unser Zuhause liebte ich sehr und war der Meinung, es gebe keinen Ort neben der Zimmerstraßensackgasse, an dem ich lieber gelebt hätte.

Das Haus besaß zwei Stockwerke, kleine Räume und einen Keller, in dem es gemauerte Regale für die Winteräpfel und eine gemauerte Wanne für die eingekellerten Kartoffeln gab. Es roch erdig und immer ein wenig nach Rauch in diesem Haus. Wahrscheinlich deshalb, weil wir zur Unterstützung der teuren Ölheizung auch den kleinen Holzofen befeuerten, der entweder eine brüllende Hitze verströmte oder qualmte und alle Zimmer mit seinem würzigen Atem durchzog.

Großmutter kümmerte sich mit ein klein wenig Unterstützung von Opa (Bettenmachen), mir (Tischdecken, Abwaschen) und Gigi (abends Bügeln) beinahe allein um den kompletten Haushalt und den Gemüsegarten. Sie bereitete das Essen zu und kaufte ein, putzte Böden, Fenster und jeden Winkel, saugte die Teppichböden, bezog Betten neu, räumte Schränke ein, erledigte die Wäsche, hängte Gardinen ab und wieder auf, düngte die Beete und kochte das Obst von unseren verkrüppelten, aber üppig Früchte tragenden Bäumen in Gläser mit dicken roten Deckelgummis ein.

So wuchs ich auf in dem Glauben, dass Frauen in dieser Welt allein dastehen. Entweder sie hatten wie Großmutter kindlich verwirrte oder wie Gigi gar keine Männer an ihrer Seite.

War es da ein Wunder, dass ich mich so entwickelte, wie ich es tat?

Gigi hatte sich so sehr gefreut, ein kleines Mädchen zu bekommen! Sie war siebzehn, als ich geboren wurde. Und sie hatte sich vorgestellt, dass alles so werden würde wie in einem dieser tschechoslowakischen Märchenfilme. Sie würde mich verwöhnen und zärtlich umhegen wie eine Puppe. Ein hübsches, niedliches Mädchen wollte sie an mir haben, das sie in süße Kleidchen stecken und dem sie täglich eine neue Frisur ins lange, lockige Haar flechten würde.

Es stellte sich heraus, dass sie und Großmutter in dieser einzigen Frage tatsächlich einer Meinung waren und den gleichen Traum träumten.

Gigi nannte mich Cornelia, weil sie sich ausgedacht hatte, mich Nelli zu rufen. Eine Abkürzung, die selbst meine Großmutter gutheißen musste – auch wenn es deutlich amerikanisch klang.

Meine Großmutter kaufte rosafarbene Strampler, rosafarbene Decken, einen rosafarbenen Kinderwagen. Obwohl unsere Familie damals nicht viel Geld zur Verfügung hatte, gab es Schleifchen und Plüsch und Tüddel. Großmutter hatte sich vorgenommen, die Strafe, die sie Gigi zugedacht hatte, nicht auf das Kind zu übertragen. Daher stattete sie das Baby mit allem aus, was zur Verwirklichung des Prinzessin-aus-dem-Märchen-Traumes notwendig war. Und anfangs sah es auch so aus, als ginge dieser gemeinsame Wunsch in Erfüllung: Meine dunklen Haare lockten sich ganz nach Prinzessinnenart. Meine Augen waren groß, rehbraun und von dichten, langen Wimpern umrahmt. Rosa stand mir wunderbar.

Doch dann kam alles anders.

Ich. War anders.

So schlicht war es.

Zunächst fiel es niemandem auf. Wie auch? Ich war ein Säugling wie alle anderen auch. Ich schrie, ich machte in die Windeln, nuckelte an Fläschchen und wurde unter zuckersüßem Gesäusel von Arm zu Arm gereicht.

Doch dann zeigte es sich allmählich.

Laufen lernte ich schneller als andere Kinder.

Nicht das vorsichtige, wacklige Vorwärtsstolpern, bei dem die Füße nach einigen schmerzhaften Erfahrungen das Fallen nach vorn aufzufangen lernen.

Nein, ich lernte rasend schnell das Rennen. So wie das Gehen ein Vorwärtsfallen ist, ist das Rennen ein Vorwärtsspringen.

Ich sprang.

Über den Teppich, über die Wiese, von Punkt zu Punkt, über freies, weites Feld.

»Was habt ihr da für einen Wildfang!«, riefen Großmutters Freundinnen, nachdem sie mich mit dem kritischen Großmütterblick betrachtet hatten. »Die wird euch noch Probleme machen. Das sieht man doch jetzt schon.«

Gigi war gerade mal zwanzig und der Ansicht, dass nichts, was ich tat, je ein wirkliches Problem sein könnte.

Sie steckte mitten in ihrer Ausbildung zu Bürokauffrau bei einem großen Elektrohersteller. Kurzschlüsse jeglicher Art, die ich zu Hause fabrizierte, konnten sie nicht schocken.

Sie war der Meinung, ich sei – unabhängig davon, dass ich schließlich ihre Tochter war – ein wunderbarer Mensch und war nicht erstaunt darüber, dass ich im Kindergarten von Anfang an Freunde fand.

Ich bin davon überzeugt, dass ihr unerschütterlicher Glaube an mich, ihre Bewunderung für jede kleine kindliche Heldentat mich nach und nach zu dem formten, was ein ›selbstbewusstes Kind‹ genannt wird.

Das Wilde, das Ungezähmte, das aus meinen Augen blitzte, machten ihr keine Angst. Schließlich gab es auch temperamentvolle Prinzessinnen.

Doch eines Tages kam ich weinend aus dem Kindergarten nach Hause. Vor lauter Schluchzen und Brüllen verstand zunächst niemand ein Wort.

Großmutter kochte wie ein Hummer im Topf, wie immer, wenn sich etwas ihrer Kontrolle entzog.

Opa machte ein unglückliches Gesicht und bot mir zum Trost einen Schokoriegel an. Doch das war es nicht.

Gigi führte mich an der Hand hinüber in unser gemeinsames Zimmer und verschloss die Tür hinter uns.

Ich brüllte nur noch lauter.

Schließlich entnahm sie meinem Gestammel, dass ich Folgendes herausgefunden hatte: Mutige Kinder trugen kurze und Weicheier lange Haare. Meine rückenlangen schwarzen Locken standen dieser neuesten Erkenntnis zufolge also in krassestem Widerspruch zu meinem tatsächlichen Charakter. Eine Ungerechtigkeit, die mich in immer neue Tobsuchtsanfälle trieb.

Gigi besah sich kurz und gründlich die Bescherung, die eine Märchenprinzessin hatte werden sollen. Dann griff sie zur Papierschere auf dem Schreibtisch und schnitt mir die Haare eigenhändig immer kürzer – bis ich beim Blick in den Spiegel nicht mehr schrie, sondern die Augen auf sie richtete und lächelte.

Vielleicht hat es da angefangen.

Unsere Komplizenschaft.

Es hatte einen enormen Vorteil, eine junge Mutter zu haben: Gigi war beweglich.

Sie konnte mit mir nicht nur um die Wette rennen – selbst wenn sie, je älter ich wurde, immer häufiger verlor –, sondern ihre Gedanken auch in jede erdenkliche Richtung lenken, in die mein Geist sich entwickelte.

Für sie war alles ein kleines Wunder, was ich neu entdeckte. Jeder Streich war einzigartig. Jedes Wort, das ich lernte, sprach von meiner besonderen Begabung. Sie glaubte nicht, dass ich ein Wunderkind mit besonders hohem IQ sei. Sie glaubte nur daran, dass ich ein ganz besonderer Mensch sei. Jemand, der keine Fehler machen konnte, weil er aus dem tiefsten Grund seines Herzens heraus gut war.

Die Vorsätze, die sie für mich gefasst, die Träume, in denen sie meine Zukunft vorausgesehen hatte, warf sie über den Haufen, sobald sie merkte, dass dies alles für mich gar nicht passte.

Großmutter tobte.

Meine Haare sollten wachsen. Die Hosen sollten gegen Kleider ausgetauscht werden. Aber sie konnte sich nicht durchsetzen. Denn sosehr Gigi sich selbst auch immer wieder den mütterlichen Ansprüchen anpasste, so knallhart war sie, wenn es um meine freie Entwicklung ging.

Großmutter resignierte wie eine Dame: mit schmalen Lippen. Wenigstens spielte ich neben den wilden Renn- und Versteckspielen, zu denen meine Onkel und die Jungen aus der Nachbarschaft mich aufforderten, auch leidenschaftlich gern mit Puppen. Das stimmte Großmutter friedlich. Sogar die Tatsache, dass ich gemeinsam mit Opa dieses Puppenspiel zelebrierte, hieß sie gut. Bis sie eines Tages entdecken musste, dass in unserem Spiel Opa die Mama war, die zu Hause blieb, um die Puppenkinder zu hüten, während ich als Papa hinaus in die weite Welt zog, um das Geld zu verdienen oder mit Winnetou Bösewichter abzuknallen.

Außerdem bohrte sie aus Opa heraus, dass er einen Riesenspaß daran hatte, mit mir und den anderen Kindern aus der Nachbarschaft Robin Hood zu spielen. Opa liebte es, als König Löwenherz von den Kreuzzügen nach Hause zurückzukehren und seinen treuen Untertan Robin von Locksley (mich) fürstlich für seine Dienste zu entlohnen.

Da fasste Großmutter offenbar ein Misstrauen gegen meine Art, die Welt zu sehen, das sie nie wieder ablegen sollte und das vielleicht sogar seine Berechtigung hatte – zumindest, wenn jemand das Leben mit ihren Augen betrachtet.

Sie schob einen Riegel vor: »Es ist was anderes, wenn ihr hier miteinander spielt. Aber ich will nicht, dass Herbert wie ein Sechsjähriger durch die Büsche springt.«

Jedenfalls durfte Opa von da an nicht mehr mit mir in dem Waldstück hinter unserem Haus spielen.

Spaziergänge waren erlaubt.

Und Spaziergänge mit Opa waren wundervoll.

Irgendetwas musste bei ihm doch hängen geblieben oder nachhaltig wieder erlernt worden sein, sodass er in der Lage war, mir Dinge beizubringen, die sonst niemand zu wissen schien.

Zum Beispiel den Verlauf der Jahreszeiten, den er am Laub und am sprießenden Grün festmachte. Er konnte sämtliche Vögel des Waldes und die in unserem Garten auseinanderhalten, imitierte ihren Gesang und wusste zu jedem Tier die Farben des Gefieders von Weibchen und Männchen. Alle Bäume hatten bei ihm Namen. Blumen und Kräuter dufteten und ergaben einen Sinn an ihrem jeweiligen Standort. Er erklärte mir, wohin die Kraniche zogen, wieso sie bei ihrem langen Zug schrien und eine Eins als Formation bevorzugten. Käfer, Spinnen, Insekten waren eingeteilt in Jäger und Gejagte, Fresser und zu Fressende, fliegende, krabbelnde, laufende Mitgeschöpfe voller Leben, Wunder und Gefühl.

An diesen Krabbeltieren wurde mir klar, dass Opa zwar manchmal so wirkte, als sei er ein Kind, in Wahrheit aber einen viel weiteren Geist besaß: Ein kleiner Junge hätte ausprobiert, wie es ist, einem Käfer ein Bein auszureißen, mit einem Stock in einem Ameisenhaufen herumzustochern, einen Regenwurm bis zum Zerreißen zu spannen. Opa tat so etwas nie. Er war zu allen Lebewesen, die ihm begegneten, freundlich und behandelte sie respektvoll.

Er war neben meiner Mutter Gigi, die mir Selbstvertrauen schenkte, mein zweiter großer Lehrer, denn er lehrte mich den Respekt vor dem Leben.

So staunte ich gemeinsam mit ihm darüber, wie Bucheckern auf und neben uns auf den Waldboden prasselten. Beide erschnupperten wir das höchste Dufterlebnis, wenn Regen auf die warme Erde fiel, das Moos sich entfaltete und alles nach Sommer und Leichtigkeit roch.

Großmutter und Gigi schienen sich über Opas umfassendes Wissen im Bereich der Natur nicht zu wundern. Und ich nahm es als Kind einfach hin, wie ein Kind Schönes eben hinnimmt, sich daran freut und keine Frage daran richtet.

Dadurch, dass ich sein Hobby teilte, kamen Opa und ich uns sehr nahe. Die Natur war unsere Verbindung, die nie abriss.

Er durfte mir alles erklären und sein Wissen an mich weitergeben. Zum Beispiel, dass Rotbuchen keine roten Blätter haben. Wenn ich eine Buche mit roten Blättern sah, dann war es eine Blutbuche.

Nur das Sammeln von Pilzen war uns nicht erlaubt. Obwohl Opa alle mit Namen kannte, die wir auf unseren Spaziergängen fanden. Er wusste genau, welcher davon lecker, welcher bitter und welcher tödlich giftig war. Ich vermutete, dass Großmutter seinem angeschossenen Hirn nicht mehr bis zum Letzten vertraute.

Eigentlich hätte ich mit Gigi und Opa an meiner Seite schon restlos glücklich sein können.

Doch dann tauchte irgendwann in meiner Grundschulzeit auch noch Susette auf.

Sie war die schönste Frau, die ich je gesehen hatte. Vollkommen anders als Gigis übrige Freundinnen, die selten etwas anderes taten, als kichernd große Zukunftspläne zu schmieden, die sich um ihre Karrieren als Sekretärin, Bürokauffrau oder Friseurin drehten. Diese Gespräche gipfelten meist im Ausmalen eines gewissen Details: Irgendwann würde ein wunderbarer Mann daherkommen und sie glücklich machen.

Worin genau dieses Glücklichmachen bestehen sollte, konnte auch Gigi mir nicht erklären.

Vielleicht wollte sie es auch nicht. Es war ihr schon in meinen Kleinkindzeiten zuwider gewesen, mich anzulügen.

Susette jedenfalls war eine *Fammfatal*, wie ich von Großmutter erfuhr.

Eine Frau also, an der ich mir auf keinen Fall ein Beispiel nehmen durfte. Bei Gigi war sowieso Hopfen und Malz verloren. Es war egal, mit wem sie sich herumtrieb. Aber mir wollte Großmutter den Weg zu Höherem ebnen – auch mit kurzen Haaren. Daher gab sie mir den dringenden Rat, mich in jedem Fall von Susette fernzuhalten.

Ich tat nur selten das, was Großmutter mir riet.

Susette war ein echtes Paket an Stärke und Energie. Sie hatte ihr Haar zu einem witzigen Bubikopf frisiert, schminkte sich die Augen, als wolle sie damit die Ringe imitieren, die Pfauen auf ihren Rädern tragen, und wenn sie mir einen Kuss auf die Wange drückte, blieb immer ein gewaltiger roter Mund auf meiner weichen Kinderhaut haften.

Den durfte niemand abwischen. Stattdessen stand ich lange vor Mamas Kommodenspiegel und betrachtet versunken den Abdruck von Susettes Lippen auf meinem Gesicht.

Meine Bewunderung für sie schweißte Gigi und ihre neue Freundin nur noch enger zusammen. Gigi liebte sowieso jeden, den ich liebte. Und ich liebte Susette von der ersten Begegnung an.

Zu meinem zehnten Geburtstag schenkte Susette mir einen Ausflug ins Abenteuerland Fort Fun.

Und nicht nur das! Gigi und eine gute Freundin von Susette sollten auch mitkommen.

Es war ein heißer Tag. Um die überquellenden Abfalleimer schwirrten Schwärme von Wespen. Vor vielen Attraktionen gab es lange Warteschlangen. Aber davon ließen wir uns die Laune nicht verderben. Die drei Erwachsenen scherzten und lachten, gaben mir Eistüten und Sinalco aus und waren für jeden Spaß zu haben.

Ich fing so manchen halb neugierigen, halb neidischen Blick anderer Kinder auf, deren Eltern viel älter waren als Gigi und die ein wenig steif und sittsam die Kieswege entlangschritten, um dann und wann »He, nicht so schnell da vorne!« oder ähnlich Spaßbremsendes zu rufen.

Gigi, Susette und Susettes Freundin rannten mit mir gemeinsam zur nächsten Attraktion, kreischten in der Wildwasserbahn und versuchten, einander mit lautem Gebrüll auf der riesigen Sommerrodelbahn zu überholen.

Doch was die Stimmung am Ende doch ein wenig trübte, das war etwas ganz anderes.

Es war etwas, das ich mit meinen Kindersinnen erst viel zu spät bemerkte. Und da war es schon über uns hereingebrochen: Susettes Freundin hatte mit Tränen in den Augen unsere Pausenbank verlassen, auf der wir Bratwurst mit Pommes verspeisten. Sie war plötzlich aufgesprungen und einfach davongerannt. Nicht weit. Ich sah sie hinter einem Baum auf der angrenzenden Wiese stehen. Aber es reichte, um die gute Laune zu zerdeppern.

Gigi und Susette tauschten einen wissenden Freundinnenblick. Dann stand Susette auf und folgte ihrer Freundin.

Gigi stippte gedankenverloren eine Pommesstange in die Mayo.

»Was ist denn los?«, fragte ich, weil ich es von Susettes Freundin ziemlich blöde fand, uns das Mittagessen mit einem solchen Ausbruch zu vermiesen.

»Sie ist eifersüchtig«, erklärte Gigi mir und sah mich an. Ich kannte diesen Blick. Gigi war es zuwider, mir nicht alles sagen zu können, was sie wirklich dachte. Manchmal richtete sie daher diesen forschenden Blick auf mich, um zu entscheiden, ob meine kindliche Seele die gerade anstehende Wahrheit schon verkraften konnte. In solchen Situationen versuchte ich stets, möglichst erwachsen auszusehen – was in diesem Fall durch den Süßigkeitenschnuller um meinen Hals und die Kappe mit der Aufschrift *I love Wild West* erschwert wurde. Trotzdem schien Gigi zu der Ansicht zu gelangen, dass ich die Wahrheit verkraften könne. »Susette und sie sind ein Paar. Verstehst du?«

Natürlich verstand ich. Ich war ja nicht blöd.

Nur hatte mir vorher noch nie jemand gesagt, dass auch zwei Frauen ein Paar sein können.

Ich tat so, als sei das für mich ein alter Hut, und zuckte die Achseln.

»Aber auf wen ist sie denn eifersüchtig? Etwa auf dich?«

Gigi nickte und suchte mit den Lippen den Strohhalm in unserer Gemeinschafts-Sinalco.

»Sie hat Angst, dass Susette lieber mit mir zusammen sein will als mit ihr. Eben weil Susette und ich uns so gut verstehen. Und vielleicht auch deshalb, weil Susette dich so gern mag. Vielleicht denkt sie, dass Susette mit uns einen auf *kleine Familie* machen will.«

Wir sahen beide zur Wiese hinüber, auf der hinter dem ganzen Grünzeug zu erkennen war, dass Susette den Arm um ihre Freundin gelegt hatte und auf sie einredete.

Ich dachte daran, was Familie bedeutete. Familie, das waren für mich Gigi, Opa und Großmutter. In seltenen Ausnahmefällen, etwa zu einem besonderen Geburtstag, zählten auch Patrick und Christian dazu, meine beiden Onkel.

Als *kleine Familie* konnte ich mir also vermutlich ausschließlich Gigi, Susette und mich vorstellen.

Wir würden wahrscheinlich zusammenwohnen und jeden Tag miteinander zu Abend essen.

Vielleicht würde Susette auch anstelle meines Vaters, den ich nie kennen gelernt hatte, zum Elternsprechtag gehen, wenn Gigi nicht konnte. Dann musste Großmutter das nicht tun und hätte somit auch nicht die Gelegenheit, mit meiner Lehrerin unangenehme Gespräche über die Sauberkeit meiner Schrift und die Ordnung in meinem Schulranzen zu führen.

»Vielleicht wäre das gar keine so üble Sache«, sagte ich aufgrund meiner kurzfristigen Überlegungen und schlug unschuldig die Augen auf. Natürlich sollte niemand auf den Gedanken kommen, ich fände diesen Vorschlag aus eigennützigen Gründen gut.

Gigi schaute etwas verdutzt drein.

Dann lächelte sie.

»Das glaube ich dir, dass du das schön fändest. Die Sache ist nur die: Weder Susette noch ich sind auf diese Idee gekommen. Susette möchte mit uns gar keine Familie sein. Sie möchte einfach unsere gute Freundin bleiben.«

»Aber wieso weint Susettes Freundin dann? Wenn wir gar keinen auf *kleine Familie* machen wollen?«, wollte ich wissen. Das Ganze schien mir etwas sonderbar.

Gigi seufzte.

»Wenn man groß ist, kommt man eben manchmal auf echt dumme Gedanken«, erklärte sie.

Ich beschloss, mir diese Aussage gut zu merken, um sie bei passender Gelegenheit – wie zum Beispiel dem geforderten Zubettgehen um neun Uhr – als schlagkräftiges Argument in die Waagschale zu werfen.

Tatsache war: An diesem Tag im Fort Fun erfuhr ich zum ersten Mal, dass Frauen miteinander eine kleine Familie sein können. Ihr schlimmstes Problem dabei schien darin zu bestehen, ab und zu auf dumme Gedanken zu kommen. Und da diese neue Darstellung von Partnerschaft mit meinen bisherigen Erfahrungen der Männerlosigkeit Hand in Hand ging, machte ich mir weiter keine Gedanken zu dem Thema.

Das kam erst später wieder aufs Tapet.

Dafür umso doller.

Mein Taufname, somit der in meinem Pass, lautet Cornelia Jochheim. Ein normaler, durchschnittlicher Name, hinter dem sich alles (oder nichts) verbergen kann.

Genannt werde ich jedoch nicht *Nelli*, so wie Gigi es sich ausgedacht hatte, sondern *David*.

Ein ungewöhnlicher Name für ein Mädchen, eine junge und später immer älter werdende Frau.

Dass ich ab einem gewissen Zeitpunkt so genannt wurde, hat drei miteinander korrespondierende Gründe.

Der erste liegt darin, dass ich als Kind also keine Prinzessin war. Hinter meinem Hang zu mutigem und wildem Verhalten standen viele meiner männlichen Spielgefährten deutlich zurück – sehr zum Bedauern ihrer Väter und nicht hirngeschädigter Großväter. Ich kletterte auf Bäume, verunglückte bei Seifenkistenrennen, nahm großen Hunden ihre Stöcke aus dem Rachen, fluchte, spuckte, schlug mit den Fäusten, übte mich im Steh-und-Weit-Pinkeln und trug meine Beulen und Schrammen (welche ich durch Unfälle bei Seifenkistenrennen und durch wenig verständnisvolle große Hunde sammelte) mit jener Würde und jenem Stolz, die nur einem echten Helden – Verzeihung, einer echten Heldin – gebührt.

Das allein hätte vielleicht dazu geführt, dass ich angesichts meines burschikosen Temperaments womöglich den lieblichen Teil meines Namens eingebüßt und nur noch Conni geheißen hätte.

Doch das Schicksal wollte es, dass bei der Einführung in die fünfte Klasse ein bemerkenswerter Zufall mir zu meinem tatsächlichen Rufnamen verhalf: Ein Cousin zweiten Grades, mir aufgrund unserer lässig gehandhabten Familienverhältnisse gänzlich unbekannt, wurde in die gleiche Stufe eingeschleust. Durch die Namensdoppelung geriet im Sekretariat etwas durcheinander, und die Kinder wurden vertauscht. Oder die Namen wurden vertauscht. So genau wusste das später niemand mehr herauszufinden. Tatsache war, dass Axel Jochheim in der 5a landete, in deren Klassenbuch ich veranschlagt war, und ich geriet im Strom der aufgeregten Schülerschar in die 5d, in der sich wiederum Axel hätte einfinden sollen.

In der 5a wurde das Versäumnis des falschen Vornamens mittels eindeutig möglicher Geschlechtsidentifizierung sogleich aufgedeckt. Axel konnte unmöglich Cornelia sein. Die zuständige Klassenlehrerin korrigierte den Eintrag im Buch, vergaß jedoch in der Aufregung der Einführung ihrer ersten eigenen Klasse prompt, diese Korrektur ans Sekretariat oder gar ins Lehrerzimmer weiterzugeben.

Der Klassenlehrer der 5d war zum damaligen Zeitpunkt Herr Wulff, der die eigentümliche Angewohnheit hatte, seine Schülerinnen und Schüler rein aus Scherzerei mit dem Nachnamen anzusprechen. Diese Eigenart wurde von der Schulleitung nicht gern gesehen und immer wieder kritisiert, doch sie schlug bei Wulff in so auffälliger Regelmäßigkeit immer wieder durch, dass sie ihm durchaus nicht mehr als Fahrlässigkeit, sondern eher als Willkür hätte angelastet werden können.

Sofern sich jemand beschwert hätte. Doch davon waren wir als Schüler weit entfernt. Zum einen hätten wir Winzlinge niemals gewagt, einen Lehrer zu kritisieren und uns über eine bestimmte Behandlung – wie sie auch ausfiele – zu beschweren. Zum anderen kam der alte Wulff bei uns super an. Wir fanden es spannend, vom Lehrer derart kumpelhaft nach alter Schule mit Umsteg, Meyer, Flörberg und so weiter aufgerufen zu werden, und machten begeistert mit.

So hieß ich am ersten Schultag nur Jochheim und ging happy über den coolsten Lehrer der Schule heim.

Am zweiten Schultag ging es bereits richtig zur Sache. Der Englischunterricht begann. Und da wir hierin von unserem Klassenlehrer Herrn Wulff unterrichtet wurden, bedeutete dies sicher eine Menge Spaß.

So war es auch, denn als Erstes durften wir uns für die Englischstunden einen englischen Namen aussuchen.

Jedes Kind konnte einen eigenen Vorschlag machen. Manchmal haute es damit hin. Meine Banknachbarin, Sandra Kipp, wollte unbedingt Nancy heißen wie die hübsche Tochter in *Eine amerikanische Familie,* und Peter Zerefsky bestand auf Gordon, weil irgendein englischer Fußballspieler so hieß. Bei anderen klappte es nicht so reibungslos, denn schließlich konnten Zafira (nach den *Herrin-des-Dschungels*-Comics) oder Flash (Andreas konnte selbst keine Auskunft darüber geben, woher er diesen Namen hatte) nicht als gute britische Anreden gelten. Aus Zafira wurde eine unglückliche Jill und aus Flash ein verlegener Patric.

Ich saß ziemlich in der Mitte des Klassenraums und hatte eine Weile Zeit, das Ritual des Vorschlagens, Akzeptierens oder Umbenennens der Namen zu beobachten.

Als die Reihe an mir war, schlug ich etwas atemlos Mary-Ann vor. So hieß die blonde, stets in Latzhosen steckende und mit leuchtenden Augen rennende Figur aus *Die Waltons*, die – wie ich insgeheim fand – meine Schwester hätte sein können.

Herr Wulff stutzte kurz, musterte mich unauffällig über seinen Brillenrand hinweg und spähte dann ins Klassenbuch.

Dort sagte ihm die Inschrift des Sekretariats im Grunde genau dasselbe wie seine Musterung meines Outfits. Das bestand wie üblich aus einer kurzen Hose, Turnschuhen und einem schlichten blauen Sweatshirt. Mein Dreimarks-Haarschnitt war nach der üblichen Mode kurz gehalten.

Dies alles summiert, veranlasste Herrn Wulff dazu, ein wenig mit den Lippen zu schmatzen, um ein amüsiertes Lächeln zu verbergen, und dann feierlich zu erklären, mein englischer Name für den Unterricht laute David!

Irgendwo im Klassenraum wurde verhalten gekichert. Ich selbst blickte bestimmt auch ein wenig verdutzt drein. Doch Lehrer war Lehrer. Englisch war Englisch. Und wenn David besser war als Mary-Ann, dann war es eben so.

Als bei einem – mir leider nicht näher bekannten – Gespräch im Lehrerzimmer etwa zwei Wochen später die Sprache auf die beiden entfernt miteinander verwandten Kinder in 5a und 5d kam, müssen Herrn Wulff ein paar Schuppen von den Augen gefallen sein.

In der nächsten Englischstunde erhielt ich eine offiziell klingende und mich äußerst verlegen machende Entschuldigung, die Klasse eine Runde Schokoschaumküsse (die damals noch Negerküsse hießen), und es wurde feierlich erklärt, dass von nun an Mary-Ann mein *English Lesson Name* sei.

Doch die ganze Geschichte amüsierte meine Klassenkameraden so sehr, dass ich von nun an meinen Spitznamen weg hatte – und das nicht nur im Unterricht.

Gigi und Susette machten bei meiner Namensänderung gleich begeistert mit, als sie feststellten, wie viel Spaß ich an dieser kleinen Verdrehung der Tatsachen hatte.

Sogar Opa konnte sich der Neuerung nicht verweigern und schloss sich dem Trend mit der für ihn typischen Euphorie an.

Nur Großmutter nannte mich weiterhin Cornelia.

Der dritte Grund, weshalb mein ungewöhnlicher Rufname mir anhängt wie Pech und Schwefel, ist gewissermaßen eine geheime Information, die weiterzugeben ich eigentlich nicht berechtigt bin, weil ich sie genau genommen gar nicht wissen dürfte. Es gab und gibt ein gewisses Munkeln und Wispern, das nur hinter meinem Rücken weitergetragen und verbreitet wird. Es rankt sich um die Tatsache, dass Michelangelo eine Statue geschaffen hat, die vielen als der Inbegriff der Schönheit erscheint und die genau diesen Namen trägt.

Michelangelos David besitzt weiche, androgyne Gesichtszüge mit einem sinnlichen Mund und geschwungenen, vollen Lippen. Dazu wunderschönes, wahrscheinlich kräftiges, leicht lockendes Haar. Sein Körper strahlt Stärke, Ruhe und Eleganz aus und verführt geradezu zum Handausstrecken und Berühren. Diese weltbekannte Statue ist Sinnbild dafür, dass etwas Kleines, wenig Mächtiges – David – über Großes – Goliath – siegen kann.

Muss ich mehr dazu sagen?

Die fünfte Klasse führte nicht nur dazu, dass ich fortan einen – für ein Mädchen ausgesprochen ungewöhnlichen – Rufnamen trug, sondern sie brachte mich auch mit meinem besten Freund zusammen.

Henning.

Er saß mir in der Klasse gegenüber und fiel mir dadurch auf, dass sein Griffelmäppchen ein aus Grundschulzeiten stammender, bereits verblassender Aufkleber von Willi zierte.

Willi, die dicke Drohne aus dem Zeichentrickfilm *Die Biene Maja*.

Zufällig war Willi auch mein Liebling in dieser Serie, und bald konnte ich feststellen, dass Henning diverse Überschneidungspunkte mit seinem Idol besaß: Er war etwas übergewichtig, er liebte Süßigkeiten, er war langsam, er sprach mit einer leicht näselnden, plärrigen Stimme, und er war sehr beliebt.

Auch wenn es allgemein heißt, dass dicke Kinder keine Freunde finden, so war es bei Henning vollkommen anders.

Er zog Menschen an wie ein Magnet. In kürzester Zeit war er der Liebling der kompletten Klasse, einschließlich der Lehrerschaft.

Vermutlich lag es an seiner positiven Ausstrahlung. Er besaß große schwarze Augen, ein schelmisches olivfarbenes Gesicht und weiße Zähne, die besonders blitzten, wenn er den Mund aufriss, um sein ansteckendes Lachen anzustimmen.

Was das anging, war er schlimmer als ein Lachsack. Wenn Henning lachte, bog sich in null Komma nichts jeder, der sich in Hörweite aufhielt. Sein Lachen war so zuverlässig mitreißend, wie eine Prise Pfeffer in der Nase zum Niesen führt.

Da ich durch meine Aufgabe, für Gigi naive Bemerkungen über Großmutter zu erfinden, gut im Training war, hatte ich rasch heraus, was Henning lustig fand. Wir wurden zu einem Duo, wie es die Schule noch nie gesehen hatte: Ich brachte die Witze, Henning das Lachen.

Keine Party ohne uns!

»Kommen Henning und David auch?«, hieß es bei jeder Einladung zu einer Geburtstagsfeier. Und beim Nicken war die Zusage des Gastes sicher.

Henning und ich klebten zusammen wie Pech und Schwefel.

»Hast du eigentlich keine netten Mädchen in deiner Klasse?«, fragte Großmutter mich einmal, nachdem Henning und ich den ganzen Nachmittag über in der Garage gehockt und vergeblich versucht hatten, unsere Fahrräder zu frisieren.

»Eine ganze Menge«, antwortete ich wahrheitsgemäß.

»Warum bringst du nicht mal eins von denen zum Spielen mit? Du hast doch diese wunderschöne Barbie, die sich bestimmt über eine Freundin freuen würde.«

Ich zog ein Gesicht. »Nur Babys spielen noch mit Barbies, Großmutter.«

Sie sah mich einen Augenblick lang skeptisch an und schüttelte dann den Kopf. »Stimmt. Ich vergesse immer, wie groß du schon geworden bist. Was spielst du denn, wenn du mit Mädchen in deinem Alter spielst, nachdem doch Puppen nicht mehr gefragt sind? Die schrauben doch nicht alle an Fahrrädern herum, oder?«

Ich zuckte die Achseln. »Och, wir spielen zum Beispiel Internat.«

»Internat?« Großmutter hob die Brauen.

»Ja, eine von uns ist die Lehrerin, und die anderen sind die Internatsschülerinnen. Wie bei *Dolly*, weißt du?«

Enid Blyton war Großmutter ein Begriff.

»Sogar Henning spielt dann eine Schülerin«, erzählte ich weiter und kostete es aus, mich der gefährlichen Klippe so dicht zu nähern.

»Tatsächlich? Macht es ihm denn nichts aus, ein Mädchen zu spielen?«, wollte sie verwundert wissen.

»Quatsch! Mädchen sind doch spitze!«, erklärte ich überzeugt.

Das war der Zeitpunkt, an dem Opa sich von der anderen Seite her einschaltete. »Wenn du sie nicht mehr brauchst, kann ich dann deine Barbie haben?«, fragte er höflich.

Großmutter stieß einen tiefen Seufzer aus.

Was ich Großmutter niemals erzählt hätte, war der tatsächliche Ablauf unserer Internatsspiele.

Henning und ich hatten ein paar Mädchen aus der Klasse davon überzeugen können, dass es in allen Internaten so ähnlich zuging wie in *Mädchen in Uniform* mit Romy Schneider.

Das hieß, dass so gut wie jedes Mädchen für jedes schwärmte.

Wir dachten uns ganze Lebensläufe zu den Figuren aus, die wir spielten. Ich war zum Beispiel ein adliges Fräulein, dessen Vater im Krieg verschollen war und das deswegen immer sehr traurig war. Henning war eine kleine persische Prinzessin, die irgendwann einmal das ganze Königreich würde regieren müssen. Andrea war die Tochter der Internatsleiterin. Pamela war ein bettelarmes Mädchen, das ein Stipendinium – oder wie das hieß – bekommen hatte, weil sie so schlau war. Susanne war eine junge Baroness und Evelyn das Kind einer steinreichen Mörderin. Außerdem hatten wir eine Menge Lebensläufe vorrätig. Falls mal ein weiteres Mädchen mitspielen wollte, konnte es ohne Schwierigkeiten einsteigen. Das Internatsspiel hatte einen besonderen Reiz, denn wir konnten ganz in die jeweiligen Rollen hineinschlüpfen. Es schwappte sogar bis in die Schule hinein. Dort schrieben wir uns mit unseren erfundenen Namen kleine Liebesbriefe, und wenn wir uns zu einem dieser besonderen Spielenachmittage trafen, endete alles meist in einer wilden Knutscherei.

Es gab dabei nur zwei Regeln: Niemals knutschten Henning und ich. Und niemals hatte ein anderer Junge als er Zugang zu unserer auserwählten Runde.

Henning, so sagten die anderen Mädchen, sei durch die enge Freundschaft mit mir so gut wie ein Mädchen. Dennoch rissen sie sich regelmäßig darum, mit der kleinen persischen Prinzessin auf dem Sofa zu landen.

Ich erzählte auch Gigi nichts von diesen Internatsabenteuern – obwohl ich sicher war, dass sie nichts dagegen gehabt hätte. Schließlich fand sie im Grunde alles, was ich tat und unternahm, lebens- und lobenswert.

Irgendwie hatte ich aber im Hinterkopf, dass Knutschen mit Mädchen eventuell auch eine Partnerschaft und demzufolge eine ganze Menge »dummer Ideen« zur Folge haben könnte, und wollte nicht, dass Gigi mich auf der Suche nach Hinweisen zu diesen intensiver beobachtete.

Wie alle Kinder hasste ich es, genau unter die Lupe genommen zu werden.

Ich wollte frei sein und meinen Spaß haben. Und da ich in der Schule gut mitkam und auch sonst keinen Ärger machte, haute es genauso hin.

Meine Großmutter triumphierte heimlich über ihre miesepetrigen Freundinnen, die Schlimmes für mich vorausgesagt hatten, und machte ein großes Geschiss um jede gute Note, die ich nach Hause brachte, und um jeden Auftritt in einem Schultheaterstück.

Gigi aber war nach und nach immer stiller geworden.

Da ich mit mir selbst und meinen aufwallenden Hormonen so viel zu tun hatte, fiel es mir zunächst nicht auf.

Aber irgendwann – vor meinem zwölften Weihnachtsfest – machten wir einen Einkaufsbummel.

Ich wollte in jedem zweiten Laden ein Geschenk für Henning, Susette, Großmutter, Opa, Onkel Patrick und Onkel Christian kaufen und in allen anderen etwas Schönes für Gigi und natürlich auch für mich selbst.

Als wir uns schließlich zur Mittagszeit erschöpft in einer kleinen Pizzeria niederließen, fiel mir auf, dass Gigi kaum etwas sagte und kummervoll aussah.

»Alles okay?«, fragte ich wie nebenbei und betrachtete ihre Hände, die nervös mit der Speisekarte spielten.

»Hm?«, machte sie und sah mich verwirrt an.

»Du bist so ... anders«, sagte ich vorsichtig.

Gigi sah mich lange an. So lange, dass mir schon angst und bange wurde unter ihrem nachdenklichen Blick.

Ich überlegte, ob ich etwas ausgefressen haben könnte, das ich schon wieder vergessen hatte.

Gewöhnlich war Großmutter für Rügen bei etwaigen Vergehen zuständig. Aber wer wusste schon, ob Gigi nicht auch mal über irgendeinen Streich sauer sein konnte?

Henning und ich hatten letzte Woche versucht, den Kaugummiautomaten am Tante-Emma-Laden in seiner Straße mit Spielchips zu betrügen. Aber es hatte nicht hingehauen. Der Automat war nur verstopft worden.

War es womöglich das, was Gigi bekümmerte?

»Im nächsten Jahr werde ich dreißig«, sagte Gigi schließlich und sah mich immer noch ernst an.

»Echt?«, staunte ich. »Schon?«

Sie lächelte und wandte endlich den Blick ab.

»Dreißig Jahre, und ich wohne immer noch in der Zimmerstraße.«

Ich war verwirrt. Was hatte unser Zuhause mit ihrem Alter zu tun?

»Wo sollst du denn sonst wohnen?«

»Na, in einer eigenen Wohnung. Nicht mehr mit Großmutter unter einem Dach, die ja doch nur ständig etwas an mir auszusetzen hat.« Für einen Moment sah sie mich wieder an, ihre Augen glänzten verräterisch. »Manchmal denke ich, dass ich kaum noch Luft zum Atmen finde. Alles ist so eng, so festgefahren, so alt und vorbestimmt. Sie kümmert sich um alles. Sie ist da, wenn du von der Schule nach Hause kommst. Sie kocht, sie wäscht, sie bügelt, sie kauft für uns ein. Ohne sie wäre das Leben für mich wesentlich anstrengender, weißt du? Du kriegst ja mit, wie die Arbeit mich oft schlaucht. Dann bin ich froh, dass ich nicht noch putzen und all das machen muss, wenn ich endlich daheim bin. Aber manchmal frage ich mich, ob der Preis für diese Bequemlichkeit nicht doch zu hoch ist. Ob es sich nicht doch lohnen würde, auf den ganzen Luxus zu verzichten und stattdessen lieber irgendwo Miete zu zahlen und dafür ... ein eigenes Leben zu haben.«

Ich war beunruhigt. Ihre Worte klangen so, als wolle sie ausziehen. Als wolle sie frei und unabhängig sein, ohne Großmutter und Opa und ... ohne mich.

Ich musste kräftig schlucken.

Antworten konnte ich nicht.

Wir schwiegen so lange, bis Gigi plötzlich ein steifes, künstliches Lächeln aufsetzte und mir die Hand tätschelte.

»Aber hab mal keine Angst. Ich weiß ja, wie wichtig dir das alles ist.« Sie wies mit dem Kopf auf die vielen Taschen und Tüten. »Das könnten wir uns nämlich nicht mehr leisten, wenn wir eine eigene Wohnung hätten, weißt du.«

Diesmal kam meine Antwort sehr rasch: »Wir? Du würdest mich mitnehmen?«

Gigi wandte den Kopf und starrte mich entgeistert an.

»Aber natürlich!« Sie griff nach meiner Hand. »O Gott, Schätzchen, du hast doch nicht gedacht, ich ginge ohne dich?!«

Ich schluckte wieder und konnte nicht verhindern, dass mir vor lauter Erleichterung ein paar Tränen die Wangen hinabliefen.

Gigi war bestürzt.

Sie kramte nach einem Taschentuch für mich, das ich verschämt und mit vorsichtigen Blicken zu den Nachbartischen entgegennahm.

Dann sah sie mir zu, wie ich mir leise und möglichst unauffällig die Nase putzte, und plötzlich trat ein wild entschlossener Ausdruck auf ihr Gesicht.

»Weißt du was?«, sagte sie. »Drauf geschissen!«

»Was?«, fragte ich verdutzt.

»Drauf geschissen!«, wiederholte sie lauter, ohne auf die irritierten Blicke vom Tisch nebenan zu achten. »Wenn ich schon so kreuzunglücklich bin, dass wir zwei uns so weit voneinander entfernen, und du denkst ... dann ist es wirklich mehr als höchste Zeit! Deswegen frage ich dich jetzt ganz feierlich: Willst du mit mir zusammen in eine eigene Wohnung ziehen, auch wenn wir weniger Geld haben werden und du nicht mehr so viele schöne Sachen haben kannst?«

Ich kam mir vor wie bei einem Heiratsantrag.

»Ja«, lächelte ich.

Und dann mussten wir beide weinen.

Großmutter stand auf, ging zur Anrichte hinüber und wandte sich dann wieder um. Ihre Gesichtszüge hatten sich verhärtet.

Gigi und ich saßen am Tisch wie zwei Kinder, die eine Schandtat gebeichtet hatten und nun auf die Strafe warteten.

»So«, sagte Großmutter und stand sehr aufrecht. »So einfach stellst du dir das also vor. Und wie willst du das ganz allein schaffen? Eine Mietwohnung bekommst du nicht umsonst, weißt du. Und wer wäscht die Wäsche, wer kocht das Essen, wer putzt und saugt und ... wer kümmert sich um das Kind?«

»Ich bin kein kleines Kind mehr«, warf ich mutig ein. »Ich kann meine Hausaufgaben allein machen in der Zeit, bis Gigi nach Hause kommt.«

»Mit einer Backofenpizza jeden Tag und in der Gesellschaft eines Küchenradios?«, spottete Großmutter.

Auf dieses Argument war Gigi vorbereitet. Wir hatten vorher alles genauestens besprochen.

»Ich habe schon mit Möller gesprochen«, sagte sie betont ruhig, aber mit zittriger Stimme. »Ich kann demnächst früher anfangen. Gleitzeit. Dann bin ich früher zu Hause und kann für uns beide kochen.«

Sie sah mich an, und ich lächelte ihr aufmunternd zu. Es war furchtbar zu sehen, wie sie sich von der mutigen Drauf-geschissen-Revolutionärin in ein ängstliches Kind verwandelte, sobald sie Großmutter gegenübersaß. Ich hätte mich gern vor sie gestellt und diesen kleinen Kampf für sie ausgefochten, denn ich hatte nicht halb so viel Schiss vor Großmutter wie sie. Aber natürlich gibt es einfach Dinge, die jeder selbst tun muss. Und das stand für Gigi gerade an.

»Und was die Miete angeht, gibt es bestimmt auch Wohnungen, die nicht so teuer sind. Susette hat erzählt, dass drüben im Westwohnpark noch Wohnungen frei sind. Sie sind zwar nicht riesig, aber billig, und für uns reichen sie«, fuhr sie nun fort.

Ich nickte bekräftigend dazu.

Doch Großmutter beachtete mich gar nicht.

Verächtlich stieß sie die Luft durch die Nase aus und verzog die Lippen zu einem dünnen Strich. »Das hätte ich mir nicht träumen lassen, dass ihr lieber inmitten von diesem Gesindel lebt als hier bei uns ... aber!«, sagte sie sehr laut, denn Gigi hatte bereits den Mund geöffnet, um etwas zu erwidern. »Aber! Ich halte euch nicht auf. Macht nur. Wir werden sehen, was ihr davon habt.«

Damit verließ sie den Raum.

Wir hörten, wie sie ins Bad ging, wo Opa in der Wanne saß, und geräuschvoll die Tür hinter sich schloss.

Gigi und ich sahen uns verstohlen an.

Wir hatten beide mit wesentlich mehr Widerstand gerechnet. Für alle möglichen Argumente und Forderungen hatten wir uns Erwiderungen überlegt.

Dass die Umsetzung unseres Plans nun so einfach gelingen sollte, machte uns beinahe misstrauisch.

Es stellte sich jedoch heraus, dass durchaus noch andere Probleme als nur eine knurrige Großmutter auf uns warteten.

Zunächst musste Gigi feststellten, dass der Westwohnpark tatsächlich keine geeignete Gegend für uns war. Sie selbst hätte über die schmuddelige Nachbarschaft mitsamt ihren unzähligen rotznasigen Kindern, betrunkenen Ehemännern, Müllbergen vor den Türen und eingeworfenen, notdürftig geflickten Fenstern hinweggesehen. Doch für mich sei das kein geeignetes Umfeld, fand sie.

Also mussten wir uns auf die Suche nach einem neuen Zuhause machen, das groß genug für zwei, gut in Schuss, nicht zu teuer war und das nicht zu weit entfernt von Gigis Arbeitsstelle lag.

Abend für Abend traten wir durch die unterschiedlichsten Wohnungstüren in Fuchsbauten oder Wohnklos, mit uns abschätzig musternden Vermietern, Zugtrassen vor dem Schlafzimmerfenster oder schlecht ziehenden Kohleöfen.

Ich war verblüfft, wie viele Wohnungen es geben konnte, in denen wir auf keinen Fall wohnen wollten.

»Du hast gar keine Zeit mehr«, beschwerte sich Henning nach etlichen Wochen, die ich so verbrachte. »Immer nur Besichtigung, Besichtigung. Und alles bloß, damit du am Ende irgendwo im Nordend sitzt und wir uns nachmittags gar nicht mehr sehen können.«

Er vermisste mich, das war klar. Wahrscheinlich fand er es auch blöd, dass wir durch meine dauerhafte Abwesenheit derzeit keine Nachmittage im Internat verbringen konnten.

»Denk doch einfach dran, dass wir ständig freie Bude haben werden, wenn Gigi und ich erst mal was gefunden haben. Das wird voll cool. Wart's nur ab!«, beschwichtigte ich ihn.

»Ja, ja«, maulte mein bester Freund. »Vielleicht solltet ihr euch überlegen, einfach bei Eckberts' einzuziehen. Die Oma ist doch gestorben.« Eckberts wohnten ein paar Straßen entfernt, quasi auf der Hälfte zwischen Henning und unserem bisherigen Zuhause. Evelyn Eckberts war im Internat die Tochter einer göttlich reichen Frau, die an ihr Geld nur deswegen gekommen war, weil sie bereits vier Millionäre geehelicht und dann recht bald über den Jordan geschickt hatte.

In Wahrheit waren ihre Eltern die Besitzer des größten, weil einzigen Bettengeschäftes unserer kleinen Stadt und ziemlich langweilig.

»Quatsch!«, sagte ich. »Wir können doch nicht einfach hingehen und ›Herzliches Beileid‹ sagen! ›Ach, übrigens: Können wir in Omas Wohnung ziehen?‹«

»Und wieso nicht?«, antwortete Henning.

Evelyn versprach, bei ihren Eltern ein gutes Wort für uns einzulegen.

Als Gegenleistung verlangte sie das Recht, bei den nächsten drei Internatsnachmittagen als Erste entscheiden zu dürfen, welche Spielpartnerin sie bekommen sollte. Die Not, in der Gigi und ich uns inzwischen befanden, war gar keine schlechte Verhandlungsbasis für eine solche Forderung. Offenbar hatte Evelyns erfundene Schwarze-Witwen-Mutter bereits auf sie abgefärbt.

Natürlich sprach nichts gegen ihren Wunsch. Evelyn war eine der Hübschesten in unserer Klasse, und Henning rieb sich schon heimlich die Hände, denn es war sehr wahrscheinlich, dass Evelyn ihn als Internatsliebe auswählen würde.

Gigi staunte nicht schlecht, als Frau Eckberts kurze Zeit später bei uns anrief und vorschlug, ob man sich nicht zum näheren Kennenlernen auf einen Kaffee verabreden wolle. Nachdem doch die Kinder in die gleiche Klasse gingen und sich außerdem auch hin und wieder zum so harmonischen Spielen trafen.

Aufgewühlt kehrte Gigi von diesem Sonntagsnachmittagsplausch zurück.

»David!«, raunte sie mir zu und winkte mich ins Zimmer, in dem wir immer noch zu zweit schliefen.

Nachdem sie die Tür hinter uns geschlossen hatte, sagte sie feierlich: »Ich glaube, ich habe unsere Wohnung gefunden!«

»Was?«, tat ich erstaunt und lauschte ihrer Erzählung mit weit aufgerissenen Augen.

»Cool!«, sagte ich dann. »Ein Zimmer für jede von uns und ein Wohnzimmer?«

»Und eine kleine Küche. Viel Platz ist da nicht. Aber ein Tisch mit zwei Stühlen passt auf alle Fälle rein. Und wenn wir mal Besuch bekommen von Susette oder sonst wem ... dann räumen wir einfach im Wohnzimmer alles zusammen. Und das Tolle daran ist, dass die Eckberts' von sich aus auf uns zugekommen sind! Ist das nicht irre? Evelyn hat wohl mitbekommen, dass du in der Schule von unseren vergeblichen Besichtigungen erzählt hast.«

Gigi schwebte auf Wolke sieben. Und ich war mächtig stolz darauf, bei dieser Freude Vorschub geleistet zu haben. Ich beschloss, unser Kindergeheimnis für mich zu behalten.

Ich hatte gedacht, dass ich spätestens dann, wenn wir eine Wohnung gefunden hätten, wehmütig werden würde. Schließlich liebte ich das alte Haus in der Zimmerstraße. Hier war ich aufgewachsen, hier hatte ich immer gelebt und viele schöne Stunden verbracht.

Aber seltsamerweise stellte sich diese erwartete Traurigkeit nicht ein. Ich freute mich auf das Neue, das Unbekannte, das ... Freie.

»Ein paar Straßen weiter. Tzzz ...«, wusste Großmutter zu der Neuigkeit zu sagen.

Opa half uns, unsere Sachen sorgfältig in Papier einzuschlagen und in Bananenkisten zu verpacken.

Am Ende hatten wir beinahe fünfzig Bananenkisten und ein paar Koffer, in denen Kleidung verstaut war.

»Das müssen die Bücher sein«, murmelte Gigi am Tag des Umzugs und betrachtete stirnrunzelnd die Stapel, die sich inzwischen in vier Stockwerken durch den langen Flur zogen.

Wir waren zu sechst beim Hinuntertragen und Einladen der Sachen in das gemietete Umzugsauto: Gigi, Susette, Susettes neue Freundin Anja, Henning, Opa und ich.

Großmutter weigerte sich, etwas zu tragen. Aber sie stand mit fest zusammengepressten Lippen in der Küche und kochte in einem großen Topf eine Gulaschsuppe für uns alle.

Nachdem unser Hausrat – einschließlich des Kleiderschranks, der Betten und einer Kommode – im LKW verladen war, machten wir Pause.

Niemand sprach.

Großmutter verbreitete eine Atmosphäre wie im Schloss der Schneekönigin.

Niemand traute sich, zu lachen oder einen Witz zu machen.

Mir fiel auf, dass Susette und Anja, die sonst oft Händchen hielten oder einen flüchtigen Kuss auf den Mund der anderen platzierten, sehr steif und ohne jeglichen Körperkontakt nebeneinander saßen.

Als unsere Teller geleert waren und nur noch ein paar Krümel von den aufgefutterten Brötchen kündeten, legte Gigi die Hände auf den Küchentisch.

»Vielen Dank …«, begann sie.

Doch Großmutter kam ihr zuvor. »Na, das fehlte mir noch, dass du jetzt eine Rede hältst, weil ich dich und meine Enkeltochter beherbergt habe. Undank ist der Welten Lohn, so sagt man doch, nicht? Und jetzt macht gefälligst, dass ihr wegkommt.«

Damit verließ sie die Küche und verschwand im Schlafzimmer.

Opa sah verwirrt aus.

»Eigentlich hatte ich sagen wollen: ›Vielen Dank für die Suppe!‹«, murmelte Gigi. Aber wir konnten sie alle gut verstehen. Und plötzlich breitete sich auf unseren Gesichtern ein Grinsen aus.

Und das hielt sich dort eine ganze Weile.

Bei Eckberts' erwarteten uns bereits unsere neuen Vermieter mit einer Tochter, die ganz wild darauf war, Kartons in den ersten Stock zu schleppen.

Derweil wir die Kartons, die wir in der alten Wohnung hinuntergetragen hatten, hier wieder hinauftrugen und im Wohnzimmer stapelten, schufteten Susette und Anja in den Schlafzimmern und der Küche, werkelten an Anschlüssen herum, bauten die Betten und den Schrank zusammen.

Frau Eckberts versorgte uns mit Schnittchen, Kaffee und Kakao. Es war ein Gefühl wie Weihnachten und Geburtstag zusammen.

Als in meinem Zimmer die Daunendecke mit dem so vertrauten gestreiften Bezug aufs Bett gezaubert wurde, als die Stehlampe, das kleine Bücherregal, der neu gekaufte Billigschreibtisch plus Drehstuhl alles immer mehr zu meinem Zimmer machten, war ich nahe am Weinen. Gut, dass Henning und Evelyn da waren. So musste ich mich zusammenreißen.

»Wenn du abends mal allein bist, weil deine Mutter ausgehen will, kannst du ruhig Bescheid sagen. Entweder du kannst dann zu uns runterkommen, oder ich darf zu dir hoch. Ist gar kein Problem!«, lächelte Evelyn mich an.

Das fand ich unheimlich nett.

Gigis und mein Leben schien sich plötzlich wie eine wunderbar weiche, bunte Decke vor uns auszubreiten, mit ausschließlich angenehmen Seiten.

Henning hatte super Laune, weil er jetzt nur die Hälfte des Weges würde laufen müssen, wenn er mich besuchen wollte. Und sogar Anja, Susettes neue Freundin, lachte und scherzte und schien keine einzige »dumme Idee« im Kopf zu haben.

Als ich abends im Bett lag, mit zwölf Jahren zum ersten Mal in einem eigenen Zimmer, saß Gigi noch eine ganze Weile auf der Matratze und hielt meine Hand.

»Jetzt wird alles anders«, sagte sie ruhig und sah auf mich herunter.

»Jetzt wird alles gut«, antwortete ich lächelnd.

Leider sollte vorerst nur Gigi Recht behalten.

Die nächsten Tage hatte sie sich freigenommen. Gemeinsam mit Susette räumte sie alle Kartons aus, hängte Bilder auf, rückte Möbel und arbeitete so viel, dass unsere Wohnung schon bald supergemütlich war.

Und dann begann der Alltag.

Ich erhielt an einem hübschen blauen Band einen Schlüssel für die Haustür, einen für die Wohnungstür und einen winzig kleinen für den Keller, in dem mein Fahrrad untergebracht war.

Das benutzte ich momentan nicht, denn obwohl wir bereits März hatten, war es noch höllisch kalt, und die Straßen waren immer wieder verschneit und rutschig.

Außerdem begleitete mich Evelyn zur Schule.

Sie schien völlig aus dem Häuschen zu sein, eine Klassenkameradin Tür an Tür wohnen zu haben, und erzählte jedem, der es wissen wollte, dass wir nach der Schule auch gemeinsam »nach Hause« gingen.

»Ich find sie echt nett«, bemerkte Henning betont nebensächlich und richtete es so ein, dass Evelyn auf dem Heimweg zwischen uns ging.

Natürlich war das Leben zu zweit für Gigi und mich eine gewaltige Umstellung.

Wenn ich nach der Schule in unsere Wohnung kam, war es dort seltsam still und kalt.

Ich drehte das Radio an und die Heizung hoch und pfiff allein eine Melodie, während ich Hausaufgaben-Position am ersten eigenen Schreibtisch bezog.

Alles war anders. Das stimmte.

Kein Opa, der darauf wartete, dass ich endlich mit den Aufgaben fertig wäre, damit ich mit ihm ein bisschen Zeit verbrächte.

Keine Großmutter, die über meine unordentliche Schrift meckerte oder sich über die Zwei im Englischtest freute.

Irgendwann kam Gigi aus dem Büro nach Hause gehetzt, warf ihre Klamotten in die Ecke und stellte sich sofort an den Herd.

Sie hatte sich vorgenommen, viele gesunde Gerichte zu kochen und sich auf keinen Fall auf Tiefkühlkost zu verlegen. Das hielt sie auch tatsächlich ein paar Wochen lang durch.

Wenn sie mit dem Kochen fertig war, aßen wir und spülten gemeinsam ab. Sie war sehr bemüht, Neuigkeiten aus der Schule zu erfahren, über meine Erzählungen angemessen zu lachen, zu staunen oder sich mit mir zusammen zu ärgern. Ich spürte, dass sie aufholen wollte, was ich ihrer Meinung nach in den Stunden des Alleinseins vermisst haben musste.

Danach war sie viel zu kaputt, um noch irgendetwas zu tun.

Wir hingen also vor dem Fernseher, sahen populäre Sendungen wie *Disco* mit Ilja Richter, knisternde Krimis von Edgar Wallace oder Heimatfilme, über die wir genüsslich spotteten, in deren Verlauf wir uns aber dennoch hin und wieder gegenseitig die Taschentücher reichen mussten. *Aktenzeichen XY ungelöst* war mir entschieden zu real. Dann saß ich lieber in meinem Zimmer, hörte im Radio Mel Samuels Hitparade, las *Britta siegt auf Silber* und *Geheimagent Lennet* oder schrieb Tagebuch.

Es war sehr geruhsam.

Es war sehr ruhig.

»Es ist wie in einer Gruft«, nannte Susette es bei einem ihrer Besuche.

»Du gehst nicht mehr raus, du verabredest dich nicht mehr. Ich glaube, du wolltest sogar mir heute lieber absagen. So kann das nicht weitergehen.«

Das war eine Bemerkung, über die Gigi sonst nur geseufzt hätte.

Aber in den letzten Wochen hatte sie sich verändert. Sie war nicht mehr traurig, still, in sich gekehrt. Sie war nervös und unruhig geworden.

Jetzt lief sie auf uns ab und fuhr sich mit der Hand übers Gesicht.

»Ich bin einfach total erschossen. Die ganze Hausarbeit, das frühe Aufstehen. Das muss sich erst mal richtig einpendeln.«

»Dann pass nur auf, dass sich nichts Falsches einpendelt. Du bist doch nicht in eine eigene Wohnung gezogen, nur um sie auf keinen Fall mehr zu verlassen – außer für die Arbeit. Warum isst du zum Beispiel nicht in der Kantine? Das würde dir viel Arbeit und Mühe ersparen. Es ist ungesund, den ganzen Tag nichts zu essen und sich dann abends im Stress den Bauch vollzuschlagen«, meinte Susette.

Gigi blieb vor dem Fenster stehen, sah jedoch nicht hinaus, sondern warf mir einen Seitenblick zu. Ich tat so, als wäre ich in mein Vokabelheft vertieft, mit dem ich mich zu den beiden ins Wohnzimmer gesetzt hatte.

»Du weißt, dass die Kantine nicht praktikabel ist«, sagte sie dann eindringlich zu Susette und nahm ihren Tigergang im Zimmer wieder auf.

»Wieso nicht? Du könntest vorkochen, und David macht sich das Essen dann mittags portionsweise warm. Das ginge doch, oder?«

»Klar«, sagte ich und vergaß, dass ich eigentlich so getan hatte, als hörte ich nicht zu.

Aber der Vorschlag schien Gigi auch nicht zu trösten.

Sie ließ sich aufs Sofa fallen, auf dem auch Susette saß, und schien in tiefe Grübeleien zu versinken.

Eine ganze Weile gab sie nichts von sich.

Dann hörte ich sie deutlich schlucken.

»Sie hat noch nicht einmal angerufen«, sagte sie.

Susette schnaubte. »Die altbewährte Zermürbungstaktik. Trotzdem ist sie durch deinen Vater immer auf dem Laufenden. Den kann sie ja prima vorschicken. Und immer, wenn ihr mit ihm telefoniert, weiß sie auch gleich, wie es euch hier geht.«

Sie sprachen über Großmutter.

Das wunderte mich.

Denn mit mir sprach Gigi überhaupt nicht über Großmutter. Kein einziges Wort. So als wären wir durch unseren Umzug in eine andere Welt gelangt, in der es Großmutter nicht gab.

Gigi atmete rasch, als rege das Thema sie furchtbar auf. »Mich trifft es ja gar nicht, dass sie nicht wissen will, wie es mir geht. Viel schlimmer finde ich, dass sie so gar kein Interesse zu haben scheint an ...« Wieder der rasche Blick zu mir, den ich spürte, auch wenn ich sie nicht direkt ansah. Gigis Blicke spürte ich immer.

»Unsinn!«, erwiderte Susette energisch. »Natürlich hat sie Interesse. An euch beiden! Ich wette, sie platzt vor Neugier. Aber sie darf es nicht zugeben, um das Gesicht zu wahren.«

Doch Susettes Worte erreichten nur mich.

Gigis Miene hatte sich versteinert.

Auch wenn Susette der Meinung war, Großmutter platze mittlerweile vor Neugierde, war die Einzige, die jetzt platzte: Gigi.

»Es läuft wieder auf die alte Schiene hinaus!«, sagte sie laut. Ihre Stimme klang schrill. »Immer schon hat sie mir die Schuld zugeschoben dafür, dass unser Verhältnis nicht gut war. Das mit Greg damals kam ihr gerade recht. Und der Umzug kommt ihr auch recht. Jetzt kann sie wunderbar mir die Schuld daran geben, dass sie und ihr Enkelkind keinen Kontakt mehr haben. Ich soll schuld sein an allem. Dabei kann ich am allerwenigsten etwas dazu, dass sie Papa das halbe Hirn weggeschossen haben.«

Ich sah erschrocken vom Vokabelheft auf. Solche Ausbrüche kannte ich von Gigi nicht.

Susette starrte Gigi einen Augenblick lang an. Dann schüttelte sie den Kopf.

»Du irrst dich bestimmt. Ich bin sicher, dass sie das nicht so sieht. Bestimmt ...«

»Du kennst sie nicht!«, rief Gigi und brach plötzlich sturzartig in Tränen aus. »Natürlich sieht sie das so. Ganz genauso sieht sie es!«

Susette rutschte auf dem Sofa näher zu Gigi, legte den Arm um sie und zog sie eng an sich. Gigi schluchzte durch die Hände, hinter denen sie das Gesicht verbarg. »Das hat ihn vertrieben. Vielleicht wäre er bei mir geblieben. Vielleicht hätte ich das nicht alles allein durchmachen müssen. Aber sie hat ihn vergrault mit ihrer vertrockneten Art und ihrer Biestigkeit. Sie ist schuld, dass ich allein bin!«

»Du bist so komisch«, bemerkte Evelyn kurze Zeit später, als wir mal wieder zu dritt zur Schule gingen.

Henning zog ein bisschen den Kopf zwischen die Schulterblätter. Ich hatte ihm erzählt, was bei uns zu Hause passiert war. Dass Gigi Großmutter die Schuld an allem gab. Und dass Großmutter Gigi die Schuld an allem gab.

Mein Vater war wahrscheinlich abgehauen, weil Großmutter ihn vergrault hatte. Und wenn Großmutter und sie sich nicht wieder versöhnen würden, würde Gigi – trotz neuer Wohnung – weiterhin kreuzunglücklich bleiben, und ich würde Opa vermissen, bis meine Seele nur noch ein verkümmerter kleiner Schrumpelhaufen wäre, etwa so groß und aktiv wie eine Rosine.

Natürlich hatte ich Henning davon erzählt. Aber dass Evelyn etwas von meinem Kummer mitbekäme, damit hatte ich nicht gerechnet.

Als ich zwei bis drei Minuten lang beharrlich nicht geantwortet hatte und Henning trotz seiner stets leicht gebräunten Haut rot wie eine Tomate geworden war, beschloss Evelyn offenbar, meine Schweigsamkeit zu respektieren.

»Was haltet ihr davon, wenn wir die anderen anrufen und fragen, ob sie Lust aufs Internat haben?«, schlug sie anstelle von weiterem Bohren vor.

Sie wollte mich tatsächlich aufheitern.

Ich war gerührt und sagte sofort zu.

Henning bemühte sich, seine Begeisterung zu verbergen, was ihm nur mäßig gelang.

Noch bevor einer von uns sich an die Hausaufgaben setzen konnte, organisierten wir eine Telefonkette. Alle versprachen zu kommen.

Nun konnten wir uns zum ersten Mal in einer Wohnung ausbreiten, die uns ganz allein zur Verfügung stand.

Von Gigi hatte ich die ausdrückliche Erlaubnis, Freundinnen zu uns einzuladen, auch wenn sie selbst nicht daheim war.

Die seltsam prickelnde Vorfreude, die mich immer dann erfasste, wenn wir Internat spielten, ergriff diesmal schon Besitz von mir, als noch niemand eingetrudelt war.

Ich kramte zwei Tüten Salzstangen und eine Tafel Schokolade aus dem Schrank, arrangierte Saft und Gläser auf einem kleinen Tablett.

Früher als erwartet klingelte es an der Wohnungstür.

Es war Evelyn.

»Du bist die Erste«, sagte ich und ließ sie herein.

»Echt?«, erwiderte sie gespielt verwundert und sah sich um.

Wir lachten beide etwas verlegen.

Dann stellten wir uns ans Fenster und blickten gemeinsam hinaus, um zu beobachten, wer als Nächstes käme.

Wir spielten noch nicht.

Wir waren ganz wir selbst.

Und deswegen hielten wir, ans Fensterbrett gelehnt, einen kleinen Abstand voneinander.

Innerhalb kürzester Zeit waren unsere Klassenkameradinnen unserem Ruf gefolgt und zwitscherten fröhlich durch die Wohnung, knabberten Salzstangen und beäugten neugierig unser Inventar.

Bei mir daheim waren die meisten von ihnen noch nicht gewesen. Es war so eng gewesen und so … bewacht. Hier schienen sich aber alle pudelwohl zu fühlen, und ich genoss das ungewohnte Gefühl, die Gastgeberin zu sein.

Als Henning schließlich auch angekommen war, konnte es losgehen.

Susanne hatte die Idee, wir könnten »große Ferien« spielen. Ein paar Mädchen aus dem Internat besuchten ihre adlige Schulfreundin zu Hause auf deren Schloss. Meine Mutter war auf Reisen bei Grafen, Baronen und Königen, mit denen wir alle verwandt waren, und mein Vater war immer noch im Krieg verschollen.

Ich machte das dazu passende traurige Gesicht.

Nach dem offiziellen Teil des Spieles gingen wir dazu über, uns in Pärchen aufzuteilen. Und da stand plötzlich Evelyn direkt neben mir.

»Erinnerst du dich an unsere Absprache?«, fragte sie mit kokettem Augenaufschlag.

»Sicher«, antwortete ich etwas verwundert. Nur um im nächsten Augenblick die leidenschaftliche Tochter einer mehrfachen Mörderin am Hals hängen zu haben.

Ich war verblüfft. Ganz selbstverständlich war ich davon ausgegangen, dass sie – genau wie die anderen – unbedingt mit der »kleinen persischen Prinzessin« knutschen wollte, also mit Henning. Der musste nun verdutzt und leicht grollend mit Susanne vorlieb nehmen, die ihm den Schmerz der Enttäuschung schnell zu nehmen wusste, indem sie behauptete, sie würde sich ganz sicher auch in die kleine persische Prinzessin verlieben, wenn die ein Prinz – also ein Junge! – sei.

Ich hatte mir etwas ausgedacht.

Wenn Gigi so traurig, empört und wütend und alles gleichzeitig war, weil Großmutter sich nicht bei uns meldete, wollte ich dem Ganzen einen kleinen Schubs geben.

Also klinkte ich mich nach der Schule bei Henning und Evelyn aus und schlug einen anderen Weg als den zu unserer Wohnung ein.

Großmutter öffnete mir die Tür.

Einen Augenblick lang sah sie mich mit unbewegter Miene an, dann rief sie nach hinten über die Schulter: »Herbert, jetzt guck mal, wer uns besuchen kommt!«

Opa machte es uns sehr leicht.

Er drückte mich an sich, strahlte wie ein Christbaumengel und quatschte unentwegt, sodass Großmutter und ich kaum zu Wort kamen.

»Hast du schon etwas zu Mittag gehabt?«, erkundigte Großmutter sich in einem Tonfall, der die Antwort bereits voraussetzte.

Als ich den Kopf schüttelte, nickte sie nur und holte drei Teller aus dem Schrank.

»Deck doch bitte schon mal den Tisch. Es gibt Eintopf«, sagte sie und drückte mir die Teller in die Hand.

Ich deckte den Tisch, so wie ich es schon tausendmal oder öfter getan hatte.

Die vertrauten Handgriffe taten gut.

Ja, ich hätte vorher nie gedacht, dass das möglich wäre, aber es tat gut, die Platzdeckchen auszurichten, die Löffel und die Servietten hinzulegen, die Gläser und die Wasserflasche bereitzustellen. Derweil Opa mir von einem Besuch meines Onkels Patrick erzählte.

Schließlich saßen wir alle drei auf unseren gewohnten Plätzen.

Großmutter sprach das Tischgebet.

Opa nahm meine Hand und drückte sie so fest, dass es fast wehtat. Ich sagte nichts, weil ich spürte, dass er mich furchtbar vermisst haben musste. Ich hatte ihn auch vermisst.

Und das Komische war … »Ich habe euch beide echt vermisst«, hörte ich mich sagen und kam mir ein bisschen wie eine Verräterin an Gigi vor. Aber was sollte ich tun? Es war die Wahrheit.

Großmutter saß wie vom Schlag getroffen auf ihrem Stuhl und starrte in den Eintopf vor ihr.

Opa ließ meine Hand nicht los. »Spielen wir nachher noch Memory?«, fragte er. Er klang ängstlich, als befürchte er, dass ich mich jeden Moment in Luft auflösen könnte.

»Na klar«, sagte ich und lächelte ihm zu.

»Du hast doch bestimmt noch Hausaufgaben zu machen«, presste Großmutter zwischen dünnen Lippen hervor.

»Die kann ich ja danach erledigen«, sagte ich.

»Oder davor«, entschied meine Großmutter. »Du kannst nach dem Essen den Tisch benutzen. Da sitzt du wenigstens ordentlich. Sonst wird deine Schrift so unsauber. Das kennen wir ja bereits von früher.«

Ja, das kannte ich. Das alles hier kannte ich. Und es war nicht unbedingt so übel.

Als ich später nach Erledigung der Aufgaben aufstand und das Memory-Spiel aus dem Schrank nahm, kam Großmutter mit der Handcreme aus der Küche. Sie hatte offenbar gerade die Hausarbeit hinter sich gebracht.

»Seit ihr weg seid, habe ich weit weniger Arbeit«, sagte sie streng.

Ich war in der Bewegung eingefroren und sah sie an.

»Deswegen habe ich jetzt Zeit, mit euch zusammen zu spielen«, fügte sie hinzu, und auf ihrem Gesicht zeigte sich ein erstes kleines Lächeln.

Opa schlug mit der Hand auf den Tisch. »Dann her mit den Karten!«, rief er fröhlich, und wir lachten.

Wir spielten dreimal, und jeder von uns gewann einmal. Ich fand, das war ein gutes Zeichen.

»Mit Henning alles in Ordnung?«, fragte Großmutter, als ich mir schließlich im Flur die Jacke überzog.

Ich nickte.

»Wollt ihr uns nicht mal besuchen kommen? Die Wohnung ist jetzt echt schön eingerichtet. Wir haben Blumen auf dem Balkon, die so rot blühen, dass du denkst, sie leuchten«, sagte ich.

»Au ja!«, antwortete Opa. »Wir könnten euch morgen besuchen! Oder?« Er blickte Großmutter an. Immer musste sie entscheiden.

»Bisher hat uns niemand eingeladen«, sagte sie steif.

»Ich. Jetzt gerade.«

Großmutter musterte mich mit hochgezogenen Brauen.

Wahrscheinlich war ich in ihren Augen immer noch ein Dreikäsehoch. Ein Kind, das keinerlei Ahnung vom Leben hatte. Dabei wusste ich mittlerweile sehr viel vom Leben. Von Wünschen und Enttäuschungen. Von Plänen, die dann doch in eine andere Richtung liefen. Von Gigis Verzweiflung über ihre Einsamkeit. Vom Knutschen. Und von Schuld, die man einander zuschob.

»Na, mal sehen«, wich Großmutter aus und hielt mir meinen Schulranzen hin.

»Wann kommst du wieder?«, wollte Opa wissen.

»Morgen«, antwortete Großmutter ihm. »Da gibt es schließlich Dampfnudeln.«

Opa und ich quiekten gleichzeitig vor Begeisterung.

Das war unser gemeinsames Leibgericht.

Gigi wurde ganz blass, als ich ihr am Abend von meinem Besuch bei Opa und Großmutter erzählte.

»Ich glaube, sie hat nicht kapiert, dass sie jederzeit einfach hier auftauchen können, um uns zu besuchen«, sagte ich schließlich.

Gigi antwortete nicht.

»Meinst du nicht?«, hakte ich nach.

Sie nickte langsam und sah mich mit einem ganz seltsamen Ausdruck an. »Wie habe ich das nur hinbekommen mit dir?«, fragte sie, wohl eher sich selbst als mich.

»Sechs Stunden im Kreißsaal. Das war alles«, antwortete ich verschmitzt, denn die Geschichte rund um meine Geburt hatte ich oft von ihr hören wollen.

Gigi gab mir einen Nasenstüber und lächelte.

»Von mir hast du das jedenfalls nicht, dieses diplomatische Geschick. Vielleicht hast du doch etwas von deinem Vater geerbt.«

Ich liefe aber nicht weg vor jemandem, den ich liebe. Selbst wenn ein alter Drache diesen Jemand bewacht, dachte ich, sprach es aber nicht aus.

Später, als ich bereits in meinem Bett lag und mit weit offenen Augen an die Decke blickte, wo der Windzug die Gardine leise bewegte und Licht und Schatten sich jagten, hörte ich Gigi telefonieren. Es war ein langes Telefonat. Ich schlief darüber ein.

Der erste Besuch von Großmutter und Opa in unserer Wohnung fiel recht steif aus.

Opa war sich nicht im Klaren darüber, wieso alle so seltsame Gesichter machten und so merkwürdig gestelzt daherredeten. Er rettete sich in Betrachtungen der Botanik, die von unserem kleinen Balkon aus zu sehen war.

Im Garten unten entdeckte er einen seltenen Ginkobaum, nicht einheimisch, eine Trauerbirke, eine Rotbuche. *Rotbuchen haben keine roten Blätter, David, weißt du? Buchen mit den roten Blättern heißen Blutbuchen. Ja, Opa, das weiß ich von dir.*

Gigi und Großmutter bedachten sich gegenseitig mit vorsichtigen Blicken.

Ich wollte am liebsten so tun, als sei ich besonders lässig, verschüttete aber meinen Saft, ließ Kuchenstücke von der Gabel bis hinunter auf den Wohnzimmerteppich hüpfen und fand meine eigene Stimme viel zu piepsig und kindlich.

Zum ersten Mal wurde mir klar, wie viel von einem einzigen Treffen abhängen konnte.

Großmutter und Opa hatten so selbstverständlich zu meinem Leben gehört wie Gigi, ja, wie ich selbst.

Aber jetzt war mir klar geworden, dass sich so etwas auch ändern konnte. Auch Familien konnten zerbrechen. Auch Menschen, dir mir nahe standen, konnten verschwinden. Sie konnten sich gegenseitig vertreiben. Auch ich – immer Sonnenkind, immer die Gewinnerin David, die über Großes triumphiert – konnte womöglich verlieren.

An diesem Nachmittag, kurz vor meinem dreizehnten Geburtstag, wurde ich ein ganzes Stück erwachsener.

Großmutter baute Gigi eine Brücke, indem sie sagte, sie freue sich, wenn ich nach der Schule vorbeikäme und mit ihnen äße.

Gigi baute Großmutter eine Brücke, indem sie den Wunsch aussprach, Opa hin und wieder auch hier zu beherbergen. Vielleicht an den Wochenenden, an denen Großmutter mit der AWO Veranstaltungen organisierte oder sich mit den Frauen anderer Kriegsversehrter traf.

Es war eine Art Abkommen, das die beiden trafen, in dem es um ihre jeweiligen Schutzbefohlenen ging. Es war ein Vertrag, der es ihnen ermöglichte, sich weiterhin zu sehen, den Kontakt aufrechtzuerhalten – obwohl beide der Meinung waren, dass die jeweils andere »an allem schuld« sei.

Ich war bereits nur noch so wenig Kind, dass ich erkannte, was hinter all dem Angenehmen stand.

Meine Mittagsverpflegung hatte einen Preis.

Ich hatte mir vorgestellt, dass mit dem Älterwerden alles besser und wunderbarer würde. Aber jetzt musste ich feststellen, dass dem nicht unbedingt so war.

Henning hatte nun nachmittags öfter keine Zeit für mich. Er war bereits dreizehn, schlappe zwei Monate älter als ich, und hatte seine erste richtige Freundin.

Susanne und er hielten in der Schule ständig Händchen und tauschten ganz offiziell Küsse, bei denen alle anderen nur neidvoll zur Seite schauen konnten.

Die anderen Jungen in der Klasse wunderten sich darüber, warum der runde Henning offenbar so gut ankam bei den Mädchen, und holten sich Tipps bei ihm.

»Jochen hat mich heute in der Pause gefragt, wie er dich am besten fragen kann, ob du mit ihm gehen willst«, erzählte Henning mir einmal, als wir am frühen Abend in meinem Zimmer saßen und Musik von Depeche Mode hörten.

Ich riss die Augen auf. »Jochen? Jochen Kandt?«

Henning nickte grinsend.

»Ach, du Scheiße!«, entfuhr es mir, und ich stieß meinen Freund in die Seite. »Was hast du ihm geantwortet? Du hast ihm doch nicht etwa geraten, dass er es versuchen soll, oder?«

»Nee!« Henning winkte amüsiert ab. »Hab ihm verklickert, dass du anderweitig bereits belegt bist.«

Ich sah ihn vorsichtig an. Hatte er etwas gemerkt?

»Wie jetzt?«, fragte ich.

In Hennings Augen blitzte etwas auf. Ein bisschen Schalk, gepaart mit ... Eifersucht?

»Du glaubst wohl, ich bin blöd, was?«, griente er. »Meinst du, ich krieg das nicht mit? Das mit Evelyn.«

Ich musste schlucken.

Evelyn hatte mir das Versprechen abgenommen, auch Henning nichts davon zu erzählen. Von den Nachmittagen, an denen sie zu mir heraufkam. An denen wir allein, ohne die anderen Internat spielten.

Zuerst hatte ich ihr Schweigegebot blöde gefunden. Schließlich hatten Henning und ich schon ganze andere Geheimnisse geteilt.

Doch dann stellte ich fest, dass die Sache mit dem Internat von uns abfiel wie eine alte Haut, die uns zu eng geworden war.

Evelyn spielte nicht mehr die Tochter der männermordenden reichen Frau, und ich war nicht länger das adlige Fräulein.

Wir waren David und Evelyn. Das reichte aus.

»Sie will nicht, dass ich's rumerzähle«, nuschelte ich verlegen, weil er mich bei einem Geheimnis ertappt hatte.

Henning zuckte die Achseln. »Ich weiß es ja sowieso.«

»Aber du darfst dir nichts anmerken lassen. Mach bloß keine dummen Sprüche oder so was, okay?«

»Ist gebongt. Aber nur, wenn du mir erzählst, wie es so ist, wenn ihr allein seid.«

Diesmal grinsten wir beide.

»Cool ist es«, antwortete ich. »Und bei dir und Susanne?«

Henning verdrehte die Augen gen Himmel. »Der totale Hammer.«

»Erzähl!«, forderte ich.

»Erst du!«, erwiderte er.

Henning war und blieb mein bester Freund.

Das war ungewöhnlich.

Rund um uns herum hatten Mädchen eben Mädchen und Jungen eben Jungen als beste Freunde. Falls es mal so aussah, als würde aus einem zweigeschlechtlichen Gespann ein ebensolches Duo, wie wir es waren, stellte sich innerhalb weniger Wochen heraus, dass mindestens einer der beiden hoffnungslos in den anderen verknallt war.

Das geschah bei uns nicht.

Auch wenn Großmutter manchmal Bemerkungen darüber machte, dass wir später bestimmt einmal heiraten würden, hatte Opa den eigentlichen Kern viel besser erkannt. »Glaub ich nicht«, sagte er bei solchen Gelegenheiten. »Henning ist doch ein Geheimniskumpel.«

Das stimmte.

Es gab einfach nichts, das Henning und ich nicht teilten.

Er erzählte mir, dass »es« ihn einfach überrascht hatte, als Susanne einmal auf seinem Bett auf ihm herumgerutscht sei.

»Peng! Da war es passiert. Ich glaub, sie fand es irgendwie eklig. Jedenfalls ist sie dann ziemlich schnell abgehauen.«

Überhaupt war es nicht mehr das Wahre mit Susanne. Was für Henning nicht weiter tragisch war, denn Pamela hatte schon seit langem ein Auge auf ihn geworfen. Und sie stellte sich mit »solchen Dingen«, die manchmal passierten, gar nicht so seltsam an.

»Sie lacht darüber«, sagte Henning mit einem Gesicht, als wisse er nicht, was er von einer solchen Reaktion halten solle.

»Besser als abhauen«, stellte ich fest. Das musste er zugeben.

»Und wenn ihr miteinander redet? Wie ist es dann?« Pamela war mir immer ein bisschen dümmlich vorgekommen. Ich konnte mir einfach nicht vorstellen, mit ihr über Gott und die Welt zu diskutieren, wie Henning und ich es regelmäßig taten.

Henning zuckte die Achseln. »Wir reden eigentlich nicht so viel, weißt du.«

»Macho!«, sagte ich.

Er lachte.

Und weil seine Lache so ansteckend war, lachte ich eben mit.

Über die Sache mit Evelyn konnte ich schon lange nicht mehr lachen.

Sie hatte mindestens zehnmal bei mir geklingelt, während ich allein zu Hause war. Ich hatte nicht geöffnet.

Sie waren so schleichend gekommen, und anfangs hatte ich sie gar nicht beachtet, die dummen Ideen in Evelyns Kopf.

Sie begannen damit, dass Evelyn es aus irgendeinem Grund nicht haben konnte, wenn ich mit Jutta oder Karin sprach, die beide sehr hübsch und von den Jungen umschwärmt waren.

Dann zog sie immer wieder einen Flunsch, wenn ich in den Pausen lieber mit den anderen Völkerball spielen wollte, als mit ihr auf der efeuberankten Mauer zu sitzen.

Ja, schließlich beschwerte sie sich sogar, wenn ich Zeit mit Henning verbrachte und nicht mit ihr.

Das war der Grund, warum ich ihr die Tür nicht mehr öffnete, wenn sie am Nachmittag bei mir klingelte. Ich wollte nicht, dass sie irgendwelche dummen Ideen hatte, was mich anging. Denn das verdarb die Stimmung.

Morgens vermied ich es, mit ihr gemeinsam aus dem Haus zu gehen. Deswegen kam ich öfter mal zu spät zur Schule oder musste so früh los, dass ich schon lange vor dem ersten Läuten auf dem Schulhof ankam.

Wenn Henning keine Zeit hatte, blieb ich oft bis zum frühen Abend in der Zimmerstraße, spielte mit Opa – manchmal setzte sich auch Großmutter dazu – Memory oder Mensch-ärgere-dich-nicht, oder wir sahen gemeinsam fern.

Vielleicht schwappten meine Teenagerhormone auf Opa über. Er war total verschossen in Grace Kelly, die wir gemeinsam in *Über den Dächern von Nizza* gesehen hatten, wollte es aber nicht zugeben.

Ich hätte zu gern gewusst, was Großmutter darüber dachte. Aber natürlich verbot es sich von selbst, sie danach zu fragen. Opa schien jedenfalls keinerlei schlechtes Gewissen ihr gegenüber zu haben. »Dumme Ideen« hatten vielleicht nur Mädchen und Frauen.

Gigi blieb abends öfter mal länger weg.

Sie hatte einen Spanischkurs an der VHS belegt, und nach dem Kurs ging sie mit den Leuten, die sie dort kennen gelernt hatte, noch etwas trinken.

Ich gönnte ihr den Spaß. Schließlich hatte sie jahrelang immer auf mich Rücksicht genommen und sich jede Freude in dieser Hinsicht versagt.

»Hast du heute Abend schon etwas vor?«, fragte sie mich an einem Morgen, als wir gemeinsam am Frühstückstisch saßen und sie meine Pausenbrote schmierte.

»Hmpf«, machte ich, weil ich gerade an einem Bissen Toast kaute, und schüttelte den Kopf. »Henning trifft sich mit Pam.«

»Und Evelyn?«, wollte Gigi wissen. »Ihr hängt gar nicht mehr zusammen rum in der letzten Zeit, oder?«

Ich vermied ihren Blick. »Nö«, antwortete ich nur.

Gigi sah mich einen Moment lang abwartend an, und ich nahm eifrig einen großen Schluck Tee.

Doch offenbar wollte sie nichts Näheres über Evelyn und mich wissen.

Sie packte meine Brote in Alufolie und stand auf.

»Vielleicht hast du ja Lust, heute mal nicht in die Zimmerstraße zu gehen, sondern hier zu Abend zu essen. Ich koche was.«

Zu Hause essen? Ja, wäre mal wieder nicht schlecht. »Kommt Susette?«, wollte ich wissen.

Gigi räusperte sich nervös. »Nein. Ich habe jemanden zum Essen eingeladen. Aber Susette könnte eigentlich auch mal wieder vorbeikommen, oder?«

Ich horchte auf.

»Wen hast du denn eingeladen?«

Gigi räumte die Wurst und den Käse zurück in den Kühlschrank. Mir fiel plötzlich auf, dass ihr Gang sich verändert hatte. Sie ging leichtfüßiger. Fast war es ein Tänzeln.

Ein schönes Hin und Her, ein zartes Auf und Nieder.

Gigi schwebte.

Schlagartig ballte sich in meinem Magen ein großer Klumpen zusammen.

»Er heißt Alois.« Sie lächelte mich an, um Lockerheit bemüht. »Altmodischer Name, nicht? Aber er ist sehr nett. Ich hab ihn im Spanischkurs kennen gelernt, weißt du.«

»Hm«, brummte ich. Der Bissen in meinem Mund schwoll offenbar an, wurde größer und größer und war nicht hinunterzuwürgen.

Nicht nur Gigis Gang hatte sich verändert, stellte ich mit einem Mal fest.

Ihr ganzer Körper schien eine Wandlung vollzogen zu haben. Ihre Augen strahlten, ihre Stimme schwang volltönend durch den Raum, ihre Gestalt leuchtete von innen heraus. Warum war mir das bisher nicht aufgefallen?

Ich spuckte den widerspenstigen Bissen auf den Teller.

»Pfefferkorn«, erklärte ich Gigi, die mich verwundert beobachtete.

Sie nahm noch im Stehen einen Schluck aus ihrer Kaffeetasse und sah dann auf die Uhr.

»Ich werd nach der Arbeit noch schnell einkaufen gehen. Dachte mir, ich mache Filetspitzen in dieser leckeren Waldpilzsoße. Die magst du doch auch so gern, nicht?«

Ich konnte nur nicken.

Alois.

Filetspitzen. Waldpilzsoße.

Der musste was Besonderes sein.

Plötzlich hatte ich es sehr eilig. Ich musste dringend zur Schule, rasch zu Henning. Ihn fragen, was man tut, wenn die eigene Mutter plötzlich einen Lover mit nach Hause bringt.

Henning konnte mir in dieser Frage auch nicht helfen.

»Täte meiner Mutter wahrscheinlich auch ganz gut, so was«, sagte er und schnalzte mit der Zunge.

Dass Henning von seinem Vater wegen dessen ewiger Sauferei nicht viel hielt, war mir bekannt. Aber dass er sogar einen Liebhaber seiner Mutter gut gefunden hätte, warf noch mal ein ganz anderes Licht auf die Familienverhältnisse bei den Pöttgens.

In einer anderen Situation hätte ich bestimmt nachgehakt. Aber momentan war ich derart beschäftigt mit der Situation, die mich am Abend erwarten würde, dass ich zu sonst nichts in der Lage war.

Das war komplett neu für mich.

Noch nie hatte Gigi einen Mann mit nach Hause gebracht. Nachdem ich erfahren hatte, dass sie Großmutter die Schuld daran gab, dass mein Vater sie verlassen hatte, war mir das logisch erschienen. Schließlich hatte sie dieses Risiko bestimmt kein zweites Mal eingehen wollen, indem sie einen weiteren Mann dem Einfluss ihrer Mutter aussetzte.

Doch nun waren neue Zeiten angebrochen.

Großmutter musste gar nichts mitbekommen von Gigis neuer Bekanntschaft. Wir hatten schließlich eine eigene Wohnung und ... ja, jede von uns hatte ihr eigenes Schlafzimmer.

Bei diesem Gedanken wurde mir ganz flau im Magen.

Was, wenn er bleiben würde?

Was, wenn ich wach liegen und sie durch die dünne Mietwohnungswand hören würde?

Ich war so durch den Wind und derart in Gedanken versunken, dass ich auf dem Heimweg nicht aufpasste und mich plötzlich nicht nur in Hennings Gesellschaft, sondern auch neben Evelyn fand.

Nachdem Henning mit vielsagendem Blick in meine Richtung an seiner Straßenecke abgebogen war, breitete sich zwischen Evelyn und mir ein unheilvolles Schweigen aus.

»Wolff hat uns heute aber ganz schön was aufgebrummt, was?«, sagte ich schließlich mühsam unverfänglich.

Evelyn schnaubte durch die Nase.

»Dann hast du ja wieder einen Grund, warum du mich nicht reinlassen kannst«, entgegnete sie schnippisch. »Für Englisch-Hausaufgaben braucht man Ruhe, nicht?«

Ich überlegte rasch, was ich am besten antworten sollte.

»Wenn du willst, können wir ja gemeinsam die Aufgaben machen«, schlug ich mit dünner Stimme vor. Obwohl ich es eigentlich nicht wollte. Ich wollte nicht, dass Evelyn mit ihren Heften zu mir heraufkam. Vielleicht würde sie versuchen, mich zu küssen. Nicht, dass ich etwas gegen das Küssen hatte. Aber alles, was damit zusammenhing, das wollte ich nicht. Und überhaupt, gerade heute, da dieser Alois zu uns kommen würde. Aber mir war einfach nichts anderes eingefallen.

Doch anstatt auf meinen Vorschlag einzugehen, wandte sie sich mir ruckartig zu.

»Sehr witzig, David, echt! Aber solche Witze kannst du dir sparen. Ist schon blöd genug, dass wir im gleichen Haus wohnen und du nicht mal gesagt hast, dass du mich nicht mehr ... dass du nicht mehr ...« Sie brach ab und starrte mit steifem Kopf vor uns auf den Gehweg.

Es wäre mir lieber gewesen, es nicht gesehen zu haben, aber ich war mir ziemlich sicher, dass da Tränen in ihren Augen glitzerten.

Da wurde mir einiges klar.

Mir wurde klar, dass ich sie verletzt hatte. Und zwar sehr.

Das Internat war für Evelyn längst kein Spiel mehr gewesen. Unsere zweisamen Treffen waren für sie Ernst. So ernst, wie es Pamela mit Henning war. So ernst, wie es Susanne jetzt mit ihrem Hass war.

Es ging tatsächlich um echte Gefühle.

Vielleicht so ernst, wie es Gigi mit Alois war.

Ich schluckte.

In meinem Leben hatte ich schon eine Menge Spiele gespielt. Immer war ich einfallsreich, phantasievoll, lebendig, authentisch, in allem bewandert.

Aber was ich tun musste, wenn ich ein Mädchen verletzt hatte, das in mich verliebt war, das wusste ich wirklich nicht.

Vielleicht würde sie sich beruhigen, wenn ich ihr irgendwie zeigte, dass mir weiterhin etwas an ihr lag und dass ich gern mit ihr befreundet bliebe.

»Ich glaube, meine Mutter hat einen Lover«, sagte ich testhalber. Indem ich ihr etwas von mir erzählte, bewies ich ihr mein Vertrauen. Und die Sache mit diesem Alois war für mich gerade die wichtigste Sache überhaupt.

»Toll für sie. Dann ist ja wenigstens eine zufrieden!«, fauchte Evelyn, legte einen gewaltigen Schritt zu und hatte mich bis zur nächsten Straßenecke weit hinter sich gelassen.

Das war offensichtlich nicht die richtige Herangehensweise gewesen.

Ich machte keinen Versuch, sie einzuholen.

Zu meiner Schande musste ich mir sogar eingestehen, dass ich froh war, so leicht davongekommen zu sein.

Evelyns Klingelattacken würden sich wohl nicht mehr wiederholen. Und von nun an würden keine »dummen Ideen« mehr mein Leben verseuchen, nahm ich mir vor.

Dennoch schloss ich daheim sehr beklommen die Wohnungstür auf.

Der heutige Abend war durch Evelyn zwar kurz aus dem Mittelpunkt meiner Aufmerksamkeit geglitten, doch genau dort bezog er gleich wieder Stellung, als ich meine Schultasche in den Flur stellte – direkt unter die Garderobe, an der Gigis ultraschicke neue Jacke hing.

Wenn ich so recht darüber nachdachte, hatte sie sich in der letzten Zeit – trotz Miete und höherer Kosten als in der Zimmerstraße – einige neue Kleidungsstücke gegönnt. Sie hatte sich zum Spanischkurs auch immer besonders hübsch angezogen und sorgfältig geschminkt.

Offenbar wollte sie Alois gefallen.

Auf die Hausaufgaben konnte ich mich heute wirklich überhaupt nicht konzentrieren.

Ich fing fünfmal mit einem Satz an und stellte an seinem Ende fest, dass sich schon wieder ein Fehler eingeschlichen hatte.

Schließlich ließ ich Hefte und Bücher einfach auf dem Schreibtisch liegen und legte mich auf mein Bett. Vielleicht würde Gigi mir eine Entschuldigung schreiben, in der stand, dass ich unmöglich Zeit dafür hatte finden können. Als ich genauer darüber nachdachte, kam ich sogar zu dem Schluss, dass es ihre moralische Verpflichtung war, solch einen Freibrief auszustellen. Schließlich hatte sie mich mit ihrer abendlichen Verabredung derart aus dem Konzept gebracht, dass ich zu nichts mehr in der Lage war.

Bereit, diese berechtigte Forderung durchzusetzen, sprang ich vom Bett auf, als ich den Schlüssel im Türschloss hörte.

Gigi stellte gerade drei prall gefüllte Einkaufstaschen im Flur ab. Großeinkauf. Für Alois. Na super.

»Ich wasch die Pilze«, sagte ich und schleppte die Taschen in die Küche, während Gigi sich seufzend die Schuhe von den Füßen streifte. Besser, ich tat erst mal ganz harmlos.

»Du bist ein Schatz. Stell doch auch bitte den Wein kalt.«

Ich warf einen Blick auf die Flasche. Ein Weißwein mit edlem Etikett.

»Darf ich auch was davon trinken?«, rief ich, denn Gigi war im Bad verschwunden.

»Fallen Weihnachten und Ostern auf einen Tag?«, entgegnete sie von dort.

Offenbar hatte sie ihren »Ich-bin-eine-verantwortungsvolle-Mutter«-Tag, was stets bedeutete, dass sie mir etwas verbot, was sie bei anderen Gelegenheiten durchaus schon mal erlaubt hatte. Eine schlechte Voraussetzung für meinen geplanten Deal mit den Hausaufgaben.

Also verschob ich den ein bisschen nach hinten und betätigte mich zunächst hilfreich in der Küche.

Pilze waschen und alle auf gleiche Größe schneiden. Das Gemüse putzen. Gesalzenes Wasser für die Spätzle aufsetzen.

Gigi kümmerte sich um die Filetspitzen und die komplizierte Soße. Außerdem wollte sie den Tisch selbst decken. Gemeinsam schleppten wir den Küchentisch ins Wohnzimmer, und als Gigi schließlich fertig war, sah alles sehr romantisch aus. Sie hatte nicht nur hübsche Servietten besorgt, sondern auch die Kristallgläser aus dem Schrank gekramt, sie noch einmal poliert, ebenso wie das gute Besteck und die feinen Porzellanteller mit dem hellen Rosenrand.

Frische Blumen und der neunarmige Kerzenhalter sorgten für eine Atmosphäre wie in einem teuren Restaurant.

»Wow«, machte ich. Und ich meinte es auch so. Ich hatte gar nicht damit gerechnet, dass Gigi derart auffahren konnte, wenn sie wollte.

»Und jetzt ich«, sagte sie und lief ins Bad, wo ich die Dusche hörte und anschließend endloses Hantieren mit Föhn, Bürste,

Fläschchen, Tuben und ungefähr vierzehn unterschiedlichen Blusen, die offenbar alle für nicht gut genug befunden wurden. Denn Gigi huschte noch etliche Male in ihr Schlafzimmer zum Kleiderschrank, um noch etwas anderes auszuprobieren.

Einen solchen Aufstand um meine Klamotten hatte ich noch nie veranstaltet.

Ich zog an, was bequem war und cool aussah. Aber ich war noch nie auf den Gedanken gekommen, mich zwanzigmal umzuziehen. Zumindest hätte ich dabei gewaltig schlechte Laune bekommen. Doch selbst die wurde bei Gigi immer besser. Sie trällerte die Songs aus dem Radio mit, tänzelte zum Herd, um das Essen zu kontrollieren, und lächelte mich geistesabwesend an, wann immer unsere Wege in der Wohnung sich kreuzten.

Kurz vor sieben war die Atmosphäre in der Wohnung derart spannungsgeladen, dass man ein Streichholz daran hätte anreißen können.

Alois war superpünktlich.

Ich wusste nicht, ob ich das pedantisch finden oder ob ich mich freuen sollte, dass er uns nicht noch länger zappeln ließ.

Gigi stand an der Tür, als er die Treppe heraufkam. Ich hatte hinten im Flur Stellung bezogen.

»Wie pünktlich!«, rief sie ihm entgegen und lachte. »Auf die Sekunde!«

Ich hörte seine Stimme im Hausflur, dunkel und sonor »Eigentlich war ich zu früh. Aber ich habe noch unten gestanden und gewartet.« Dann lachte er.

Gigi lachte mit.

Von Alois sah ich als Erstes einen Arm, der sich um Gigis Schulter legte und sie kurz an sich drückte.

Es wurde nicht geknutscht, was mir sehr angenehm war.

»Ich habe was mitgebracht«, sagte Alois, und ein großer bunter Blumenstrauß füllte plötzlich den gesamten Flur aus.

»Meine Güte, der ist ja riesig!«, strahlte Gigi und lachte wieder, als sie die Blumen entgegennahm.

»Der ist ja auch für zwei Damen«, erklärte Alois und spähte um Gigi herum.

Da stand ich.

In hautengen Jeans, mit weitem, verblichenem Lieblings-Sweatshirt und Birkenstockschlappen an den Füßen.

Erst als ich seine braunen Augen auf mich gerichtet fühlte, kam mir der Gedanke, dass auch ich mich etwas feierlicher hätte anziehen können.

Jetzt war es zu spät.

Aber Alois schien nicht zu bemerken, dass ich im Alltagsdress war. Zumindest schien es ihm nicht unangenehm aufzufallen.

Er selbst trug eine beigefarbene Cordhose und ein helles Hemd, über das er einen Pullunder mit Burlingtonmuster gezogen hatte, und sah ebenso fein gemacht aus wie Gigi.

»Blumen sind nicht so ganz mein Ding«, sagte ich, als er auf mich zukam.

Gleichzeitig streckten wir uns die Hand entgegen.

Seine war groß, männergroß eben, warm und trocken. Sie hielt meine Hand gerade so lange fest, dass es weder wie ein Fluchtversuch noch wie ein Grabschen wirkte.

Angenehm fühlte es sich an.

»Alois«, sagte er und klärte damit meine unausgesprochene Frage. Denn ich wusste ja gar nicht, wie er mit Nachnamen hieß. Wie hätte ich ihn ansprechen sollen?

»David«, sagte ich.

Seine Augen weiteten sich ein wenig, verwundert. Dann sah er sich unsicher nach Gigi um.

»Oh«, machte sie und lugte verlegen über die Blütenpracht in ihrem Arm hinweg. »Keine Angst. Es sind nicht mehr, als ich angegeben habe.« Sie lachten beide wieder kurz auf. »Das ist tatsächlich Nelli. Aber wir alle nennen sie anders.«

Während wir ins Wohnzimmer gingen und unsere Plätze einnahmen, durfte ich die Geschichte von meiner Namensgebung in aller Ausführlichkeit zum Besten geben. Alois lachte darüber wie über einen Slapstickfilm.

Gigi lachte über ihn und über mich.

Ich konnte selbst nicht anders und lachte auch über diese schon hundertmal erzählte Geschichte.

Irgendwie wurde mir das ganze Gelache allmählich regelrecht unheimlich.

Dann kam aber Gigis Essen auf den Tisch, und Alois hatte viel damit zu tun, entweder mit fast geschlossenen Augen genießerisch zu kauen oder der Köchin wortreich zu schmeicheln, wie wundervoll alles schmecke.

Gigi strahlte.

Nicht nur, dass sie unentwegt lächelte. Sie leuchtete auf diese überirdische Weise von innen heraus, als hätte sie einen von diesen verstrahlten Fischen verschluckt, die fünftausend Meter unter dem Meeresspiegel rumtollen und es dort durch ihre fluoreszierenden Schuppen wohnzimmerhell machen.

Noch nie.
So hatte ich sie noch nie gesehen.
Ich musste immer wieder hingucken, um mich davon zu überzeugen, dass ich keiner Sinnestäuschung erlegen war.
Alois ging es anscheinend ähnlich. Er sah nämlich auch oft zu Gigi hinüber. Natürlich. Sie unterhielten sich ja schließlich. Aber er sah sie länger, viel länger an, als es bei einer normalen Unterhaltung üblich gewesen wäre.
Heimlich musterte ich auch ihn.
Ich konnte es schlecht schätzen, vermutete aber, dass er genau wie Gigi Anfang dreißig war. Für sein Alter schien er wirklich noch tadellos in Schuss zu sein.
Er hatte breite Schultern, einen flachen Bauch und einen schmalen Hintern. Außerdem war er sorgfältig rasiert. Männer mit Bärten mochte ich nicht. Opa hatte sich früher vor solchen Zeitgenossen ein bisschen gefürchtet. Vielleicht das einzige Überbleibsel, das ihm aus der Kriegszeit noch anhing.
Alois' Hände, die sich schon so angenehm angefühlt hatten, sahen auch schön aus. Sie waren gepflegt und die Fingernägel ordentlich geschnitten.
»Ich habe ein Reisebüro«, antwortete er auf meine Frage nach seinem Beruf und sah mich an, als überrasche ihn ein solches Interesse einer Dreizehnjährigen. »Deswegen auch der Spanischkurs. Ich reise oft zu Hotels, die wir den Kunden empfehlen. Da ist es natürlich nicht schlecht, wenn ich die Leute dort auch verstehe. Spanien ist total hipp im Moment.« Daher also der Spanischkurs.
»Cool.« Ich war beeindruckt. Ein Reisebüro. Bilder von schicken Luxuslinern tauchten vor meinem inneren Auge auf. Fünf-Sterne-Hotels. Tunesien. Malediven. Aber dann fiel mir ein, dass Gerds Mutter, die auch in einem Reisebüro gearbeitet hatte, vor kurzem ihren Job verloren hatte, weil der Laden schloss.
»Und wie läuft das Geschäft so?«, wollte ich daher wissen. »Hast du Angestellte?«
»Zwei«, antwortete Alois. »Und ich kann wirklich nicht klagen. Wir haben zusätzlich zu den Pauschalreisen noch ein paar spezielle Angebote im Programm, die die Leute nur bei uns finden. Dadurch bleiben wir wettbewerbsfähig auch gegen die großen Anbieter. Organisierte Reisen durch Japan, China, Australien oder Neuseeland. Wellnesswochen auf amerikanischen Schönheitsfarmen gehen zur Zeit wie die warmen Semmeln. Genauso wie Reiterurlaub auf Island.«

»Das ist ja wirklich eine Menge«, überlegte ich. »Bist du viel unterwegs? Ich meine, wenn du alle diese Hotels und so angucken musst, dann bist du doch bestimmt nur selten zu Hause, oder?«

Wenn Alois meine Taktik durchschaute, ließ er es sich jedenfalls nicht anmerken.

»Ich arbeite mit einigen anderen Reisebüros zusammen, was das angeht. Einer von uns fährt, und alle profitieren von den Berichten. Außerdem habe ich ja meine Frau Schlörz und Frau Hannemann, die sich auch freuen, ab und zu mal eine kleine Reise umsonst unternehmen zu können.«

»Nennst du die echt Frau Sowieso und Frau Sowieso?«, entfuhr es mir.

Jetzt lachte Alois wieder. »Ach was. Das war jetzt nur so dahergesagt. Natürlich sagen wir Du zueinander. Du, Frau Hannemann.«

Gigi lachte auf.

Ich nahm plötzlich ganz deutlich wahr, wie sie ihn ansah.

So ... hoffnungsvoll.

»Und wie gut versteht ihr euch, deine beiden Angestellten und du? Ich meine ... ich weiß ja nicht, wie alt die beiden sind. Vielleicht sind sie ja uralt und verstehen keinen Spaß mehr.«

»Nein, nein, die beiden sind schon in Ordnung«, sagte Alois rasch. »Hanna, das ist Frau Schlörz, ist ein bisschen älter als ich. Und Doro, das ist Frau Hannemann, hat vor kurzem erst ihre Ausbildung abgeschlossen. Wir sind schon ein Superteam.«

»Und sind die beiden verheiratet?«, hörte ich mich auch schon sagen, bevor ich näher darüber nachgedacht hatte.

»David!«, ermahnte Gigi mich leise.

Alois grinste. »Lass sie doch. Ich finde, jede Frau sollte so eine Tochter haben, die einen Verehrer erst einmal darauf abklopft, ob er auch kein windiger Bursche ist, der sich beim leckeren Essen nur durchfuttern will.« Dann wandte er sich wieder an mich. »Nun, um deine Frage zu beantworten: Hanna ist verheiratet. Und Doro hat einen festen Freund. Außerdem« – er warf Gigi einen Blick zu – »verstößt es gegen die Berufsehre, irgendwas mit Angestellten anzufangen. Du kannst also ganz beruhigt sein.«

Ich ließ mir nichts anmerken, aber innerlich war ich ziemlich erschrocken. Natürlich hatten Gigi und er Recht: Meine Fragerei klang wie ein Verhör. Das war mir vorher gar nicht aufgefallen.

Ich nickte, als hätten mich seine Ausführungen völlig zufrieden – gestellt. Aber der Gedanke, dass ich wie die eifersüchtige

Glucke über meine Mutter wachen könnte, war mir so unerträglich, dass ich in Gigis Richtung erklärte: »Er kann mich ja schließlich auch was fragen.«

Gigi verschluckte sich am Wein.

Alois betrachtete mich nachdenklich. »So? Kann ich das?«

»Natürlich nichts zu Gigi«, stellte ich rasch klar. »Nur etwas zu mir.«

Ich war gespannt, was er mich fragen würde.

Henning und ich hatten uns diesbezüglich ein paar Antworten überlegt.

»Meine Lieblingsfächer in der Schule sind Bio und Sport. Beim Sport mag ich am meisten Leichtathletik, am allermeisten den Hundert-Meter-Lauf. Was ich später mal werden will, weiß ich noch nicht, vielleicht Sportlerin. Ich habe im Moment keinen Freund, und meine Hobbys sind Lesen und Musik hören«, zählte ich auf.

Alois sah beeindruckt aus.

Dann breitete sich ein Grinsen auf seinem Gesicht aus. »Wen interessiert das alles?«, meinte er und verblüffte mich total damit. »Ich wüsste gerne, ob du dich an deine Träume erinnern kannst. Es gibt nämlich Menschen, die das nicht können, weißt du. Aber ich glaube, du bist eine geborene Träumerin.«

Einen Moment lang starrte ich ihn mit offenem Mund an. Was bestimmt nicht besonders schlau aussah – auch wenn ich Gott sei Dank gerade keinen Bissen im Mund hatte.

Woher wusste er das?

Wie konnte er wissen, wie wichtig meine Träume für mich waren? Diese zarten, so schwer zu greifenden Gebilde meines Unterbewusstseins, die mir Nacht für Nacht Botschaften zu übermitteln schienen. Die mich entführten in fremde Welten, zu unbekannten Menschen, in wilde, abenteuerliche Geschichten.

Gigis Gabel, bereits zum Mund erhoben, schien in der Luft eingefroren zu sein.

Sie sah mich gespannt an. Viele, viele Male war ich morgens zu ihr an den Frühstückstisch gekommen mit den Worten: »Boah, ich hab was geträumt …« Um dann eine lange, komplizierte Geschichte zu erzählen, bar jeglicher Logik, aber eben ein Teil von mir.

»Ich kann mich immer an meine Träume erinnern«, erklärte ich schließlich etwas einsilbig.

»Wusste ich's doch. Wenn du außerdem auch Freude am Lesen hast, leih ich dir gerne mal ein Buch, in dem es um Traumdeutung geht. Nicht dieser übliche Nonsens ... Zug bedeutet, dass du eine Reise machen wirst, Uhu bedeutet, dass jemand stirbt oder solcher Unsinn. Nein, es geht wirklich um die Vorgänge im Gehirn. Wie Träume zustande kommen und was sie uns womöglich sagen wollen, wie wir sie als Hilfe für unseren Alltag annehmen können.«

Nun war ich beeindruckt. Und zwar nachhaltig.

Ich sagte, das Buch wolle ich unbedingt einmal lesen, und öffnete danach meinen Mund nur noch, um einen weiteren Bissen hineinzuschieben.

Wenn ich das Henning erzählen würde!

Alois kannte sich mit richtiger Traumdeutung aus und würde mir ein Buch dazu leihen.

Er hatte nicht eine einzige schwachsinnige Alte-Tanten-Frage gestellt, und außerdem konnte er kochen.

Bereits beim Nachtisch – Orangenpudding mit Sahnehäubchen – war nämlich schon die Rede davon, dass Alois die Einladung zum Essen erwidern wollte.

»Restaurant?«, spuckte er betont verächtlich aus. »Pah! Klar ist es schön, essen zu gehen. Aber zuerst werde ich euch vorführen, dass ich beinahe so gut kochen kann wie ihr!«

Euch. Ich werde euch vorführen.

Es war supernett von ihm, mich auch einzuladen.

Gigi sah aus, als wüsste sie gar nicht, was zu tun war.

Sie sprang von ihrem Stuhl auf, um eine neue Flasche Wasser zu holen, obwohl die alte noch zur Hälfte voll war.

Dann verlor sie ihre Serviette.

Bei dem Versuch, das entflohene Teil wieder heraufzuholen, stießen Alois und sie unter dem Tisch mit den Köpfen zusammen.

Ich an ihrer Stelle hätte mich darüber scheckig gelacht. Aber als ich sah, dass die beiden sich möglichst heimlich und etwas verlegen die schmerzenden Kopfstellen rieben, kam mir der Gedanke, dass es vielleicht an der Zeit sein könnte, sie allein zu lassen.

Ich gähnte ein paarmal auffällig und stand dann auf.

»Ich geh wohl besser ins Bett. Ihr könnt ja noch die Reste vom Pudding essen.«

Gigi sah mich mit einer Mischung aus Dankbarkeit und leichter Panik an.

»Dann schlaf gut«, sagte Alois. »Ich hoffe, wir sehen uns bald wieder. Vielleicht sogar öfter ...« Dabei warf er einen kurzen Seitenblick zu Gigi hinüber.

Ich ging ins Bad und stand ein paar Minuten lang einfach nur vor dem Spiegel.

Manchmal hörte ich Gigi und Alois im Wohnzimmer lachen.

In mir herrschte Kirmes.

Der Abend, dem ich mit so viel Schrecken entgegengesehen hatte, war bereits vorbei. Kurzweilig war er gewesen. Ja, ich konnte sogar behaupten, er war schön.

Ich konnte nicht wirklich voraussehen, welche Veränderungen mit diesem Abend nun ins Haus standen. Ob es gute oder manchmal auch unangenehme Veränderungen waren.

Ich wusste nur, dass etwas zu Ende ging. Eine bestimmte Zeit. Eine Ära. Eine gewisse Art des Lebens.

Die Gigi-und-David-gegen-den-Rest-der-Welt-Zeit würde es bald nicht mehr geben, da war ich sicher.

Zu wem würde ich dann gehören? Wer würde ausschließlich nur zu mir gehören und zu niemandem sonst?

Nach einer Katzenwäsche und dem Zähneputzen huschte ich hinüber in mein Zimmer, streifte meine Sachen ab und zog meinen Pyjama an.

Mit weit offenen Augen starrte ich die Decke an.

Müde war ich überhaupt nicht.

Auch Lesen war nicht drin.

Also lag ich dort und dachte einfach nur nach.

Ich überlegte, was Menschen aneinanderbindet. Die Geburt allein konnte es nicht sein, denn Gigi und Großmutter hatten nie einen engen Draht zueinander besessen.

Es war auch nicht das gemeinsame Wohnen, denn Henning und sein Vater waren einander nahezu gleichgültig.

Es musste etwas sein, das unsichtbar vonstatten ging.

Eine Art Spinnenfaden, der dicker und stärker wurde, je länger diese Verbindung hielt.

Vielleicht gab es solche Fäden in unterschiedlicher Konsistenz oder Farbe.

Mein Spinnenfaden zu Henning war ganz anders als der zu Gigi oder zu Opa oder zu Großmutter.

Zu Evelyn, das hatte ich gleich gespürt, war kein Faden gewachsen. Auch wenn sie es noch so gerne wollte. Es war einfach nicht so.

Zwischen Gigi und Alois bestand ein solcher Faden bereits. Das sah ich an ihren Blicken, hörte es an ihrem Lachen. Es war spürbar in der Luft, die am heutigen Abend um unseren Tisch gewabert war.

Dieser Faden hatte die gleiche Farbe oder Konsistenz wie jener zwischen Susette und ihrer Anja.

Einen solchen Faden hatte ich noch nie gespürt. Zu niemandem.

Wie es wohl war, wenn sich solch ein besonderes Band bildete?

Passierte das jedes Mal, wenn man sich verliebte?

Ich war noch nie verliebt gewesen.

Ich erkannte an verschiedenen Symptomen, wenn andere verknallt waren. Dann sprachen sie nur von der- oder demjenigen. Sie konnten an diesem anderen Menschen keine einzige negative Seite feststellen und wurden fuchsteufelswild, wenn ich sie auf deren Nachteile hinwies, die doch offensichtlich waren. Sie verloren den Appetit, waren nervös und leicht reizbar, dann wieder absolut spitze gelaunt und durch nichts umzuwerfen.

Ich selbst wusste nicht, wie das alles sich anfühlte.

Wenn ich an Jochen Kandt dachte und mir vorstellte, dass er mit mir gehen wollte, musste ich höchstens lachen.

So lag ich wach und dachte und dachte. Und schlief schließlich darüber ein. Aber nicht besonders tief, denn ein leises Geräusch im Flur weckte mich wieder.

Ich wusste sofort, dass das nur Gigi und Alois sein konnten, und mein Magen begann zu flattern.

Er beruhigte sich jedoch sofort wieder, als mir klar wurde, dass sie sich im Flur Richtung Wohnungstür und nicht zu Gigis Zimmer bewegten.

Ich hörte sie murmeln und dann wieder verstummen.

Vielleicht küssten sie sich.

Vielleicht genau an der Stelle unter der Garderobe, an der auch Evelyn schon mal die Arme um mich geschlungen hatte.

Schließlich wurde die Wohnungstür leise geöffnet und wieder geschlossen.

Es war ein paar Minuten lang ganz still.

Dann näherten sich Gigis kleine, bedächtige Schritte meiner Zimmertür.

Langsam und sehr leise wurde die Klinke heruntergedrückt, und Gigi streckte vorsichtig den Kopf herein.

»Wie war's?«, fragte ich in normaler Lautstärke und sah, wie sie zusammenfuhr.

»Du bist ja noch wach!«, stellte sie empört fest. Trotzdem kam sie durch den Türspalt hereingehuscht. Das Flurlicht ließ sie draußen. Es fiel nur als schmaler Streifen über den Teppichboden bis zu meinem Bett.

Auf meinem Radiowecker konnte ich erkennen, dass es kurz vor zwei war.

»Wenn ihr so einen Lärm macht«, erwiderte ich.

Wir sahen uns an und lächelten.

»Wie findest du ihn?«, fragte Gigi dann und sah mich halb erwartungsvoll, halb ängstlich an.

Ich hatte mir eigentlich vorgenommen, sie etwas zappeln zu lassen. Beim Blick in ihr Gesicht brachte ich das aber nicht über mich.

»Sehr nett«, sagte ich. Ihre Augen leuchteten auf. »Er hat ein paar ziemlich wichtige Punkte gemacht.«

»Die Träume«, sagte sie lächelnd.

»Und dass er auch gerne läuft. Ich will unbedingt mit ihm um die Wette laufen. Meinst du, er macht das?«

»Bestimmt.«

»Und dass er für uns kochen will. Ich bin doch auch eingeladen, oder?«

»Natürlich! Wir können schon nächste Woche den Gegenbesuch machen, hat er gerade noch gesagt.«

»Cool!«

»Ich glaube, er mag dich auch.«

»Echt?«

»Ja, er hat gesagt, dass du schon sehr erwachsen wirkst.«

»Ach.« Insgeheim war ich plötzlich mächtig stolz.

»Du hättest mich ganz schön reinreiten können mit deiner Fragerei.«

»Nö. Das hat er doch kapiert.«

»Ja. Hast Recht. Aber wenn er anders drauf wäre, dann hätte es auch nach hinten losgehen können.«

»Wenn er anders drauf wäre, hättest du ihn nicht zu uns eingeladen«, erklärte ich.

Gigi schmunzelte.

»Du?« Ich wollte es unbedingt wissen.

»Hm?«

»Habt ihr eigentlich schon richtig was miteinander?«, fragte ich.

Gigi erstarrte.

»Ey«, sagte ich und sah sie bittend an. »Ich bin nicht Großmutter.«

Sie schüttelte sich wie ein nasser Hund.

Dann ordnete sie mein Kissen und stopfte Emil, mein Kuschelstoffäffchen, wieder unter die Decke.

»Wir haben uns geküsst«, sagte sie endlich.

»Mehr noch nicht?«

Sie schüttelte den Kopf.

»Ich wollte erst sehen, was du von ihm hältst.«

»Lüg nicht!«

Sie kicherte. »Okay. Jetzt musst du aber wirklich schlafen. Morgen Abend können wir etwas länger quatschen.«

Als ich mich wieder in meine Decke kuschelte, fielen mir die Englisch-Hausaufgaben ein. Vielleicht hatte ich Glück, und Henning hatte sie komplett. Dann konnte ich sie morgen in der Pause abschreiben.

Nach Alois' Besuch ging es richtig rund bei uns.

Zuerst tauchte am nächsten Abend unangekündigt Susette auf und plusterte sich auf wie ein Truthahn. Sie rannte im Wohnzimmer hin und her und erklärte, dass Gigi völlig von allen guten Geistern verlassen sei.

Sie malte die wildesten Horrorszenarien aus, was alles hätte geschehen können, wenn eine Frau einen vollkommen fremden Mann zu sich und der halbwüchsigen Tochter nach Hause einlädt.

Ich glaube, ihre Phantasien gingen überwiegend in die Richtung, dass Gigi und ich heute Morgen mindestens erdrosselt, aber wahrscheinlich eher zerstückelt in der Badewanne aufgefunden worden wären.

Gigi kaute ihr wirklich ein Ohr ab, aber Susette wollte und wollte sich nicht beruhigen.

Erst als ich etwas irritiert die Stimme erhob und beteuerte, jeder Blinde könne erkennen, dass Alois ein durch und durch netter Mensch sei und bestimmt kein Alleinstehenden-und-Töchter-Killer, beruhigte Susette sich etwas.

Offenbar steckte hinter ihrem Auftritt aber noch etwas anderes.

Denn am darauffolgenden Abend erschien ebenfalls unerwartet Anja, Susettes Freundin.

Bei dem Gespräch zwischen Gigi und Anja durfte ich leider nicht dabei sein.

Ich mutmaßte, dass es um eine ganze Menge »dummer Ideen« ging. Und die wollte ich so oder so aus meinem Leben raushalten; das hatte ich mir ja vorgenommen.

Henning war erwartungsgemäß begeistert, als ich ihm von Alois erzählte.

»Der klingt cool«, sagte er, und seine Augen bekamen einen

verträumten Ausdruck. »Das wäre doch ein klasse Vater, oder? Nicht so eine biersaufende, ewig lahme Lusche wie meiner.«

Eine Lusche war Alois wirklich nicht.

Bei unserem Gegenbesuch in seinem niedlichen kleinen Haus hätte ich mich schon allein vor seiner Bücherwand und seinem Plattenregal tagelang aufhalten können. Er besaß ungefähr dreihundert Bildbände über fremde Länder. Auch solche, von denen ich noch nie etwas gehört hatte. Was hatten die uns in Erdkunde eigentlich beigebracht?

An Musik hatte er von allen Gruppen, die ich kannte, sogar von The Smith und Depeche Mode und Spandau Ballett. Er hatte echt alle Platten von Elton John. Ich war schwer beeindruckt.

»Was für eine Sammlung!«, staunte ich.

Alois war geschmeichelt. Er sagte: »Ja, nicht? Ich mach mir nur ein bisschen Sorgen wegen dieser CD-Geschichte.«

Ich schaute ratlos.

»Na, es gibt doch jetzt diese kleinen silbernen, flachen Scheiben, CDs. Ich schätze mal, die wird es demnächst immer häufiger geben. Die zerkratzen nicht, halten Jahrzehnte und werden die Platten bestimmt verdrängen. Und was fange ich dann mit meiner Sammlung an?«

»Ach, diese CD-Abspieler sind doch so superteuer«, sagte Gigi tröstend.

»Noch«, erwiderte Alois.

Es war so schön, mich mit den beiden zu unterhalten. Gigis anfängliche Scheu, sich umzusehen, verschwand bald. Wir aßen – es war sehr lecker – und quatschten und lachten und hatten eine Menge Spaß.

Das Größte war, dass Alois ein Geschenk für mich hatte: das Traumdeutungsbuch, von dem er mir erzählt hatte.

Er sagte, so ein Buch solle man sich nicht ausleihen, sondern man müsse es selbst besitzen – weil man immer wieder darin nachlesen könne. Deswegen hatte er es mir besorgt.

Ich bekam vor Freude einen ganz roten Kopf und Gigi gleich mit.

Wie musste es für sie sein? Verliebt zu sein in einen netten Typen, der dann auch noch gut mit der Tochter auskommt und ihr ein cooles Geschenk macht?

Also freute ich mich für sie mit.

Nur ein letztes Hindernis gab es zu überwinden auf dem Weg zu Gigis Seelenheil:

Großmutter!

Wie würde sie auf Gigis Freund reagieren?

Ich hatte bisher kein Wort darüber verloren und war auch nicht scharf darauf, diejenige zu sein, die Großmutter darüber aufklärte, dass Gigi nicht länger allein war.

Ein solches Unterfangen musste von langer Hand geplant und gut vorbereitet werden.

Uns allen ging die Düse. Sogar Henning, der Alois inzwischen auch kennen gelernt und für »total okay« befunden hatte, bebte mit.

Gigis Geburtstag Anfang Oktober bot sich für diesen großen Moment geradezu an.

Wir überlegten hin und her und entschieden uns schließlich dafür, dass eine zwanglose kleine Party mit einem kalten Büfett genau das Richtige wäre, um Großmutter möglichst schonend an Alois heranzuführen – oder auch umgekehrt, so genau stand das ja nicht fest.

Alois war zwar völlig im Bilde über Großmutter und unsere schwierigen Familienverhältnisse. Aber ich glaube, dass trotzdem nur Gigi und ich den wahren Kern kannten.

Insgeheim war ich sicher: Wenn Großmutter sich gegen Alois ausspräche, dann würde das eine der beiden Beziehungen nicht überleben. Entweder die von Gigi und Alois oder – und das befürchtete ich insgeheim – die von Großmutter und Gigi.

Entsprechend aufgeregt war ich, als der Abend vor Gigis Geburtstag gekommen war.

Wir hatten uns einen Plan zurechtgelegt.

Da Großmutter es hasste, von irgendetwas überrascht zu werden – das bezog sich insbesondere auf schlechte Nachrichten –, sollte Gigi mich persönlich in der Zimmerstraße abholen und dort schon den ersten Hinweis fallen lassen.

An diesem Nachmittag war ich hochgradig nervös. Gott sei Dank war Großmutter zum Einkaufen unterwegs, und ich musste ihr nichts vorspielen. Aber Opa sah mich beim Kartenspielen immer wieder misstrauisch an. Ich machte ihm das Gewinnen heute allzu leicht.

Als Großmutter mit den Taschen hereinkam, half ich beim Auspacken und Wegräumen.

»Willst du heute gar nicht heimgehen?«, fragte sie, leicht verwundert, weil ich mich nicht wie sonst üblich vor dieser ungeliebten Arbeit drückte, meine Schultasche schnappte und verschwand.

»Nö. Gigi kommt nachher hier vorbei und holt mich ab. Eigentlich muss sie gleich da sein.« Ich sah demonstrativ auf die Uhr und hoffte, Großmutter würde nicht weiter nachfragen.

Tatsächlich kam ich drum herum und war heilfroh, als Gigi endlich an der Tür klingelte.

Nein, sie wolle nicht extra hereinkommen. Morgen würden wir uns ja alle den ganzen Abend lang sehen.

»Übrigens wird morgen jemand dabei sein, den du noch nicht kennst«, sagte Gigi beiläufig – doch Großmutter horchte sofort auf. Sie hatte feine Antennen. Die hätte sie aber nicht mal gebraucht, denn einen Grund musste es für Gigis überraschendes Auftauchen ja schließlich geben.

»Wer wird denn da sein?«, wollte sie vorsichtig wissen und half mir in die Jacke.

»Nun, Susette und Anja, außerdem Patrick und Stella, Isabell, Corinna und Petra. Petra bringt vielleicht ihren Thomas mit. Und dann natürlich Opa und du.«

»Und der zusätzliche Gast?«

»Das ist Alois. Alois Kreuzer. Ich habe ihn im Spanischkurs kennen gelernt, weißt du. Er hat das kleine Reisebüro in der Kirchgasse.«

Großmutter hob lauernd den Kopf. Offenbar musste sie nun mehrere Infos gleichzeitig verarbeiten.

»Und sonst kommt niemand aus deinem Spanischkurs?«, erkundigte sie sich.

»Nein«, sagte Gigi.

Hochgezogene Brauen und ein skeptischer Blick.

»Na, dann bin ich ja gespannt«, sagte sie, und es klang wie eine Kampfansage.

Alois ließ Großmutter keine Chance, Punkte gegen ihn zu sammeln.

Er entwaffnete sie gleich zu Anfang mit seinem natürlichen Charme und der freimütigen Offenlegung seiner Schwächen.

Natürlich waren es keine echten Schwächen, wenn er seufzend zugab, schwach in Buchhaltung zu sein und sich dabei völlig auf seine dafür zuständige Mitarbeiterin zu verlassen. Oder wenn er berichtete, dass er für selbst gemachtes Marzipan sterben könnte. (Zufällig machte Großmutter das beste Marzipan außerhalb der Stadt Lübeck.)

Aber es nahm sie für ihn ein, dass er nicht als Geschäftsbesitzer dahergespaziert kam und auf sie hinabsah, die einfache Hausfrau, die seit vier Jahrzehnten ausschließlich den Haushalt führte und ihren kriegsversehrten Mann betreute. Alois machte kein großes Aufheben um unser oder sein eigenes Leben. Er erzählte einfach ein bisschen von sich und behandelte uns alle so, als seien wir seinesgleichen – denn das war seine Überzeugung.

Das machte Eindruck auf Großmutter, die sich immer mit allen messen musste. Und wenn einer ein eigenes, gut laufendes Geschäft hatte, sogar mit Angestellten, dann war er bestimmt in Ordnung, wenn er so ohne jeden Dünkel mitten unter uns saß.

Außerdem buchten Elvira Schmied und Konstanze Werger etliche ihrer vielen Urlaube in Alois' Reisebüro – zwei von Großmutters Freundinnen, die damals eine Menge Probleme für mich vorausgesagt hatten.

Alois erinnerte sich, erfasste nach einem einzigen Satz Großmutters zwiespältige Beziehung zu den beiden und antwortete ihr mit einem unwiderstehlichen Schmunzeln, das sowohl sein Amüsement über die beiden viel reisenden Damen zeigte als auch Großmutters Meinung über deren Verschrobenheit Recht gab.

Großmutters Mundwinkel zuckten.

Wie hätte Alois ihr nicht gefallen können?

Alle anderen Gäste waren geimpft, sich möglichst natürlich zu verhalten, immer wieder eine Verteilung der Sitznachbarn vorzunehmen, um alles locker zu gestalten.

Gigi, deren Wangen gerötet waren vor Aufregung, warf mir schon bald triumphierende Blicke zu. Denn Großmutter entspannte sich sichtlich, plauderte mit Patrick und dessen neuer Partnerin ebenso wie mit Susette und ihrer Anja. Ja, sogar mit Susette.

Vielleicht war es auch Opas Verdienst, dass Großmutter Alois schon am ersten Abend akzeptierte und die Entscheidung fällte, wonach er würdig war, in die Familie Jochheim aufgenommen zu werden.

Denn Opa benahm sich merkwürdig.

Nachdem er Alois zunächst mit seinem typischen freundlichen Lächeln begrüßte hatte, ertappte ich ihn zigmal dabei, wie er den fremden Mann verstohlen musterte.

Nachdem wir alle uns am Büfett gestärkt hatten, ließ unser lieber Opa jedoch jede bei ihm übliche Zurückhaltung fahren.

Er wollte Gigi unbedingt eine bestimmte Geschichte vom Pilzesammeln mit einem Nachbarn erzählen, ließ es sich nicht nehmen, sowohl Gigi als auch Großmutter und mir Nachtisch aus der Küche zu holen, wollte mir unbedingt das Versprechen für eine komplette Woche Spielenachmittage abluchsen und beanspruchte mit trotzigem Gesichtsausdruck den Sitzplatz neben Großmutter, den sie soeben Alois angeboten hatte.

Was zunächst wie ein oder zwei unglückliche Zufälle wirkte, stellte sich bald als Methode heraus.

Und zwar so offensichtlich, dass Großmutter mit Opa hinüber in mein Zimmer verschwinden und bei geschlossener Tür eine Unterredung mit ihm führen musste.

Ich fürchtete schon, der Abend sei gelaufen. Doch Großmutter erschien mit einem leicht zerknirscht wirkenden Opa und einem mühsam unterdrückten Schmunzeln auf dem Gesicht.

»Er ist eifersüchtig«, flüsterte sie mir zu, als wir beide mal allein in der Küche waren. »Das kommt durch diese Filme, die ihr euch zusammen anguckt.«

Ihr Vorwurf war nicht ernst gemeint, das spürte ich. Sie war amüsiert. Vielleicht auch geschmeichelt. Heute Abend bemühten sich gleich zwei Männer um sie. Zwar mit völlig unterschiedlicher Zielsetzung, doch das schien Großmutter nicht zu stören.

Sie trug den Rest des Abends ein würdevolles Lächeln auf dem sorgfältig geschminkten, aber doch schon recht faltigen Gesicht und war sowohl zu Alois als auch zu Opa besonders liebenswürdig.

Gigi konnte ihr Glück gar nicht fassen.

Das merkte ich an ihrer Zerstreutheit, den kleinen Unsinnigkeiten, die sie manchmal von sich gab, und dem abwesenden Blick.

Sie und Alois sahen sich mindestens dreimal die Woche, manchmal sogar täglich.

Aber obwohl sie nun definitiv noch weniger Zeit zur Verfügung hatte, um zum Beispiel mit mir zusammen zu sein, kam sie plötzlich wunderbar mit allem klar.

Keine Arbeit ermüdete sie, keine Aufgabe war zu schwierig. Ein einziger Anruf, bei dem ich ihre Stimme nur dünn gemurmelt durch die geschlossene Zimmertür hören konnte, vermochte sie für den Rest des Tages in Hochstimmung zu versetzen.

»Das liegt am Sex«, wusste Henning. »Da werden solche Hormone ausgeschüttet.«

»Endorphine«, stimmte ich ihm zu. Das war in Bio schon mal erwähnt worden. »Die machen dich absolut high.«

Henning seufzte laut und demonstrativ.

Er hielt es für eine Schande, bereits vierzehn zu sein, eine feste Freundin, aber noch nie Sex genossen zu haben.

Ich dagegen konnte Pamela verstehen, dass sie ihn nicht ranließ.

Vielleicht war das für Mädchen doch etwas anderes als für Jungen. Wichtiger irgendwie, mit wem und wann man es zum ersten Mal tat.

Dass Gigi nun Sex hatte, zum wahrscheinlich ersten Mal seit damals, seit meinem Vater, war mir anfangs ein bisschen unheimlich.

Ich fragte mich natürlich, wo und wann sie es taten. Manchmal kam sie erst spätabends heim – aber heim kam sie immer, sie blieb nie über Nacht fort. Und irgendwann übernachtete auch Alois zum ersten Mal bei uns.

Gigi hatte es mir angekündigt, und wir veranstalteten nach dem gemeinsamen Abendessen eine richtige Pyjama-Party mit Monopoly, Chips und Schokolade.

Später lag ich im Bett und lauschte.

Weil ich Alois mochte und immer mehr kennen lernte, war ich längst nicht so ängstlich und nervös wie am ersten Abend, als er zum Essen zu uns kam. Aber höchst seltsam fand ich die Vorstellung trotzdem.

Ich wusste nicht, ob ich etwas hören wollte oder lieber nicht.

Tatsache war, dass ich wirklich nichts hörte.

Am nächsten Morgen fragte ich mich, ob sie es einfach nicht getan hatten oder ob sie so leise gewesen waren.

Aber Sex war ein Thema, über das ich selbst mit Gigi nicht gern sprechen wollte.

Sogar Henning gegenüber beschränkte ich meine Beteiligung an Gesprächen hierzu auf einige lustige, flapsige Bemerkungen, die ihm jedes Mal sein ansteckendes Gelächter entlockten und in ihm die Meinung verankerten, ich sei ultracool.

Ich glaube, Henning vergaß manchmal, dass ich trotz unserer engen Freundschaft doch ein Mädchen war.

Und ich war alles andere als ultracool.

Ehrlich gesagt war ich ziemlich verunsichert.

Denn das, wovon Henning so gern berichtete, »diese Gefühle« eben, kannte ich nicht.

Ich wachte nicht nachts mit einem feuchten Fleck in der Unterhose auf. Ich bekam kein heftiges Kribbeln im Bauch, wenn ein gut aussehender Junge mich unbeabsichtigt im Vorübergehen berührte.

Als Jochen Kandt mir einmal in voller Absicht auf den Hintern haute, löste das keinerlei erotische Spannung aus, sondern nur ein paar gesellschaftliche Unannehmlichkeiten. Am Nachmittag rief nämlich Frau Kandt bei Gigi in der Arbeit an und beschwerte sich über Jochens blutende Nase.

Alle Welt erzählte, dass Mädchen in der Entwicklung schneller seien als Jungen. Doch ich schien eine Ausnahme zu sein.

Es war nicht so, dass Sex mich nicht interessierte. Ich blätterte gern in der *Bravo* bis zu den bewussten Ratgeberseiten, wo viel die Rede davon war. Ich war fasziniert, wenn ich in einem späten Fernsehfilm hin und wieder mal einen Blick auf eine freizügige Szene erhaschen konnte. Doch für mich selbst wusste ich nichts Rechtes damit anzufangen.

Jungen – mit Ausnahme von Henning – waren meistens blöd. Sie taten immer hart wie Kruppstahl und schafften es dann nicht, einen geraden Satz auf die Reihe zu bekommen, wenn ein hübsches Mädchen ihnen gegenüberstand. Außerdem waren sie offenbar unfähig, regelmäßig zu duschen, auf ihre Kleidung zu achten und in irgendeiner Weise charmant zu sein.

Vielleicht würde sich das ja ändern, wenn sie älter waren.

Alois jedenfalls war immer sauber und roch gut und schaffte es, mit einem Blick oder einem Lächeln mehr zu sagen, als viel dummes Rumgestammel erklären konnte.

Aber Alois war ja auch schon ein Mann.

Und er war ein toller Mann.

Gigi schwebte auf Wolken.

Großmutter sprach wohlwollend von ihm.

Opa riss sich am Riemen.

Alois rannte mit mir auf dem Schulsportplatz um die Wette. Er tat mir nicht den Gefallen, mich gewinnen zu lassen. Das hätte ich auch doof gefunden. Aber er sagte mir hinterher, wie rasend schnell ich sei, und gab mir Tipps, wie ich durch bestimmtes Training, den richtigen Atem und vorherige Konzentration noch besser werden könnte.

Ehe wir uns versahen, war der Herbst vorüber, und Weihnachten stand vor der Tür.

Nun sah ich Gigi hin und wieder mit einer kleinen Sorgenfalte zwischen den Augenbrauen am Küchentisch sitzen.

»Wie machen wir das nur?«, murmelte sie dann in ihre Kaffeetasse.

Es war Tradition, dass Familie Jochheim, also Großmutter, Opa, Gigi und ich, die Weihnachtsfeiertage miteinander verbrachte.

Gigi wollte Großmutter nach der problemlosen, ja beinahe herzlichen Aufnahme von Alois nicht vor den Kopf stoßen. Und für Opa wäre eine Welt zusammengebrochen, wenn er uns – zum ersten Fest nach unserem Auszug – Weihnachten nicht gesehen hätte. Doch verständlicherweise wollte Gigi am allerliebsten mit Alois zusammen sein. Drei kostbare Tage am Stück.

Doch es stellte sich heraus, dass auch Großmutter sich Gedanken gemacht hatte.

Am zweiten Adventssonntag, als Gigi, Alois und ich zum Kuchenessen in der Zimmerstraße waren, richtete sich Großmutter plötzlich an Alois. »Wir machen Heiligabend immer ein sehr einfaches Gericht, Kartoffelsalat – natürlich selbst gemacht –, Brühwürstchen, ein paar belegte Schnittchen. An den Feiertagen gibt es Braten mit Klößen, nicht, Cornelia? Sie liebt Klöße.« Ich nickte rasch. »Ich habe mir überlegt, dass Patrick und Stella auch dazukommen könnten. Jetzt, da er wieder hier in der Stadt wohnt. Wie gesagt, Braten, Rotkohl und als Nachspeise irgendein süßer Pudding, damit Herbert auch zufrieden ist. Wäre Ihnen das recht?«

Gigi saß da wie vom Donner gerührt.

Alois beteuerte, das klinge wunderbar.

Nur am zweiten Feiertag sei er leider schon vergeben. Seine Eltern, in Bonn lebend, erwarteten seinen Besuch.

Aber somit war es beschlossene Sache.

Die kleine Falte verschwand wieder von Gigis Stirn.

Wir alle waren erfüllt von einer unbändigen Vorfreude auf Weihnachten.

Wir alle?

Eine Woche vor Heiligabend klingelte am späten Nachmittag Susette an unserer Tür.

Gigi war noch nicht daheim, also setzten wir uns zusammen ins Wohnzimmer, tranken Teebeuteltee mit Zimtgeschmack, und ich naschte vom Nikolausteller, der auf dem Tisch stand.

Susette kam mir höchst merkwürdig vor. Sie war einsilbig und hölzern wie eine Puppe. Eine Ahnung beschlich mich, die sich von innen in meinen Bauch krallte und dort mit scharfen Klauen an den Wänden riss.

Susette trug schon lange keinen Bubikopf mehr, sondern einen modernen Kurzhaarschnitt. Sie schminkte sich nicht mehr so übermäßig wie damals, als ich sie kennen lernte. Aber trotzdem war sie immer noch mein großes Vorbild.

Sie war eine starke Frau. Sie wusste, was sie wollte. Wenn sie ein Ziel hatte, ging sie darauflos, schuftete dafür bis zum Umfallen und erreichte es schließlich auch.

Doch das Gesicht, das sie an diesem Nachmittag zeigte, passte nicht zu dem gewohnten Bild.

»Weißt du schon, dass Alois an Heiligabend zu uns kommt?«, fragte ich sie in Ermangelung anderer Themen. Sonst sprühte Susette immer vor Geschichten, die sie unbedingt anbringen wollte. Doch heute schwieg sie meistens. Zu allem, was ich erzählte, lächelte sie freundlich, aber nicht wirklich empathisch.

»Das wird echt cool. Ich meine, wir wollen sogar den Baum zusammen schmücken. Klasse, oder? Wie eine richtige Familie ...«

Weiter kam ich nicht, denn an dieser Stelle krümmte sich Susette plötzlich zusammen und verbarg das Gesicht in den Händen.

Sie weinte. Nein, sie explodierte regelrecht.

Sie schluchzte zwischen den Fingern hindurch. Ihr ganzer Körper wurde geschüttelt von diesem Beben.

Mir war sofort alles klar. Es konnte nur das eine sein. Das Furchtbare. Das, was ich gar nicht ertragen konnte. Das, bei dem ich nichts sagen und nichts tun konnte. Aufgelöst und voller Mitgefühl, das mir die Eingeweide zerfleischte, stand ich neben dem Sessel, in dem sie saß, und hatte die Hände tief in die Jeanstaschen vergraben.

Schließlich schaffte ich es, mich irgendwie zu bewegen und die Arme um Susette zu legen.

Das machte es aber nicht besser. Im Gegenteil. Es wurde immer schlimmer. Susette wimmerte und schluchzte und zitterte so sehr, dass sich mir die Kehle zuschnürte.

Ich war heilfroh, als ich kurz darauf Gigis Schlüssel im Schloss hörte.

Bestimmt hatte sie uns gehört, denn sie kam noch in Schuhen und Mantel zur Wohnzimmertür und stand einen winzigen Augenblick lang wie erstarrt dort.

Dann lief sie auf uns zu. Ich ließ Susette los, und Gigi fiel vor ihrer besten Freundin auf die Knie.

Natürlich war es so, wie ich geahnt hatte.

Susette und Anja hatten sich getrennt.

Die Hintergründe und Ursachen waren so vielfältig und kompliziert, dass mir der Kopf schwirrte, als Gigi versuchte, es mir zu erklären.

Immer war die Rede davon, dass sie sich noch liebten.

Sich *noch* liebten. Als sei das ein Zustand, der nach und nach versanden würde, wenn sie nun auseinandergingen und es einfach dabei beließen.

Ich stellte mir Liebe vor.

Immer noch war ich kein einziges Mal verliebt gewesen. Aber diese gewisse, einzige Liebe, von der alle Welt sprach, nach der alle hechelten, konnte in ihrer Beschaffenheit doch nicht so viel anders sein als jene, die ich für die Menschen empfand, die mir etwas bedeuteten.

Ich liebte zum Beispiel Opa. Dieses Gefühl war sehr tief und beinhaltete zärtliche, warmherzige Momente genauso wie Augenblicke, in denen er mich nervte oder in denen ich sogar sauer auf ihn war. Liebe war Liebe. Auch wenn ich von heute auf morgen fortginge, so wie Henning und ich es uns manchmal ausmalten. Nach Amerika wollten wir, die großen Rinderherden treiben oder zum FBI.

Wenn ich also von jetzt auf gleich verschwände und nie wieder heimkehren würde, ich wollte wetten, dann würde ich Opa immer noch lieben. Bis ans Ende meines Lebens würde dieses Gefühl fortbestehen.

Und es ließe sich nicht kleinkriegen und verschwände nicht einfach von selbst, bloß weil ich gerade mal zigtausend Kilometer fort wäre.

So einfach war das.

Weil ich so sehr an meine Vision von Liebe glaubte, schien es mir hirnverbrannt, einfach spinnert, dass Susette und Anja sich trennten.

Gigi verzweifelte schier daran, mein diesbezügliches Unverständnis zu knacken. Ich wollte einfach nicht begreifen.

»Manchmal können Menschen nicht mehr miteinander leben, selbst wenn sie sich sehr lieben«, sagte sie zum Beispiel. Was sich für mich wie der größte Nonsens anhörte.

»Sie tun einander nicht mehr gut. Sie schränken sich gegenseitig ein, behindern sich in ihrer Entwicklung, sie ... sie stehen sich im Wege ... ach, verflixt, ich weiß es doch selbst nicht.« So oder ähnlich endeten ihre Ausführungen zu diesem Thema gewöhnlich.

Ich glaube, im Grunde war sie so verzagt, weil sie es selbst nicht verstand. Und vielleicht auch ein wenig deswegen, weil sie Angst hatte, ihr selbst könne das Gleiche passieren.

Susettes Leid hatte jedoch auch etwas Gutes.

Zum ersten Mal, seit ich mich erinnern konnte, forderte Gigi etwas von Großmutter. Sie forderte etwas, das Großmutter wohl ablehnen würde.

»Heiligabend?«, wiederholte Großmutter also, und ihre Lippen wurden schmal. Gigi drückte die Schultern noch ein wenig mehr zurück. Es war wohl diese Geste.

»Na, was soll's. So wie früher, nur Familie, wird es ja sowieso nicht mehr geben.« Großmutter zuckte mit den Achseln. »Dein Bruder mit seiner Neuen. Du mit deinem Alois. Da fällt einer mehr oder weniger nicht ins Gewicht.«

Was bei ihr so lapidar klang, machte für mich dieses Weihnachten zum schönsten Fest meines Lebens.

Susette durfte mit uns feiern. Ich war umgeben von lauter Menschen, an denen mein Herz hing. Und alle strahlten, waren ohne große Mühe herzlich und lieb miteinander. Der Heilige Abend war genauso feierlich, wie dieses Fest nach meiner Vorstellung sein sollte.

Susettes gerötete Augen schmälerten zunächst mein Glück ein wenig. Doch es stellte sich heraus, dass Großmutter aufgrund der Trennung die Hoffnung hegte, dass Susette, deren Lebenswandel ihr immer ein Dorn im Auge gewesen war, sich vielleicht doch noch umorientieren könne.

So war Großmutter besonders liebenswürdig zu Susette. Und sie hatte Patrick dazu veranlasst, einen weiteren Gast mitzubringen: Michael, den Neffen seiner neuen Partnerin Stella. Der hatte tatsächlich zwei Jahre in Australien gelebt und in Deutschland viele seiner Kontakte eingebüßt. Damit er Weihnachten nicht allein sein musste, wurde er an unsere Tafel geladen.

Großmutter triumphierte, als Susette und Michael sich auf Anhieb gut verstanden. Die beiden führten, zunächst nur freundlich, später immer herzlicher, intensive Gespräche und schienen einander sehr zugetan.

Dennoch ging Großmutters Rechnung nicht auf.

Susette und Michael verstanden sich zwar wunderbar. Das hatte aber andere Gründe als die von Großmutter vermuteten.

Michael stellte nämlich schon beim ersten nachweihnachtlichen Treffen klar, dass er stockschwul sei, was Susette im Übrigen schon längst gewusst zu haben vorgab und was uns andere zu schallendem Gelächter veranlasste. Und trotzdem war uns klar: Hier hatten sich zwei gefunden, die in einer gewissen Weise zusammengehörten. Vielleicht so wie Henning und ich.

Das neue Jahr kam rasch heran. Das Frühjahr eroberte sich Wiesen, Wälder, Flüsse und Menschen.

Nachts träumte ich, mir brächen Flügel aus dem Rücken, die ich bewegen konnte wie meine Arme. Mit ihnen schwang ich mich hinauf, weit über die Hausdächer und Baumkronen hinweg. Von dort oben beobachtete ich das erwachende Leben in allen Winkeln, wusste kaum, wohin ich den Blick als Erstes wenden sollte, und erwachte von meinem eigenen Lachen.

Opa zeigte mir jede frische Knospe, keimende Blümchen und zarte junge Sprosse, aus denen einmal ein Baum werden sollte. Er ließ mich an den Heckenrosen riechen, die Krokusspitzen mit den Fingern berühren, für Gigi und Großmutter je eine Osterglocke pflücken.

Gemeinsam streunten wir durch den Wald hinter unserem Haus bis hinauf auf den Gipfel des kleinen Berges, auf dem eine winzige Gedächtniskapelle stand, 1948 erbaut von den heimkehrenden Kriegsgefangenen – so verriet es die Inschrift auf der Metalltafel. Der kleine Schrein, umgeben von einem eher symbolischen Zaun mit wehrhaften Spitzen, bot gerade Platz für einen einzigen Heiligen. Warum auch immer, aber die erleichterten Kriegsheimkehrer hatten sich für ihren Dank an die Heimat den heiligen Hubertus ausgesucht.

Der stand nun als barbiepuppengroße Gipsfigur hinter einer dicken Glasscheibe. Daneben der Hirsch, der zwischen den Geweihenden das leuchtende Kreuz trug.

Schon als kleines Kind hatte mich dieses Bildnis fasziniert. Die Stätte hatte etwas Verzaubertes, Mystisches mit den großen Rotbuchen, die sie im Kreis umstanden.

Opa liebte die Geschichte über den heiligen Hubertus, der eines Tages im Wald diesem besonderen Hirsch begegnete und sein Leben danach komplett änderte – fort vom rastlosen Schießen, Hetzen und Prassen, hin zum wohltätigen Handeln für Arme, Schwache, Hilfsbedürftige. Früher hatte Großmutter uns die Geschichte erzählt, und wir hatten beide stumm und mit großen Augen gelauscht, während unsere Hände das Eisen des Zauns umklammerten. Heute erzählte ich Opa dieselbe Geschichte, und er unterbrach und berichtigte mich, wenn ich ein Detail vergaß.

Der Wald hielt viel Göttliches für uns bereit. In Opa hatte ich einen Menschen, mit dem ich das teilen konnte.

Aber natürlich hatte ich mit den wärmer werdenden Tagen nicht nur die Stille des Waldes, sondern auch andere, teenagerübliche Zerstreuungen im Kopf.

Schon Anfang Mai konnten Henning und ich zum ersten Mal dem Freibad einen Besuch abstatten.

Dort verbrachten wir auch meinen vierzehnten Geburtstag.

Da gab es eine Situation, die diesen Sommer besonders prägen sollte. Ich kann mich noch genau daran erinnern, dass ich zusah, wie Alois und Henning im Wasser balgten, während ich selbst einen großen Bissen Marmorkuchen im Mund mit Spucke durchtränkte.

Ich beobachtete, wie Henning Alois untertauchen wollte und bei dem Versuch bestimmt eine Menge Wasser schluckte. Er musste einfach zu heftig lachen.

Das Kuchen-Spucke-Gemisch in meinem Mund war so süß und so fruchtig. Und dazu das Gelächter und das von Gigi, die am Rand stand und sich an der Begrenzungskette festhielt. Es hallte über die Liegewiese zu mir herauf bis unter unsere Stammbirke.

Und plötzlich dachte ich: Warum kann er nicht mein Vater sein?

Ich wusste einfach, dass er nicht weggelaufen wäre, egal, wie biestig Großmutter auch war.

Er hätte sie damals schon um den kleinen Finger gewickelt so wie bei ihrer ersten Begegnung an Gigis Geburtstag. Und ich hätte aufwachsen können mit einem Mann, den ich Papa genannt hätte – oder vielleicht doch eher Alois.

Es war ein wunderbares Leben, das wir lebten. Und ich bin sicher, dass ich es nicht im Nachhinein so erdichte. Ich weiß genau, dass ich kaum Sorgen kannte – außer den kleinen, alltäglichen, die jeder kennt. *Hoffentlich bekomme ich meine Menses nicht ausgerechnet am Tag der Bundesjugendspiele. – O bitte, lass mich am Tag der Mathearbeit krank sein! – Katrin und Gabi soll der Schlag treffen, wenn sie noch mal so eine blöde Bemerkung darüber machen, dass ich gar kein richtiges Mädchen bin!*

Solche Themen beschäftigten mich. Und das war gut so.

Ich war glücklich, ohne es zu wissen.

Ich war mir nicht bewusst, wie schön mein Leben war.

Zwar war ich nicht undankbar, nicht revolutionär, frech oder depressiv. Aber im Nachhinein wünschte ich mir so manches Mal, ich hätte es noch mehr genossen, dieses freie, wilde, unbeschwerte Leben.

Wie es immer so ist, wenn es einem gut geht, rennen die Wochen und Monate nur so dahin.

Ich wuchs immer noch mehr, als es für eine zuckersüße, langlockige, zierliche Prinzessin erstrebenswert gewesen wäre. Ich würde groß werden. Fast so groß wie Henning. Auf alle Fälle groß für ein Mädchen. Groß für eine Frau.

Mit fünfzehn wurde ich bei Truco-Moden zum ersten Mal mit Sie angesprochen.

Ich vergaß vor lauter Ehrfurcht angesichts meiner plötzlich offensichtlichen Reife, was ich eigentlich hatte kaufen wollen.

Neue Sachen brauchte ich ständig.

Beinahe monatlich schien sich meine Figur zu verändern.

War ich als Kind eher staksig gewesen, mit dünnen Ärmchen und Beinen, die – trotz aller Behändigkeit – an einen Storch im Salat erinnerten, wuchs ich schon im Teenageralter zu einem prächtigen KV heran.

Ich trug meine Haare immer kurz, kleidete mich sportlich und verzichtete auf Schmuck oder sonstige weibliche Staffage. Meine Haut schimmerte lupenrein, und meine Wimpern waren dicht und schwarz. Was sollte ich also mit Schminke?

Gigi behauptete, ich sei eine Schönheit.

Mein Spiegelbild sagte mir, ich sei hübsch. Zwar nicht auf die Art und Weise, wie man es gewöhnlich meint, wenn man ein Mädchen beschreibt. Aber eben auf meine ganz eigene Art und Weise.

Meine enge Freundschaft mit Henning – wir wurden grundsätzlich immer zu zweit gesichtet – und mein angestammter Spitzname trugen ihren Teil dazu bei: Mädchen der unteren Klassen verknallten sich scharenweise in mich, standen errötend wie zufällig im Weg herum und schrieben mir Briefchen, die von peinlich berührten besten Freundinnen mit zitternden Fingern übergeben wurden.

Sobald die Verliebten über ihren Irrtum hinsichtlich meines Geschlechts aufgeklärt waren, verschwanden sie für längere Zeit gänzlich aus meinem Blickfeld. Wenn sie mir doch einmal zu begegnen drohten, huschten sie in Toiletten oder Putzkammern, verbargen sich hinter der Schulhofbepflanzung, und wenn sich ein Treffen gar nicht vermeiden ließ, eilten sie mit gesenkten Blicken an mir vorüber.

Henning und ich lachten darüber.

Ein paar Mädchen aus unserer Klasse hoben auf merkwürdige Art die Brauen. Aber das störte mich nicht. Sollten sie reden, was sie wollten. Immerhin hatte die Hälfte von ihnen damals beim *Internat* mitgespielt und musste sich daher jede süffisante Bemerkung selbstredend verkneifen.

Dann wurde es ernst.

Mitte der zehnten Klasse bewarben sich unsere Freundinnen und Freunde wie verrückt bei den umliegenden Firmen, Ämtern und Banken.

Sie wollten Bürokauffrau, Schlosser, Arzthelferin, Einzelhandelskaufmann werden und bemühten sich um entsprechende Lehrstellen.

Henning und ich bemühten uns um Gelassenheit.

Was uns nicht immer gut gelang. Zumindest nicht, wenn wir miteinander allein waren.

»Mein Alter will endlich eine Entscheidung, hat er gestern gesagt. Ansonsten kümmert *er* sich drum, was aus mir wird«, teilte mein Freund mir zum Beispiel mit bebender Stimme mit. »Ausgerechnet als ich grad auf dem Weg ins Bett war. Da war aber nichts mit feuchten Träumen, das sag ich dir. Hab bis drei Uhr wach gelegen.«

Ich selbst wurde von Gigi zwar nicht unter Druck gesetzt, aber doch mit fragenden Blicken bedacht, die mich ebenso nervös machten wie Henning das Ultimatum seines Vaters.

Tatsache war, dass ich mir einfach nicht vorstellen konnte, mit sechzehn ins Berufsleben einzutauchen, in dem ich mich die kommenden fünfzig Jahre munter tummeln sollte – wenn es gut lief, in genau der gleichen Firma, in der ich auch begonnen hatte. Wenn ich mir Gigi ansah, die seit fünfzehn Jahren Morgen für Morgen ins gleiche Büro eilte, war mir nur klar: So wollte ich nicht leben.

Gut, dass niemand außer meiner Großmutter mich darauf hinwies, dass Gigi – als sie nur wenig älter war als ich jetzt – bereits für ein Kind (mich) zu sorgen hatte.

Weil es offenbar alle Welt erwartete, erwog ich die eine oder andere Berufsidee. Försterin zum Beispiel. Landschaftsgärtnerin. Pferdewirtin.

Die einfachste Lösung schien zu sein, einfach noch ein wenig zur Schule zu gehen. Abitur konnte nicht schaden. Vielleicht würde ich danach ein Biologiestudium beginnen. Im Fernsehen hatte ich neulich einen interessanten Bericht gesehen, in dem es um die Artenvielfalt auf der Erde ging. Es gab offenbar immer noch genügend Tierarten, die so gut wie gar nicht erforscht waren und nur darauf warteten, dass David mit Tropenhelm, Fotokamera und Notizbuch sich neben ihre Höhle setzte und jeden ihrer Schritte dokumentierte.

Henning beschloss, Entwicklungshelfer zu werden.

Wenn er in Afrika oder Lateinamerika aber mehr tun wollte, als nur im Schlamm der Kloaken zu wühlen, brauchte er ein Ingenieurstudium und danach vielleicht auch noch eine Lehre als Landwirt.

Also durften unsere Englisch- und Mathelehrer bedenklich die Stirn runzeln und unsere Familien – allen Sorgenfalten zum Trotz – sich über unseren Wechsel aufs Gymnasium freuen.

Was wäre wohl aus meinem Leben geworden, wenn ich tatsächlich die Lehre im Forstamt begonnen hätte?

Es hätte kein Abitur gegeben. Keine Abiturfeiern. Keine Abi-Party.

Ich hätte trotzdem den Führerschein gemacht.

Ich wäre auf andere Partys gegangen.

Aber.

Hätte ich die Menschen getroffen, die ich traf?

Wäre ich auf sie zugegangen, so wie ich es tat?

Hätte ich darauf verzichten wollen, es mir versagen können, wenn ich die Wahl gehabt hätte? Das Wissen darum, was geschehen würde?

Gut, dass wir niemals mit Bestimmtheit sagen können, wie unser Leben verlaufen wäre, hätten wir einen einzigen Schritt anders getan.

An der neuen Schule wäre es für einen von uns allein bestimmt sehr schwer geworden.

Meine Familie hatte sich aus relativer Armut mühselig hochgehangelt. Auch Hennings Eltern waren nicht wohlhabend. Dafür gab sein Vater zu viel Geld in Kneipen aus.

Auf dem Gymnasium umgaben uns aber plötzlich ganz andere Gestalten, als wir sie von unserer alten Schule gewohnt waren.

Die neuen MitschülerInnen trugen Marc O'Polo, Esprit, Lacoste und Benetton. Und zwar ausschließlich.

Sie fuhren Vesparoller – natürlich das Original! – oder Geländemaschinen der Marken Honda oder Yahmaha.

Die Haare der Mädchen waren immer frisch geschnitten, ihre Beine rasiert, ihre Nägel lackiert. Die Jungen ließen sich kleine, mühsam zurechtmodellierte Bärtchen und Koteletten stehen und spielten entweder E-Gitarre oder Keyboard.

Man nannte uns nicht mehr 11 a oder b oder c, sondern nur noch *die Stufe,* und die Lehrer siezten uns.

Allein unter diesem Mob (Marc O'Bolo – wie Henning und ich sie heimlich nannten) wäre ich bestimmt untergegangen. Ich hätte es maximal ein halbes Jahr geschafft. Dann hätten mich das elitäre Gehabe, kombiniert mit den herablassenden Bemerkungen über meine Garderobe, das Feixen und hämische Kichern, wenn ich mich mit meinem Namen vorstellte, sicherlich in die Flucht geschlagen.

Susette meinte dazu: »Die merken, dass ihr anders seid. Das können sie nicht ab. Davon kann ich ein Liedchen singen. Anders sein als die meisten ist manchmal mächtig anstrengend.«

Ich wusste, was sie meinte. Dass Susette anders war, war mir von Anfang an klar gewesen. Deswegen fand ich sie ja auch so klasse. Und ich selbst hatte mich auch schon immer anders gefühlt. Ich konnte nur nicht festmachen, woran das lag.

Susette betrachtete mich nachdenklich. »Na ja, Henning ist anders, weil er ein bisschen zu dick ist und trotzdem gut bei Mädchen ankommt. Er ist sensibel. Er ist kein Macho. Und er ist dein bester Freund. Du bist aber anders, weil ...« Sie sah mich einen Moment lang sinnierend an, dann lächelte sie zart, nur ein ganz kleines bisschen – sodass ich sie später nicht darauf festnageln konnte. »Du bist eben anders.«

Gegen Anfeindungen aufgrund von Anderssein wusste Susette ein einziges, immer funktionierendes Mittel. »Totstreicheln!«, sagte sie mit einem satten Schmatzer ihrer vollen Lippen.

Und das war es, was Henning und ich dann systematisch betrieben. Wir wollten auf dieser verflixten Schule bleiben, denn die Alternativen schreckten uns noch mehr als die hochnäsigen Fabrikantentöchterchen und -söhnchen. Wir hatten also keine Wahl.

Zunächst mussten wir herausfinden, wer die tonangebenden Figuren in diesem Spiel waren.

Wir mussten sie vereinzeln, belauern, ihnen dann in krisengeschüttelten Situationen zur Seite stehen.

Samantha, die die teuersten und hippsten Klamotten trug und in der Stufe Modetrends setzte, klaute ich heimlich den kompletten Tamponvorrat aus ihrer Schultasche. Als sie dann in der Sportstunde darum bat, kurz zur Toilette gehen zu dürfen, folgte ich ihr rasch und tat so, als müsse ich in der Umkleide mein Schnürband reparieren. Es war so leicht. Ihr Fluchen und Grollen aus der Toilette, wo sie ihre Schultasche auskramte, war nicht zu überhören. Auch ihr Zögern, sich ausgerechnet mir anzuvertrauen, der Neuen, der burschikosen Nichtssagenden – ausgerechnet David –, war ihr deutlich anzumerken. Doch schließlich teilte sie sich mir grummelnd mit, und ich reichte ihr großzügig meine eigene Schachtel – no name natürlich, aber beim Volleyball trotzdem sehr hilfreich.

Seitdem grüßte Samantha mich verschwörerisch lächelnd, wenn sie mir auf dem Gang begegnete.

Henning verlegte sich eine Weile einfach darauf, gut aussehend, immer frisch geduscht und dennoch traurig zu sein. Weil alle schon einmal in den Genuss seiner Lache gekommen waren, fiel das natürlich auf.

»Was ist denn los mit ihm?«, wollte meine Banknachbarin in Philosophie wissen, als er gerade mal wieder seine Show mit viel Seufzen und Aus-dem-Fenster-Starren abzog.

Ich warf Henning einen betrübten Blick zu.

»Ach, er ist so sensibel«, sagte ich. »Seine Freundin hat ihn vor kurzem verlassen. Jetzt sagt er ständig Sätze wie ›Hat das Leben ohne Liebe eigentlich einen Sinn?‹ und so.«

Diese Masche zog ziemlich gut. Auch reiche Mädchen haben Herz und wetteiferten plötzlich darum, einen liebeskummerkranken Jungen aufzuheitern.

Wir schleimten uns nicht ein. Wir biederten uns nicht an. Aber wir waren immer freundlich und immer da, wenn eine Tintenpatrone fehlte, eine Hausarbeit nicht komplett war oder im Fahrradkeller der Schlüssel eines Vesparollers verloren gegangen war.

Es gibt dieses Sprichwort. *So wie du in den Wald hineinrufst, so schallt es heraus.*

In unserer ersten Zeit auf dem Gymi lernte ich, dass das stimmt. Wir riefen so liebenswürdig in den Wald hinein, wie wir nur konnten.

Nach und nach tauten sie auf, unsere neuen StufenkollegInnen. Und ich selbst fand sie auch nicht mehr so furchtbar. Manche von ihnen taten mir sogar leid. Sie waren im Grunde nette Mädels und sympathische Kerle. Aber sie standen furchtbar unter Druck. Entweder durch ihre Eltern, die super Noten, 1a-Abschlüsse und das ausschließliche Treten in die Fußstapfen der Vererber erwarteten. Oder durch ihre Freunde, die ihre Köpfe derartig durch Markenbewusstsein und Verhaltensregeln blockierten, dass sie gar nicht mehr sahen, von welch netten Menschen sie doch umgeben waren.

Durch unsere Bemühungen, an der neuen Schule Fuß zu fassen und gleichzeitig im Unterricht mitzukommen, blieb Henning und mir kaum Zeit zum Luftholen, und die ersten Wochen zerrannen uns zwischen den Fingern.

Ehe wir uns versahen, war es Ende September und Zeit für die ersten Klausuren.

Zum ersten Mal hatte ich richtigen Horror vor Prüfungen.

Auf der Realschule war mir das Lernen leicht gefallen. Ich war in die Strukturen hineingewachsen, kannte die Stoffe, die Lehrer und die Art und Weise, wie die Klassenarbeiten bei ihnen abliefen.

Hier kannte ich nichts. Und deswegen ging mir die Flatter.

Meine Nächte waren erfüllt von grauenvollen Träumen, in denen ich im Prüfungsraum vor einem leeren Blatt saß und kein einziges Wort geschrieben hatte, als es plötzlich »Abgeben!« hieß. Oder ich hetzte durch die nach Putzmitteln riechenden Gänge und fand den Raum nicht, in dem die Klausur geschrieben wurde.

Dann, an einem ganz besonders schrecklichen Morgen, lauerte eine Englischarbeit auf mich.

Lange schon hatte ich mein Faible für Fremdsprachen jeglicher Art abgelegt, und Mary-Ann wurde ich schon längst nicht mehr genannt, hier auf dem Gymi erst recht nicht. Obwohl sich mein Spitzname David auch hier prompt und flächendeckend durchgesetzt hatte. Bei dieser Prüfung am heutigen Tag ging es im Grunde nur noch ums nackte Überleben: die erste Note an der neuen Schule.

Deswegen hatte ich ganze andere, existentielle Dinge im Kopf, als ich sie das erste Mal bemerkte.

Ein Mädchen mit rosigen Wangen, vielleicht ein Jahr jünger als wir, drückte sich auf dem Gang vor den Klausurräumen in meiner Nähe herum.

Solcherlei Verwirrungen war ich von meiner alten Schule her gewöhnt. Doch an diesem besonderen Tag war ich selbst aus besagtem Grund extrem kribbelig und daher keineswegs bereit, auf die Avancen eines verschossenen Teenagers aus der zehnten Klasse einzugehen. Also übersah ich ihr beharrliches Starren, das Henning bereits zu heimlichem Feixen veranlasste.

Unsere Englischlehrerin verspätete sich. Es hatte schon geklingelt, und die Gänge leerten sich in Richtung der Klassenräume.

Nur meine eifrige Schwärmerin schien nicht im Sinn zu haben, sich zu verdrücken, sondern stand an Ort und Stelle und versuchte, von der anderen Seite des Ganges aus Blickkontakt herzustellen.

Meine Nerven lagen blank. Schließlich hielt ich die Tour nicht mehr aus.

Da Frau Tierz immer noch nicht zu sehen war, hob ich den Kopf und erwiderte den himmelnden Blick von gegenüber so provokativ wie möglich.

Ihre Augen lagen ein wenig im Schatten, und ich konnte die Farbe nicht erkennen. Was ich jedoch erkennen konnte, war der Ausdruck darin. Und der erschreckte mich.

Wahrscheinlich hatte sie das vor dem Spiegel geübt. Etwas Wildes, Unbezähmbares lag in dem Dunkel. Sie wendete den Blick nicht ab, sondern hielt tapfer stand, obwohl ich sah, dass sie schlucken musste.

So maßen wir einander, während Frau Tierz auf sich warten ließ und mir die Knie plötzlich weich wurden.

Henning hatte die Nase tief in seine englischen Vokabeln gesteckt und bekam nicht mit, dass mich diese lästige Verehrerin fixierte wie ein Border Collie im schottischen Hochland ein verirrtes Schaf.

Nun, wer als Kind großen Hunden Stöcke entwunden und Seifenkistenrennen gewonnen hat, braucht sich vor einem Blickduell nicht zu fürchten.

Und am Ende – ich habe keine Ahnung, wie lange es dauerte – trug ich den Sieg davon.

Mein Gegenüber schlug die Augen nieder, und ihre flammend roten Wangen leuchteten noch ein wenig mehr auf.

Irgendwie niedlich war sie.

Und verdammt hübsch.

Es waren immer die Hübschen, Zierlichen, Mädchenhaften, die sich in mich verguckten. Diese hier war ganz besonders hübsch, schlank, mit langen hellblonden Haaren und Pfirsichhaut.

Na ja, auch sie würde es irgendwann erfahren.

Dass David nicht gleich David war.

Ich wandte mich wieder dem Englischbuch und somit gedanklich der anstehenden Klausur zu. Doch als ich nach ein bis zwei Minuten den Blick hob, um ein paar Vokabeln vor mich hin zu murmeln, musste ich feststellen, dass meine hartnäckige Bewunderin immer noch am selben Fleck stand und herüberglotzte.

Ich seufzte.

Dann löste ich mich von der Wand und ging zu ihr hinüber.

Schon als ich den ersten Schritt auf sie zu tat, konnte ich sehen, wie sie den Atem anhielt.

Beinahe rührend war es, wie sie sich versteifte und ihre Pupillen sich weiteten, als ich näher kam.

Ich ging einfach zu ihr hin und lehnte mich neben sie an die Wand.

Henning, der aufgeschaut und mich beobachtet hatte, sollte dies später als »echt machohafte Geste« bezeichnen.

Als wir so nahe nebeneinander an der Wand lehnten, nahm ich ihren Geruch wahr.

Der September war schwül und heiß dieses Jahr. Ihr Körper roch warm und war umgeben von angenehmem Duft, vielleicht Duschgel, vielleicht Parfüm, vielleicht auch Haarshampoo.

»Das fällt auf, weißt du«, sagte ich zu ihr, ohne sie anzusehen.

Stattdessen musterte ich meine Klassenkameraden auf der anderen Flurseite, um abzuchecken, ob sich jemand für meine kleine Aktion interessierte. Fehlte mir gerade noch, dass ich unsere mühseligen Versuche, hier Fuß zu fassen, durch eine Girlie-Himmelei sabotierte. Aber alle waren derart im Klausurfieber, dass niemand hersah. Außer Henning, dessen Blick ich jedoch mied.

»Soll es auch«, lautete die leise Antwort neben mir.

»So?« Jetzt sah ich sie an und erkannte schlagartig und mit unerwarteter Bestürzung, dass ihre Augen von einem dunklen Veilchenblau waren, das ich so noch nie gesehen, sondern nur aus dummen Volksliedern gekannt hatte.

»Ja, schließlich sollst du es ja merken«, sagte sie. Ihre Stimme zitterte ein wenig, und ich stellte mit Verwunderung fest, dass auch in mir etwas zu zittern schien, nur leicht und kaum wahrnehmbar wie ihre Worte. »Ich bin Maya«, flüsterte sie beinahe und hielt mir die Hand hin.

Eine schmale Hand, an deren Fingern ein paar Ringe saßen.

Ich nahm sie, spürte die klammkalte, weiche Innenseite, den sanften Druck, mit dem sie meine Hand umfing. Dies war der Moment, in dem eine seichte, behagliche Verwunderung sich in mir ausbreitete. Beginnend an der Stelle, an der unsere Körper sich mit den Handflächen berührten, floss sie langsam an mir herauf wie warmes Wasser, wenn man sich langsam in die Wanne gleiten lässt.

»Hi, Maya«, antwortete ich, möglichst lässig. Irgendetwas geschah hier, das ich nicht einordnen konnte und das ganz und gar nichts zu tun hatte mit den vielen anderen vorangegangenen Momenten, in denen ich von einem schwärmenden Mädchen angesprochen worden war. »Ich muss dir aber was sagen, Maya. Ich meine, es ist ziemlich deutlich, was du von mir willst. Ist doch so, oder?«

Sie nickte.

Ich nickte ebenfalls. »Deswegen finde ich es nur fair, wenn ich es dir selbst sage … Also, es passiert mir leider oft … so was eben. Das kommt, weil ich nun mal so aussehe, wie ich aussehe, und weil ich diesen verrückten Spitznamen habe, der einen wirklich in die Irre führen kann, das weiß ich. Ich könnte dir erklären, wieso ich ausgerechnet David genannt werde. Aber das würde jetzt einfach zu lange dauern. Es ist jedenfalls keine Absicht, um jemanden in die Falle zu locken oder so. Nur … ich bin kein Junge.«

Ich erwartete, dass sie verwirrt blinzeln, an mir hinabsehen, entsetzt und plötzlich begreifend mit ihrer Musterung innehalten würde, sobald sie unter meiner lässig weiten Jacke meine kleinen, aber durchaus vorhandenen Brüste entdeckt hätte.

Ich hatte erwartet, dass sie schlucken, sich räuspern, hochrot werden und sich unter gestammelten Entschuldigungen zurückziehen würde. Ich hoffte nur, dass Henning sich zügeln und nicht herausplatzen würde.

Was nun allerdings kam, damit hatte ich nicht gerechnet.

Maya wandte lediglich den Kopf, sehr ruhig, wie ich fand, sehr gelassen, sah mich gerade an und sagte: »Ich weiß.«

Ihre Worte, mochte ihre Stimme auch noch so sanft sein, war wie ein Faustschlag in den Magen.

Ich weiß noch, dass ich sie fassungslos anstarrte. Ich weiß auch noch, wie in der Gruppe auf der anderen Seite des Ganges plötzlich Unruhe aufkam und das Klappern von Pfennigabsätzen in meinem Schädel widerhallte.

Henning rief leise warnend: »Hey, David! Die Tierz kommt!«

Und ich klebte an der Wand und starrte in blaue Augen.

Kurz gesagt: Die Englischklausur war ein hammerharter Reinfall. Schlimmste Albträume schienen wahr zu werden.

Mein Hirn schien kurzfristig ausgewechselt worden zu sein. Wäre Henning nicht gewesen und Samantha, die mir auch ein paar Brocken rüberschob (gelobt seien die Tampons!), hätte ich nicht mal meine Vier hinbekommen.

Wie konnte das passieren?

Ich hatte doch gelernt!

Ich hatte doch Vokabeln gepaukt und Grammatik gewälzt und mir unzählige Übungen vorgesprochen. Ich hatte viel mehr geübt, als ich es jemals für solch eine blöde Prüfung getan hatte. Aber mein Kopf schien wie leer gefegt.

Andere, vollkommen unnütze Gedanken drängten sich mir dort auf, wo doch Aufgabenlösungen sprudeln sollten.

Zum Beispiel die Frage, wie es so blaue Augen geben konnte. So dunkel, dass sie aus der Entfernung fast braun wirkten – wenn man sich im Weggehen noch einmal umdrehte.

Oder was das für ein anhaltendes, sanftes Beben war. Dieses immer noch anhaltende Zittern. Das Schwingen in mir, als sei da drinnen ein Organ angerührt worden, von dem ich bisher nichts wusste. An dieser Stelle hatte ich auf jeden Fall noch nie etwas gespürt.

Tatsache war: Wenn das so weiterginge, würde ich Englisch abwählen müssen!

Nach der Klausur diskutierten alle eifrig ihre Arbeiten, erklärten sich gegenseitig, wieso die eine oder die andere Lösung die richtige war, und ließen auf diese Weise ihre angestaute Energie so richtig raus.

Meine konnte ich aber nicht rauslassen.

Ich wusste, dass ich in der Klausur total versagt hatte.

Und ich wusste, dass sich etwas anderes in mir abspielte, als es bei meinen StufenkollegInnen gerade der Fall war.

»Was wollte die vorhin eigentlich?«, erkundigte sich Henning irgendwann in der Pause, als wir genug über diese verdammte Prüfung geredet hatten.

Ich sah mich in der Pausenhalle um.

Die Schule wurde umstanden von niedrigen Bäumen und Hecken, deren Blätter sich bereits rot und kupfern und gelb verfärbten.

Die Farben wetteiferten mit dem Sonnenlicht dieses Tages. Goldübergossen schien der ganze Schulhof zu sein.

»Nichts weiter«, antwortete ich leichthin. »Wissen, ob ich echt 'n Mädchen bin.«

»Weil sie sich sonst in dich verknallen könnte, hä?«, gackerte Henning. »Die sah süß aus. Hat nicht zufällig ihren Namen gesagt?«

Erst wollte ich sagen: »Hey, lass die Finger von ihr, okay?!« Doch ich sagte es nicht.

Es stand mir nur ins Gesicht geschrieben. Und Henning, der gerade dabei war, einen Becher Joghurt zu schlemmen, sah es nicht.

»Maya«, sagte ich daher. »Sie scheint nett zu sein.«

»Ja«, erwiderte Henning und grinste. »Nett sind sie alle.«

Maya war aber anders.

Sie war anders nett als die anderen.

Zwei Tage nach unserer ersten Begegnung sah ich sie wieder.

Ich stieg gemeinsam mit Henning die Treppe hinunter zum Fahrradkeller. Wir sprachen über irgendetwas, das ich sofort vergaß, als ich ihre blonden Haare vor uns auftauchen sah.

»Hey«, sagte ich, bevor ich auch nur nachdenken konnte. »Wie geht's denn so?«

Maya drehte sich um, sah mich und stolperte.

Sie hielt sich an ihrer Freundin fest.

»Hi!«, strahlte sie dann und blieb auf dem nächsten Treppenabsatz stehen. »Wie war die Klausur?«

»Frag nicht«, antwortete ich und winkte ab.

»David hätte eigentlich gleich wieder gehen können. Wenn ich nicht ausgeholfen hätte, hätte es für sie wohl den ersten Sechser an der neuen Schule gegeben, hm? Ach, übrigens: Ich bin Henning.«

Henning hielt ihr die Hand hin.

Maya nahm sie. Kurz, nur kurz stieg die Erinnerung an ihre Handinnenfläche in mir auf. Als hätte mein Hirn einen eigenen Speicherplatz für Mayas Haut angelegt – an dieser Stelle klamm, kühl, weich.

»Das hier ist Jenni«, sagte Maya und deutete auf die Freundin neben ihr. Jenni nickte uns zu. Ich nickte zurück.

Ich nickte einfach zurück und sah sie dann nicht weiter an. Sie war lange nicht so hübsch wie Maya. Unauffällig, mit braunen Haaren, die zu einem Zopf geflochten waren, und einem recht blassen Gesicht. Sie lebte. Aber das war ja selbstverständlich. Deswegen beachtete ich sie nicht weiter.

»Kommt ihr am Wochenende zur Party? In die Grillhütte am Krauzbach?«, hörte ich mich fragen.

Maya schüttelte den Kopf. »Oberstufenparty«, erklärte sie. »Da kommen Zehner nur in Begleitung von einem aus der Oberstufe hin.«

»Wir könnten euch mitnehmen«, schlug Henning vor. Ich war froh, dass er es war, der das sagte. Die Idee war mir auch sofort gekommen. Aber ich war mir nicht ganz klar darüber, was ich damit – außer einer schlichten Einladung zu einer Party – sonst noch ausgesprochen hätte.

Immerhin hatte Maya mir deutlichst mitgeteilt, dass sie an mir auf eine ganz bestimmte Art und Weise interessiert war – und das, obwohl ich ein Mädchen war.

Vielleicht – so hatte ich in den vergangenen zwei Tagen mehrmals gedacht –, vielleicht sogar deshalb, *weil* ich ein Mädchen war.

Maya sah ihre Freundin fragend an.

»Ich darf bestimmt nicht«, sagte die gleich und zuckte resigniert die Achseln.

»Echt?«, stieß Maya klagend aus. Ihr ganzer Körper sah enttäuscht aus. Sie war schlank und wirkte sportlich. Aber jetzt ließ sie die Schultern hängen. »Ach menno! Kannst du deine Eltern nicht wenigstens fragen? Vielleicht drücken sie ja ein Auge zu. Du bist schließlich schon fast sechzehn.«

Maya zappelte herum und blickte unschlüssig zwischen ihrer Freundin und uns hin und her. Ich hätte gewettet, sie würde sich in den Hintern beißen, wenn ihr diese Gelegenheit durch die Lappen ging.

Jenni seufzte tief.

»Ich kann's versuchen.« Aber sie klang nicht so, als hätte sie auch nur die geringste Hoffnung.

»Wir sagen morgen Bescheid«, erklärte Maya und sah dabei nur mich an.

»Okay«, sagte ich und versuchte, das heftige Flattern unterhalb meines Rippenbogens zu ignorieren.

»Ich glaub, sie steht auf mich«, grinste Henning, als wir uns verabschiedet hatten und unseren Weg fortsetzten. Ich konnte seinem seligen Gesichtsausdruck ansehen, dass er sich gerade gewisse Chancen für den Samstagabend ausrechnete.

»Wenn du meinst«, erwiderte ich nur und beugte mich über mein Fahrradschloss.

Vielleicht darf ihre Freundin ja wirklich nicht mitkommen. Und dann wird sie auch nicht wollen. Sie wird nie im Leben allein mit uns gehen. Wie sähe das aus?, dachte ich.

Aber tief in meinem Innern wusste ich, dass sie mitkommen würde. Ich wusste, dass sie uns auch allein begleiten würde. Und ich glaube, ich wusste noch eine Menge mehr. Nur darüber nachdenken, das wollte ich nicht. Noch nicht.

Gigi hatte natürlich nichts gegen eine Party einzuwenden. Erst recht nicht, wenn Henning und ich zusammen gingen.

Sie würde den Abend mit Alois im Kino verbringen. Und so standen wir uns plötzlich im Badezimmer gegenseitig auf den Füßen.

Vor dem Spiegel war entschieden zu wenig Platz. Unsere Parfüms drohten sich zu einem echten Totschläger-Duft miteinander zu vermischen.

»Sag mal«, raunzte sie mich schließlich an, »was stehst du mir hier eigentlich die ganze Zeit im Weg rum? Normalerweise reicht ein Griff zur Geltube, pitschpatsch rauf auf den Kopf, und dann bist du wieder verschwunden. Was gibt's denn heute so viel zu zupfen und zu tupfen?«

»Ich hab einen Pickel«, murmelte ich kleinlaut.

Mir war selbst schon aufgefallen, dass mein Verhalten vor einer Party sonst ganz anders war. Gelassener irgendwie.

»Einen Pickel?« Gigi sah mich belustigt an. »Wo genau soll der sein? Am Hintern?«

»Nimm mich ernst!«, grollte ich.

»Tu ich, mein Schatz.« Gigi machte ein sehr ernstes Gesicht. »Dann schieß mal los!«

»Wie?«

»Na, ich dachte, du willst mir erzählen, wem zuliebe du diesen Tanz hier veranstaltest.«

Ich schnaubte wie ein Pferd. »Du denkst wahrscheinlich, dass du sehr, sehr schlau bist. Aber leider liegst du falsch. Es ist eben einfach nur die erste Oberstufenparty.«

Gigi sah aus, als wolle sie sich vor lauter Ehrfurcht gleich bekreuzigen.

»Wer's glaubt ...«, lächelte sie.

Und ich stolzierte erhobenen Hauptes aus dem Bad.

Mein Styling für den Abend war sowieso fertig.

Weil der Abend so warm war, fuhren wir mit den Rädern.

Maya wartete wie abgemacht an der Kreuzung auf uns.

Ihr Rennrad sah neu und ziemlich teuer aus. Henning pfiff anerkennend durch die Zähne. Allerdings war selbst mir nicht klar, ob der Pfiff nur dem Rad oder nicht doch vielleicht auch Mayas Outfit galt.

Die langen Haare wehten ihr beim Fahren über die Schultern wie die seidene Mähne eines edlen Pferdes.

Ich wusste, dass ich solche Vergleiche besser nicht anstellen sollte. Das war so klischeehaft und viel zu abgedroschen. Aber ich konnte nicht anders.

Sie erinnerte mich an ein Tier. Ein elegantes Pferd. Ein scheues Reh. Einen frechen Hund. Eine wilde Katze.

Ich konnte nicht aufhören, ihr zuzusehen, wie sie in die Pedale trat, wie ihre Beine in den engen Jeans sich beugten und streckten. Die gebräunten Arme ragten leuchtend aus der ärmellosen hellen Bluse hervor. Als wir an einer Ampel anhielten, entdeckte ich darauf eine feine Gänsehaut und Millionen von winzigen, abstehenden, weißblonden Härchen.

In dem Augenblick, als ich ihr meinen Pulli anbieten wollte, wandte sie den Blick von dem roten Licht uns gegenüber und sah mich direkt an.

Dunkel.

Tief.

Sie lächelte verlegen, und wir drehten gleichzeitig die Köpfe wieder fort.

Nur mein Herz raste noch weiter und kam lange vor uns auf der anderen Straßenseite an.

Wir waren zu früh auf der Party. Das hatten wir extra so eingerichtet. Denn so konnten wir noch ein bisschen behilflich sein, das Büfett aufbauen, Bierkästen schleppen, Stühle und Tische rücken. Außerdem konnten wir auf diese Weise zusehen, wie nach und nach alle anderen Gäste eintrudelten.

Maya stellte sich nicht blöd an, sondern half mit, wo immer ein Paar Hände gebraucht wurde.

Schließlich stellte sie sich an die Musikanlage, sortierte die Platten und Kassetten und mischte eine gute Stimmung zusammen.

Die Hütte füllte sich.

Fast alle unsere neuen StufenkameradInnen fanden sich ein. Es ging gleich richtig zur Sache. Es wurde getanzt, getrunken, und irgendwo – weit von mir entfernt – ging ein Joint herum.

Ich hielt sorgsam Abstand. So was war mir unheimlich. Drogen, die Einfluss auf mein Bewusstsein nahmen, konnte ich generell, aber heute Abend insbesondere überhaupt nicht gebrauchen.

Mein Bewusstsein war schon gestört genug.

Es war schwer damit beschäftigt, die allgemeinen Markenklamotten-Vesparoller-außerhalb-der-Schule-sind-wir-alle-gleich-Verhaltensregeln einzuhalten und gleichzeitig scharf zu beobachten, was zwischen Maya und mir geschah.

Denn es geschah ganz sicher etwas.

Henning bekam das auch zu spüren. Maya erteilte ihm zweimal einen Korb fürs Tanzen, weil sie lieber mit mir auf einem Tisch an der Wand sitzen und quatschen wollte.

Schließlich zockelte er von dannen und kam nach ein paar Tanzeinlagen erst mal nicht mehr zurück, sondern begleitete Tampon-Samantha und ihre Busenfreundin Kerstin zum Rauchen nach draußen.

»Hey, Maya«, sagte irgendjemand im Vorbeigehen und offensichtlich verwundert zu ihr. »Wie kommt's, dass du hier bist?«

»David und Henning haben mich eingeladen«, antwortete sie mit einem frechen Lachen und wandte sich wieder mir zu.

Sie tat vieles so. Einfach nebenbei. Als wäre das ganze Leben federleicht.

Genauso tanzte sie auch. Steckte sich beim Tanzen eine Zigarette an. Lachte mal hierhin, mal dorthin. Streckte irgendwem, der eine blöde Bemerkung machte, die Zunge heraus. Öffnete eine Bierflasche mit dem Feuerzeug.

Das verblüffte mich. Ich kannte kein einziges Mädchen außer mir, das eine Bierflasche mit einem Feuerzeug öffnen konnte.

»Kannst du auch auf den Fingern pfeifen?«, fragte ich sie, als wir uns draußen eine Verschnaufpause vom Tanzen gönnten.

»Was glaubst du?« Sie sah mich so an.

So ganz anders, als ich je angesehen worden war.

Keck. Auffordernd.

Mit aufkommender Panik stellte ich fest, dass sie mit mir flirtete.

»Ich glaube ja«, sagte ich rasch.

Maya steckte Zeigefinger und Daumen, zu einem O geformt, in den Mund und ließ einen gellenden Pfiff los, der den Umstehenden ins Trommelfell fuhr. Empört protestierten sie. Doch Maya beachtete das von ihr provozierte Gegröle erst gar nicht.

»Ich kann aus der Hand lesen, wetten?«, sagte sie zu mir.

»Ach ja?«, erwiderte ich unbeholfen. Sie legte mich, mein Hirn und meinen Mund völlig lahm mit ihrem Blick und ihrem Lächeln.

Natürlich hätte ich mir denken können, was jetzt kam.

Weil ich aber so beschäftigt damit war, schon allein ihre Blicke einzuordnen, traf mich fast der Schlag, als sie jetzt nach meiner Hand griff.

»Man muss die linke nehmen, weißt du«, erklärte sie und konnte nicht überspielen, dass sie selbst ein bisschen verlegen war. »Sie liegt näher beim Herzen.«

Dann betrachtete sie meine Hand genau.

Sie strich mit dem Finger über die Innenseite und an den Fingern hinauf.

Scheinbar ganz versunken war sie in diesen Anblick.

Und ich war vollkommen konzentriert darauf, mir meine Fassungslosigkeit nicht anmerken zu lassen. Denn mir war schlagartig klar geworden, was ihre Berührung auslöste. Dieses Brennen und Ziehen, jedes Mal, wenn ihre Fingerspitzen über meine Haut strichen.

Es war Begehren.

Es hatte verdammt sehr viel mit Sex zu tun.

Es machte mich komplett bewegungsunfähig. Ich war von einer Sekunde auf die andere ein nervliches Wrack.

»Du«, sagte sie schließlich, offensichtlich ohne zu merken, was sie bei mir anrichtete. »Du kannst schnell rennen, nicht?«

»Hey«, rasch entzog ich ihr die Hand. »Hast du mich heimlich auf dem Sportplatz beobachtet oder was?«

Sie lächelte weise.

Mir fielen rasend schnell mindestens ein Dutzend Geschichten ein über bezaubernde Frauen, die von einem gewissen Geheimnis umgeben sind und von denen später bekannt wird, dass sie schon als Teenager Weissagen und Handlesen und lauter solch unheimliches Zeug beherrschten.

»Hast du schon mal gemerkt, dass deine Ringfinger länger sind als deine Zeigefinger?«, wollte Maya wissen.

Ich lachte etwas zu laut. Völlig aus der Bahn war ich.

»Nein, ist das so?« Jetzt betrachteten wir beide unsere Hände ganz genau.

Tatsächlich hatte sie Recht. Nicht nur im Vergleich zu ihren Händen, bei denen der Zeigefinger nach dem Mittelfinger deutlichen am längsten war, sondern auch ganz objektiv betrachtet. Mein Ringfinger war länger als der Zeigefinger.

»Zufälligerweise hat jemand herausgefunden, dass der Testosteronspiegel, dem ein Kind im Mutterleib ausgesetzt ist, einen großen Einfluss auf das Wachstum des Ringfingers hat. Genauso wie auf die Fähigkeit, schnell zu rennen. Testosteron bewirkt natürlich noch anderes, zum Beispiel die Fähigkeit zu gutem räumlichem Sehen. Aber das würde jetzt zu weit führen. Tatsache ist: Man kann an der Länge der Finger erkennen, wie vielen Hormonen ein Mensch in welcher Woche in der Gebärmutter ausgesetzt war. Und man kann daran erkennen, ob er schnell rennen kann oder nicht. Das wusstest du nicht, hm?«

Manchmal waren solche bezaubernden Frauen aber wohl einfach nur klug und gebildet.

»Jenni hat auch so lange Ringfinger«, sagte Maya versonnen, während sie mit einer Fingerspitze noch einmal an meiner Haut entlangstrich und ich ihr wie hypnotisiert dabei zusah.

Eigentlich gab es nichts zu sagen, während Maya meine Finger streichelte. Aber weil ich es nicht ertrug zu schweigen, sagte ich: »Ihr seid wohl so richtig gute Freundinnen, wie?«

Maya lächelte wieder. Diesmal aber nicht frech, nicht kokett und flirtend. Ihren Augen sah ich an, dass sie an ihre Freundin Jenni dachte.

Plötzlich hätte ich gern gewusst, woran genau. Wäre liebend gern in sie hineingekrochen, um ihre Bilder zu betrachten und alle selbst gedrehten Filme zu erforschen. Was hatte sie bisher erlebt? Wem war sie begegnet? Welche Menschen bedeuteten ihr etwas? Wer war sie?

Wer.

War.

Sie.

»Wahrscheinlich ist unsere Freundschaft ähnlich eng wie deine mit Henning. Ohne ihn kannst du dir dein Leben bestimmt auch nicht vorstellen, oder?«

Ich hätte ein Leben ohne Henning ziemlich öde gefunden und schüttelte daher rasch den Kopf. Manches mochte ich mir nicht vorstellen.

»Siehst du«, lächelte sie und ließ die Hand endlich sinken. Schon sinken. »Mir geht es mit Jenni genauso.«

»Hey!«, rief Samantha, die gerade mit zwei vollen Bierflaschen an uns vorbeiging. »Händebegucken bringt Unglück, wisst ihr das nicht?«

»Unsinn!«, lachte Maya. »Was ist das wieder für abergläubisches Zeug?«

Samantha zog die Brauen hoch und schnalzte mit den Lippen. »Manchmal ist es besser, man glaubt an so was. Die beste Freundin meiner Kusine hat mal zwischen Weihnachten und Neujahr Wäsche gewaschen. Und am nächsten Tag war ihre Mutter tot.«

»Etwa erstickt an nasser Wäsche?«, fragte Maya gespielt harmlos.

Samantha zog eine Grimasse.

Hinter ihr erschien Henning und nahm ihr eine der Bierflaschen ab.

Samantha sah ihn an, und ich erkannte an ihrer Miene bereits eine Art Besitzerinnenstolz, der mir von Hennings Freundinnen nicht unbekannt war.

Innerlich seufzte ich tief.

Wir quatschten ein bisschen, gingen wieder zum Tanzen hinein, standen mit ein paar anderen zusammen, lachten, scherzten, taten alles, was man auf Feten eben so tut.

Als Maya einmal ausnahmsweise nicht bei mir stand, sondern zur Toilette unterwegs war, kam von der anderen Raumseite Henning angeschossen. Er stellte sich sehr nahe vor mich.

»Ach, du Scheiße«, murmelte er, sodass nur ich ihn verstehen konnte.

»Was ist denn?«

»Weißt du eigentlich, wen wir hier eingeschleppt haben?« Sein leichtes Kopfnicken in Richtung Toiletten war kaum zu sehen. »Das ist die Tochter von Günter Frechen.«

Ich runzelte die Stirn.

»Dem Politiker«, raunte Henning mir zu.

»Oh«, machte ich. Aber die Tragweite des Ganzen wurde mir trotzdem noch nicht bewusst. »Na und?«, fragte ich deswegen. »Sind Politiker vielleicht schlechter als Fabrikanten, Richter, Rechtsanwälte und Ärzte? Reich sind die doch alle.«

Henning prustete über so viel Unwissenheit. »Klar. Sie müssen nur auf der richtigen Seite stehen. Auf der schwarzen nämlich. Kapiert?«

Langsam ratterte es auch in meinem Kopf.

»Oha!«

»Ja, leider ist Maya die jüngste Tochter des einzigen richtigen Sozis in diesem Pisskaff«, fluchte Henning in gepflegter Flüster-Lautstärke. »Und ein paar unserer Kollegen wundern sich gewaltig, dass sie hier auftaucht.«

Ich ließ die Blicke unauffällig über die Gesichter unserer MitschülerInnen schweifen.

Plötzlich kam mir der Gedanke, dass Maya es unter diesen Umständen bestimmt recht schwer haben musste auf der Schule.

Den Eindruck einer Unterdrückten, leidlich Geduldeten machte sie jedoch gar nicht.

Allerdings schienen Henning und ich durch die Wahl unseres einzigen Gastes auffällig geworden zu sein. Tatsächlich fing ich im weiteren Verlauf des Abends den einen oder anderen neugierigen Blick auf.

»Ich wusste gar nicht, dass du zur Prominenz gehörst«, sagte ich zu Maya.

Sie verdrehte die Augen. »Wer hat dir denn das gesteckt?«

Ich machte eine Geste in den Raum. »Irgendwer halt.«

»Und? Sprichst du noch mit mir?« Sie klimperte mit den Wimpern. Und obwohl mir klar war, dass sie einen Witz machen wollte, musste ich schlucken.

»Also bitte!«, sagte ich dann. »Ich komme schließlich aus einer Arbeiterfamilie.«

»Tatsächlich?« Sie sah mich interessiert an. »Was machen deine Eltern denn?«

»Meine Mutter ist Bürokauffrau bei Sponto.« Ich zögerte. »Und ihr Freund hat ein Reisebüro.«

Maya fragte nicht, aber ich spürte, dass sie es gern gewusst hätte.

»Mein Vater hat sie sitzen lassen, als ich noch nicht geboren war. Er ist Amerikaner«, erklärte ich kurz.

Es fühlte sich sonderbar an, ihr das zu erzählen. Im Grunde hatte ich das so noch nie jemandem gesagt. Alle, die ich kennen lernte, wussten automatisch, dass ich nur Gigi hatte. Und natürlich Großmutter und Opa. Und seit etwa drei Jahren ja auch Alois. Es war das erste Mal, dass ich mich erklären musste.

Bei Maya war vieles das erste Mal.

Das Horchen aufs Telefon, wenn ich in meinem Zimmer auf dem Bett lag, Musik hörte oder las. Das Zählen der Sekunden von dem Augenblick an, als Gigi an den Apparat ging, bis zu dem leisen Klopfen an meiner Zimmertür.

Das ängstliche Flattern im Bauch, bis sie »Maya« sagte und mir den Hörer hinhielt. Das euphorisch-explodierende Glücksgefühl in diesem Augenblick. Die dumpf empfundene Enttäuschung bei jedem anderen Namen, den sie ja auch sagen konnte.

Zum ersten Mal versuchte ich, meine Gefühle zu verbergen. Vor Gigi. Vor Henning. Vor der ganzen Welt. Und am allermeisten vor Maya selbst.

Wir sahen uns in der Schule recht selten. Ich »lebte« schließlich mit den anderen im Oberstufentrakt, der für die unteren Klassen tabu war.

Nachmittags sahen wir uns hin und wieder, um beispielsweise mit den Rädern rumzufahren, durch die Boutiquen und Geschenkeläden zu bummeln oder einfach durch die Stadt zu streunen.

Es war mir recht, dass Henning oft nicht dabei war, weil er alle Hände voll damit zu tun hatte, Samantha und ihre gehobenen Ansprüche in Sachen Unterhaltung zu befriedigen.

Denn wenn Henning dabei war, war Maya anders. Sie drehte total auf, war hypergut gelaunt, lachte unentwegt, tänzelte herum und sprudelte nur so über. An solchen Tagen flirtete sie mit uns beiden, machte immer wieder die eine oder andere doppeldeutige Bemerkung und zwinkerte mir zu, wenn Henning nicht hersah.

Das war mir unheimlich. Und sie traute sich das nur, weil Hennings Anwesenheit sie schützte. Ich mochte die Maya lieber, die mit mir allein unterwegs war.

Dann war sie natürlich immer noch lebendig, das war einfach ihre Art, aber dennoch viel zahmer. Sie sah mich nie länger an, als es für gute Freundinnen üblich gewesen wäre, und machte keine zweideutigen Anspielungen.

Es hätte fast ganz normal zwischen uns sein können, ebenso wie ich mich manchmal mit Hennings Ex Pamela zum Kino traf oder wie ich mit Susette in die Eislaufhalle ging. Aber nur fast.

Da war die ganze Zeit etwas.

Das Wissen um unsere erste Begegnung auf dem Schulflur vor den Klausurräumen.

Zwischen uns war direkt zu Beginn etwas ausgesprochen worden, das sich doch eigentlich erst hätte entwickeln müssen. Das durch tiefe Blicke, Komplimente, Flachsereien hätte deutlich werden müssen.

Doch statt den üblichen Verlauf zu nehmen, waren diese Worte gesprochen worden.

Und die machten jeden unverfänglichen Anruf zu etwas Pikantem. Sie lagen schwer in der Waagschale, wenn ich nach einem netten gemeinsamen Nachmittag heimging und mir einzureden versuchte, dass wir schon ganz gute Freundinnen geworden waren.

Ich versuchte, es mir einzureden, obwohl ich nicht sicher war, ob das tatsächlich mein erklärtes Ziel war.

Natürlich war mir klar, was mit mir geschah.

Ich wusste, dass ich bis über beide Ohren verknallt war. Mir gingen Gedanken durch den Kopf, die in einer ganz normalen Freundschaft wirklich nichts zu suchen hatten.

Abends im Bett stellte ich mir ihre Haut vor, ihre Lippen, ihre Hände. Ich erinnerte mich an ihren Geruch, den Duft ihrer Haare.

Ich sprach mit ihr. Leise murmelnd führte ich unendliche Gespräche, in denen es um Gott und die Welt ging und am Ende, immer, auch um uns.

Doch tagsüber waren diese Nachtgespinste fern. Es war wie ein anderes Leben, ein anderes Ich.

Was für eine verrückte Idee! Maya. Ein Mädchen. Und ich. Wie sollte das gehen? Die MitschülerInnen. Großmutter. Ich selbst.

Einmal war ich nahe dran, Susette etwas von diesen inneren Widersprüchen zu erzählen. Doch dann machte ich im letzten Moment einen Rückzieher und fand später, das sei auch das Beste. Schließlich hatte das, was ich für Maya empfand, nichts damit zu tun, was Susette mit ihren Freundinnen verband.

Nur weil ich bereits mit acht Jahren erfahren hatte, dass Frauen miteinander auch ein Paar und sogar eine Familie sein konnten, hieß das doch noch lange nicht, dass ich auch zu diesen Frauen gehörte.

Ich dachte nicht an dieses eine Wort.

Im Grunde versuchte ich, möglichst gar nicht zu denken, was Maya anging.

Dabei war es am schwersten, die eine Frage aus meinem Kopf zu vertreiben, die darin herumwanderte und mit jedem Treffen an Brennkraft gewann: Warum sagte Maya nichts? Warum erwähnte sie mit keinem Wort unsere erste Begegnung und die darin deutlich ausgesprochenen Wünsche und Ziele?

Spätabends im Bett malte ich mir aus, wie ich die Antwort auf diese Frage mit sanftem Fordern aus ihr herauslockte.

Tagsüber wäre ich eher unter der Folter gestorben, als auch nur einen Ansatz zu solch einem Gespräch zu wagen.

Es vergingen Wochen. Sie wurden zu Monaten. Das Jahr wurde alt, verging, das neue begann. Ein weiteres Frühjahr mit Wachsen und Blühen und Recken huschte zunächst verstohlen ins Land und brauste schließlich über uns hinweg.

Auf jeder Oberstufenparty war Maya Frechen dabei.

Weil David Jochheim sie einlud.

Es hätte mir keinen Spaß gemacht, ohne sie hinzugehen.

Es gab eine Menge Dinge, die ohne Maya weniger oder gar keinen Spaß machten. Alles, was ich jemals schon mal mit ihr getan hatte, gehörte dazu. Aber auch Dinge, bei denen ich sie noch nie erlebt hatte, die ich noch nie gemeinsam mit ihr unternommen hatte, kamen mir an manchen Tagen grau und trostlos vor, weil sie nicht dabei war.

Ich entwickelte das selbstquälerische Geschick, Maya nach und nach in mein Leben zu locken – nur um sie dort anschließend schmerzlich zu vermissen.

Als ich sie einmal Großmutter und Opa vorstellte, war ich danach tagelang furchtbar durcheinander. Immer sah ich sie vor mir, in den vertrauten Räumen, mit den Menschen, die mir etwas bedeuteten. Opas begeisterte Blicke. Sein späteres, heiser geflüstertes Geständnis, sie sehe aus wie Grace Kelly.

Was überhaupt nicht stimmte.

Maya war schlank, beinahe zart, und ihr Haar von einem hellen Blond. Aber das war auch schon alles an Ähnlichkeit. Sie war sportlich, trug am liebsten Jeans und T-Shirts und hatte für mädchenhafte Outfits genauso wenig übrig wie ich.

Sie liebte ihr Rennrad, Star Wars und Sting. Sie konnte alle Lieder von Ina Deter mitschmettern, weil sie zwei ältere Schwestern hatte, die sich auskannten. Und sie trug im Winter gelbe Stulpen, die sie aussehen ließen wie einen antiquierten Teenager mit einer großen Leidenschaft für Kanarienvögel.

Bei allem, was sie tat, wusste ich nie, wohin mit mir. Mit mir und meinem rasenden Herzen.

Manchmal unternahmen Maya und ich auch gemeinsam etwas mit ihrer Freundin Jenni.

Das waren meist sehr sonderbare Nachmittage.

Ich wusste nicht genau, was es war. Irgendwie bekam ich keinen rechten Draht zu Jenni. Immer hatte ich das Gefühl, dass sie sich zwar anstrengte, nett zu mir zu sein, ja, dass sie mich im Grunde wirklich mochte, aber dennoch spürte ich, dass von ihr in meine Richtung eine gewisse Zurückhaltung ausging.

Als ich Henning davon erzählte, mutmaßte er, dass Jenni vielleicht eifersüchtig sei. Immerhin wohnte sie in der Nachbarstadt und konnte ihre Freundin Maya außerhalb der Schule nicht so oft sehen wie ich. Außerdem hatte Jenni einen festen Freund, Mirko, mit dem sie den Großteil ihrer Freizeit verbrachte.

Jenni erzählte auch gern von Mirkos cooler Clique, mit der sie gemeinsam samstagsabends oft etwas unternahmen. Also waren Maya und sie im Grunde eigentlich eher Schulfreundinnen. Trotzdem waren die beiden richtig dicke. Ihre Eltern mussten mit fetten monatlichen Telefonrechnungen für diese Freundschaft geradestehen.

Dann kam ein Tag im April. Wir kannten uns seit acht Monaten und hatten uns schon etliche Male getroffen. Doch bisher hatte Maya mich noch nie zu sich nach Hause eingeladen.

Ich war natürlich neugierig, hätte es aber nie von mir aus vorgeschlagen.

Der Tag, an dem ich zum ersten Mal zu ihr nach Hause fuhr, war wie mit Lenor gewaschen. Überall sprossen die Blüten. Es roch nach frischem Grün, dem ersten Rasenmähen. Über meinem Kopf erstreckte sich der blaue Himmel von Horizont zu Horizont über der Stadt.

Ich war nervös.

Vielleicht würde ich Mayas Vater begegnen. Ich hatte keine Ahnung, wie ich mit einem Politiker reden sollte. Wahrscheinlich war er ganz normal. Aber wer konnte das schon wissen?

Doch dann stand kein Auto in der großen Einfahrt vor dem Haus, und ich atmete erleichtert auf.

Die Tür war breiter als üblich und bestand aus schwerem Holz.

In Kopfhöhe hing ein bronzener Löwenkopf mit einem Ring im Maul. Wahrscheinlich war das arme Tier nur Zierde, denn ich fand außerdem einen in die Wand eingelassenen Klingelknopf.

Ich sah ihn genauer an und fragte mich, was mir so seltsam daran vorkam.

Ein paar Sekunden lang kam ich nicht drauf, und mir war gar nicht klar, wieso mich dieser Anblick verwunderte. Doch dann begriff ich: Es stand kein Name an der Tür. Kein Name an der Klingel.

Wer hierher kam, wusste, wer hier wohnte.

So war das wohl.

Als ich auf die Klingel gedrückt hatte, näherten sich von innen rasche Schritte.

Dann stand Maya in der Tür.

Sie trug ein blau kariertes Blusenhemd, tief sitzende Jeans und keine Schuhe.

Ihre Zehennägel waren rot lackiert.

Wir starrten uns einen Moment lang an, als müssten wir beide uns vergewissern, dass wir es tatsächlich waren.

»Komm rein«, sagte sie dann und tat einen Schritt zur Seite.

Ich ging an ihr vorbei, nahm deutlich ihren Duft wahr und spürte, wie sich mein Magen deswegen zusammenzog.

Von rechts, aus einem Durchgang, der zur Küche führte, wie ich später erfuhr, tauchte plötzlich eine junge Frau auf.

Sie sah Maya sehr ähnlich, nur dass sie älter und etwas größer war und ihre Haare zu einem ordentlichen Knoten am Hinterkopf zusammengesteckt hatte.

»Ist für mich«, sagte Maya und nickte. »Das ist David. Und das ist Britta, meine Schwester.« Daran, wie sie »David« sagte, erkannte ich, dass sie Britta bereits von mir erzählt hatte. Eine Erklärung war nicht nötig.

Ich wusste natürlich auch von Britta. Doch das bloße Wissen um ihre Existenz hatte mich nicht darauf vorbereitet, wie sie war.

Britta hatte eine ausgezeichnete Haltung, über die Großmutter bestimmt in Entzücken ausgebrochen wäre. Das rührte bestimmt daher, dass sie Ballett tanzte.

Die Schultern hatte sie weit zurückgenommen, der Hals war sehr gerade, das Kinn leicht vorgeschoben. Plötzlich kam mir Opa in den Sinn. Britta sah wirklich aus wie Grace Kelly.

»Hi«, lächelte ich, plötzlich schüchtern, und hob die Hand.

»Hallo«, erwiderte Britta meinen Gruß. Ihr Mund verzog sich auch zu einem Lächeln, doch es erreichte ihre forschenden Augen nicht.

»Nadine wohnt ja nicht mehr hier. Aber vielleicht kommt Mama früher vom Einkaufen zurück. Dann lernst du sie auch kennen. Papa ist in Bonn, Sitzungswoche. Komm, ich zeig dir mein Zimmer.« Damit schob Maya mich an Britta vorbei in den hinteren Teil des großen, fast kreisrunden Flures.

Im Rücken spürte ich immer noch Brittas Blick.

Doch ich drehte mich nicht mehr zu ihr um.

Ich vergaß auch rasch das merkwürdige Gefühl, das sie mit ihren erkundenden Augen bei mir ausgelöst hatte.

Als ich nämlich Mayas Zimmer betrat, war ich von den Eindrücken dort erst einmal vollkommen überwältigt.

Mayas Raum war weiß.

Ich musste die Schuhe vor der Tür ausziehen. Der sehr helle beigefarbene Teppich war so weich, als ginge ich auf Wolken.

Ich spazierte durch den Himmel. Vorbei an ihrem weißen Schreibtisch, dem weißen Schaukelstuhl in der Ecke, dem weißen Bücherregal mit den vielen Büchern, wovon einige noch Kinderbücher waren, bis hin zu ihrem weißen Holzbett mit der weißen Bettwäsche.

Über dem Bett hing ein riesiges Poster mit einem Schneehasen, der auf einer Kleewiese hockte und die Nase schnuppernd in Richtung Kamera hob.

Das Grün der Wiese war der einzige größere Farbfleck in diesem Raum.

Ich hatte noch nie ein Jugendzimmer gesehen, das derartig durchgestylt war, und war schlagartig mundtot, so beeindruckt war ich.

»Und?«, fragte Maya schließlich und sah mich gespannt an. »Wie gefällt's dir?«

Ich fragte mich mit einem beklemmenden Gefühl im Hals, was sie wohl von meinem Zimmer gehalten hatte, als sie es das erste Mal sah. Diesem zusammengestückelten Von-allem-etwas. Den vielen Postern, Bildern, Fotos, Stofftieren. Dem Flickenteppich und den hundertundeins Erinnerungsstücken, die überall herumstanden oder -lagen.

»Der Hase ist cool«, sagte ich lässig und ließ mich aufs Bett fallen.

Maya sah enttäuscht aus, versuchte aber, es sich nicht anmerken zu lassen.

»Willst du 'ne Cola?«

Ich nickte, und sie schüttete mir aus einer bereitstehenden Flasche etwas in ein echtes Coca-Cola-Glas.

Ich tat so, als sei mir nicht aufgefallen, wie hervorragend auch das passte, nahm das Glas und trank es in einem Zug halb aus.

Das hätte ich besser nicht getan. Die Kohlensäure trieb mir die Tränen in die Augen. Ich musste rülpsen. Allerdings wäre ich eher gestorben, als das zu tun.

Also ließ ich heimlich etwas Luft ab, als Maya zu ihrer – natürlich weißen! – Stereo-Anlage hinüberging und zwischen den Platten wühlte.

»Kennst du *Grease*?«, fragte sie.

»Sicher«, antwortete ich, obwohl ich nur eine vage Ahnung von einem Tanzfilm mit John Travolta hatte. »Leg mal ruhig auf.«

Das tat sie.

Und während sie sich wieder zu mir umwandte, ertönten die ersten Takte.

Wir aber blieben stumm.

Ich wusste einfach nicht, was ich sagen sollte.

Sie war so.

Perfekt.

Dieses weiße Zimmer.

So ordentlich, und alles war aufeinander abgestimmt.

Die hellen Haare, die ihr über die Schultern flossen.

Die unergründlichen Augen.

Sogar ihre blassen Füße mit den rot lackierten Zehen waren einfach makellos.

Ebenso wie ihr supergepflegtes, immer glänzendes Rennrad.

Ihre modischen Klamotten, die nie übertrieben wirkten.

Der fehlende Name an der Haustür.

Was hatte sie dazu getrieben, sich mir gegenüber an die Schulflurwand zu lehnen und mich anzustarren?

Sie musste sich geirrt haben. Sie hatte sich ganz sicher jemand vollkommen anderen unter meiner Person vorgestellt. Und das war auch der Grund, wieso sie nie wieder unser Kennenlernen und unser Gespräch erwähnt hatte. Sie hatte ganz einfach die Erfahrung gemacht, dass David nicht so war, wie sie es sich erträumt hatte. Denn so, wie ich wirklich war, passte ich doch gar nicht hierher. Ich hatte hier nicht gefehlt. Hier, wo alles so komplett war.

Meine abendlichen Träume kamen mir plötzlich vollkommen größenwahnsinnig vor.

Wie konnte ich nur vage annehmen?

Wie konnte ich nur denken?

Wie konnte ich nur?

»Alles in Ordnung?«, fragte Maya vorsichtig und setzte sich zu mir aufs Bett. Sie saß weit rechts, ich weit links, zwischen uns war ausreichend Platz. So viel Platz.

Vielleicht ein Lächeln?

»Klar, alles in Ordnung. Es ist nur ... ich dachte grad an Opa«, log ich. Nicht mal besonders geschickt. Aber sie griff dankbar nach diesem Strohhalm.

»Ach? Und was dachtest du da?«

Ich lachte. »Er hat sich neulich eine witzige Geschichte geleistet. Ein echter Klopper!« Während ich sprach, ihr erzählte, was Opa sich beim Metzger geleistet hatte, als er mit blanker Überzeugung »die feine Streichelwurst« verlangt hatte, spürte ich, wie ich wieder Oberhand gewann.

Das war mein Metier. Im Erzählen lustiger Geschichten kannte ich mich aus. Auch wenn Henning mit seiner ansteckenden Lache nicht zur Verfügung stand, um sie zu würzen, hatten meine Geschichten immer eine umwerfende Wirkung.

Und in diesem Fall lenkten sie Maya von der Frage ab, was ich wohl wirklich gerade gedacht haben mochte. Mein Opa war für viele Geschichten gut.

Maya kicherte und streckte sich auf dem Bett aus.

»Wenn aber dein Opa gar nicht wählen darf und all das, wenn er also nicht selbst mündig ist, dann ist deine Großmutter ja sein Vormund. Dein Opa gilt rechtlich so viel wie ein Jugendlicher unter achtzehn. So gesehen hatte deine Großmutter also Sex mit einem Minderjährigen«, stellte sie dann fest.

Es war das erste Mal, dass sie bei einem Treffen ohne Henning das Wort Sex benutzte. Mir war gleich klar, dass ihr genau das auch bewusst wurde. Es war außerdem sehr deutlich, dass sie damit keine ihrer üblichen doppeldeutigen Anspielungen hatte machen wollen. Es war einfach keine Absicht gewesen. Das erkannte ich daran, dass sie mich rasch ansah und sich auf die Unterlippe biss.

»So gesehen ja«, antwortete ich, sehr unverfänglich. »Ehrlich gesagt habe ich darüber noch nie so richtig nachgedacht. Ich meine, sie sind schließlich meine Großeltern.«

Diesmal kicherten wir beide.

»Ich denke auch nicht gern darüber nach, was meine Eltern wohl so treiben«, grinste Maya dann und kicherte noch mehr.

Ich verzog das Gesicht. »Lass uns jetzt bloß nicht länger darüber reden. Sonst wird das Kennenlernen mit deiner Mutter nachher ein totaler Reinfall. Ich muss dann wahrscheinlich die ganze Zeit daran denken.«

Maya brüllte los vor Lachen.

Ich lachte mit ihr. Froh über die Entspannung zwischen uns. Geradezu glücklich über ihre Heiterkeit. Unheilbar verliebt.

Das Eis war damit gebrochen.

Wir sprachen wohlweislich nicht weiter über Sex, aber über alle möglichen anderen Fauxpas, die uns oder unseren Freunden schon mal passiert waren.

Maya musste dreimal eine neue Platte auflegen.
Dann hatte sie plötzlich Hunger.
»Komm, wir gucken, was wir in der Küche finden!«, schlug sie vor.
Sie zeigte mir das Haus, und als wir in der Küche angekommen waren, fast den kompletten Inhalt der Schränke dort.
Wir fanden eine Tüte Chips, Schokolade, Weintrauben und zwei Fruchtjoghurts. Das würde reichen.
Auf dem Weg zurück in Mayas Zimmer begegnete uns wieder Britta, die sehr leise auf dicken Socken und mit exakter Haltung über den Parkettboden glitt.
»Wir haben uns ein bisschen Fun-Futter geholt. Willst du dich dazusetzen und mit uns schmausen?«, bot Maya ihr an.
Ich erschrak ein wenig. Gerade hatte ich mich wohl gefühlt. Da konnte ich mir Schöneres vorstellen, als mich erneut Brittas misstrauischem Blick auszusetzen.
Tatsächlich sah sie nun mit leicht gehobenen Augenbrauen einmal an mir hinauf und wieder hinunter.
»Lieber nicht«, murmelte sie dann und verschwand hinter ihrer Zimmertür.
»Was hat sie gegen mich?«, wandte ich mich verdutzt an Maya.
Die zuckte mit den Achseln und schob mich in ihre eigenen vier Wände, bevor sie die Tür hinter uns schloss.
»Das Große-Schwester-Syndrom, glaube ich. Wahrscheinlich findet sie dich merkwürdig und macht sich Sorgen, dass du einen schlechten Einfluss auf mich haben könntest.«
Da war sie.
Die steile Klippe neben uns.
Gerade wähnte ich mich noch auf sicherem Boden. Plötzlich dieser klaffende Abgrund.
Wenn wir noch einen Schritt täten.
Schließlich war mir durchaus zu Ohren gekommen, was die anderen hin und wieder flüsterten.
Dass ich nicht nur David hieße, sondern auch so aussah, als sei ich so eine. Tja, so eine eben.
Hatte Maya ihrer Schwester erzählt, dass sie unsere Freundschaft initiiert hatte? Hatte sie ihr erzählt, wie sie das getan hatte?
Ich spürte, wie ich rot wurde.
Die Hitze stieg an mir auf, und ich konnte nichts dagegen tun.
Die Vorstellung, Maya könne irgendjemandem – gar der kühl wirkenden Britta! – erzählt haben, dass sie gewisse Vorstellungen verfolgte in Bezug auf mich. Dass sie etwas von mir *wollte*. Und

dass sie wollte, dass ich das auch noch merkte. Diese Vorstellung war einfach zu viel für mich.

»Was ist denn?«, erkundigte Maya sich besorgt und legte mir die Hand auf die Schulter.

Ich weiß nicht, woran ich mich später am deutlichsten erinnerte, wenn ich an diesen Tag dachte. Etwas muss es gewesen sein, das diesen einen Tag im April 1986 so unauslöschlich in mein Hirn brannte.

Brittas von Anfang an deutliche Abwehr. Das haarscharfe Entlangschrappen an diesem einen, sensiblen Thema. Dass wir es nicht, niemals, aussprachen, obwohl es so nahe lag. Oder am Ende doch ihre Hand. So warm, so mit einem Mal ganz anders als alle Male vorher, wenn Maya mich schon einmal berührt hatte.

Im darauffolgenden Monat wurde ich siebzehn Jahre alt.

So verrückt es auch klingen mag, aber ich hörte nie auf, daran zu denken.

Jedes Mal, wenn ich Maya in all der Zeit sah, die wir uns schließlich schon kannten, dachte ich, dass sie etwas Besonderes war. Und ich war nicht die Einzige, die das dachte.

Sie eroberte Herzen im Sturm. Denn sie hielt den Menschen einen Spiegel vor, in dem sich jeder gern betrachtete. An allen, die sie mochte, fand sie Eigenschaften, die bewunderungswürdig waren. Die gelobt und beachtet werden mussten. Sie sparte nicht mit diesen Ausführungen, aber ganz ohne übertrieben zu wirken.

Sich mit Mayas Augen zu betrachten war ein Kompliment. Es tat gut. Und das Wunderbarste daran war, dass sie all die schönen Sätze nicht über die Menschen sagte, weil sie etwas damit bezweckte. Sie tat es einfach. Weil sie selbst Freude daran hatte.

Ich glaube, sie machte sich auch nicht viele Gedanken darüber.

Ihr ganzes Sein war leicht wie eine Feder. Doch sie war nicht unbeschwert. Sie kannte alle Tiefen und wusste oft ohne ein einziges Wort auch von meinen.

Irgendwann gab es nicht mehr die Frage danach, ob wir es aussprechen würden.

Wir taten es nicht.

Wenn wir uns trafen, Zeit miteinander verbrachten, hatte ich immer das Gefühl, dass auch ich etwas Besonderes für sie war. Aber sie sagte es nie.

Allmählich misstraute ich meiner Erinnerung.
In meinem Tagebuch stand nur, dass mich an jenem grässlichen Tag meiner ersten Englischklausur ein Mädchen auf dem Gang angesprochen hatte.
Ein Mädchen.
Ich hatte weder Henning noch Gigi erzählt, was genau Maya und ich gesprochen hatten, als wir da an der Wand lehnten.
Vielleicht hatte ich mir im Nachhinein alles nur eingebildet? Zurechtphantasiert?
Vielleicht verwechselte ich sie mit irgendeinem anderen Mädchen, das sich in den vermeintlichen Jungen, den hübschen, sportlichen David, verliebt hatte?
Ich wusste nicht mehr, was wahr war und was zu den heimlichen Abenden unter meiner geblümten Bettwäsche gehörte.
Henning kannte mich zu gut.
Er wusste von Anfang an, was ich für Maya empfand.
Doch bis auf eine einzige scherzhafte Bemerkung darüber, dass ich offenbar immer die hübschesten und nettesten Mädchen abbekäme, während er sich mit dem Rest begnügen müsse, über die ich nicht einmal müde lächelte, sagte er nie etwas dazu.
Es war wie ein unausgesprochenes Verbot. Ein freundschaftliches Versprechen, nicht zu rühren an etwas, das mir so kostbar war, dass ich selbst es mich kaum anzusehen getraute.
Doch dann kam es tatsächlich auch noch zu anderen Ereignissen in unserem Leben, die mich vorübergehend von den ewig um Maya kreisenden Gedanken ablenkten.
Alois bat Gigi, sie zu heiraten.
Aber nicht einfach so, o nein! Es wurde ein echtes Event, so wie eine Frau, die ursprünglich mal eine Prinzessin zur Tochter haben wollte, sich das nur wünschen konnte.
Alois hatte sich Gigis Geburtstag im Oktober für seinen Antrag ausgesucht.
Weil mittlerweile zu Gigis Freundinnen auch Alois' Freundeskreis hinzugekommen war, gestalteten sich solche Feiern inzwischen etwas umfangreicher.
Gigi hatte daher vorsichtig in der Zimmerstraße angefragt und das Okay für eine Geburtstagsparty erhalten. Dass Großmutter sich dadurch maßgeblich an der Ausrichtung des kalten Büfetts beteiligen konnte, wurde von ihr vorausgesetzt.
Ich würde im kommenden Jahr volljährig werden und fühlte mich manchmal schon etwas zu alt für solche Familienzusam-

menkünfte. Doch Alois hatte mich geradezu herzzerreißend gebeten, an diesem Abend dabei zu sein.

Ich wollte ihm den Wunsch nicht abschlagen. Auch wenn ich keinen blassen Schimmer hatte, was er plante.

Es traf uns alle mit frisch am Büfett gefüllten Mägen.

Ich saß zwischen Gigi und Opa, mir gegenüber Susette und Michael, Stellas schwuler Neffe und daher mein noch nicht ganz, aber bald angeheiratеter Großcousin.

Rund um den langen Tisch saßen lauter vertraute Gesichter. Es herrschte die für solche Feiern übliche Lautstärke. So war es nicht verwunderlich, dass ich zunächst nicht verstand, was Susette mich über den Tisch hinweg fragte.

Ich legte die Hand ans Ohr und beugte mich vor.

»Was macht eigentlich Maya? Diese eine Freundin von dir?«, wiederholte Susette laut.

Ihr Name, so unerwartet, brachte mich aus dem Konzept.

Ich hatte gerade nicht an sie gedacht.

Gerade war ich nur David Jochheim inmitten ihrer Familie und Freunde gewesen.

Nicht David, die sich sehnt. Nicht David, die sich Fragen stellt.

Es musste entlarvend sein, wie ich Susette anstarrte.

Ihr musste – falls sie nicht vorher schon einen Verdacht gehabt hatte – plötzlich alles klar werden.

Doch bevor ich den Mund öffnen und irgendeinen Schwachsinn über meine Beziehung ... o nein, um Gottes willen, nur Freundschaft, also, über meine Freundschaft zu Maya von mir geben konnte, klingelte es an der Tür.

Gigi und Großmutter sahen sich verwundert an.

Alle geladenen Gäste waren da.

Alois stand auf. »Ich geh nachsehen«, sagte er. Er klang so betont selbstverständlich und gelassen, dass ich an Gigis Stelle sofort lichterloh in Flammen gestanden hätte vor Neugierde.

Ich selbst war in diesem Augenblick jedoch viel zu sehr beschäftigt mit diesem gewissen Namen, Susettes fragendem Gesichtsausdruck und Michaels einsetzendem Grinsen mir gegenüber. Ich konnte nur so tun, als würde es mich brennend interessieren, wer da so verspätet noch hereinschneite.

Im Gang war Gemurmel zu hören.

Dann erschien Alois wieder, der einen Jungen im Schlepptau hatte, der vor Verlegenheit kaum wusste, wohin er schauen sollte.

»Da sitzt das Geburtstagskind«, sagte Alois und deutete auf Gigi.

Der Junge, vielleicht vierzehn oder fünfzehn Jahre alt, richtete den Blick starr auf Gigi und sagte mit kieksender Stimme: »Blumenhandlung Karnisch, Frau Jochheim. Eine Lieferung für Sie.«

Dazu reichte er ihr etwas unbeholfen über den Tisch hinweg einen gewaltigen Strauß, der noch in Papier eingeschlagen war.

Gigi sah sich verwundert in der Runde um. Doch da sie in lauter unschuldig dreinblickende Gesichter schaute, wandte sie sich wieder den Blumen zu. Sie lugte in das Papier und sah dann sofort zu Alois hinüber, der zwar lächelte, jedoch die Schultern zuckte.

»Die sind doch von dir!«, mutmaßte Gigi und bog das Papier von den Blumen zurück.

Ein »Aaahh!« breitete sich im Raum aus.

Es waren mindestens fünfzig tiefrote Rosen, die einen betörenden Duft verströmten.

Selbst ich, die nicht viel von Schnittblumen hielt, musste den Duft einsaugen und mich an diesem Anblick weiden.

Die Blütenblätter waren so samten wie ... wie Lippen.

Ich streckte die Hand aus.

»Da ist eine Karte.« Ich griff ins dunkle Grün und hielt sie Gigi hin.

Alois schob dem Blumenüberbringer etwas Trinkgeld zu und entließ ihn in Richtung Tür. Der Junge verkrümelte sich erleichtert.

Gigi nahm die Karte und öffnete den Umschlag.

»Lies vor!«, rief Patrick von der anderen Seite des Raumes her. Er hatte immer Angst, etwas zu verpassen.

Gigi überflog den Text, sah zu Alois hinüber und schluckte.

»Ja, lies doch vor!«, bat auch Susette, gespannt wie ein Regenschirm.

Mittlerweile wurde sogar ich neugierig.

»Als Dankeschön für die vier schönsten Jahre meines Lebens. Und zur Unterstützung meiner Bitte«, las sie vor.

Ich runzelte die Stirn. Gerade wollte ich den Mund öffnen, um zu fragen: »Was für eine Bitte denn?«, da sah ich in Gigis Augen ein verdächtiges Glitzern.

Au weia!

Im nächsten Moment war Alois um den Tisch herumgekommen und hatte sich mit einem Bein vor Gigis Stuhl gekniet. Er nahm ihre Hand und sah sie fest an.

Trotzdem kippelte seine Stimme ganz gehörig, als er sagte: »Liebste Gigi, du weißt, dass es für mich nichts Schöneres gibt als das Leben mit dir. Willst du mich heiraten?«

Und Gigi heulte los.

Ehrlich, ich hätte auch fast geheult.

Susette sah aus, als sei es bei ihr auch gleich so weit.

Aber dann brach Gott sei Dank ein kleiner Tumult aus. Alle lachten, riefen Glückwünsche durch die Gegend und beteuerten sich gegenseitig, dass es wirklich und wahrhaftig keine bessere Idee als diese geben könne.

Großmutter stand auf und beschwerte sich wortreich darüber, dass niemand sie im Vorfeld informiert habe. So könne sie den Sekt zum Anstoßen für dieses Ereignis leider nur kellerwarm anbieten.

Opa war ganz aus dem Häuschen. Alois hatte ihn inzwischen nach etlichen mühseligen Partien Memory und Mensch-ärgere-dich-nicht auf seine Seite gezogen. Und so hatte unser alter Herr gegen eine Hochzeit nichts einzuwenden. Im Gegenteil. Seit der Heirat meines Onkels Christian mit seiner Frau Ulla waren für ihn Hochzeitsgesellschaften die Krönung des Daseins.

Die feierliche Stunde im Standesamt, die anschließenden witzigen Spiele, Naschereien ohne Ende, er war begeistert.

Das Schärfste an der ganzen Heirat war für mich, dass Alois sich etwas Besonderes überlegt hatte. Er wollte mich nämlich dafür entschädigen, dass er mich quasi um den Genuss brachte, mit Gigi – zumindest rechtlich – allein eine Kleinfamilie zu bilden.

Er hatte mich für das kommende Frühjahr zum Autoführerschein bei einer der ortsansässigen Fahrschulen angemeldet!

Ich wusste nicht, ob ich mich einfach nur freuen oder ob ich auch peinlich berührt sein sollte, denn schließlich war es ein sehr teures Geschenk.

Als ich Henning am nächsten Morgen anrief, einem Sonntag, purzelte in meiner Erzählung alles durcheinander. Ein Wunder, dass er überhaupt verstand, was ich ihm mitteilen wollte.

Doch er hörte sich alles ruhig an.

Dann gähnte er.

»Ich hab dir auch was zu erzählen«, sagte er. »Können wir uns treffen?«

Hennings Samstagabend war ganz und gar anders verlaufen. Und hatte alles andere als erfreulich geendet.

»Und was bedeutet das jetzt? Dass sie meinen, es hat keinen Zweck mehr?«, fragte ich, als er sehr lückenhaft von dem Streit und dem anschließenden langen Gespräch seiner Eltern berichtet hatte. Wir hockten auf der Lehne einer Parkbank nahe dem Spielplatz. Es war kalt, und von unten zog es mächtig in meine coole, aber leider recht dünne Wildlederjacke.

»Na, was wohl?«, raunzte Henning. »Sie lassen sich scheiden. Der Alte zieht morgen aus.«

Ich versuchte, mir vorzustellen, ich hätte eine ganz normale Familie – Vater, Mutter, Kind –, und dann würde der Vater ausziehen.

Mein Versuch schlug fehl.

Ich hatte keine Ahnung, wie das war, wenn man eine Vater-Mutter-Kind-Familie hatte.

»Wunderbar!«, sagte ich daher. »Dann bist du ihn endlich los!«

Henning sah mich einen Moment lang mit großen Augen an. Das Weiß darin leuchtete aus seinem breiten, olivfarbenen Gesicht.

Dann wandte er den Kopf und sah in die andere Richtung.

»Ja oder nicht?« Ich war verunsichert.

Ehrlich gesagt hätte ich geglaubt, dass mein Freund Luftsprünge machen würde, wenn sein Vater endlich das Weite suchte.

Dann hätten er und seine Mutter endlich Ruhe vor dem ewigen Genörgel und der miesen Stimmung.

Eigentlich hatte nur Hennings jüngere Schwester Gudrun einen guten Draht zum Vater. Die ältere, Johanna, tat sowieso seit ihrem vierzehnten Lebensjahr so, als führe sie schon ein vollkommen selbstständiges Leben.

Ich konnte mit beiden nichts anfangen. Trotzdem fragte ich: »Und was sagt Gudrun dazu? Sie weiß es doch auch schon, oder?«

Ich sah weiterhin nur Hennings Hinterkopf.

Seine Hand hob sich, und er winkte ab.

»Ach, frag besser nicht«, sagte er.

Seine Stimme klang dünn.

»Hey«, machte ich und knuffte ihn in die Seite. »Wenn dein Vater ausgezogen ist, wirst du dich viel freier fühlen. Deiner Mutter wird's hundertmal besser gehen. Und wer weiß ... vielleicht findet sie ja auch wieder jemanden, mit dem sie sich gut versteht. Es wird bestimmt alles besser dadurch. Wart's nur ab.«

»Erklär das mal Gundi«, antwortete er.

Mir wurde schlagartig klar, dass er weinte.

Eiseskälte kroch in mir herauf vor Schreck.

Henning hasste es, vor jemand anderem – und sei es auch seine beste Freundin – zu weinen. Was das anging, war er ein echter Junge.

Ich hatte ihn nur ein einziges Mal weinen gesehen. Und das war kein wirkliches Weinen gewesen, sondern ein paar vereinzelte Tränen, die ihm gegen seinen Willen aus den Augen quollen, als ihn eine Biene in den Nasenflügel gestochen hatte. Damals waren wir zwölf.

Jetzt waren wir siebzehn.

Siebzehn. Und für kein einziges Problem auf der Welt gab es die perfekte Lösung.

Das Leben stellte jeden Menschen oft vor viel zu schwierige Aufgaben. Und jetzt also auch Henning.

»Sorry«, schniefte er. »Ich geh mal besser.«

Ich legte ihm die Hand auf die Schulter, doch er drehte sich fort. Nur eine Sekunde lang erhaschte ich einen Blick auf sein feuchtes Gesicht und die kummervollen Augen.

Klamm bis in mein Innerstes blieb ich sitzen und ließ ihn gehen.

Sah ihm nach. Meinem besten Freund.

Sein Rücken, sein Gang wirkten, als habe man ihm das Herz gebrochen.

Mir traten Tränen in die Augen.

Der Gedanke, ihm nachzulaufen, ihn zu umarmen und zu trösten, würgte mich in der Kehle. Weil ich wusste, dass er es nicht zulassen würde. Er würde sich nicht trösten lassen.

Eine leere Stelle. Ein kleiner, blinder Fleck in unserer Freundschaft.

Henning sah sich kein einziges Mal um.

Ich starrte und starrte ihm nach, bis er nur noch ein kleiner Punkt am Ende des Parks war.

Erst dann stand ich von der Bank auf, bewegte meine eiskalten Beine und ging los.

Mir brannten die Augen.

Viel mehr noch schmerzte die Erkenntnis, dass wir – trotz unserer jahrelangen, bombenfesten Freundschaft – in einem solchen Moment allein waren.

Wohin ging er jetzt?

Doch bestimmt nicht nach Hause, wo seine Mutter und seine Schwestern sich über sein verheultes Gesicht wundern würden. Vielleicht bestürzt fragen würden. Oder selbst weinen würden.

Dass Henning Gudrun besonders mochte, obwohl ich sie ziemlich zickig und albern fand, wusste ich. Er hatte sich schon immer für sie verantwortlich gefühlt. Weil sein Vater zu sehr mit dem Trinken und seine Mutter zu sehr mit ihrem eigenen Unglück beschäftigt waren. Aber ich hätte nie gedacht, dass Gundis Kummer über die Trennung der Eltern meinem Freund so sehr zu Herzen ging.

Vielleicht war es ja auch nicht nur ihr Kummer.

Eine Familie zu haben, in der die Eltern sich nicht mehr verstanden, war eine Sache.

Eine andere Sache war es, wenn die Eltern sich dann scheiden ließen und es plötzlich keine komplette Familie mehr gab.

Mir kam der Gedanke, dass Gundi vielleicht mit ihrem Vater gehen würde.

Johanna sprach sowieso schon länger vom Ausziehen. Dann wäre Henning mit seiner Mutter allein – genau wie ich mit Gigi.

Nein, nicht mehr so wie ich mit Gigi. Denn bei uns gehörte Alois dazu.

Langsam und allmählich, aber spätestens seit gestern Abend sehr deutlich gehörte Alois zu Gigi. Und deswegen auch zu mir.

Ich sah vom Bordstein auf, auf den ich die ganze Zeit den Blick gerichtet hatte.

Mir gegenüber lag die Straße, in der Maya wohnte.

Ich starrte einen Augenblick lang hinüber.

Obwohl ich den Grund dafür nicht hätte nennen können, war mir klar, dass dies ein besonderer Moment war.

Sollte ich es tatsächlich tun?

Ich zögerte immer noch, als meine Hand sich bereits hob, um auf den Klingelknopf ohne Namen darüber zu drücken.

Ich tat es nicht.

Mein Finger schwebte in der Luft und sank dann wieder nach unten.

Henning war mein Freund. Mein bester Freund.

Wer war sie?

Ich drehte mich um und stieg die drei flachen Stufen wieder hinunter.

Da hörte ich hinter mir ein Geräusch. Die Tür wurde geöffnet. Ich fuhr herum.

Maya.

In einem weißen Kapuzenpulli.

Die Augen groß wie Fragen nach dem Himmel, der Sonne und den Sternen.

Wir sahen uns an.

Und wie immer, wenn mein Blick dem ihren begegnete, geriet etwas in mir in Bewegung. Manchmal waren es wilde Stürme, manchmal Heerscharen von Ameisen oder Schmetterlingen.

Jetzt war es warmes Wasser, das in mich hereinströmte wie kostbares Lebensblut.

»Hi«, sagte ich leise.

»Hi.« Sie lächelte mich zaghaft an. »Willst du denn nicht reinkommen?«

Ich wollte.

All das Weiße tat mir gut.

Ich lehnte mich auf dem Bett zurück und sog alles auf. Den Geruch ihres Zimmers. Das Grenzenlose, das kein Auge hält.

»Du wärst wieder gegangen, oder?«, fragte Maya vorsichtig. Ich glaube, mein Zustand, in dem es plötzlich um so viel mehr als nur um sie ging, war ihr unheimlich. So kannte sie mich nicht. »Wenn ich dich nicht vom Fenster aus zufällig gesehen hätte und die Tür geöffnet hätte, wärst du wieder gegangen, hm?«

Ich nickte.

»Wieso?«, wollte sie wissen.

Ich zögerte nicht. Nur deswegen sagte ich die Wahrheit. Wenn ich einen Augenblick lang überlegt hätte, hätte ich es niemals ausgesprochen.

»Ich wusste plötzlich nicht, ob ich von dir das bekommen könnte, was ich brauche.«

Als ich sie ansah, erkannte ich, dass sie verletzt war.

Mein Zweifel, ob sie erfüllen könnte, was ich suchte, verletzte sie.

In anderen Situationen, an anderen Tagen hätte mich diese Erkenntnis in Hochstimmung versetzt.

Doch heute machte sie mich nur noch trauriger.

Auch Maya und ich also. Nicht verbunden durch Verständnis und Vertrauen.

Sie musste in meinem Gesicht gelesen haben.

Denn sie zog sich nicht zurück, sondern sie kam zu mir. Langsam, als könne sie mich durch eine rasche Bewegung verschrecken, setzte sie sich neben mich. Zwischen uns ließ sie keinen Platz. Nahe setzte sie sich zu mir und nahm meine Hand.

Das war schon alles.

Aus mir heraus stürzte alles mitten auf ihr Bett. Mitten auf unsere ineinander verschlungenen Hände.

Gigi, die spätestens jetzt nicht mehr nur zu mir, sondern vor allem zu Alois gehörte. Henning, der sich so sehr wünschte, sein Vater solle verschwinden, und der das jetzt nicht aushielt, weil seine kleine Schwester unglücklich war. Henning, der sich nicht trösten ließ. Der davonging. Der jetzt irgendwo allein war.

Ich wehrte mich nicht dagegen, als mir die erste Träne über die Wange lief. Eine zweite und viele weitere Tränen. Maya hatte Taschentücher neben dem Bett liegen, reichte sie mir und hörte zu.

Dann war ich leer geredet. Alles war ich los geworden und saß nun bestürzt und erleichtert zugleich in diesem Weiß, während das Mädchen, von dem ich seit mehr als einem Jahr träumte, meine Hand hielt.

Warum hatte ich noch nie versucht, sie zu küssen?

Maya tat das, was sie am allerbesten konnte. Sie fuhr den lebensgroßen Spiegel aus und hielt ihn mir vor. Sie legte den Arm um mich und kümmerte sich nicht um mein Zittern. Sondern erzählte mir von meinen besonderen Talenten. Meiner Treue und meiner Loyalität. Meiner Geradlinigkeit, dem fast schon altmodischen Ehrgefühl und dem Mut, dazu zu stehen. Eine Freundschaft wie die von Henning und mir, sagte Maya, könne nur bestehen, wenn beide im Kern wahrhaftige und verlässliche Menschen seien. Menschen, die in ihrer Großartigkeit und ihrer Liebenswürdigkeit manchmal Schwierigkeiten damit bekamen, etwas anzunehmen, was andere ihnen zu schenken bereit waren.

Henning hatte mein großes Geschenk des Trostes nicht annehmen können.

»Er tut mir leid«, sagte Maya, und ihre Stimme klang nach Mitgefühl. »Er tut mir wirklich leid, weil er das nicht konnte, was du jetzt kannst: sich jemandem anvertrauen. Zulassen, dass er selbst gerade niemandem zu helfen und niemanden zu retten braucht, sondern derjenige ist, dem es am schlechtesten geht. Zulassen, dass jemand, der ihn liebt, sich um ihn kümmert.«

Als sie »... jemand, der ihn liebt ...« sagte, wirbelte mein Herz herum und griff diese Worte aus der Luft, um sie fest zu umklammern.

Sie meint nur ihn!, sagte ich mir rasch. *Sie meint ihn und mich. Und sie hat ja Recht: Ich liebe ihn wirklich. Er ist mein Freund, und deswegen liebe ich ihn. Das hat nichts mit ihr und mir zu tun!*

»Du hast es aber gekonnt«, setzte Maya fort, und ich bekam vor Aufregung einen Schluckauf. »Du bist hergekommen.«

Es hatte doch etwas mit ihr und mir zu tun.

Maya wusste mit meinem Herkommen vielleicht schon sehr viel mehr anzufangen, als mir in meiner Verwirrung klar war.

Sie wuchs über sich hinaus.

Keine witzig-flapsigen Sprüche, kein Flirt, kein Augenzwinkern an diesem Nachmittag.

Stattdessen schaute auch sie nach innen, erzählte mir von ihrer Familie. Ihrem Vater, der so oft weg war. Ihrer Mutter, die in hundert Ehrenämtern aktiv war. Die älteste Schwester Nadine, wild und ungezähmt, früh von daheim aufgebrochen, abenteuerlustig und sprunghaft. Und Britta, so mütterlich, fürsorglich, in sich gekehrt und doch so angespannt wie ein Hütehund, der eine Herde zusammenhalten muss.

»Wenn jemand von uns krank ist, ist sie meistens diejenige, die sich kümmert«, sagte Maya, sah mich an und veränderte ihre Miene, als wolle sie Britta nachahmen. »Du legst dich jetzt sofort hin!«, befahl sie dann mit verstellter Krankenschwesterstimme. Dazu legte sie mir die Hand an die Schulter und drückte mich zurück aufs weiße Kissen.

Reflexartig setzte ich mich zur Wehr. Doch als sie meinen Widerstand spürte, drückte sie noch fester, und für einen Moment blitzte auch wieder die andere Maya durch. Die freche, temperamentvolle, die alle Herzen im Sturm eroberte.

Wir rangelten kurz miteinander. Doch als ich ihr Handgelenk zu fassen bekam, spürte ich viel zu deutlich, wie schmal es war. Ich brachte es nicht über mich, fest zuzupacken. Und schon lag ich flach auf dem Rücken.

Maya lachte, weil sie mich besiegt hatte, und wollte ein paar Sekunden lang ihre überlegene Stellung nicht aufgeben.

Doch beim Blick in mein Gesicht wurde sie ernst.

Wir sahen uns an.

Kurz kam mir Evelyn in den Sinn, denn mit ihr hatte ich auch oft so herumgealbert. Aber das waren Kindereien gewesen. Dies hier war anders. Es war ernst.

Ich wollte sie umarmen.

Wollte sie an mich ziehen und mein Gesicht bedecken mit ihrem weichen, duftigen Haar. Meine Nase ganz eng an ihren Hals schmiegen, endlich einsaugen, wovon ich immer nur zu wenig bekam.

Doch so rasch, wie der Augenblick gekommen war, war er auch wieder vergangen.

Maya räusperte sich, ließ mich los und setzte sich zurecht. Auch ich rappelte mich auf.

»Du bist ganz schön stark für ein Mädchen«, gestand ich ihr zu.

Maya holte aus und boxte mich in die Seite.

Dieser Tag veränderte einiges.

Zunächst war es kaum spürbar. Alles ging weiter wie immer. Doch irgendwann fiel mir auf, dass Maya und ich uns wohl ebenso häufig allein trafen wie Henning und ich.

Manche Dinge besprach ich lieber mit ihr als mit ihm.

Zum Beispiel alles, was mit der geplanten Hochzeit zu tun hatte. Was sollte ich anziehen? Würde sich mein Leben ändern, wenn Gigi und ich kurze Zeit später in Alois' Häuschen umziehen würden? Hatten die beiden eventuell sogar vor, noch ein Kind zu bekommen? Schließlich war Gigi noch nicht mal Mitte dreißig, da wäre das noch drin. Mir gefiel dieser Gedanke. Ich stellte es mir cool vor, eine kleine Schwester oder einen kleinen Bruder zu haben. Ich würde das Baby schrecklich verwöhnen und jeden Abend stundenlang mit ihm kuscheln. Maya stimmte mir in der Meinung zu, dass Babys unglaublich gut rochen. Außer natürlich, sie hatten grad in die Windeln geschissen.

Henning wollte ich alle diese Dinge nicht so ausführlich erzählen. Ich hatte Angst, dass es ihn traurig machen könnte, wenn ich ihm ausmalte, wie harmonisch und familiär es bei uns nun zuging.

Bei ihnen daheim sah es nämlich ganz anders aus. Nach dem Auszug des Vaters begann ein schreckliches Hickhack, denn tatsächlich wollte Gundi unbedingt mit ihrem Vater gehen. Es wurde geschrien, geheult, getobt und geschmollt. Es war jedoch klar, dass das aufgrund der Arbeitszeiten vom Vater gar nicht möglich gewesen wäre.

Die vierzehnjährige Gudrun musste sich also damit abfinden, bei Mutter, Schwester und Bruder zu bleiben, und litt offenbar furchtbar darunter.

Ich fand ihr Verhalten schrecklich pubertär.

Meiner Meinung nach übertrieb sie maßlos. Schließlich war ihr Vater ja nicht tot oder zog nach Kalkutta. Er blieb immer noch in der Stadt, wohnte zwar in einem anderen Stadtteil, war aber in zwanzig Minuten zu erreichen und somit nicht aus der Welt. An den Wochenenden durfte sie zu ihm, was sie auch mit fliegenden Fahnen jedes Mal nutzte.

Henning machte sich zu viele Gedanken um seine kleine Schwester.

Ich fand, er solle sie mal richtig anpupsen, um sie auf den Boden der Tatsachen zurückzuholen. Doch Henning behauptete, ich wisse nicht, wie das alles sei, und überhaupt sei Gundi in einer sensiblen Phase und brauche viel Zuspruch.

Dann dachte ich daran, was Maya über ihn gesagt hatte.
Sie hatte Recht. Er war ein Retter, der alles tat, damit es denen, die sich auf ihn verließen, besser ging.
Nur wie es ihm selbst ging, darum kümmerte er sich zu wenig.

Im Mai sollte die Hochzeit sein.
Im Februar begannen meine Fahrstunden.
Henning hatte seine Großeltern breitschlagen können, ihn in dieser Hinsicht zu sponsern. Auch seine Eltern, die durch die Trennung wohl beide ein schlechtes Gewissen hatten, gaben ein bisschen was dazu. Mit dem Ersparten, das er von seinem Kartonpackerjob beim Supermarkt zurückgelegt hatte, konnte auch er die Kosten für den Führerschein zusammenkratzen.
Mir war es etwas peinlich, dass mir der Lappen derart locker in den Schoß geworfen wurde. Doch Henning meinte dazu nur: »Sei doch froh! Wenn Alois mir das Ding bezahlen würde, würde ich keine Sekunde danach fragen, das sag ich dir aber.« Und mir war klar, dass er es mir damit leichter machen wollte.
Natürlich lechzten wir nach der ersten Fahrstunde.
Wir hatten beide keine älteren Freunde vorzuweisen, die uns heimlich auf den Parkplätzen am See oder auf dem Schützenhofplatz in ihren alten Schremmelmühlen herumkurven lassen würden. Daher wäre es für uns eine echte Premiere, selbst einen Wagen zu steuern.
Vor die erste praktische Stunde hatte der Gott des Führerscheins jedoch die Theoriestunden gesetzt.
Also saßen wir brav jeden Dienstag- und jeden Freitagabend in dem stickigen kleinen Raum mit der großen Schaufensterscheibe zur Straße und lauschten den Ausführungen unseres Fahrlehrers.
Alle TeilnehmerInnen wurden nach und nach zu einer eingeschworenen Gemeinschaft. Das gefiel mir. Ich saß oft neben einem dreißigjährigen Mann, den ich aus einem Schuhladen kannte und der seinen Führerschein verloren hatte und nun noch mal ein paar Stunden nehmen musste.
Ich selbst, das schwor ich mir, würde derartig vorsichtig fahren, dass ich nie auch nur die kleinste Macke an ein Auto fahren würde.
Und Alkohol am Steuer käme schon mal gar nicht infrage.
Autofahren war etwas Geschenktes, etwas Besonderes, etwas, das mir heilig sein würde.
Henning dachte nur daran, auf die Tube zu drücken.

Aber er tat sich erstaunlich schwer mit der Theorie.

Zum vierten Mal reichte uns unser Fahrlehrer, Herr Schröter, unsere probehalber ausgefüllten Fragebogen zurück.

Henning warf er einen entnervten Blick zu und verdrehte die Augen gen Himmel.

»Sie wollen und wollen nicht akzeptieren, dass ein Mann mit einem Handkarren an einer Rechts-vor-Links-Kreuzung eindeutig Vorfahrt hat, richtig?«, sagte er süffisant.

Henning grinste verlegen.

»Solche Handkarren gibt es doch gar nicht mehr«, brummelte er.

»Wenn du Prüfung hast, nehmen wir uns alle frei und laufen mit Handkarren kreuz und quer durch die Stadt!«, rief Thorsten, ein Schulkollege von uns.

Alle lachten.

Ja, wir lachten viel in diesen Stunden. Und es machte Spaß. Wir hatten unsere Vorsätze, und bald sollten wir die ersten praktischen Stunden bekommen. Darauf warteten wir mit Spannung.

Aber dann hatte es viel weniger mit Fliegen zu tun, als ich vermutet hatte.

Es hatte mit überhaupt nichts mir Bekanntem zu tun. Vielleicht noch am ehesten mit Schlagzeugspielen – was ich einmal im Partykeller von Jochen Kandts Eltern ausprobiert hatte. Dabei hatten auch jeder Fuß und jede Hand unterschiedliche Funktionen. Schließlich war ich so durcheinandergeraten, dass ich mir fast einen Knoten in die Arme gemacht hätte. Henning hatte sich gebogen vor Lachen.

Jetzt lachte er nicht.

Er saß auf der Rückbank des Fahrschulautos, während ich als Erste von uns beiden mein Glück versuchen durfte (»Ladies first!«, hatte Herr Schröter mit leicht skeptischem Blick auf meinen typischen Kurzhaarschnitt gefordert).

Gas, Bremse, Kupplung.

Kupplung, Gang eins, zwei, drei, vier, fünf und rückwärts.

Eins zum Anfahren.

Langsam Gas kommen lassen.

Abwürgen.

Henning mal nicht kichernd, sondern stocksteif vor Anspannung.

»Völlig neue Bewegungsabläufe«, meinte Herr Schröter dazu. »Aber das werden Sie bald raushaben. Bis sich das richtige Gefühl für alle Strecken und Wetterverhältnisse einstellt, wird es aber eine Weile dauern. Ein paar Jahre Fahrpraxis sind da nötig. Noch mal versuchen, bitte!«

Ein paar Jahre Fahrpraxis?

Weder Henning noch ich hatten das Geld, uns ein Auto zu kaufen. Der Führerschein war reiner Luxus. Für einen fahrbaren Untersatz reichte es ganz sicher nicht.

Es stellte sich jedoch heraus, dass flüssiges Fahren – ohne Abwürgen des Motors und eckiges Schalten – auch ohne tägliches Üben bald möglich sein sollte.

Nach einigen Praxisstunden lief es bei uns beiden recht gut.

Wir waren beinahe volljährig, konnten Auto fahren, waren dicke Freunde. Was sollte uns also passieren?

Maya lauschte neidisch jedem meiner ausführlichen Berichte über die Stunden hinterm Lenkrad.

Sie brannte darauf, selbst anzufangen. Die Mobilität, die Möglichkeit, einfach einzusteigen und kurz darauf schon weit fort zu sein – an einem Ort, der ihr spontan in den Sinn gekommen war –, das reizte sie so sehr, dass sie jedes Mal herumzappelte, wenn ich ihr davon erzählte.

Doch Maya war ein Jahr jünger als ich, und an Autofahren war gar nicht zu denken.

Britta, die bereits neunzehn war und einen eigenen kleinen Fiat besaß, dachte nicht im Traum daran, ihre jüngere Schwester mal hinters Steuer zu lassen.

»Sie meint, dass das eben nicht erlaubt ist und dass sie sich strafbar macht, wenn sie mir ein paar heimliche Stunden gibt. Schließlich hat sie den Führerschein noch auf Probe«, erzählte Maya und verdrehte die Augen.

Britta kam mir seltsam vor.

Ich konnte sie nicht greifen, nicht einschätzen und mich nicht entschließen, ob ich sie blöde finden sollte mit ihrer steifen, förmlichen Art oder ob ich sie mögen sollte, denn schließlich war sie Mayas Schwester.

Immer wenn wir uns zufällig im Haus begegneten, ruhte ihr durchdringender, heller Blick auf mir. Ich spürte ihn im Rücken, wenn ich an ihr vorbeiging und sie lächelnd gegrüßt hatte, während sie nur mit einem unergründlichen Ausdruck auf dem schönen Gesicht nickte.

»Sie ist die hübscheste von uns«, sagte Maya manchmal, wenn sie von ihr sprach.

»Nadine hat so ein spitzes Gesicht, weißt du. Das kommt, weil sie viel zu dürr ist. Sie sieht aus wie eine alte Klappermähre, wenn du mich fragst. Aber sie ist immer superstolz auf ihre Figur. Wenn eine schon hobbymäßig modelt!« Sie zeigte mir Fotos.

Ich selbst fand natürlich, dass eindeutig feststand, welche der drei Schwestern die hübscheste war. Und zwar weder die zurückhaltende Britta noch die aufgetakelte Nadine.

Maya konnte sich mit jeder messen.

Sie forderte es aber nicht heraus.

Sie flirtete und lachte. Sie eroberte Herzen im Sturm und machte sie leicht.

Sie stand im Mittelpunkt, nicht weil sie laut und herrisch war, sondern weil ein Leuchten von ihr ausging, dem sich niemand entziehen konnte. Am allerwenigsten ich selbst.

Eigentlich hätte es mich wundern müssen, dass mich bis dahin noch niemand auf meine sich ständig intensivierende Freundschaft zu Maya angesprochen hatte.

Gigi war ein echter Fuchs, was so was anging. Doch ihre Antennen waren komplett auf Hochzeit ausgerichtet.

Manchmal war sie so konfus, dass sie ihren Geldbeutel zusammen mit dem frisch eingekauften Gemüse in den Kühlschrank legte oder ihr ähnlich klassische Irrungen widerfuhren.

Wenn sie dann wieder einmal feststellen musste, wie weit es mit ihrer Zerstreutheit gekommen war, war sie nicht sauer auf sich selbst, sondern sie lachte darüber und erzählte es überall herum wie den besten Witz seit Jahren. Es war so schön, ihr zuzusehen, wie glücklich sie war.

Susette und ich saßen eines Abends zusammen, als Gigi auf einem Zeichenblock die Sitzordnung für die Feier an ihrem großen Tag entwarf.

»Hartmut und Kirsten dürfen auf keinen Fall auch nur in der Nähe zueinander sitzen«, brummelte sie vor sich hin, und ihr Bleistift kreiste über dem Papier wie ein Bussard über der Wiese.

Schließlich stieß sie einmal hier und dann noch einmal an einer ziemlich weit entfernten Stelle nieder.

Zufrieden lächelte sie zu uns herüber. »Wenn sie sich zufällig am Büfett treffen, kann ich das wirklich nicht verhindern. Daraus kann mir jedenfalls niemand einen Vorwurf machen.«

Susette schmunzelte.

Gigi spähte erneut auf die lange Liste der Gäste, um zuallererst diejenigen herauszusuchen, die schwierig zu platzieren waren.

»Sag mal, Davidlein«, nuschelte sie dann, ohne den Blick von der Liste zu nehmen, »willst du außer Henning sonst noch jemanden zur Feier mitbringen?«

Ich warf ihr einen raschen Blick zu.

War das ein feinsinniger, aber dennoch höchst durchschaubarer Versuch, mir zu entlocken, ob ich gerade verliebtheitstechnisch unterwegs war?

»Wie viele Personen dürfen es denn werden?«, fragte ich zurück und hoffte, ihr damit den Zahn gleich gezogen zu haben.

»Na, ein Platz neben dir wäre noch frei«, antwortete Gigi und sah mich an.

Plötzlich nahm ich zum ersten Mal deutlich ihre Verwandtschaft mit Großmutter wahr. Dieser eindringliche Blick kam mir noch aus Kindertagen höchst bekannt vor.

»Nur einer?« Ich rutschte auf dem Sessel hin und her. »Dann würde ich Maya fragen, wenn dir das recht ist.«

Das Telefon klingelte.

»Maya? Sicher. Wieso nicht?« Gigi zückte den Stift und beschriftete auf dem großen Plan rasch den Platz rechts neben mir. Dann sprang sie auf und lief zum Telefon.

Vor eineinhalb Jahren war Maya in meinem Leben aufgetaucht, indem sie plötzlich mir gegenüber an der Wand gelehnt hatte. In eineinhalb Jahren hatte ich mich nicht daran gewöhnen können, plötzlich ihren Namen im Raum zu spüren, in dem ich mich gerade aufhielt.

Denn wenn jemand ihren Namen sagte, war das mehr als nur ein Geräusch, das von Zunge und Lippen geformt wurde.

Es war mehr als nur ein Laut, der verklang, sobald der Mund wieder geschlossen wurde.

Wenn Mayas Name erwähnt wurde, stieg stets eine Unmenge von Gefühlen in mir auf. Die Erinnerung an ihren Duft, ein bisschen vanillig und frisch wie Sanddorngelee. Die Tonlage ihrer Stimme. Ein Lachen. Und Schweigen. Ihr Blick zu mir über die Schulter hinweg. Aus den dunklen, den blauen Augen.

Susette musste es gefühlt haben.

Vielleicht hatte sie mein leichtes Beben gespürt. Das Zittern tief drinnen, das niemand sehen kann. Das nur eine nachempfinden kann, die es kennt und die selbst nicht gerade verstrickt ist in so wichtige Überlegungen wie »Woher nehme ich ›das Blaue‹ und ›das Geliehene‹?«

Susette hatte sich von ihrem Kummer über die Trennung von Anja noch immer nicht komplett erholt.

Natürlich war sie nicht mehr ein solcher Trauerkloß wie in der Weihnachtszeit des vorletzten Jahres. Sie lachte wieder, machte ihre üblichen Scherze, und doch war deutlich, dass sie den Verlust auch nach mehr als einem Jahr noch nicht restlos verwunden hatte.

Sie hatte sich nicht wieder neu verliebt. Ich fand, vierzehn Monate waren eine ziemlich lange Zeit dafür, allein zu sein.

»Maya ist eine ganz besondere Freundin für dich, oder?«, fragte Susette mich plötzlich leise.

Wir hörten im Flur Gigis perlendes Verliebte-Braut-Lachen. Bestimmt war es Alois, der kurz anrief, um sich zu erkundigen, wie sie vorankam.

»Ja. Henning ist ja auch ein ganz besonderer Freund für mich«, antwortete ich.

Es fühlte sich völlig verquer an. Diesen kleinen Fluchtversuch hätte ich mir selbst nicht abgenommen.

»David«, sagte Susette auch nur. Sonst nichts.

Dann schwiegen wir kurz.

Sie wartete, dass ich etwas anderes als dummes Zeug redete.

»Woran hast du es gemerkt?«, hörte ich mich schließlich selbst fragen.

Susette gluckste. »Was? Dass sie was ganz Besonderes für dich ist? Und zwar ganz anders als Henning?«

Ich nickte stumm.

»Na ja«, lächelte Susette. »Du wirkst jedes Mal wie elektrisiert, sobald nur ihr Name fällt. Das ist bei Henning nicht der Fall.«

Ich lachte leise. Die Vorstellung, bei der Erwähnung meines besten Freundes in Anspannung zu geraten, war wirklich komisch.

Aber dann wurde ich wieder ernst.

»Ist denn da etwas zwischen euch?«, wollte Susette wissen.

Ich fühlte mich so, als schlössen sich mir zwei eiskalte Hände um die Kehle.

Und gleichzeitig brannte mein Magen plötzlich wie Feuer.

Ich wollte alles auf einmal: aus dem Zimmer rennen und so tun, als hätte Susette mich so was nie gefragt. Aber auch den Mund öffnen und ihr alles berichten. Angefangen bei unserem merkwürdigen Kennenlernen bis hin zu den langen Abenden, an denen ich Mayas Namen in meine Bettdecke flüsterte.

Die Verlockung, endlich einmal jemandem zu sagen, welche Widersprüche ständig in mir tobten, war so groß, dass ich die Zähne fest zusammenbeißen musste.

Ich hatte mir doch geschworen, niemandem davon zu erzählen.

Natürlich würde Susette mich verstehen. Dass Maya ein Mädchen war und ich so offensichtlich verliebt in sie, würde Susette natürlich am allerwenigsten stören.

Vielmehr waren es andere Dinge, die gegen solche Gefühle sprachen.

Maya und ich kamen aus zwei unterschiedlichen Welten.

Das große Haus ihrer Eltern, die wohlgeordneten Familienverhältnisse.

»Das muss schon ein bisschen komisch rüberkommen, dass ausgerechnet wir uns so eng befreundet haben«, murmelte ich, um überhaupt etwas zu sagen. Das war natürlich keine Antwort auf Susettes Frage. Aber selbst wenn ich darauf hätte antworten wollen, hätte ich die Wahrheit nicht gewusst.

»Finden die anderen es komisch?«, fragte Susette vorsichtig.

Ich zuckte die Achseln, immer noch darum bemüht, gelassen zu wirken. Dabei hätte ich nicht gewagt, nach meinem Glas zu greifen. Ich verbarg meine zitternden Hände in der Kängurutasche meines Kapuzenpullis.

»Du weißt doch, wie das anfangs am Gymi war. Die Fabrikantensöhnchen und die Töchterchen der Boutiquenbesitzerinnen. Da fiel ich auf wie ein Korallenfisch im Karpfenteich. Nur Maya fiel noch mehr auf. Wie kann man nur einen Sozi als Vater haben? Hier, in diesem katholischen Nest.«

»Ich dachte immer, ihr Vater sei allgemein beliebt!«

»Ach, du hörst ja nur die Leute in deinem Alter darüber reden. Die sehen das schon wieder etwas anders. Bisschen relaxter. Sagen dann höchstens ›Guter Mann, nur leider in der falschen Partei‹ ...« Ich ahmte eine sonore Stimme mit anschließendem jovialen Lachen nach. Susette und ich lächelten uns schief an. »Aber unsere lieben Mitschüler können nur schwarz-weiß sehen. Und die sehen lieber schwarz, das kann ich dir sagen.«

Wir schwiegen für einen Augenblick.

Dann seufzte Susette tief, als seien ihr in dieser kurzen Zeit Unmengen von Gedanken durch den Kopf geschossen.

»Wann lernen die Menschen endlich, die Person zu sehen, die vor ihnen steht – und nicht gleich die ganze Sippe dazu?«, murmelte sie leise, wie zu sich selbst.

Sie schüttelte den Kopf. Welche Bilder versuchte sie damit zu verscheuchen?

»Im Grunde widerspricht das alles also gar nicht eurer Freundschaft oder was auch immer es ist. Ihr seid beide irgendwie Außenseiterinnen. Das schweißt doch zusammen.«

Ich sah sie an.

Konnte ich ihr von dem fehlenden Namensschild über der Hausklingel erzählen?

Und was meinte sie mit »oder was auch immer es ist«?

In dieser Sekunde erschien Gigi wieder an der Tür.

»Ich hab die ganze Mischpoke aus Frankfurt vergessen!«, seufzte sie und starrte ratlos und kopfschüttelnd auf ihren beinahe fertigen Sitzplan.

»Freudsche Fehlleistung«, kommentierte Susette leichthin und warf mir noch einen fragenden Blick zu.

Doch ich stand auf und schlenderte zu Gigi hinüber, um ihr bei der neuen Sitzplatzverteilung zu helfen.

Das Einzige, was ich auf dem fein säuberlich ausgefüllten Plan sah, war der in Gigis runder Handschrift so ordentlich aussehende Name direkt neben meinem: Maya.

Ich hatte mir keinerlei Gedanken darum gemacht, ob Maya wohl Wert darauf legte, bei der Hochzeit meiner Mutter und ihres Lebensgefährten dabei zu sein.

Diese Frage formte sich erst in meinem Kopf, als ich sie bei unserem nächsten Treffen danach fragen wollte.

Plötzlich war ich mir sicher, dass sie mich nur stumm anstaunen und so etwas murmeln würde wie: »Glaube, da hab ich leider schon was vor.«

Doch tatsächlich bekam Maya sich gar nicht mehr ein vor Freude über die offizielle Einladung, die ich ihr zusammen mit meiner Frage überbrachte.

Sie strahlte mich an und lief sofort los, um ihrer Mutter, die im Bügelzimmer beschäftigt war, die hübsche, individuell gestaltete Karte unter die Nase zu halten.

Mayas Mutter war eine schöne, sehr schlanke Frau mit hellen Augen und einer Stimme, die immer so wirkte, als wolle sie sie absichtlich dunkler färben.

Manchmal konnte sie regelrecht in Begeisterung für eine Unternehmung ihrer Tochter entbrennen. Insbesondere wenn es etwas mit Museumsbesuchen, politischen Veranstaltungen oder karitativem Engagement zu tun hatte. Doch auch bei dieser scheinbar enthusiastischen Anteilnahme wirkte sie immer steif und bemüht. Ich hatte nie gesehen, dass sie und Maya sich näher kamen als einen halben Meter.

Bei Mayas Vater war das ganz anders. Sobald er Maya zu packen bekam, umarmte er sie. Die beiden knuddelten auch vor meinen Augen. Es war deutlich zu sehen, dass Maya seine Lieblingstochter war und in allem von ihm bevorzugt wurde.

Wieder war ich froh, ein Einzelkind zu sein.

Ich stellte es mir unglaublich anstrengend vor, ständig in Konkurrenz zu meinen Geschwistern stehen zu müssen. Mich zu vergleichen. Wer ist die Hübscheste, die Begabteste, die Klügste, die Beliebteste? Die leise Eifersucht in den Augen meiner Geschwister flackern zu sehen oder sie selbst zu spüren.

Doch Maya schien es nicht so zu empfinden. Sie war sich ihrer Kükenstellung bei ihrem Vater durchaus bewusst, aber Britta – so sagte sie – sei dafür eindeutig Muttis Liebling.

Tatsächlich entdeckte ich Ähnlichkeiten zwischen den Töchtern und dem jeweiligen Elternteil. Mayas Vater war ein recht offener Mensch, der stets lächelnd und freundlich auf andere zuging. Auch wenn ich Mayas echte Herzlichkeit in ihm nicht wiederfinden konnte. Vielleicht hatte er die irgendwo in seiner Karrierelaufbahn als Politiker auf der Strecke zurückgelassen.

Die Mutter hingegen erschien mir immer ein wenig wie aus einer anderen Welt, aus der sie mit forschenden, leicht skeptisch dreinblickenden Augen in die unsrige herübersah. Genauso wie Britta mich mit Blicken verfolgte, wenn ich hinter Maya durchs Haus ging.

Nach der ausgesprochenen Hochzeitseinladung erhielt ich im Hause Frechen einen anderen Stellenwert.

Maya verhielt sich mir gegenüber natürlich wie immer: reizend, betont vertraut, spielerisch mich neckend, einig mit mir schweigend.

Doch ihre Eltern behandelten mich plötzlich anders.

Sie waren besonders freundlich zu mir, erkundigten sich nach den Vorbereitungen zu der Feier, ließen Gigi und Alois grüßen.

Es war beinahe so, als gebe es keinen Unterschied zwischen ihnen und uns.

Nur Britta blieb nach wie vor distanziert. Aber ehrlich gesagt war sie mir mittlerweile ziemlich egal.

Jetzt zählte nur der große Tag und dass Maya dabei sein würde.

Sie hatte sich »fürs volle Programm« angemeldet. Sie wollte mit zum Standesamt gehen, zum Sektempfang beim Herumreichen der Gläser und Häppchen helfen, am Nachmittag bei der Kuchenverteilung die Aufsicht führen und abends die Feier genießen.

Irgendwann sagte sie mitten in einem angeregten Gespräch, das wir mit Gigi führten, zwei Sätze, die mir danach nicht mehr aus dem Kopf gingen.

Und zwar: »Du hast doch in der neunten Klasse einen Tanzkurs mitgemacht, oder? Ich will nämlich mit der Brauttochter tanzen!«

Gigi lachte herzlich darüber und nähte dann weiter an ihrem kleinen Schleier, den Großmutter nach großem Getue endlich herausgerückt hatte, um etwas »Geliehenes« zur Verfügung zu stellen.

Maya wollte mit mir tanzen.

Ich fing Henning am nächsten Morgen auf dem Weg zur Schule ab.

»Du musst mir helfen«, begann ich ohne große Vorrede. »Du warst doch in der Tanzschule. Du musst mir ein paar Schritte beibringen. Die Jungenschritte, kapiert?«

»Findest du nicht, du übertreibst ein bisschen?«, brummte mein Freund.

»Keine blöden Sprüche jetzt!«, warnte ich ihn. »Ich will mich auf der Feier nicht blamieren.«

Also verabredeten wir uns vor unserer nächsten gemeinsamen Fahrstunde in der Garage seiner Großeltern.

Dort brachte Henning mir an diesem und an einigen weiteren Nachmittagen Langsamen und Wiener Walzer bei, Cha-Cha-Cha, Rumba und Foxtrott.

Das sollte reichen, meinte er schließlich. »Und frag mich bloß nicht nach Tango. Das hab ich einfach nicht drauf. Maya wird auch nicht mehr können.«

»Wer hat was von Maya gesagt?«, schoss ich zurück. »Ich will mit Gigi tanzen!«

Henning wandte sich ab, um das Garagentor hinter uns zu schließen. Doch auf seinem Gesicht glaubte ich ein Schmunzeln zu sehen.

Der April verging rasend schnell.

Die Vorbereitungen für das große Fest hielten uns alle in Atem.

Gigi und Alois hatten sich für den zwölften Mai entschieden. Das war zehn Tage vor meinem achtzehnten Geburtstag. Und genau fünf Tage nach meiner Führerscheinprüfung.

Bei eben diesem Termin fühlte ich mich so schrecklich wie ein Lamm auf der Schlachtbank. Aber ich bestand. Genauso wie Henning. Der das Glück hatte, dass ihm im ganzen Stadtgebiet kein einziger Mann mit Handkarren an einer Rechts-vor-Links-Kreuzung begegnete.

Henning, der bereits volljährig war, durfte uns in Alois' schickem BMW heimfahren.

Alois saß etwas verkrampft auf dem Beifahrersitz und hielt sich am Türgriff fest. Während Gigi und ich uns auf der Rückbank hysterischen Lachflashs hingaben, sobald Henning ruckelnd anfuhr oder an einer Ampel den Motor abwürgte.

Ich war überzeugt davon, dies sei die schönste Zeit meines Lebens.

Es gab Gigi und Alois. Es gab immer noch Großmutter und Opa. Henning. Und Maya.

Sonst brauche ich nichts, um glücklich zu sein.

Vielleicht eine klitzekleine Zukunftsperspektive wäre nicht übel gewesen. Irgendeine Vorstellung, was ich nach dem Abitur lernen oder studieren sollte.

Doch bis dahin, so tröstete ich mich, blieb ja noch ein ganzes Jahr Zeit.

Genügend Möglichkeiten, um mir den Kopf zu zerbrechen.

Den Mai 1987 wollte ich nicht mit unangenehmen Gedanken an zukünftige Arbeit belasten. Diesen Mai wollte ich in vollen Zügen genießen.

Und genau das tat ich auch.

Die Hochzeit wurde ein rauschendes Fest, ganz so, wie Gigi es sich gewünscht hatte.

Ich staunte, wie viele Freunde, Bekannte, sogar verstaubte Verwandte herbeigeströmt kamen, um zu gratulieren, Fotos zu machen, Geschenke zu überreichen, dabei zu sein.

Gigi war so ziemlich die schönste Braut, die man sich vorstellen konnte.

Ihre Wangen waren gerötet, ihre Augen strahlten. Ich hatte als Einzige ihr Brautkleid schon vorher sehen dürfen und war auf den Beifallssturm gefasst, der dann tatsächlich ausbrach, als sie aus dem mit einem riesigen rosa Blumenstrauß geschmückten und blank gewienerten Auto stieg.

Großmutter hatte darauf bestanden, dass es schließlich die Pflicht des Vaters sei, die Braut an den zukünftigen Ehemann zu übergeben.

Daher erschien hinter Gigi ein aufgeregter und in einem neuen Anzug fein herausgeputzter Opa.

Er klammerte sich angesichts der vielen neugierigen Augenpaare, die auf ihn gerichtet waren, an Gigis Hand, die mit ihm hinüber zum wartenden Alois schritt. Dort erinnerte sich Opa daran, was ihm in zig Übungen eingeschärft worden war, und er legte Gigis Hand in die von Alois, umarmte beide so heftig, dass er Gigis Brautstrauß zerknautschte, und flüchtete dann rasch an Großmutters schützende Seite.

Fotoapparate blitzten, Kameras surrten.

Ich musste ein paar Tränen vergießen, weil ich sie alle so sehr liebte.

Nur Maya bekam es mit und reichte mir wortlos ein Papiertaschentuch.

Ich hätte ihr auch nichts sagen können.

Oder wie hätte ich ihr klar machen können, dass sie der Feier in meinen Augen das krönende Sahnehäubchen aufsetzte? Dass sie das ausmachte, was mich so tief berührte und weich werden ließ wie zerlaufende Butter in der Sonne?

Sie sah so aus, wie ich nie aussehen würde.

Sie war die Prinzessin, die Gigi sich damals gewünscht hatte, als sie ihre kleine Tochter bekam.

Maya trug ein geblümtes Sommerkleid, aus dem ihre schlanken, schon leicht gebräunten Beine herausblitzten. Um die Schultern hatte sie sich eine Strickstola geschlungen, die bei jedem Schritt mit den vielen Bommeln wippte und deren Ende hinter ihr herwehte wie eine Welle, die den Strand berühren will.

Still und mit bewegter Miene saß sie im Standesamt neben mir und lauschte der Zeremonie.

Ihre Augen schimmerten. Manchmal öffneten sich ihre Lippen leicht, als wolle sie mitflüstern, was da vorne versprochen wurde.

Henning, in einem dunklen Jackett und Bügelfaltenhose, aber leger aufgeknöpftem Hemd, wirkte ebenfalls gerührt, schaffte es aber, dies auf männlich markante Art zu überspielen.

Weichei!, dachte ich zärtlich.

An diesem Tag war ich mir aller Liebe sehr bewusst.

Der Film unserer High-8-Kamera zeigte später selbstverständlich alle Bilder von Gigi und Alois, wie sie einander die Hände reichten, lächelten, mit ruhiger und lauter Stimme ihr Ja sagten.

Die Kamera in meinem Kopf aber. Ihr Film zeigte vor allem Maya. Wie sie mit dem Tablett umherging, Sekt oder Häppchen anbot. Ihr Strahlen und Scherzen. Die Blicke, die sie mir zuwarf. Mit denen sie mich jedes Mal ertappte.

Es waren Aufnahmen in Zeitlupe, die ich mir immer wieder ansehen wollte.

Spät am Abend, als alle sich in ihre Festgarderobe geworfen hatten, war ich bereits so erfüllt von bewusstseinsbetäubenden

Endorphinen, dass ich mit Großmutter einen holprigen Walzer tanzte und Stella beschwor, meinen Onkel unbedingt im kommenden Jahr ebenfalls im Mai zu heiraten – denn das sei doch eindeutig der schönste Monat für ein solches Fest.

Stellas Augen glommen vor Begeisterung, und Patrick schwoll sichtlich die Brust.

Michael, der mit seinem Partner Gerd eingeladen war, schwor Stein und Bein, dass er dann ganz sicher den Brautstrauß erwischen werde. Dummerweise war dieser nämlich heute Mittag zwar in hohem Bogen über Gigis Schulter, aber dann direkt in den etwas zu tief aufgehängten Deckenventilator geflogen. Sodass sich anschließend alle interessierten jungen Frauen auf die Suche nach einem Schnipsel vom Glück machen konnten.

Maya, Henning und ich saßen mit ihnen zusammen am Familientisch, wo Großmutter streng darüber wachte, dass Opa nicht zum siebten Mal zum Büfett schlich, um sich Süßkram auf den Teller zu häufen.

Es gab die üblichen Hochzeitsspiele. Viel Gelächter. Ausgelassenes Tanzen.

Und Maya.

Als es später wurde, ließen alle den letzten Rest an Förmlichkeit sausen. Diejenigen, die sich noch siezten, tranken Brüderschaft und stimmten gemeinsame Lieder an.

»Was ist denn?«, hörte ich Susette einmal Gigi fragen, die mit Goldfischaugen am Rand der Tanzfläche stand und in die Menge starrte.

»Das glaub ich nicht!«, antwortete Gigi fassungslos. »Hartmut und Kirsten tanzen miteinander!«

Ich beugte mich kichernd zu Maya hinüber. »Dabei hat Gigi sich solche Mühe gegeben, die beiden an ganz unterschiedliche Seiten des Raumes zu setzen, damit sie sich bloß nicht zu nahe kommen.«

»Manche Menschen ziehen sich eben an«, erwiderte Maya tiefgründig. »Da können die anderen machen, was sie wollen.«

Prompt hüpfte mir mein Bissen von der Gabel.

Die war heute Abend sowieso ein wenig wackelig unterwegs. Immerhin wurde es später und später, und Maya und ich hatten noch kein einziges Mal miteinander getanzt.

»Wenn du sie nicht bald fragst, ist die Feier vorüber«, raunte Henning mir zu, als wir uns gleichzeitig Getränke holten. »Ich werde gleich mal diese niedliche kleine Kusine von Alois fragen. Ich glaube, sie hat ein Auge auf mich geworfen.«

»Henning!«, entfuhr es mir. »Sybill ist mindestens zehn Jahre älter als du.«

Mein Freund zuckte die Achseln. »Na, und? Die weiß wenigstens, wo es langgeht.«

Tatsächlich verschwand er kurz darauf, und ich sah ihn die lächelnde Sybill über die Tanzfläche schwenken.

Maya schaute ebenfalls hin und spielte mit ihrer Serviette.

Ich wartete auf das richtige Lied.

Vielleicht ein Walzer. Da konnte ich so gut wie gar nichts falsch machen. Andererseits ... ich warf einen Blick auf die anderen tanzenden Paare. Es war recht eng auf der Tanzfläche. Das konnte ein Problem werden. Vielleicht lieber der Foxtrott? Aber dabei kamen mir immer noch die eigenen Beine in die Quere.

»Wie wäre es, wenn wir den nächsten Tanz miteinander versuchen?«, rief Michael gerade von der anderen Tischseite zu Maya herüber.

Und bevor Maya etwas erwidern konnte, war es schon passiert. Ich sagte: »Auf keinen Fall! Der nächste und übernächste gehören mir!«

Susette, die als Trauzeugin fast genauso üppig mit Glückshormonen überschüttet war wie Gigi, strahlte mich an.

Michael tat beleidigt.

Maya lachte.

»Ich dachte schon, du könntest nur mit Familienangehörigen tanzen.«

Als Antwort sprang ich auf und zog sie auf die Tanzfläche.

Ich versuchte, nicht auf mein rasch schlagendes Herz zu achten, sondern lieber herauszufinden, welchen Tanz ich nun aufs Parkett zu legen hatte.

»Oh, Cha-Cha-Cha!«, rief Maya. »Der ist witzig.«

Für eine Sekunde war ich sicher, dass ich mich schrecklich blamieren würde. Ich würde über die eigenen Füße stolpern oder – noch schlimmer – Maya schmerzhaft auf die Zehen treten.

Doch als wir die ersten Schritte machten, stellte ich verblüfft fest, dass nichts von alledem geschah.

Ich tanzte alles andere als geübt, aber es klappte.

Insgeheim zählte ich noch ein bisschen mit. Vor, rück, cha-cha-cha, rück, vor, cha-cha-cha ...

Gott sei Dank musste ich nicht diese ganzen komplizierten Drehungen können, die Maya aufs Parkett legte.

Es klappte. Es klappte wunderbar.

Ich atmete auf.

Nach zwei Tänzen folgte ein sehr langsames Lied.
Ich blickte verzweifelt zu unserem Tisch hinüber.
Niemand achtete auf uns.
Dann begegnete mir Hennings Blick vom anderen Ende der Tanzfläche. Er hielt Sybill im Arm und formte mit den Lippen überdeutlich in meine Richtung: »Rummm-baaa!«
Okay, das war einfach.
Das war fast das Gleiche wie Cha-Cha-Cha, nur eben ohne das Cha-Cha-Cha.
Vor, rück, Pause, Pause, rück, vor, Pause, Pause.
Maya und ich tanzten Rumba.
Es war leicht. Ich dachte zunächst, es sei leicht.
Doch mit wachsendem Entsetzen musste ich feststellen, dass das Rumbatanzen mit Maya etwas ganz und gar anderes war, als genau den gleichen Tanz mit Henning zu tanzen.
Plötzlich wurde mir bewusst, dass das versetzte Stehen und Gehen beim Tanzen automatisch dazu führte, dass mein rechtes Bein zwischen ihre Beine geriet. Ganz ohne mein Zutun sozusagen. Und quasi regelrecht gegen meinen Willen.
Ich versuchte, dem auszuweichen und ... trat Maya prompt auf die Füße. Wir kicherten. Nicht nur ich wirkte angespannt.
Dann ließ ich meine Füße lieber dort, wo sie fürs unfallfreie Tanzen auch sein sollten, und versuchte, nicht weiter darüber nachzudenken.
Konzentrier dich einfach auf deine Schritte, sagte ich mir selbst.
Aber dennoch war ich mir deutlich bewusst, wie Maya ihr Becken bewegte, wie nahe ihr Körper dem meinen kam, mich berührte, sacht, immer wieder. Ihr Atem streifte meine Wange.
»Willst du das eigentlich auch mal?«, fragte Maya mich mitten in mein stilles Zählen hinein.
»Was denn?«, gab ich verwirrt zurück. Ich war so sehr damit beschäftigt, an nichts zu denken, dass ich den Sinn ihrer Worte nicht gleich verstand.
»Na, heiraten.«
Sie schaffte es, mir beim Tanzen direkt ins Gesicht zu sehen, das sich sehr dicht vor ihrem eigenen Gesicht befand.
Ihr Blick aus den dunkelblauen Augen, das Glimmen darin, brachte in mir alles durcheinander.
Gott sei Dank schienen meine Beine den Rhythmus inzwischen auch selbst zu finden, ohne großartiges Zutun vom Hirn.
Ich musste schlucken.

»Weiß nicht. Ich meine, erst mal müsste es doch jemanden geben, der dafür infrage käme, oder?« Ich lachte betont heiter und sah wieder über ihre Schulter.

Sie wandte den Blick aber nicht ab.

»Würdest du es mir sagen, wenn es so jemanden gäbe?«, wollte sie wissen.

Sie sagte es so leise, dass es durch die Musik und das Stimmengewirr hindurch nur gerade so eben zu verstehen war. Den Bruchteil einer Sekunde lang wollte ich einfach so tun, als hätte ich es nicht gehört. Doch dann beging ich den Fehler, sie wieder anzusehen.

Ich glaubte nicht, jemals die Unwahrheit sagen zu können, wenn sie mich so ansah.

Sie würde mich sofort durchschauen. Das war mir klar.

»Sicher«, sagte ich, genauso leise.

Maya lächelte zufrieden. Das Lied verklang.

»Ich muss mal. Wir können ja gleich noch 'ne Runde weitertanzen, ja?«, sagte sie dann und lief eilig in Richtung Toiletten davon.

Ich kehrte zum Tisch zurück. Beziehungsweise hatte ich das Gefühl, als würde ich dorthin torkeln.

Henning kam auch gerade dort an.

»Porno«, zischte er mir zu, als ich mich erhitzt und mit rotem Kopf neben ihm auf meinen Stuhl fallen ließ.

Ich sah ihn schockiert an.

Dann alle anderen am Tisch. Aber niemand sonst schien sich für meine Rückkehr oder die Art und Weise zu interessieren, wie Maya und ich miteinander getanzt hatten.

»Blödmann!«, raunte ich. »Du spinnst doch!«

»Langsam kenn ich mich aus, Kumpel«, gab Henning zurück, beinahe ohne den Mund zu bewegen. »Und das sah gerade verdammt so aus, als sei sie ziemlich scharf auf dich.«

Ich versetzte ihm einen ordentlichen Knuff.

»Das war dein letztes Bier, das sag ich dir!«, drohte ich und deutete auf das leere Glas vor ihm. »Und jetzt hör auf, da kommt sie schon wieder.«

Henning feixte, schwieg aber tatsächlich und tat so, als betrachte er interessiert die anderen tanzenden Paare.

Leider ergab sich keine andere Möglichkeit mehr, mit Maya auf genau diese Weise zu tanzen. Denn kurz darauf wurde aktuelle Discomusik aufgelegt, und alle hüpften über die Tanzfläche wie wild gewordene Ochsenfrösche in Abendgarderobe. Großmutter schüttelte dazu den Kopf, aber trotzdem stahl sich hin und wieder ein Lächeln auf ihr Gesicht. Ich hätte sie dafür küssen können.

Opa, der so müde war, dass er am Tisch fast einschlief, sowieso.

Doch stattdessen ließ ich mich von Henning und Susette mitreißen und erprobte meinen bewährten Partytanzschritt in diesem ungewohnten Rahmen.

Maya blieb am Tisch und quatschte mit Michael und Gerd.

Gigi schob sich von hinten an mich heran, umarmte mich und schwenkte mich ein bisschen durch die Gegend.

Alle lachten darüber.

Die Braut und ihre erwachsene Tochter. Wahrscheinlich kein allzu häufiger Anblick auf Hochzeitsfeiern.

Dann sah ich Maya am Rand der Tanzfläche stehen und winkte ihr. Nicht bloß so ein Winken: Hi, du da! Nein, ein Winken: Komm zu mir! Komm zu mir und tanz mit mir! Das traute ich mich.

Maya zögerte nicht eine Sekunde lang und schob sich lächelnd durch die Menge zu mir her, bewegte sich dabei schon im Takt. Kam bei mir an und war Musik im Körper.

So kannte ich sie von den Partys.

Doch heute wagte ich kaum, zu ihr hinzusehen. Zu ihr hinzusehen war wirklich eine ziemlich intime Sache. Das ging doch höchstens vom Rand der Tanzfläche aus, aber doch nicht, wenn sie genau hier stand, genau neben mir, genau vor mir.

Wenig hinsehen also. Nur hin und wieder so aus dem Augenwinkel der Nacht. Und dabei von ihr ertappt werden. Und sie dabei ertappen, wie sie mich ansah.

Die Songs gefielen mir.

Es gab so einen gewissen Schritt, den ich gern tanzte, wenn ich die Lieder mochte.

Das ging nur, wenn es ein bisschen Platz gab und wenn ich richtig gut drauf war. Dann kam dieser Schritt wie von selbst und wiederholte sich und war Ausdruck meiner Lebensfreude in diesem Augenblick.

Ich tanzte und sah auf den Boden.

Erblickte plötzlich ein Paar Schuhe, die direkt vor mir standen, ganz starr.

Maya.

Ihre Blicke waren wie magnetisch auf meine Bewegungen gerichtet. Und dann, aus dem Nichts, sprang sie hinein in meinen

Schritt. Einfach so, dummdidumm. Wir waren uns so nahe, wie es gerade noch möglich war, ohne dass wir uns umarmten. Ein Sturz wäre verheerend gewesen. Um uns herum wären alle mitgerissen worden. Ich musste lachen bei der Vorstellung von Domino-Hochzeitsgästen hier mitten auf dem Parkett. Maya lachte auch. Aber wir fielen nicht. Wir machten einfach so weiter.

»Das war ein wirklich wunderbares Fest«, meinte Susette später begeistert, als wir zu den Autos gingen.

»Ja«, antwortete ich. Einfach nur ja.

Von da an träumte ich jeden Abend davon, mit Maya zu tanzen.

Und nicht nur abends.

Ich träumte auch nachts davon.

Dann lag sie in meinen Armen, und wir bewegten uns wie schwebend über einen weichen Boden, bogen uns hierhin und dorthin, während unsere Körper eine ganz eigene Sprache miteinander sprachen.

Jeden Tag, wenn ich sie sah, fragte ich mich, ob sie auch solche Träume kannte.

War ihr Lächeln, das sie mir manchmal schenkte, besonders jenes stille Lächeln, das ich dann und wann beobachtete, ein Hinweis darauf, dass sie ihre Nächte ähnlich verbrachte wie ich?

Mein achtzehnter Geburtstag nahte.

Alois lieh uns seinen Wagen.

Henning, seine derzeitige Freundin Lena, Maya und ich fuhren ins Nachbarstädtchen, um in der sagenumwobenen Disco *Quick 17* in meine Volljährigkeit hineinzufeiern.

Maya und ich tranken zu viel von den süßen Cocktails. Wir lachten albern über die dümmsten Sachen. Lena lächelte über uns. Henning tat wichtig, weil er »noch fahren musste« und keinen Tropfen Alkohol trinken durfte.

Um Mitternacht ließ Henning für mich *Oh L'Amour* von Erasure spielen.

Maya wollte dazu unbedingt mit mir tanzen. Aber wir waren beide viel zu beschwipst, um unsere Füße ausreichend unter Kontrolle zu haben. So wirbelten wir eng umschlungen über die Tanzfläche und lachten dazu so viel, dass mir anschließend der Bauch weh tat und Maya übel war.

Es war also genauso, wie ein achtzehnter Geburtstag sein sollte. Wir gaben uns hinreichend der Illusion hin, von nun an absolut frei zu sein und niemandem gegenüber mehr Rechenschaft ablegen zu müssen.

Wir sagten uns gegenseitig, dass nichts und niemand uns aufhalten konnte, und dieser denkwürdige Tag würde für mich unvergesslich bleiben!

Das blieb er tatsächlich, aber nicht deshalb, weil ich von da an wahlberechtigt war.

Er blieb mir im Gedächtnis aus einem ganz anderen Grund.

Als wir um kurz nach drei den Schuppen verlassen wollten, holte Henning unsere Jacken von der Garderobe eine Etage höher, und Lena musste noch mal schnell pinkeln.

So standen Maya und ich plötzlich allein in der dunklen Ecke kurz vor dem Ausgang.

Ich kicherte immer noch über einen dummen Scherz, den Henning vor fünf Minuten gemacht hatte.

Maya lehnte an der Wand. Sie kicherte nicht. Ihre Miene war ernst.

Ein Bein hatte sie angewinkelt und den Fuß an die Wand hinter sich gestützt.

Diese Haltung erinnerte mich.

An unsere erste Begegnung. Auf dem Schulflur.

»Das ist ziemlich deutlich, was du von mir willst. Ist doch so, oder?« Ihr Nicken.

Das Grinsen fiel mir schlagartig aus dem Gesicht.

Ich stand direkt vor ihr und wusste plötzlich nicht mehr, wohin mit meinen Armen.

Es schien mir vollkommen unmöglich, Maya nicht zu umarmen.

Und es schien mir noch vollkommen unmöglicher, es zu tun.

»Du bekommst noch was zum Geburtstag von mir, ein Geschenk«, sagte Maya. Ihre Stimme zitterte. Ich sah sie verwundert an. »Ich hab's nicht mitgenommen heute Abend, weil ich irgendwie Angst hatte, dass es verloren geht oder so. Aber jetzt bekommst du erst mal nur alle guten Wünsche.«

Sie nahm meine Arme, die mir gerade noch so nutzlos erschienen waren, und zog mich an sich.

Wir hatten uns zu anderen Anlässen auch schon umarmt. Doch ich erkannte sofort, dass dies etwas anderes war.

Ich spürte es an ihrem Beben, das sich sofort in meinen Körper hinein fortsetzte.

An ihrem Blick, den sie nicht abwandte, sondern der in meine Augen tauchte und dann hinunterglitt, zu meinem Mund.

Ihre Lippen waren so weich, dass nichts mich hätte darauf vorbereiten können.

Es waren zwei, drei, vier Sekunden, ich wusste es nicht.

Erst als ich ihre Berührung wieder verlor, wurde mir klar, dass ich die Augen geschlossen hatte.

»Alles Gute zum Geburtstag«, flüsterte Maya. Dann wandte sie den Kopf zur Seite.

»Da bist du ja schon«, sagte sie zu Henning, der mit unseren Jacken über dem Arm etwas verdutzt vor uns stand.

Ich war achtzehn Jahre alt und hatte soeben meinen ersten Kuss bekommen.

Als wir uns das nächste Mal trafen, hatte sich offenbar die physikalische Gesetzmäßigkeit der Erde etwas verschoben. Diese eklatante Veränderung trat allerdings nur zwischen Maya und mir zutage. Es war wie ein kleines Wunder: Die räumliche Distanz zwischen uns war schmaler geworden, sodass wir in allen Situationen, die wir schon hundertmal miteinander erlebt hatten, automatisch näher zueinander rückten.

Egal, ob wir uns in der Schule begrüßten oder in den Pausen nebeneinander standen. Da war weniger Platz zwischen uns. Immer.

Den anderen schien es nicht aufzufallen.

Außer Henning natürlich. Der konnte sich die eine oder andere Bemerkung sowieso nicht verkneifen.

»War das jetzt 'ne Knutscherei oder war es keine?«, wollte er zum Beispiel wissen.

»Es war ein Kuss«, antwortete ich schlicht und zuckte die Achseln.

»Du hast vielleicht Schwein!«, kommentierte er kopfschüttelnd. »Nicht alle Mädchen sind so wie du und Maya, weißt du.«

»Weiß ich.«

Ich fragte nicht, was an Maya und mir gleich war. Dafür gab es nur ein Gefühl. Und wahrscheinlich hätte Henning es auch nicht in Worte fassen können. Aber ich wusste, was an Maya und mir – zumindest für Henning – anders war: Mit *mir* hätte er nicht geknutscht und »mehr« schon gar nicht. Genauso wenig wie ich mit ihm hätte Sex haben wollen.

Wir waren Freunde.

Wir brauchten an solche Verwicklungen erst gar nicht zu denken.

Maya und ich waren auch befreundet.

Und trotzdem.

Dachte ich an gar nichts anderes mehr.

Vielleicht lag es daran, dass ich gerade von Opa gekommen war, der sich eine Sommergrippe eingefangen hatte und jammernd im Bett lag, während Großmutter ihm vorbetete, dass er bei diesem Wetter sowieso nicht zur Hubertuslichtung spazieren könnte.

Jedenfalls hatte ich den Wald im Kopf, als ich Maya traf.

Sie hatte sich ihre langen Haare am Hinterkopf zu einem Knoten geschlungen. Der starke, böige Wind hatte bereits ein paar Strähnen gelöst, die ihr um den Kopf wehten. Die Frisur ließ sie älter aussehen, auf eine erregende Weise fremd.

»Weißt du eigentlich, dass wir noch nie miteinander im Wald waren?«, fragte ich sie und war auf ihre Antwort gespannt.

Maya war niemand, der auf eine solche Frage einfach mit Ja oder Nein geantwortet hätte.

Jetzt bohrte sie die Hände tief in die Taschen ihrer Jeansjacke und sah zum stahlgrauen Himmel hinauf, über den der Wind Wolkenfetzen trieb. »Dann wäre doch heute der ideale Tag dafür, oder?«

»Also kein Stadtbummel und *Venezia*?« Das war unser bevorzugtes Eiscafé – selbst bei schlechtem Wetter.

»Nö.«

»Dann komm!«

»Weißt du denn, wo es schön ist?«, wollte sie wissen, als wir gemeinsam losgingen.

»Ich kenne hundert Plätze im Wald, wo es schön ist!«, lachte ich und fragte mich, wieso ich noch nie daran gedacht hatte, ihr diese Stellen zu zeigen.

Der Wald war grün. Schließlich war es Juni.

Doch das Peitschen der Zweige und das Rauschen des Laubes wirkten wie vom Herbst ausgeliehen.

Ich kannte den Wald in vielen Varianten.

Zahm und brav. Für die Sonntagsspaziergänger, die nur in kleinen Gruppen von Familienverbänden hierherfanden. Und nur bei Sonnenschein.

Einsam und herausfordernd. Bei Regenfällen und Matsch auf allen Wegen, die von den meisten Menschen gemieden wurden – aber nicht von Opa und mir. Wenn wir in unseren dichten Regenklamotten und Gummistiefeln die »gesunde Runde« drehten, die Großmutter erlaubte.

Heute zeigte der Wald ein noch anderes Gesicht. Als Maya und ich ihn betraten, stürmte und brauste er, ließ die Zweige knallen und die Äste krachen. Halb vermoderte Blätter des vergangenen Herbstes wirbelten gewalttätig um uns herum.

Wir, unter Büschen und auf den Wegen, waren bedroht von herabstürzenden Baumfingern.

Kein Mensch sonst auf unserem Gang.

Die Vögel waren stumm und hielten sich mit ihren Krallen irgendwo fest, um nicht davongeweht zu werden.

Warum hatte ich Maya nur nicht schon vorher in den Wald mitgenommen?

Hier war ich viel mehr ich selbst. Hier war ich die Flirtende, Mutige. Und Maya sah mich mit großen Augen an. Ich fühlte ihr Herz schlagen bei jedem Schritt.

Sie drehte sich um, und ich sah ihren Nacken, auf dem die zarten Haare wie ein Flaum wehten.

Wir liefen so lange, bis unsere Beine müde waren, auch wenn wir selbst noch endlos hätten weitergehen wollen.

Einen Tee wollten wir noch miteinander trinken. Nach diesem Abenteuer.

Und zum Tee – bei mir zu Hause, Gigi noch bei der Arbeit und danach unterwegs mit Alois – gab es ein Radio. Wo gesagt wurde, dass Sturmböen Dächer abgedeckt, Bäume entwurzelt und Autos verschoben hatten.

Wir sahen uns über unsere dampfenden Tassen hinweg an.

»Mein Gott«, sagte ich. »Da haben wir ja anscheinend ein richtiges Abenteuer erlebt.«

Maya sah den feinen Nebelschwaden zu, die aus ihrer Tasse aufstiegen.

»Manchmal muss man eben etwas riskieren«, sagte sie.

Dann löste ihr Blick sich von der Tasse und stieg herauf in mein Gesicht.

»Wie wäre es, wenn wir uns die Sterne ansehen?«, fragte sie leise.

Ich war verwirrt.

»Aber wir haben noch nicht mal sechs Uhr. Es wird noch eine ganze Weile dauern, bis man Sterne sieht, meinst du nicht?«

»Du bekommst noch dein besonderes Geburtstagsgeschenk. Erinnerst du dich?«

Da war er wieder, Mayas Flirtblick.

Sie wollte mich necken. Aber ich konnte nicht darauf eingehen. Ich wurde das verflixte Gefühl nicht los, dass es ernst war. Irgendetwas war plötzlich ernst.

Sie hatte mir am Tag nach unserem Discoausflug ein Buch überreicht.

Es hieß *Die Nebel von Avalon* und wog ungefähr ein Kilo. Kein Wunder, dass sie es nicht mit in die Disco genommen hatte.

Maya hatte mir schon von diesem Buch erzählt. Es war die Nacherzählung der Sagen rund um König Artus und die Ritter der Tafelrunde.

Ich fand die Vorstellung wundervoll, etwas zu lesen, das sie auch schon gelesen und für gut gefunden hatte.

Ich wusste, ich würde das Buch verschlingen. Würde sie auf jeder Seite suchen und wiederfinden. Überall ein Stückchen von ihr. Und immer mit der Frage, was ihr wohl besonders gefallen hatte. Wir könnten darüber reden. Über eine Geschichte, in die wir beide eingetaucht waren.

Doch als ich mich überschwänglich bedankt hatte, hatte Maya nur gelächelt und gesagt: »Das ist natürlich nicht das ganze besondere Geschenk, das ich dir versprochen habe. Aber dafür braucht es einen ganz besonderen Zeitpunkt. Das bekommst du, wenn es so weit ist. Frag jetzt bloß nicht, wann das sein wird.« Sie lachte. »Ich werde es dir schon früh genug verraten.«

Gespannt nickte ich.

»Gib mir eine Stunde Zeit, ja?«, bat Maya, schnappte sich einen Küchenstuhl und verschwand mit ihrem Rucksack, den sie immer mit sich herumschleppte, in meinem Zimmer.

Ich starrte auf ihre nur halb geleerte Tasse, aus der immer noch der Dampf aufstieg.

Vor Augen hatte ich Maya im Wald. Mit wehenden Haarsträhnen und wildem Lachen auf dem Gesicht. »Manchmal muss man eben etwas riskieren.«

Maya beim Tanzen, ihre Hand in meiner, die andere auf meiner Schulter. Mein Bein immer an der falschen Stelle. Die sich für eine falsche Stelle aber verdammt gut anfühlte.

Maya, die mitten in meinen eigenen Schritt hineinsprang.

Ich versuchte, mich mit anderem abzulenken. Ich blätterte in der *Brigitte*, die Gigi hier liegen gelassen hatte. Ich zählte die Tassen, die an ihren Henkeln vom Seitenbord herabhingen. Ich wiederholte leise wispernd ein paar der neuen englischen Vokabeln.

Nach einer Dreiviertelstunde hielt ich es nicht mehr aus.

Ich ging hinüber und klopfte vorsichtig an meiner eigenen Zimmertür, die sie hinter sich geschlossen hatte.

»Nicht reinkommen!«, rief Maya von drinnen. Ihre Stimme klang gepresst.

»Falls du wissen willst, wo ich meine Tagebücher hinlege, könnte ich dir einen Tipp geben – nur damit du nicht das ganze Zimmer durchsuchen musst«, scherzte ich durch die geschlossene Tür. »Guck auf jeden Fall nicht auf der Fensterseite unters Bett. Da liegt neben sehr viel Staub auch ein Pornofilm, den Henning da versteckt hat.«

Ich hörte Maya kichern.

Und immer wieder hörte ich, wie sie den Küchenstuhl verrückte.

Was um Himmels willen tat sie da?

»Bitte tu nichts, was sich nicht wieder rückgängig machen lässt«, versuchte ich es nach ein paar Minuten noch einmal, schon hörbar kläglich. »Ich meine, streich nicht alles weiß oder so. Hörst du?«

In diesem Moment öffnete Maya die Zimmertür.

Ich spähte neugierig an ihr vorbei.

»Bringst du bitte den Stuhl in die Küche zurück?«, bat sie mich.

Sie lächelte, doch sie wirkte sichtlich angespannt.

Ich trug brav den Stuhl zurück an seinen Platz und stand schon wieder vor meiner geschlossenen Zimmertür.

Drinnen ließ Maya gerade die Rollläden herunter.

Dann öffnete sie die Tür und quetschte sich durch den Spalt hindurch. In dem kurzen Augenblick, als ich hineinsah, konnte ich in dem vom Deckenlicht hell erleuchteten Zimmer nichts Auffälliges entdecken.

»Was hast du gemacht?«, wollte ich wissen und griff nach ihrer Hand.

Maya senkte den Kopf und sah hinunter. Auf unsere Hände.

»David?« Leise. Angespannt. Zielstrebig.

»Ja?«

»Meinst du, du kannst von mir jetzt das bekommen, was du brauchst?«

Kann es sein, dass dein Herz stehen bleibt und du trotzdem weiteratmest?

Zu fragen, was sie damit meinte, wäre eine Beleidigung gewesen. Ich wusste, was sie meinte.

Und musste schlucken.

Wir hielten uns an der Hand.

»Ja«, sagte ich schließlich, nachdem ich sicher war, dass auch tatsächlich ein Wort herauskäme, wenn ich den Mund öffnete. Ein Wort und kein unartikuliertes Grunzen. »Das glaube ich schon. Wieso fragst du?«

Jetzt hob sie den Blick wieder und lächelte mich an.
Offensichtlich voll zufrieden mit meiner Antwort.
»Dann zeige ich dir jetzt die Sterne«, flüsterte sie.
Sie öffnete die Zimmertür und schob mich hinein.
Ich sah verwundert zum Fenster. Doch das war fest geschlossen. Die heruntergelassenen Rollläden ließen kein Fitzelchen Tageslicht herein.
Maya führte mich zum Bett und drückte mich an den Schultern hinunter auf die Matratze.
»Mach die Augen zu!«, befahl sie mir und setzte mit sanfter Stimme hinzu: »Bitte.«
Also schloss ich die Augen.
Ich hätte alles getan, wenn sie mich so darum bat.
Selbst wenn sie mich dann wieder verlassen hätte. Und ich ihre Nähe hier neben meinem Bett verloren hätte.
Ihre Schritte entfernten sich in Richtung Tür.
Dann knipste sie das Deckenlicht aus.
Ich hörte es und sah es, denn plötzlich legte sich eine samtene Dunkelheit auf meine Lider.
Ihre Schritte zu mir zurück waren langsamer und vorsichtig.
Dann spürte ich, wie sie sich neben mich setzte.
Sie legte den Arm um mich.
Ich dachte daran, wie weich ihre Lippen sich angefühlt hatten.
Wir kippten unter ihrem seichten Druck beide nach hinten und kamen dicht nebeneinander auf meiner Bettdecke zu liegen.
»Jetzt kannst du die Augen öffnen«, raunte Maya mir ins Ohr.
Ich schlug die Augen auf.
Sterne.
Ein Nachthimmel mit Hunderten von glitzernden Sonnen, weit, weit entfernt im unbekannten Irgendwo.
Mir blieb vor Staunen der Mund offen stehen.
Maya hielt den Atem an.
Ich hörte nichts als das Wummern meines eigenen Herzens.
»Schau mal«, hauchte sie und deutete mit der Hand hinauf an die Zimmerdecke. »Das ist dein Sternenbild, in dem du geboren bist: die Zwillinge. Und da drüben ist meins: der Schütze. Siehst du es? Es fängt da vorn an und geht dann so entlang. Der große Stern dort gehört auch noch dazu.«
Ich starrte hinauf.
»Wie hast du das gemacht?«, wollte ich mit heiserer Stimme wissen.

»Es ist ein Stempel«, erklärte Maya. »Papa hat ihn mir mitgebracht, als er kürzlich in Schweden war. Die Farbe ist fluoreszierend. Wenn du eine Weile helles Licht draufscheinen lässt, leuchtet es fast eine ganze Stunde lang im Dunkeln. Ich dachte, das wird wohl reichen, bis du eingeschlafen bist.«

Ich schaute und schaute.

»Gefällt es dir nicht?«, erkundigte Maya sich schließlich verunsichert.

»Doch! Doch, es gefällt mir sehr. Es ist wirklich das schönste Geschenk, das ich je bekommen habe. Und das größte! Du meine Güte, ein ganzer Sternenhimmel!«

Ich wandte mich ihr zu.

Sie strahlte mich an.

Fixstern in meinem Leben.

»Hey!«, sagte ich und griff rasch nach ihrer Hand. »Hast du gesehen? Da war grad 'ne Sternschnuppe!«

»Dann wünsch dir schnell was!«, erwiderte sie.

Ich kniff die Augen zusammen.

»Schon passiert!«

»Ich hab mir auch was gewünscht«, gestand Maya.

»Aber das war meine Sternschnuppe!«, protestierte ich.

Sie setzte eine entschuldigende Miene auf. »Ich dachte, es wirkt vielleicht besser, wenn wir uns beide das Gleiche wünschen.«

Ich schnalzte mit der Zunge. »Woher willst du denn wissen, was ich mir gewünscht habe?«

Maya zuckte die Achseln.

»Ach, war nur so 'ne Idee.«

Ich fragte nicht nach.

Feige war ich.

Wir zeigten uns gegenseitig das eine oder andere Sternenmuster, das wir zu erkennen glaubten.

Den Kleinen und den Großen Bären.

Genauso wie das springende Känguru und natürlich das *Haus vom Nikolaus*, das Maya ganz eindeutig identifizieren konnte.

Wir kicherten und kamen auf immer neue lustige Einfälle.

»David?« Maya lag auf dem Rücken und betrachtete das allmählich immer schwächer leuchtende Sternenmuster an der Zimmerdecke.

»Hm?«

»Fühlst du dich eigentlich immer so richtig als Frau?«

Ich drehte mich auf die Seite und knipste die Nachttischlampe an. Dann stützte ich den Kopf in eine Hand. »Wie kommst du auf so was?«

»Du sollst nicht eine Frage mit einer Frage beantworten«, grollte sie.

Also dachte ich nach. Ich wollte keine unklare oder unbedachte Antwort geben. Denn ich spürte deutlich, dass es Maya aus irgendeinem Grund sehr wichtig war.

Fühlte ich mich eigentlich immer so richtig als Frau?

»Das kommt auf die Definition von Frau an«, sagte ich schließlich und setzte rasch hinzu: »Das ist keine Frage! Das ist eine Feststellung. Denn wenn du eine Frau definierst als mütterliche und kurvige Sexbombe, die Handarbeiten und kleine Kinder liebt, die nichts anfangen kann mit Fußball, nicht weiß, wie eine Bohrmaschine funktioniert, dafür aber super ist im Kochen, dann ... ja, dann fühle ich mich nicht immer so richtig als Frau.«

Maya kicherte.

»Wie kommst du also auf so was?«, wiederholte ich meine Frage von vorher. »Das hat doch nichts mit dem Namen zu tun, unter dem ihr mich alle kennt.«

Sie kicherte nicht mehr.

Nur ihre Augen. In denen war immer dieses lebendige Funkeln zu sehen. Als könne in ihrem Leben einfach nichts Schlimmes geschehen.

»Nein. Ehrlich gesagt frage ich, weil ich mich selbst manchmal nicht wie eine Frau fühle«, sagte sie langsam und bedeutungsvoll.

»Aha«, machte ich und sah sie gespielt betroffen an. »Du ... ich meine, du verschweigst uns doch nichts, oder?«

Maya holte aus, verfehlte mich aber knapp.

»Mach dich nicht lustig!«, lachte sie.

»Mach ich nicht!«, lachte ich zurück.

Dann waren wir beide plötzlich ernst.

»Es gibt Momente, da denke ich, ich wäre besser ein Junge geworden«, sagte sie. »Und damit meine ich nicht nur das Fußballspielen und meine gute Note in Mathe. Ich meine damit was anderes.«

Plötzlich wurde mir klar, worum es ging.

Mir wurde außerdem klar, dass wir sehr nahe beieinander lagen. Wir lagen sehr, sehr nahe beieinander auf meinem Bett.

Mein Herz zog rasch den Hut, verabschiedete sich kurzfristig, hüpfte vom Bett und schlug große, hastige Haken in Richtung Tür.

»Ich glaube, ich hol uns noch etwas Tee oder Cola«, sagte ich, wollte mich aufrichten und ihm folgen, doch Maya legte mir eine Hand auf den Arm und hielt mich fest. Ihre Hand umklammerte meinen Arm nicht, es war nur eine sanfte, beinahe bittende Berührung. Ich lehnte mich wieder zurück.

»Du weißt doch, was ich meine, oder?«, fragte sie.

Jetzt lügen?

Das konnte ich nicht.

Die Wahrheit sagen?

Auch nicht.

Ich schwieg.

»David?« Maya drehte sich auf die Seite und lag nun so dicht neben mir, dass sie mich mit dem ganzen Körper berührte.

So süß und so schrecklich zugleich war noch nie etwas in meinem Leben gewesen.

Natürlich hatten wir uns umarmt. Zu Geburtstagen, Silvester oder manchmal auch einfach nur zur Begrüßung, wenn wir uns länger nicht gesehen hatten.

Doch dies war anders.

Dies war wie der Kuss in der Disco.

Und noch viel mehr. Dies hatte ein Ziel.

Oh, Herz, komm zurück! Bitte lass mich jetzt nicht im Stich!

Ich spürte ihre Fingerspitzen an meiner Wange und merkte erst jetzt, dass ich die Augen fest geschlossen hatte.

Ihre Fingerspitzen, die ich in Gedanken schon Hunderte Male geküsst hatte. Sie fuhren über meine Haut, hin zum Haaransatz an der Schläfe, hinunter, am Ohr vorüber, zum Hals, dort entlang …

Sie streichelte mein Gesicht, und ich bekam am ganzen Körper eine Gänsehaut.

Ihre Lippen berührten mich.

An der Stirn, an der Schläfe, am Ohr.

Ein Schmerz durchfuhr mich in der Körpermitte.

Es fühlte sich an wie ein scharfer Dolch, der mir von hinten zwischen die Lendenwirbel getrieben wurde.

Ich atmete stoßartig ein.

Kurz verschwand dieses Weich an meiner Haut. Nur um wieder zurückzukehren. Am Hals, in der Mulde zwischen Hals und Schlüsselbein.

Der Dolch bohrte sich in meinen Unterleib.

Ich wand mich. Fort von ihr.

Wieder hin zu ihr.

»David«, flüsterte Maya ganz nahe an meinem Innersten. »David, was ist denn? Gefällt es dir nicht?«

Ich antwortete nicht.

Ich wollte etwas sagen, aber ich hatte es bisher ja nicht einmal über mich gebracht, die Augen zu öffnen.

»David.« Wieder ihre Stimme. Die ich jede Nacht hörte. Auf meinem sorgsam versteckten Aufzeichnungsband, das ich nach jeder Begegnung mit ihr auf Repeat stellte.

»David, sag mir doch ...«

Ich konnte nichts sagen.

Ich wollte ihre Lippen, ihre Zunge, ihre Hände so sehr, dass ich wie gelähmt war.

Alles in mir fürchtete sich.

Ich war sicher, wenn ich sie küssen würde ... Wenn ich das losließe, was in mir schlummerte, dann würde ich wie der Wald da draußen. Tobend. Haltlos. Gewalttätig, ohne es zu wollen und zu ahnen.

Ich öffnete die Augen.

In ihrem Blick lag etwas, das mich niemals unbeteiligt ließe. In diesem Moment war dieser Blick das Einzige, was auf der Welt existierte.

Dazu ein Lächeln, das alle Schranken überwunden hätte, wären da welche gewesen.

Ich spürte keine Schranken mehr.

»Und jetzt?«, wisperte Maya.

»Jetzt würde ich dich gern küssen«, antwortete ich.

Maya beugte sich vor. Ihr Gesicht ganz nahe. Ihre Augen vor meinen Augen, wie noch nie.

Ihr Atem in meinem. Hinein in meine Lungen. Hinter meine Lippen, auf denen ihre Lippen lagen.

Sie küsste mich. Anfangs war es ein Schock. Ihr Körper an meinem Körper, noch vorsichtig, noch sonderbar gleichzeitig bekannt und doch fremd.

War das Wirklichkeit?

Anfangs war es wie ein Traum in den Morgenstunden, wenn er uns wahr vorkommt, und wir erwachen mit Schweiß auf der Stirn.

Doch dies dauerte an. Es blieb. Es verschwand nicht wie in einem Nebel. Es ließ mich nicht erwachen. Sie war da. Maya küsste mich.

Was ich so lange herbeigesehnt hatte, geschah. Und ich stürzte hinein in diese Erfüllung, fand jede einzelne Sekunde darin richtig und wahr. Ich kam an. Ich ging los. Ich war einfach hier. Bei ihr.

Ich spürte, wie sich in meinem ängstlichen Herzen alle Schränke öffneten, und ich starrte entsetzt hinein. Es war so viel Platz darin. In allen Ecken fand ich so viel ungenutzten Platz. Den füllte ich mit meinen Träumen, die sich zu einem Kranz flochten, den ich Maya aufs Haar setzen wollte.

Ich hatte gewusst, dass sie meinen Hals so küssen würde. Genau so.

Ich war so ungebremst wie der Herbststurm im Juni dort draußen im Wald.

Maya musste immer wieder meine Hand nehmen, mich halten und wiegen. »Schschschsch.« Ruhig.

Ich bekam nicht genug von jeder kleinsten Geste. Wollte alles, sofort, und mehr als das. Und wollte doch nicht weg von jedem Körperteil, den ich kannte. Den ich noch gar nicht kannte.

Ich wollte sie vollkommen und ohne Rest erkunden an einem einzigen Abend.

Mittendrin sagte ich ihren Namen, weil ich nicht mehr wusste, wohin mit mir.

Wir sprachen nicht. Viel zu verlegen waren wir, wenn wir uns ansahen.

Aber ihren Namen konnte ich sagen.

Ihr Name gehörte ganz ihr.

Ich hatte nie eine gekannt, die so hieß.

Alle Mayas würden immer zuerst ihr Gesicht tragen. Unsere vergangene Zeit reichte aus, um solch eine Zukunft zu haben.

»Maya«, sagte ich. Und schwitzte an ihrer Haut.

So warm war mir. Mit einem Mal, als ich ihren Namen sagte. Ihn ausprobierte auf der Zunge, hinter den Lippen, in einem Raum. Den niemand hörte außer mir. Den niemand je hören sollte. Von dem sie wusste – so wünschte ich mir –, dass es ihn gab.

Es war dieses Gemeinsame, das mich zum ersten Mal in meinem Leben so sehr verletzte.

Unsere Wünsche können mächtig sein.

Doch ihre Erfüllung ist grausam. Mit ihrer Erfüllung droht der Verlust. Während wir übereinander tobten, wie im Wald die Zweige einander peitschten, schmerzte in mir das Wissen, dass dies nicht die Ewigkeit war.

Wie sollte ich solches verlieren und trotzdem weiterleben können?

Als sie gegangen war, mit diesem kleinen, glücklichen Lächeln auf den Lippen, diesem ganz besonderen, für das es einfach keinen Namen gibt. Da lag ich auf meinem Bett und weinte.

Meine Schultern bebten. Aus meiner Nase lief der Rotz aufs Kissen. Auf den Stoff, den wir gerade noch mit unserem Schweiß benetzt hatten. Unserem Schweiß und anderen süßen Düften.

Ich bildete mir ein, ich weinte vor lauter Glück. Aber insgeheim wusste ich, dass es etwas anderes war.

Henning hatte mir von Sex erzählt. Vom *ersten Mal.* Aber nichts davon. Von diesem schrecklichen Brennen dort oberhalb des Nabels. Das alles vorher Gewesene noch hundertmal schöner erscheinen ließ und das Alleinsein jetzt wie eine Folter.

Schließlich tappte ich hinüber ins Bad. Es war spät.

Gigi würde wahrscheinlich bald heimkommen.

Ich ließ mir unter der Dusche heißes Wasser über den Körper laufen und starrte auf den Abfluss, wo alle Tropfen davonrannen, die mich berührt hatten.

Sie waren an mir herabgeflossen, hatten Haut und intime Stellen berührt, hatten mich gewaschen und gewärmt. Verrannen an einer anderen Stelle. Weil das nun mal so war.

Da wagte ich es. Sehr leise.

»Maya«, flüsterte ich. Und die Töne schwangen sich auf, brausten um mich herum, dass ich mir fast wünschte, sie nicht ausgesprochen zu haben. Ließen sich nirgends nieder, sondern prallten gegen mich, meine ungeschützte Haut, meine frisch verbrannten Stellen, meine Narben und plötzlich offenen Wunden. Wanden sich um mein Gesicht, meine Beine, meinen Bauch.

Ihr Name war nicht länger nur ihr Name.

Von jetzt an musste ich ständig aufpassen. Ihn bloß nicht wieder zu verlieren.

Aber erst musste ich den nächsten Tag überleben.

Was sich als gar nicht so einfach herausstellte.

In der Schule traute ich mich kaum, den Blick zu heben.

Ich dachte, alle sähen es mir an.

Als trüge ich in meinen Augen die ganze Wahrheit mit mir herum. Ihr Anblick auf dem Laken. Mein eigener Körper, der in Flammen aufging unter ihren Berührungen.

Doch es stellte sich heraus, dass meine MitschülerInnen anderes im Kopf hatten als die ersten sexuellen Eskapaden ihres Stufenclowns.

Niemand merkte es. Niemand sprach mich an oder zwinkerte mir verschwörerisch zu. Niemand bemerkte, dass ich knallrot anlief, als Maya auftauchte und sich einfach nur neben mich stellte.

Niemand außer Henning natürlich.

»Sag mal, ist heute irgendwas?«, pflaumte er mich nach dem Biounterricht an.

Ich hatte ihm nicht wie gewohnt assistieren können, als Dr. Wirutsch von ihm eine Antwort verlangte.

Das kam daher, dass ich an diesem Morgen grundsätzlich an vollkommen andere Dinge dachte als an eine Erklärung für die Entwicklung eines Retrovirus.

Ich stotterte herum.

Der gestrige Tag sei ereignisreich gewesen.

Maya und ich seien gemeinsam durch den Wald gestromert und …

»Bei dem Wetter? Seid ihr bekloppt?«, unterbrach Henning mich und sah mich an, als wolle er mich am liebsten in die nächste Klapse einweisen.

Während er mich betrachtete, veränderte sich plötzlich der Ausdruck auf seinem Gesicht.

Es ging ihm wortwörtlich ein Licht auf. Denn plötzlich strahlte er und kam ganz dicht an mich heran.

»Habt ihr's endlich getan?«, raunte er mir zu.

Ich schubste ihn fort. Doch er kam sofort wieder näher und legte mir den Arm um die Schulter, presste mich an sich.

»Sag schon!«, drängte er und versuchte in meinem Gesicht zu lesen, in dem sowieso alles geschrieben stand. Ich sah es dort jedenfalls, sobald ich an einem Spiegel oder auch nur an einer spiegelnden Fensterscheibe vorüberging.

»Wehe, du machst blöde Sprüche oder so was!«, drohte ich ihm und starrte ihn mit düsterer Miene warnend an.

Er kicherte. »Es stimmt also! Ihr habt es getan! Mann, das wurde aber auch Zeit!« Er sah sich um. Wir waren fast allein auf dem Gang. Die wenigen SchülerInnen, die außer uns auf dem Weg zur Pausenhalle waren, beachteten uns nicht.

»Und? Wie war es?«

Ich schaffte es, ihn abzuschütteln, und warf ihm einen bösen Blick zu.

»Das erzähl ich dir höchstens, wenn ich mit dir reden kann wie mit einem erwachsenen Menschen und nicht wie mit einem sensationslüsternen Altersheiminsassen.«

»Oh, ho!«, machte Henning und grinste. Doch dann bemühte er sich, ernst zu bleiben.

»Okay, hey, ist ja in Ordnung. Ich versprech dir, ich zieh dich nicht mehr auf, klar? War nicht böse gemeint. War ja nur, weil ... also, ich hab's doch schon so lange kommen sehen. Deswegen.«

»Dann hast du aber was gesehen, was mir noch lange nicht so klar war«, erwiderte ich, besänftigt durch sein Einlenken.

Er wusste nichts von meinen heimlichen Abenden. Von den Bildern, die ich heraufbeschwor, wenn ich allein im Bett lag.

Ich hatte ihm nie davon erzählt. Und es beunruhigte mich, dass er es offenbar trotzdem geahnt hatte.

Ebenso wie Susette, die das *Besondere* an der Freundschaft zwischen Maya und mir erkannt hatte.

»Und es ist dir echt ernst, nicht?« Das war eher eine Feststellung als eine Frage.

Ich brauchte nur noch leicht zu nicken.

»Aber weißt du, ich glaub, ihr auch«, sagte Henning dann.

Damit bewies er wieder einmal eindeutig, wieso er mein bester Freund war.

Ich überlegte einen winzigen Augenblick lang, ihm von dem tatsächlichen Wortwechsel zwischen Maya und mir, damals auf dem Schulflur, zu erzählen. Doch dann war der Moment verstrichen, und ich hatte es nicht getan. Wieder nicht.

Zu deutlich war die Erinnerung an die Macht der erfüllten Wünsche, die über uns kommt mit ihrer gewaltigen Bedrohung des Verlustes.

Ich lächelte Henning nur zu. Und er hielt mir die Feuerschutztür zur Pausenhalle auf.

Maya ging mit der neuen Dimension unserer Freundschaft viel selbstverständlicher um, als ich das konnte.

Sie lächelte mich strahlend an, flirtete mit mir und Henning. War immer an meiner Seite und ließ noch weniger Platz zwischen uns als in den Wochen zuvor.

Unentwegt war sie da.

Ihre Nähe wurde meine Sucht.

Sobald sie sich entfernte, wurde ich unruhig, hibbelig, rastlos.

Deswegen musste ich am Nachmittag sofort zu ihr.

Ich musste sie sehen und wissen, dass alles Gestrige nicht geträumt, sondern pure Realität gewesen war.

Henning glaubte, dass es Maya mit mir ebenso ernst sei wie mir mit ihr.

Ich wusste, es war so. Und wusste, es gab dennoch viele andere Gründe, weshalb eine zarte Liebesbeziehung wie die unsere scheitern konnte.

Auf Mayas Schreibtisch lag eine dieser bunten Illustrierten, über die Henning und ich uns immer lustig machten.

»Was liest du denn da?«, lachte ich und griff danach.

Im selben Augenblick bereute ich es schon, denn ich erkannte, wer dort abgebildet war.

Eine wasserstoffblonde, rundgesichtige Frau strahlte in die Kamera. Sie hatte den Arm um eine ebenfalls blonde, aber schmaler wirkende Frau gelegt, die den Eindruck erweckte, als wolle sie sich hinter ihren langen Haaren verstecken.

Hella von Sinnen. Cornelia Scheel.

»Die heißt wie du«, stellte Maya wie nebenbei fest.

Ich legte die Zeitschrift wieder zurück.

»Hm. Sonst haben wir aber nicht viel gemeinsam.«

»Nein?« Maya sah mich gespannt an.

Sie hatte mich noch nicht einmal berührt, geschweige denn geküsst, seit sie mir die Tür geöffnet und mich in ihr weißes Zimmer geführt hatte.

»Nein. Sie ist eine Politikertochter. Haha! Eigentlich ist sie dir also ähnlicher als mir. Wahrscheinlich haben sie viel Geld. Sie ist prominent. Und jetzt hat sie auch eine prominente Freundin, mit der sie zusammen auf der Titelseite von Klatschblättern erscheint. Außerdem nennt mich kein Mensch mehr Cornelia. Außer Großmutter.«

Ich grinste Maya an. Doch sie blieb ernst.

»Aber die beiden sind für alle sichtbar ein Paar. Wahrscheinlich lieben sie sich«, sagte sie und deutete mit dem Kopf auf das grellbunte Bild.

»Mag sein«, erwiderte ich vorsichtig.

Ich wollte sie umarmen. Ich wollte sie an mich ziehen.

Und ich wurde das verdammte Gefühl nicht los, dass sie etwas von mir erwartete, an das ich noch nicht einmal zu denken vermochte.

»Ich find's toll, wie sie zueinander stehen. Mama findet das auch«, fuhr Maya fort und ging an mir vorbei zur Stereoanlage, um eine neue Platte aufzulegen.

Ich streckte die Hand aus und hielt sie auf.

»Wollen wir das vielleicht erst mal für uns zwei allein versuchen?«, schlug ich vor und sah sie an. Ich spürte selbst die Bitte in meinem Blick.

Maya lächelte und nahm meine Hand.
»Klaro«, sagte sie, ließ sich gegen mich sinken, und wir küssten uns.
Alles wiederholte sich. Es war ein intensives Versinken in Weichem, Heißem, Sanftem.
Ich bekam etwas mehr Atem als gestern. Ein bisschen öfter konnte ich die Augen öffnen und sie anschauen. Ein bisschen weniger verlegen waren wir, als Maya zur Tür ging und den Schlüssel umdrehte, bevor sie mich zu ihrem Bett aus einer Schneelandschaft zog.
Die berühmtesten Entdecker der Weltgeschichte konnten bei ihren großen Taten nicht aufgeregter gewesen sein. Nicht überzeugter davon, dass ihre Augen das Wunderbarste wahrnahmen, das es je auf Erden gegeben hatte.
Neuland. Versuchungen. Wildes. Bisher Ungezähmtes.
Ich war eine Pionierin ohne Waffen und mit nichts als Sehnsucht im Gepäck.
Noch Wochen, ja sogar Monate später entdeckten wir immer wieder etwas Neues.
Das Lachen zum Beispiel. Die Lust an der Leichtigkeit, nachdem wir uns so lange mit allem Unmöglichen zwischen uns beschwert hatten.
Ich machte mir keine Gedanken darüber. Aber wir erlebten unsere erwachende und sich reckende Sexualität so intensiv wie gewiss nur wenige so junge Paare.
Bald schon kannten wir keine Grenzen oder Schranken mehr.
Wir schauten. Mit weit geöffneten Augen sahen wir uns zu.
Wir liebten uns im Stehen, im Sitzen, zur Spätvorstellung in der Toilette des Kinos, stumm und beinahe ohne ein Geräusch oder laut stöhnend und mit vielen Worten.
Es gab nichts, das wir nicht ausprobieren wollten. Nichts, das uns nicht begeisterte. Nichts, das uns hätte trennen können.
Langsam vergaß ich meine Angst.
Nach und nach traute ich dem Glück, das Maya für mich bedeutete.
Der Wald, der uns im Juni so heftig auf alles hingewiesen hatte, was zwischen uns noch fehlte, war in der größten Hitze unser kühler Zufluchtsort.
Wir entdeckten Elfensiedlungen. Hielten lange nebeneinander auf den Mooskissen aus, um sie einmal nur zu ertappen. Verrieten uns stets vorher schon durch unser leises Seufzen und das Geräusch unseres Atmens aneinander.

Bis wir merkten, dass das Laub der Bäume ringsum sich bunt färbte.
Zuerst nur zaghaft in leisem Braungrün. Doch dann mit aller Macht in Indianerrot, Schreigelb, glühend fröhlichem Orange.
Wir sammelten die Blätter des Herbstes, der nur der erste von vielen gemeinsamen sein sollte. In der Blumenpresse mussten sie trocknen, bis wir sie uns im Frühling gegenseitig wieder schenken wollten.
In diesen Monaten wuchsen wir zusammen wie zwei Hälften, die schon immer zusammengehört hatten. Es gab keine von uns ohne die andere. Die Gegenwart war angefüllt mit uns. Es gab keine Zukunft ohne sie. Ich konnte mir so gut vorstellen, sie alt werden zu sehen.
Nichts wurde alltäglich.
Ihr Name war immer noch ein Zauberwort. Gleichgültig, wo ich mich gedanklich aufhielt, wenn ich ihren Namen hörte, war ich da.
Die Schule war ein Ort, an dem wir uns schon morgens treffen konnten. Hier gab es mindestens zwei Menschen, die von uns wussten, Henning und Jenni, die uns zulächelten, wenn wir uns ansahen, die sich mit uns freuten.
Leider war die Schule auch ein Ort, an dem Henning, ich und unsere StufenkameradInnen beständig darauf hingewiesen wurden, dass die Abiturprüfungen quasi nur noch einen Katzensprung entfernt vor uns lagen.
Erste Stoff-Wiederholungen kreuzten meinen Verliebten-Weg und schränkten meine Freizeit manchmal so schmerzhaft ein, dass ich ausgesprochen gereizt und schlecht gelaunt reagiert hätte. Wäre nicht diese Gewissheit gewesen.
Gewiss zu sein, dass Maya mich liebte.
Nichts konnte mir geschehen.
Dann kam auf leisen Sohlen, ohne sich vorher groß ahnen zu lassen, plötzlich der Winter.
Anfang Dezember wurde es bitterkalt, und die ersten zart schmelzenden Flocken fielen herab, stäubten auf unsere dem Himmel zugewandten Gesichter, zerschmolzen auf unseren kindlich ausgestreckten Zungen.
Der Schnee lag kalt auch draußen vor Mayas Fenster, wenn wir drinnen in ihrem warmen Weiß aneinandergeschmiegt träumten.
Diese Vorweihnachtszeit war die schönste, die ich je erlebt

hatte. Angefüllt bis zum Platzen mit Vorfreude, Zimtduft, Kerzenlicht, dem Lächeln lieber Menschen.

Maya und ich waren unzertrennlicher denn je. Sie gehörte selbstverständlich überall dazu. Auch bei unseren Familienfesten.

Sie war bei unserer Nikolausfeier am sechsten Dezember ebenso dabei wie bei Opas fünfundsiebzigstem Geburtstag, zu dem sie ihm auf ihrer Geige ein so wunderschönes Ständchen spielte, dass er vor Rührung ein paar Tränen vergießen musste.

Ich hätte auch gerne geweint. Weil mein Herz so voll war mit Erfüllung und furchtlosem Dasein, dass es hätte zerspringen können.

Kurze Zeit später, bis Weihnachten waren nur noch wenige Tage, wollten Maya und ich noch einmal einen Schnellspurt durch die Geschäfte machen, um alle noch fehlenden Geschenke für Freunde und Familie zu besorgen.

Ich war zu früh.

Frau Frechen öffnete mir im Mantel die Tür und winkte mich durch zu Mayas Zimmer.

»Sie muss gleich zurück sein, wollte nur kurz zu Heimanns rüber und die Handarbeiten für den AWO-Weihnachtsmarkt abholen. Übrigens ganz süß von dir, dass du auch helfen willst beim Verkauf. Ich hoffe, es wird ein Riesenerfolg«, sagte sie, winkte mir zu und war verschwunden.

Ich stand einen Augenblick lang ratlos in der großen Diele, betrachtete den Perserteppich und die eichene Hausbar mit den vielen exotisch wirkenden Flaschen. Dann ging ich in Mayas Zimmer hinüber und schloss die Tür hinter mir.

In stiller Andacht saß ich auf dem frisch gemachten weißen Bett und betrachtete alles ganz genau.

Ich atmete nur flach, lauschte in den Raum hinein, in dem sie lebte, schlief, träumte. Von mir träumte, wie sie mir immer zuflüsterte.

Alle ihre Räume waren mir heilig. Doch dieser ganz besonders. Hier schien alles möglich zu sein. Ohne Vorgaben. Ohne verblendende Farbe. Bilder aller MalerInnen hätten hier hängen, alle Filme dieser Welt hätten wir hier vorführen können.

Das Zimmer hatte sich in der Zeit, seit ich Maya kannte, kaum verändert.

Nur auf ihrem Schreibtisch war ein großer weißer Fotorahmen hinzugekommen. Den hatten Henning und ich ihr zum Geburtstag vor zwei Wochen geschenkt. Darin war mittig ein großes Foto zu sehen, auf dem wir drei und Jenni in Kostümen aus dem

Wilden Westen steckten – aufgenommen im Sommer im Ferienpark Fort Fun.

Ich versuchte, das Bild mit fremden Augen zu betrachten. Doch es gelang mir nicht. Immer sah ich die Verbindung zwischen Maya und mir, die selbst – wie aus einem anderen Jahrhundert und von einem anderen Kontinent stammend – deutlich zu erkennen war.

Plötzlich wurde vorsichtig die Klinke heruntergedrückt, und die Tür öffnete sich leise.

Ich erwartete Maya zu sehen, die sich vielleicht herangeschlichen hatte und nun hoffte, mich zu überraschen.

Stattdessen stand dort Britta.

Mit Mayas Schwester hatte ich wirklich nicht gerechnet. Sie ging mir eigentlich immer eher aus dem Weg, hatte noch nie das Gespräch mit mir gesucht und schien ein ganz anderes Leben zu führen als Maya.

»Hallo«, sagte ich langsam.

Sie antwortete nicht, sondern sah mich nur mit unbewegter Miene an. Unheimlich war sie mir in diesem Moment.

Dann schloss sie mit einem leisen Geräusch die Tür hinter sich.

Augenblicklich stellten sich mir die Nackenhaare auf.

»Was wird das denn?«, lachte ich leise. »Wollen wir jetzt zusammen Mayas Tagebücher lesen?«

»Es wäre für dich besser, wenn du sie in Ruhe ließest«, sagte Britta ohne eine weitere Einleitung.

Mir blieb vor Schreck und Überraschung der Mund offen stehen.

»Wie? Was? Aber ...«

»Maya ist nicht wie du. Vergiss das! Vielleicht ist es für sie jetzt noch ganz lustig, aber sie wird bald merken, dass das nichts für sie ist.« Britta verharrte immer noch an der Tür. Sie hatte sich nicht einen Schritt ins Zimmer hineinbewegt. Und doch war sie bedrohlich nahe gekommen. Meine Augen betrogen mich. Sie gaukelten mir vor, dass die schlanke Gestalt dort zum Greifen nahe stand. So nahe, dass sie mich packen konnte.

Ich musste tief Luft holen.

»Was meinst du damit?«, fragte ich dann mit bebender Stimme. Ich hasste mich plötzlich dafür, dass ich nicht ruhig und kühl klang. Sie war kein wichtiger Mensch. Sie war nur Mayas Schwester. Sie war Mayas Schwester – und das machte sie sehr wichtig.

»Maya ist nicht lesbisch«, spuckte Britta mir vor die Füße. »Ich wollte dir nur sagen, dass du besser die Finger von ihr lässt.

Bevor man sich über euch beide die Mäuler zerreißt. Und bevor du am Ende doch allein dastehst.«

Glaubte sie allen Ernstes, ich könnte ihr abnehmen, dass sie sich um mich Gedanken machte? Um mich?

Ich wollte aufstehen und sie auslachen. Auf sie zugehen und sagen: Du gehst jetzt besser. Maya wird gleich hier sein. Sie wird sich ja freuen, dass du dich so sehr um sie sorgst. Oder etwas Ähnliches.

Doch ich blieb wie versteinert sitzen.

Britta schien einen Moment lang zu zögern. Als überlege sie, noch etwas hinzuzusetzen. Dann ging ein Ruck durch ihren Körper, sie wandte sich um und war ebenso rasch und geräuschlos verschwunden, wie sie hereingekommen war.

Meine Hände und Füße waren eiskalt.

Ich starrte auf die Tür, konnte es nicht fassen. Wahrscheinlich stand ich unter einer Art Schock.

Es war nicht nur die Tatsache, dass ein Mensch mich so brutal in meiner Privatsphäre verletzt hatte. Mir unmissverständlich mitgeteilt hatte, dass er mehr, viel mehr von mir wusste, als ich ihm zu erfahren erlaubt hatte. Ein mir fremder, ein nicht mal angenehmer Mensch hatte sich angemaßt, ein Urteil über mich zu fällen, über mich und die, die ich liebte.

Aber es war noch mehr.

Plötzlich fühlte ich mich aller Nähe zu Maya beraubt.

Unser Einssein musste doch ein Trugbild sein, wenn ein Mensch, der ihr so nahe stand, Derartiges sagte.

Ein Fenster hatte sich vor mir aufgetan und mir einen Blick aufgezwungen. Hinein in den Teil von Mayas Leben, in dem auch Britta einen Platz hatte. Ein Leben, in dem ich von mindestens einem Menschen nicht erwünscht war.

Wie hätte ich dort weiter sitzen und auf sie warten können nach einem solchen Schock?

Schließlich stand ich auf und ging hinaus.

Ich wollte nicht unter einem Dach sein mit einer, die mich hier nicht haben wollte. So sehr nicht hier haben wollte, dass sie entschlossen war, mir Worte entgegenzuspucken, die mich an die Wand nagelten.

Leise zog ich die Haustür hinter mir zu. Ich wusste, welchen Weg Maya kommen würde. Ich würde einfach an der Straßenecke auf sie warten.

Anfangs bildete ich mir ein, deswegen nichts zu Maya gesagt zu haben, weil ich nicht wollte, dass das gute Verhältnis zwischen den Schwestern belastet würde.

Maya wunderte sich zwar, dass Britta plötzlich nicht am Weihnachtsmarkt der AWO teilnehmen wollte und sich an jenem Nachmittag aus einem recht fadenscheinigen Grund in ihr Zimmer zurückzog, doch sie kam nicht auf den Gedanken, dass ich der Grund für das Fernbleiben ihrer Schwester war.

Ich selbst war sehr still an diesem Tag.

Oft sah ich Maya zu, wie sie die dargebotenen Handarbeiten, Basteleien und Sachspenden den gutwilligen BesucherInnen anpries, immer mit den Sätzen, dass jede Mark eine Spende für eine gute Sache sei.

»Sie ist wirklich unglaublich hübsch, nicht?«, sprach mich plötzlich Frau Schmelz an, Jennis Mutter.

Ich erschrak und hatte keine Ahnung, was ich darauf antworten sollte außer: »O ja, und wie!« Wie Mädchen oder junge Frauen in unserem Alter wahrscheinlich alle reagiert hätten.

In Wahrheit hatte ich keine Ahnung, wie meine Antwort ausgefallen wäre, wenn Maya und ich nur gute Freundinnen und ich nicht rasend in sie verliebt gewesen wäre.

»Aber du bist ja auch eine auffallend Nette. Freut mich, das mit euch beiden«, sprach sie weiter.

In mir gefror alles zu Eis.

Ich hatte Frau Schmelz eben erst kennen gelernt und keinen Gedanken daran verschwendet, dass sie über Maya und mich Bescheid wissen könnte. Jenni hatte offenbar geplaudert.

Frau Schmelz schien meine plötzliche Erstarrung in keiner Weise aufzufallen.

Sie lächelte mich freundlich an und eilte wieder zum Waffeleisen, wo nach ihr verlangt wurde.

Vorsichtig sah ich mich um.

Alle waren mit ihren Aufgaben beschäftigt. Niemand schien sich für das lesbische Pärchen zu interessieren, das hier mitten unter ihnen weilte.

Ich hatte Frau Schmelz ja auch nicht angesehen, dass sie um uns wusste.

Wem von den Leuten hier war es sonst noch bekannt?

Ich fühlte mich ertappt. Und hätte nicht sagen können, wobei.

Liebe war nichts Schlimmes. Nichts Verbotenes.

Aber es waren die ausklingenden Achtzigerjahre, und Homosexualität galt nach wie vor als Thema, über das *man* nicht gerne sprach.

Ich selbst sprach ja auch nicht gerne darüber.

Mir schien es immer so, als habe es so wenig zu tun mit Maya und mir.

Sobald über Lesbisch- oder Schwulsein geredet wurde, hatte ich das Gefühl, es handle sich dabei um eine krankhafte Abnormität, die alle Wohlwollenden gutzureden versuchten und die Böswilligen mit Schimpfworten belegten.

Es war nicht so einfach, wie ich es als Achtjährige erfahren hatte: Frauen können miteinander auch eine kleine Familie sein. Ende.

Weil ich so ungern darüber redete, hatte ich bisher noch kein Gespräch mit Gigi darüber geführt, wie meine enge Freundschaft zu Maya tatsächlich aussah.

Ich hätte wetten mögen, dass sie es ganz einfach wusste. Es schien mir überflüssig, geradezu demütigend und unserem Vertrautheitsgrad nicht angemessen, es ausdrücklich zu erwähnen.

Aber vielleicht machte ich mir in dieser Hinsicht etwas vor?

Was Maya und ihre Schwester anging, redete ich mir ein, dass Maya bestimmt sehr wütend geworden wäre über Brittas Worte. Sie hätten sich furchtbar gestritten. Und das wiederum wäre eine echte Katastrophe für Maya gewesen. Schließlich hatte sie im Grunde nur Britta. Der Vater so oft unterwegs. Die Mutter so viel beschäftigt. Die älteste Schwester fort.

Nein, es wäre ein Unding, einen Keil zwischen die beiden zu treiben, indem ich Maya verriet, was ihre süße, liebe, um alle bemühte Schwester wirklich dachte.

Wochen vergingen.

Meist bat ich Maya, zu mir zu kommen, wenn wir uns sehen wollten.

Hier war ich entspannt und dachte nicht an Brittas Worte. Ich dachte nur an Maya und mich.

Nur wenn wir bei ihr zu Hause waren und ich wusste, dass Britta sich ebenfalls dort aufhielt, war es anders. Ich war auf der Hut. Am liebsten hätte ich auch dann den Schlüssel im Türschloss herumgedreht, wenn wir einfach nur Hausaufgaben machten oder Musik hörten, um alle anderen außer Maya und mir auszusperren.

Maya spürte, dass es anders war zwischen uns in ihrem mir plötzlich feindlich gesonnenen Zuhause. Daher kam auch sie lieber zu mir, als mich zu sich einzuladen.

Aber auch dann, wenn wir uns einmal wieder bei ihr trafen, begegnete Britta mir nicht.

Es war, als würde sie unsichtbar, sobald ich in die Nähe des Hauses kam.

Doch gerade diese Unsichtbarkeit machte sie für mich umso präsenter. Ich sah ihr Gesicht vor mir. Ihre Stimme fraß sich in meinen Kopf und echote dort drinnen herum.

»Maya ist nicht lesbisch!«

»Maya ist nicht wie du!«

Ihre stolze, aufrechte Haltung, der entschlossene Ausdruck in ihren blauen Augen.

Mayas Zimmer war entweiht.

Es waren die wenigen beklemmenden Momente, in denen ich mich trotzdem dort aufhielt, die in mir eine Ahnung heraufdämmern ließen. Die bange Vermutung, dass meine eigenen Beweggründe für mein Schweigen vielleicht doch ganz anderer Natur waren.

Denn ich spürte sie nagen, die Frage, ob Britta ihre Schwester nicht doch viel besser kannte als ich. Ob sie nicht besser wusste, wie Maya wirklich war – und wie sie nicht war: nämlich wie ich.

Ich wusste plötzlich gar nicht mehr, was es bedeutete, wie ich zu sein.

Evelyn und das Internat fielen mir ein. Viele Mädchengesichter, mit schwärmerischem Ausdruck mir zugewandt.

Ich sah mich wieder den Arm nach Maya ausstrecken und sie an mich ziehen.

Machte das alles mich aus?

War ich *so*?

Lesbisch?

Und Maya nicht?

Es war die Zeit der Abiturklausuren.

Alles andere trat in den Hintergrund.

Ich schwitzte Nachmittag für Nachmittag bis in die späten Abendstunden über meinen Büchern. Henning begann jedes Telefonat mit einem gequälten Stöhnen. Niemand in der Stufe 13 konnte die bisher mühsam aufrechterhaltene Gelassenheit weiterhin bewahren.

Im Klausurraum selbst schaffte ich es sogar, mehrere Stunden hintereinander nicht fortwährend an Maya zu denken.

Dann kam ein Abend, den ich niemals vergessen sollte.

Es begann ganz alltäglich. Sofern ein Treffen alltäglich sein kann, das am Abend vor der mündlichen Abiturprüfung stattfindet. Maya hatte mich überzeugt, dass Entspannung besser sei, als in letzter Sekunde den Stoff durchzuackern, und so lagen wir in meinem Zimmer auf dem Bett, hörten Musik und blätterten in einem Versandhauskatalog.

»Was willst du eigentlich tun, wenn du mit dem Abi fertig bist?«, wollte Maya plötzlich wissen.

Sie versuchte, ihre Stimme gelassen und nur neugierig klingen zu lassen. Doch wir wussten beide, dass von meiner Antwort vieles abhing.

In unserem kleinen Kaff gab es nun einmal keine Universität.

»Ich weiß noch nicht, ehrlich gesagt«, gestand ich und blickte auf meine Hände hinunter. Mir war klar, dass wir endlich einmal darüber reden mussten. Aber es fiel mir schwer. Ein Jahr lang hatten wir im siebten Himmel geschwebt, und nichts hatte uns beschwert. In den vergangenen zwölf Monaten hatte ich diese gewisse Ahnung von Endlichkeit, die mich in unserer ersten gemeinsamen Nacht so tückisch überfallen hatte, nach und nach verdrängen können.

Ich hatte mich einfach geweigert, daran zu denken, dass wir alles, was wir gewonnen haben, auch wieder verlieren können.

»Wenn ich studieren wollte, müsste ich fortgehen«, begann ich vorsichtig. »Natürlich könnte ich an den Wochenenden herkommen – wenn ich nicht so weit wegginge. Bei Gigi und Alois wäre sicher immer ein Plätzchen für mich. Und doch wäre es anders. Ich würde fortgehen. Und du würdest bleiben.«

Wir schwiegen kurz.

Gigi und ich wohnten momentan immer noch in unserer gemütlichen kleinen Wohnung. Gigi wollte mit dem Umzug zu Alois warten, bis ich mich für meine Zukunft entschieden hätte.

Natürlich sollte ich einen Platz in Alois' schnuckeligem Häuschen bekommen, wenn ich dort mit einziehen wollte. Doch wenn ich studieren und weggehen würde, wäre das ein unnötiger Aufwand, hatte Gigi bisher immer gemeint.

»Meinst du, dass das etwas zwischen uns ändern würde?«, fragte Maya zaghaft. »Ich meine, nach einem Jahr könnte ich nachkommen. Ich habe überlegt, auf Lehramt zu studieren. Das würde mir Spaß machen.«

Ich sah sie genauer an. Maya eine Lehrerin?

»Hör auf zu grinsen!«, lachte sie.

»Ich grinse nicht. Ich lächle. Stelle mir vor, wie du mit deinem Pfeffer im Arsch vor einer Klasse mit dreißig kleinen Kindern stehst und versuchst, ihnen was beizubringen.«

»Na und? Glaubst du, ich kann das nicht?«

Ich sah sie ernst an. »Du kannst alles, was du willst«, sagte ich. »Das ist doch mein Dilemma. Du könntest alles. Und würdest es gut machen. Aber ich? Keine Ahnung, was ich gut machen würde.«

Sie würde eine fantastische Lehrerin sein.

Sie würde allen SchülerInnen ihren Seelenspiegel vorhalten, und die Kinder würden sie lieben für all das Schöne, was sie ihnen darin zeigen würde.

Ich klappte den Katalog zu und ließ mich auf den Rücken fallen.

Unter der Zimmerdecke wartete der Sternenhimmel auf das helle Licht meiner Lampe und die darauf folgende plötzliche Dunkelheit.

Vielleicht sollte ich einfach meinem Kindheitstraum folgen? Gab es Försterinnen mit Abitur?

Andererseits war es wie verhext: Wenn ich jetzt hierbliebe, würde ich mich für mehr als nur ein Jahr festlegen. Ich wäre zwar das kommende Jahr in Mayas Nähe, aber wenn sie nach dem Abi studieren wollte, würden wir für eine viel längere Zeit als nur zwölf Monate jeweils in einer anderen Gegend leben.

So dachte ich. Und so dachte auch sie.

Wir hatten keine Ahnung, wie jung wir wirklich waren und was in einem Leben, das erst achtzehn oder neunzehn Jahre gesehen hat, noch alles geschehen kann.

»Wie wäre es, wenn ich mich direkt nach den Prüfungen mal informiere, was man wo studieren kann. Dann könnten wir es vielleicht so regeln, dass ich nicht zu weit weggehe, um an den Wochenenden hier zu sein. Und du kommst in einem Jahr nach. Das schaffen wir bestimmt. Auch wenn wir uns nicht jeden Tag sehen können, meinst du nicht?«

Maya sah mich sehr ernst an.

Bei diesem Blick rutschte mir das Herz ein ganzes Stück tiefer.

Sie sah aus, als habe sie mir etwas immens Wichtiges zu sagen.

»David«, begann sie und nahm meine Hand, »willst du mit mir zusammen sein – egal, was nach unserem Abitur auf uns wartet? Willst du auf mich warten, wenn du weggehst?«

Sie klang höchst feierlich.

Wie eine klingt, die ein Versprechen ausspricht.

Oder einen Heiratsantrag.

Es fühlte sich ein bisschen so an wie damals, als Gigi mich fragte, ob ich mit ihr zusammen in eine Wohnung ziehen wolle. Wie die Besiegelung einer Innigkeit, die eigentlich nicht ausgesprochen werden müsste – die aber, indem wir es doch tun, etwas geradezu Heiliges bekommt.

»Ja«, sagte ich.

Küsste sie, damit sie mir auch wirklich glaubte.

Küsste sie wie ein einziges großes Ja.

Ich wollte es so gern teilen.

Henning knuffte mich liebevoll in die Seite, als ich ihm von diesem besonderen Moment erzählte. Wir waren an einem Samstagmorgen auf dem Weg zu Susette, die uns in ihrem Auto in die nächste große Stadt zum Shoppen mitnehmen wollte. Maya hatte Geigenunterricht und versprochen, bei jedem Liebeslied an mich zu denken.

An Hennings Gesicht konnte ich ablesen, dass er sich für mich freute.

»Das ist ja fast wie eine Verlobung«, grinste er. »Pass nur auf, dass sie dir nicht auch noch ein Kind andreht!«

Wir lachten.

Der Stress der Prüfungen war von uns abgefallen. Nun warteten wir die Ergebnisse ab und schlossen uns unseren StufenkameradInnen bei den Vorbereitungen zum Schulabschied und zu den sagenhaften Abi-Partys an.

»Hab ich dir erzählt, dass Gundis Lehrerin angerufen hat und außer mit unserer Mutter auch mit mir sprechen wollte? Sie sagt, ich bin eine besondere Vertrauensperson für die Kleene.«

Die Art, wie er von diesem Anruf sprach und dass er ihn genau nach einer Erzählung über Maya erwähnte, ließ mich aufhorchen.

»Lehrerin?«, echote ich ahnungsvoll. »Wie alt ist die denn?«

Henning sah zur Seite. »Ach, keine Ahnung. Ist Referendarin. Wie alt ist man denn da? So sechsundzwanzig vielleicht …«

Ich lachte. »Ältere Frauen scheinen dich magisch anzuziehen. Aber warte erst mal ab. Wenn du sie siehst, ist sie vielleicht längst nicht so hübsch wie ihre Telefonstimme.«

Doch Henning lachte nicht mit.

Er biss sich kurz auf die Unterlippe.

»Wir waren gestern in der Schule und haben mit ihr gesprochen. Kann nicht sagen, dass sie nicht hübsch wäre. Aber viel bemerkenswerter als ihren knackigen Hintern fand ich ihre Art, wie sie über Gundi sprach. Das war echt so, als würde sie sie wirklich kennen, weißt du. Hat wohl ein gutes Händchen für ihre Schüler und will auch, dass es denen gut geht.«

»Geht's Gundi denn nicht gut?«, erkundigte ich mich.

So nachdenklich erlebte ich Henning nicht oft.

Die Erinnerung an unser Gespräch im Park stieg in mir auf. Zusammen mit diesem mauen Gefühl intensiv empfundener Hilflosigkeit.

Ich sah meinen Freund genauer an.

Er hatte abgenommen in der letzten Zeit. Sein Babyspeck, mit dem ich ihn immer aufgezogen hatte, war verschwunden. Stattdessen hatte er Muskeln bekommen, die auch unter einem Sweatshirt gut zu erkennen waren und die – neben seinen großen dunklen Augen – auf Frauen bestimmt eine erhebliche Wirkung hatten.

»Na ja, sie ist gerade in einer schwierigen Phase, weißt du«, antwortete er schließlich ausweichend.

Er ahnte meine Einstellung, dass die ganze Familie um diesen verzogenen Teenager zu viel Geschiss machte. Wer fragte eigentlich nach Henning? Der stand schließlich gerade an einem Scheideweg in seinem Leben und musste maßgebliche Entscheidungen für seine Zukunft fällen. Nebenbei war er auch noch eine Stütze für seine Mutter und die kleine Schwester.

»Ich hab mir überlegt, dass ich mit Gundi in den Ferien ein bisschen Urlaub machen werde. Wenn Lars mir seinen Wagen leiht, könnte ich mit ihr nach Frankreich fahren, bis runter nach Bordeaux zur großen Wanderdüne. Das gefällt ihr bestimmt und lenkt sie ab.«

Henning schlurfte beim Gehen ein bisschen mit den Füßen. Das tat er gern, wenn er besonders lässig wirken wollte. Wahrscheinlich wollte er jetzt gerade besonders lässig wirken, weil er von meiner Seite Einspruch erwartete.

Ich musste lächeln. Wir kannten uns so gut wie ein altes Ehepaar. »Und was ist mit deinem Job bei der Post? Die Pakete haben doch immer gutes Geld gebracht. Wenn du nicht die ganzen Ferien zur Verfügung stehst, wirst du die Stelle dieses Jahr nicht kriegen«, sagte ich – wahrscheinlich genau das, was er erwartet hatte. Denn seine Antwort kam so schnell, dass ich den Eindruck hatte, er habe sie vorformuliert.

»Geld ist nicht alles, David«, sagte er ruhig. »Und wenn ich die Ausbildung anfange, bekomme ich sowieso jeden Monat mein Gehalt.«

Henning würde nach den Ferien bei einem unserer ortsansässigen Landwirte eine Lehre beginnen. Der Traum vom Entwicklungshelfer hatte ihn nicht losgelassen, und ich bewunderte ihn dafür, dass er nun den ersten Schritt auf dem Weg zur Erfüllung seiner Wünsche tun würde. Während ich nicht wusste, was genau ich studieren sollte.

»Stimmt«, sagte ich also. »Und Frankreich ist ja auch geil. Hey, vielleicht könnte ich mitkommen? Diese Düne wollte ich schon immer mal sehen.«

Henning lachte auf. »Als ob du dich auch nur drei Zentimeter von Maya wegbewegen würdest!«

Ich lachte mit ihm.

»Außerdem ist es bestimmt wichtig, dass ich mit Gundi allein fahre. Meike, das ist ihre Lehrerin, meint das auch. Die Kleine braucht einfach mal etwas Zeit, in der sich jemand nur um sie kümmert. Ich find's nur fair, wenn ich das mache. Schließlich ist es auch meine Schuld, dass es ihr jetzt so mies geht. Hätte mich damals wohl etwas mehr anstrengen sollen. So übel ist der Alte gar nicht. Ich meine, er gibt sich echt Mühe. Vielleicht haben wir, also Mama und ich, es ihm auch schwer gemacht.«

Ich tippte mir im Gehen an die Stirn. »Du spinnst doch. Das geht doch momentan nur gut, weil er nicht mehr bei euch wohnt. Klar, dass es besser funktioniert, wenn er die Möglichkeit hat, sich erst mal zwei Tage auszunüchtern, bevor ihr euch trefft. Sag bloß, diese verständnisvolle Referendarin Meike hat dir ein schlechtes Gewissen eingeredet!«

»Quatsch«, winkte Henning ab. »Die ist in Ordnung, echt.« Wir bogen in Susettes Straße ein. Ich sah sie bereits in ihrem Auto herumkramen. Neben dem Wagen stand eine Frau mit knallroten kurzen Haaren.

Für einen Shopping-Tag war unser Gespräch bisher ziemlich ernst verlaufen. Deswegen sagte ich: »Ist es eigentlich erlaubt, dass der ältere Bruder einer Schülerin etwas mit deren Lehrerin anfängt?« Und erntete von Henning einen Stoß mit dem Ellbogen, der jedoch sehr zart ausfiel. Mir war klar, dass er sich diese Frage auch schon gestellt hatte.

Als wir beim Auto ankamen, steckte Susette gerade mit dem Kopf im Innern und mit dem Hintern draußen. Sie fuhr ordentlich zusammen, als ich ihr einen »Wunderschönen guten Morgen!« zurief.

Dann erschien ihr lächelndes Gesicht.

»Guten Morgen! Ihr bringt ja richtig gute Laune mit. Super!

Heike, dies sind David und Henning. Ihr zwei, das ist Heike, meine neue Arbeitskollegin im Außendienst.«

Wir reichten einander die Hände.

Ich sah mir Heike genauer an.

Sie bemerkte sicherlich mein intensives Mustern und lächelte mich an.

Und ich dachte: Das ist sie also.

Konnte ein Leben sich perfekter fügen?

Die Menschen, die mir nahe standen, waren glücklich.

Gigi und Alois machten immer noch einen Frisch-verliebt-Eindruck. Zwischen Susette und Heike schien sich etwas Ernsthaftes anzubahnen. Maya und ich waren innig miteinander wie immer. Sogar Henning, der mit seinen letzten Freundinnen ziemliches Pech gehabt hatte, strahlte plötzlich wieder. Weil er mindestens jeden dritten Tag mit Gundis Pädagogin tiefschürfende Gespräche über die kindliche Psyche führen konnte.

Unsere ganze Stufe hatte das Abitur bestanden. Meine Noten reichten aus für jedes Studium, für das ich mich interessierte.

Und mich interessierten viele Richtungen.

Die Auswahl war so groß, dass ich fast täglich etwas Neues entdeckte, das ich mir auch für mein weiteres Leben vorstellen konnte.

Doch niemand drängte mich zu einer Entscheidung.

Ich glaube, Gigi mochte den Gedanken gar nicht, dass ich fortgehen würde. Daher hieß sie es gut, wenn ich mir »ganz in Ruhe« anschaute, wofür ich mich schließlich entscheiden wollte.

Merkwürdigerweise meckerte auch Großmutter nicht über die vertane Zeit. Sie erzählte nur so auffällig oft von freien Lehrstellen in der Gegend, dass mir der Verdacht kam, auch sie wolle mich lieber in der Nähe behalten.

Das rührte mich sehr. Doch mein Entschluss stand fest: Ich wollte den Weg ebnen für eine gemeinsame Zukunft mit Maya. Und die war nur möglich in einer Stadt mit Universität.

So vergingen also die Tage und langsam auch die Wochen.

Der Abi-Sturm rückte näher. Ein verrückter Tag, an dem wir Abiturienten sämtliche Schultüren blockierten, was von den anderen Jahrgängen natürlich begeistert aufgenommen wurde, den Lehrern haarsträubende Spiele auftischten, Wettkämpfe veranstalteten, Showeinlagen gaben und dröhnend laute Musik übers Schulgelände jagten.

Eine Supergaudi, an der alle ihren Spaß hatten.

Für diesen Tag war unsere Stufe ein Ganzes. Es gab keine Außenseiter, Spießer, Streber oder Trendsetter. Wir waren alle Erlöste. Das gemeinsame Schicksal derer, die durch die Hölle gegangen waren, verband uns in diesem Freudentaumel.

Maya, von allen Feten bestens bekannt, gehörte beinahe mit dazu. Sie fand es gemein, dass sie ein weiteres Schuljahr und dann noch diese grässlichen Prüfungen vor sich hatte, während wir die Befreiung von allen Zwängen feierten.

Wir hatten keine Ahnung.

Am Tag der offiziellen Abiturfeier hatten Gigi und Alois sich freigenommen.

Die Aula war voll besetzt mit fein herausgeputzten Postpubertären, ihren stolzen Erzeugern und Anverwandten. Opa erwartete aufgrund der vielen Anzüge und langen Röcke eine Hochzeitszeremonie.

Wir bekamen alle feierlich unsere Zeugnisse überreicht. Samantha hielt eine Rede, in der sie vom Ernst des Lebens und von seinen Herausforderungen sprach. Meines Wissen wollte Samantha in wenigen Wochen eine Lehre zur Bankkauffrau beginnen.

In der Zimmerstraße tischte Großmutter ein gewaltiges Essen auf, bei dem wir uns alle die Bäuche vollschlugen.

Dann durfte ich zur Feier des Tages uns drei mit Alois' BMW zu unserer Wohnung kutschieren.

»Du fährst wirklich immer besser. Schon sehr sicher«, bemerkte Alois beim Aussteigen.

Es war ein Satz, den ich eigentlich hätte wieder vergessen sollen. Doch ich kann mich noch heute an die Worte und sein anerkennendes Lächeln erinnern.

Alois hatte seinen schicken Anzug für die Abendveranstaltung daheim vergessen und fuhr noch einmal los, um ihn zu holen. Während Gigi und ich im Wohnzimmer aufs Sofa sanken, uns die rund gefutterten Bäuche hielten und noch einmal die schönen Momente des Vormittags erzählten.

»Opa wollte die ganze Zeit wissen, wo denn das süße Büfett aufgebaut ist«, kicherte ich.

»Er dachte bestimmt, du würdest heiraten«, lächelte Gigi.

Dann schwiegen wir eine Weile.

Eine für mich sehr überraschende Weile.

Denn ich hatte nicht damit gerechnet, dass es jemals angesprochen würde. Und heute hatte ich es erst recht nicht erwartet.

»Habt ihr Pläne gemacht, Maya und du?«, fragte Gigi schließlich.

Ich schluckte. So selbstverständlich war Mayas Name immer zwischen uns gefallen. Aber plötzlich, zum ersten Mal, hatte er ein ganz besonderes Gewicht.

»Na ja, wenn sie auch mit dem Abi durch ist, wollen wir dann beide studieren. Sie will Lehrerin werden. Sport und Deutsch oder Musik. Am liebsten hätten wir natürlich eine gemeinsame Wohnung und so. Ich denke, das kriegen wir hin.«

»Das denke ich auch«, stimmte Gigi mir lächelnd zu. »Ich mag sie wirklich sehr gerne.«

»Ich weiß. Ich meine, das merkt man. Und das freut mich.« Ich zögerte eine Sekunde lang. Gigi merkte es natürlich sofort.

»Mögen ihre Eltern dich nicht?«

»Doch!«, beeilte ich mich zu sagen. »Doch, die sind sehr nett zu mir.« Ich dachte an Britta. Maya ist nicht wie ich. Maya ist nicht lesbisch.

»Aber?«, fragte Gigi.

»Nichts. Kein Aber!« Ich strahlte sie an, um sie zu überzeugen. »Ist nur nicht gerade schön – die Vorstellung, ein Jahr lang getrennt zu sein, von ihr wegzugehen. Am liebsten würde ich ...«

Ich brach ab. Aber Gigi wusste genau, was ich meinte.

Sie nahm meine Hand. »Hey, du musst das Beste aus deinem Leben machen, klar? Liebe ist wichtig, das ist wahr. Aber sie ist nicht das Einzige, was wichtig ist. Guck auch danach, was du für dich willst. Versprichst du mir das?«

Ich nickte. »Okay.« Gigi war wirklich eine besondere Mutter. Sie hatte es raus, das zu sagen, was ich tief in mir sowieso schon wusste.

»Wie findest du Heike?«, wollte ich von ihr wissen, um die beinahe feierliche Stimmung zwischen uns aufzulockern.

»Sehr nett«, antwortete Gigi. »Am nettesten an ihr finde ich, dass sie Susette so happy macht. Ich glaube, ich habe sie seit der Trennung von Anja nicht mehr so oft lachen gehört«, sagte ich, überzeugt, dass Gigi genau das auch dachte.

Wir kannten einander so gut.

Unser kleines Gespräch am Nachmittag versüßte mir diesen besonderen Tag noch ein wenig mehr.

Die Abiturfeier am Abend wurde wunderschön.

Maya war als mein Gast dabei. Und nachdem ich ihr kurz zugeflüstert hatte, was Gigi und ich besprochen hatten, war sie plötzlich so aufgeregt, dass ihre Wangen sich röteten.

Gigis völlig selbstverständlicher Umgang mit ihr beflügelte sie. Ich konnte mich nicht sattsehen an ihrem Strahlen und ihrem Lachen.

Und ich war nicht die Einzige, die Mayas Schönheit an diesem Abend so deutlich wahrnahm. Judiths zwei Jahre älterer Bruder wurde nach einem einzigen Tanz mit Maya derartig anhänglich, dass ich ihm schließlich »versehentlich« meine Cola über die Hose gießen musste, damit wir ihn wieder loswurden.

Dass mir ein derartiges »Missgeschick« passiert war, stimmte mich untröstlich. Doch an Gigis amüsiertem Gesichtsausdruck erkannte ich, dass sie Bescheid wusste.

»Was war denn das gerade?«, wollte auch Maya wissen, als wir uns mal wieder durch das Gedränge auf der Tanzfläche schoben, und sah mich mit ihren leuchtenden Augen verschmitzt an. In diesem Moment war ich sicher, dass sie mich vollkommen durchschaute.

»Ach«, sagte ich leichthin, »nichts weiter. Ich hatte nur vorhin mal eine ganz dumme Idee.«

Als wir am Ende des Abends müde, aber höchst zufrieden zu den Autos gingen, fragte Alois plötzlich: »Möchtest du dir morgen für die inoffizielle Abi-Sause meinen Wagen ausleihen? Dann könntest du euch alle fahren. Vorausgesetzt, es ist kein Alkohol im Spiel.«

»Ich bin raus!« Henning hob die Hände und sah dabei extrem erwachsen aus. »Ich krieg unseren Schlitten. Aber es wäre nicht schlecht, wenn noch ein weiterer Wagen führe. Vielleicht kann ich ja noch einen Gast dazu bringen, meiner Einladung zu folgen.« Ich wusste, wen er meinte.

»Das Angebot nehm ich gerne an«, sagte ich zu Alois.

»Cool!«, meinte Maya. »Jenni und Mirko wollen auch kommen. Vielleicht können wir die beiden ja mitnehmen. Dann kann Mirko was trinken.«

»Klar!«

Gigi klopfte Alois auf den flachen Bauch. »Tank den Wagen mal besser voll.«

Das schöne Wetter unserer Abi-Feier vom Vortag hielt leider nicht an.

Es nieselte den ganzen Tag vom grauen Himmel herab.

Doch selbstverständlich bremste das unsere gute Laune nicht im Mindesten.

Maya kam schon mittags vorbei. Hinter sich einen Koffer auf Rollen, in dem sie allen Ernstes zig Varianten »Ausgehdress« verstaut hatte, die sie mir vorführte.

Bei dieser privaten Modenschau amüsierten wir uns köstlich.

Besonders als Gigi und Alois sich irgendwann verabschiedeten und wir die Wohnung komplett für uns hatten.

Beim Lieben zerknautschte ich dummerweise Mayas Bluse, die in die engste Auswahl gekommen war – aber wirklich leid tat es uns nicht.

Schließlich war der Abend gekommen.

Maya hatte mich überredet, vor der großen Party noch mit auf ein kleines Sit-in bei Jenni zu kommen. Dort sollte ich endlich ein paar der Cliquenmitglieder kennen lernen, von denen Jenni so oft erzählte.

Und es stellte sich heraus, dass es eine prima Idee gewesen war.

Die Fahrt war klasse. Ich liebte es, wie leicht und geschmeidig sich Alois' Wagen meiner Lenkung überließ. Maya saß gespannt neben mir und genoss es offensichtlich, mit mir gemeinsam so mobil zu sein.

Ich fand uns sehr reif und erwachsen, als wir vor Jennis Haus dem schnittigen Wagen entstiegen. Und erst als sich die Haustür öffnete und Frau Schmelz vor uns stand, fiel mir siedend heiß das kurze Gespräch auf dem AWO-Weihnachtsmarkt wieder ein.

»Hallo, ihr zwei!«, lächelte sie uns freundlich entgegen. »Toller Wagen! Der gehört doch nicht deinen Eltern, oder, Maya?«

»Mein Vater und ein BMW?«, gackerte Maya.

»Der Mann meiner Mutter hat ihn uns geliehen«, erklärte ich.

»Toll!«, freute sich Frau Schmelz. Sie war so betont herzlich, dass ich es schon beinahe ein bisschen übertrieben fand. »Ich habe gehört, dass du noch eine ganz junge Mutter hast, Cornelia.«

»Sie war siebzehn, als ich geboren wurde. Natürlich unehelich …« Ich zwinkerte ihr zu, woraufhin sie laut auflachte. So hatte Gigi es auch immer gehalten: offensiv nach vorn.

Gott sei Dank erschien in diesem Moment im Hintergrund Jenni und belegte uns mit Beschlag.

Frau Schmelz war mir unheimlich.

Maya fand sie »einfach nur lieb«.

Vielleicht war auch ich es, die mir unheimlich war. Weil ich es nach einem Jahr immer noch nicht gelernt hatte, Maya und mich auch nach außen ganz selbstverständlich als Paar zu präsentieren.

Maya war da viel gelassener. Sie betrat zum Beispiel einfach mit mir den Raum, in dem fast zehn Mädchen und Jungen unseres Alters zusammensaßen, lachte einmal in die Runde und sagte: »Hi, das ist David, meine Freundin.«

Und wir verlebten eine nette Stunde dort mit den Cliquen-Mitgliedern.

Alles war also genauso, wie es wohl schon immer war und immer sein wird.

Alles war so normal, dass ich mich an keine weiteren Details des Aufbruchs mehr entsinnen kann.

Ich kann mich auch nicht mehr daran erinnern, ob Jenni sich in besonderer Weise von ihren Eltern verabschiedete. Kein Bild von einer Umarmung, von einem flüchtigen Kuss oder einem Zuwinken.

Ich war viel zu sehr damit beschäftigt, Maya anzuschauen und ihr knappes T-Shirt, für das wir uns bei der Modenschau schließlich entschieden hatten, sexy zu finden.

Dann standen wir bereits vor der Haustür.

Alle zogen die Köpfe ein, weil der Regen nun heftiger prasselte. Ein paar Mädchen quietschten wie Mickymäuse, als sie zu den Autos liefen.

Mirko hatte seinen uralten Polo neben unserem Wagen geparkt und hielt Jenni galant die Beifahrertür auf. »Bitte sehr, die Dame!«

Doch Jenni schüttelte mit Blick auf meinen schicken Schlitten den Kopf. »Du fährst ja sowieso gleich noch bei Micha und Stefan vorbei, um sie einzuladen. Wir machen ein Mädels-Auto und sehen uns gleich, ja?«

»Na gut. Bis gleich!« Er winkte uns zu und stieg in den Wagen.

Mit quietschenden Reifen fuhr er an.

»Los, den kriegen wir!«, rief Maya, sprang auf den Beifahrersitz und knallte die Tür zu. »Fahr schon!«

Das ließ ich mir nicht zweimal sagen.

Ich drehte den Schlüssel im Schloss und legt den ersten Gang ein. Die Räder drehten durch.

»Hey, hey, der hat aber mehr unter der Haube als Mirkos kleine Möhre, was?«, grölte Jenni vom Rücksitz.

Und tatsächlich sprang der BMW aus der Parkbox wie ein junges Pferd. Wir lachten alle kreischend auf.

»Schnall dich besser an, Jenni. Das wird 'ne Höllentour!«, rief ich mit einem Blick über die Schulter.

Sie lehnte sich nach vorn und umarmte die vorderen Kopfstützen. »Ich halt mich fest«, erwiderte sie lachend.
So jagten wir die kleine Privatstraße entlang, in der Jennis Elternhaus lag.
Sie wohnten nahe an der Stadtgrenze. Nach wenigen Minuten waren wir auf der Landstraße, die zu unserer Stadt führte. Mirko fuhr immer noch vor uns. Er hatte offenbar die Herausforderung erkannt und angenommen.
Wir waren die einzigen Autos weit und breit. Die anderen Fahrzeuge hatten wir längst abgehängt, oder sie nahmen eine andere Strecke. Jedenfalls rasten wir mit heulenden Motoren wie zwei Gespensterwagen durch die Nacht.
»Fährst du nicht zu schnell?«, kicherte Maya und warf einen deutlichen Blick auf den Tacho.
»Mirko fährt auch zu schnell«, lachte ich.
Jenni beugte sich zwischen den Sitzen nach vorn und kicherte. »Wie in der Looping-Bahn ... Uuuuuaaaah!«
»Wart's nur ab. Der wird Augen machen!« Ich umklammerte das Lenkrad mit eisernem Griff.
Wir steuerten die nächste Kurve an, und selbst Maya entfuhr ein begeistertes Kreischen, während Jenni laut lachte.
»Gleich haben wir ihn!«, rief ich und drückte den Gasfuß noch ein bisschen mehr durch.
»Und was machen wir dann mit ihm?«, schrie Jenni mir laut ins Ohr.
»Das bleibt ganz dir überlassen!«, lachte Maya mit einem Blick zurück in das Gesicht ihrer Freundin.
»Ich würde sagen, wir machen ihn fertig!«, brüllte ich.
Ich fuhr beinahe hundert. Die Geschwindigkeit berauschte mich. Das Vorbeiflitzen der Bäume. Die nur kurz in den Lichtstrahl unserer Scheinwerfer gerieten und dann rasend schnell wieder verschwanden.
Die nächste Kurve kannte ich gut. Sie war recht eng, aber auch mit siebzig Stundenkilometern kein Problem.
»David, ich weiß nicht ...« Mayas Stimme klang plötzlich schwach.
»Ich hab alles unter Kontrolle!«, rief ich ihr zu.
Dann nahm ich den rechten Fuß vom Gas, um etwas abzubremsen.
Es war wie ein Strudel.
Ein Strudel, der das ablaufende Badewasser hineinsog in seine Dunkelheit.

Das Auto, Alois' teurer BMW, blieb zurück.

Aber ich.

Ich flog weiter. Weiter und weiter die Straße entlang, hinein in die Büsche am Wegrand.

Leitplanke.

Knapp verfehlt.

»Brems!«, schrie Maya und presste die Hände auf das Armaturenbrett.

Da war ein Arm an meinem Hals.

Das Schwarz vor uns.

Das Drehen.

Ein Knall wie ein Schuss.

Oben war unten. Unten war oben.

Wie tief tief unter Wasser.

Keine Luft.

Kein Laut. Außer dem Lärm.

Keine Stimme an meinem Ohr. Nur das Krachen. Von irgendwas.

Und schließlich. Endlich. War auch das vorüber.

Es war ganz still.

Jemand wimmerte.

Vielleicht ich.

Es roch nach Benzin und Eisen. Wieso roch es nach Eisen?

Maya?

Ganz still. In sich zusammengesunken. Geschlossene Augen. Atem. Dunkle Spuren auf dem Gesicht. Den Arm verdreht. So seltsam verdreht. Ich musste würgen.

Dann das Geräusch.

Quietschende Bremsen. Das Aufreißen einer Autotür.

»Jenni!« Ein Schrei irgendwo über uns. Wo? Wer? »Jenni? Maya? David? Scheiße! Was ist passiert? Sag doch einer was! Oh, Scheiße, Scheiße! Jenni? Jenni!«

Ja.

Jenni?

Den Kopf noch weiter drehen.

Schauen.

Sehen.

Erkennen.

Augen schließen.

Ich verlor das Bewusstsein – nicht aus Schmerz, nicht weil ich so schwer verletzt war. Sondern vor Grauen.

ZWEI.
Perlen im Überfluss. Schweißtropfen rinnen und verlocken.
Goldfarben schimmernd.
Sensationen auf diesem glatten Unterhalb. Des Nabels. Wo ein Feuermal leuchtet wie der Turm einer Barke durch die Nacht.
Hellglockiges Lachen, in dem Freude klingt. Freudenlachen aus der Mitte. Wo es nach Kiefern duftet. Die Würze des atemlosen Verschlingens.
Umschlingens.
Heilig, heilig bist du mir.
Hände begreifen das Unausgesprochene auf der Haut.
Lippen beben.
Lass es mich sagen.

ZWEITER TEIL

Welchen Sinn hat die Zuweisung von Schuld?

Klärt sie ein eindeutiges Verhältnis von Gut oder Böse?

Gewichtet sie den Zorn derer, die als unschuldig gelten, als gerecht?

Bringt sie zurück, was verloren ist?

Opa streckte die Hand noch einmal in die Tüte mit dem harten Brot. Er nahm einen Kanten heraus und hielt ihn Pronto hin.

»Warte«, sagte ich und hielt seine Hand fest. »Er muss doch erst das andere aufessen.«

»Ach ja«, murmelte Opa und sah zufrieden dabei zu, wie das alte Pony unsere Brotgaben wegmümmelte.

Wir verfütterten auch das letzte Stückchen Brot an den Wallach, und schließlich erwischte Pronto sogar die Brötchentüte und schwenkte sie vor unserer Nase hin und her, als wolle er überprüfen, ob sie auch tatsächlich leer war.

Opa kicherte und sah mich mit leuchtenden Augen an.

Beim Blick in mein Gesicht verschwand sein Grinsen plötzlich wieder. Ich nahm rasch seine Hand und lächelte ihn an.

»Zeit, heimzugehen«, sagte ich.

»Zeit fürs Abendessen. Gibt es Pudding?«, fragte er und schien den ernsten Ausdruck, der gerade noch auf meinem Gesicht gelegen hatte, bereits vergessen zu haben.

Auf dem Heimweg erzählte Opa von seinen Plänen für den Abend. Er wollte Pudding essen, anschließend mit mir gemeinsam *Wie Findus zu Petterson kam* lesen und dann Memory spielen.

Ich lauschte seiner zittrigen, jungenhaften Altmännerstimme und ergänzte das, was er noch vergessen hatte: Seine kleine Stoffmaus Susi musste beim Abendessen neben ihm sitzen, Großmutter musste schimpfen, dass Pudding kein richtiges Essen sei, Opa musste mich beim Memory-Spielen haushoch schlagen.

Das Leben war einfach für ihn.

Deswegen zog ich in den letzten Wochen seine Gesellschaft der eines jeden anderen vor.

Er wusste nichts.

Er war noch nie auf einer Beerdigung gewesen.

Er wusste, dass ich Auto fahren konnte, und fragte trotzdem nicht, warum ich es nicht mehr tat.

In der Zimmerstraße öffnete Großmutter uns die Tür, half Opa aus seiner Jacke und sagte zu mir: »Deckst du bitte schon mal den Tisch?« Ihre Stimme klang dabei nicht mitleidig, sie legte ihre Hand nicht auf meinen Arm und forschte auch nicht mit sorgenvollen Blicken in meinem Gesicht. Ihr Nichttun tat gut.

Der Abend verlief genau so, wie Opa ihn sich ausgemalt hatte.

Es geschah nichts Unvorhergesehenes.

Fast hätte man meinen können, alles sei in Ordnung, die Welt sei gut und gerecht.

Doch am Morgen war ich mit Alois und Gigi beim Rechtsanwalt gewesen.

Ich wollte keinen.

Ich brauchte keinen.

War trotzdem mitgekommen, weil dieser Termin nun einmal feststand.

Hatte dabeigesessen, zugehört. Den Hergang hatte ich schildern sollen. Hergang.

»Wenn ich Sie richtig verstehe«, hatte der Anwalt resümiert, »haben die beiden Mitfahrerinnen Sie angefeuert, so schnell zu fahren.«

Zögern.

»Ist das richtig? Haben die beiden Sie gedrängt, den Wagen vor Ihnen einzuholen?«

»Niemand hat mich gedrängt«, hatte ich geantwortet.

»Es war nur ein Spaß«, hatte Gigi hinzugesetzt und mich mitleidig angesehen.

Alois hatte mir die Hand auf den Arm gelegt.

»Es hat mich niemand gedrängt. Und niemand außer mir ist schuld. Niemand außer mir«, hatte ich wiederholt.

Der Anwalt hatte von mir zu Gigi geschaut und kaum merklich den Kopf geschüttelt.

Als ich jetzt von der Zimmerstraße aus nach Hause ging, fand ich dort einen kleinen Brief von Gigi, die mir mitteilte, dass sie und Alois bei Freunden seien, aber vor Mitternacht zurück sein würden. Neben dem Zettel lag eine Postkarte, auf der eine riesige Düne im Sonnenuntergang zu sehen war.

»Sei bloß froh, dass Du nicht mitgefahren bist«, stand auf der Rückseite in Hennings leicht krakeliger Handschrift. »Nichts als Sand, Meer und knackige Baguettes! Gundi und ich langweilen uns schrecklich und können es kaum erwarten, wieder ins brütend heiße Deutschland zu kommen. Ach ja, hatte ich erwähnt, dass das Meer hier wunderbar erfrischend ist nach einem ausgiebigen Sonnenbad? Henning« Ich musste schmunzeln. Unten hatte er noch hinzugesetzt: »Ich denke jeden Tag an Dich. Und wünschte, Du wärst hier.«

Einen Augenblick lang starrte ich auf diese letzten Worte, legte die Karte dann fort und ging hinüber in mein Zimmer.

Frankreich.

Das wäre weit fort. Aber wäre es weit genug?

Gigi war der Meinung gewesen, dass eine Reise genau das Richtige sei. Doch selbst wenn ich in der Lage gewesen wäre, irgendetwas zu wollen, hätte ich nicht reisen dürfen.

Der Strafantrag verbot mir, das Land zu verlassen. Was mir egal war. Ich verspürte nicht den geringsten Wunsch, irgendwo Urlaub zu machen.

Ich verspürte kaum etwas.

Nur das Fehlen.

Als ich im Bett lag und das Licht löschte, schloss ich zeitgleich die Augen so fest, dass sie brannten.

Ich wollte auf keinen Fall auch nur durch einen winzigen Spalt sehen. Ich wollte auf keinen Fall auch nur einen einzigen Stern erkennen.

Jeden Morgen war es dasselbe.

Da gab es diesen einen Augenblick, in dem ich aus dem Schlaf herüberdämmerte und mein Bewusstsein noch nicht erwacht war.

Wie unendlich süß und verlockend. Diese eine Sekunde pro Tag, in der mir mein Leben so schien wie immer. Wie früher. Wie davor.

Es gab mich, wohlig in meinem eigenen Bett. Und außerhalb meines Bettes gab es die Menschen, die ich liebte, die mich noch so viel weicher und inniger umgaben, als es die kuschelige Decke vermochte.

Beinahe schlich sich ein Lächeln auf mein Gesicht, so wie es früher an guten, sonnenreichen Tagen auch geschehen war.

Doch dann.

Eiskaltes Wasser ergoss sich über meinen ganzen Körper.

Das Erstarren bis hinein in den innersten Kern.

Weil es mir wieder einfiel.

Wenn ich mir je etwas wünschte in dieser Zeit, dann war es das Vermeiden dieses Schocks, der mich jeden Morgen aufs Neue überfiel.

Manchmal war es ein Bild.

Meistens jedoch war es nur das Bewusstsein. Das Wissen, dass nun alles anders war.

Dann lag ich da wie gelähmt. Als könne eine einzige Bewegung die Wirklichkeit noch realer, noch schmerzhafter machen.

Ich wartete ihn ab, diesen ersten Moment. Weil ich gar nicht anders konnte.

Erst ganz langsam wagte ich, die Augen zu öffnen.

Nur zaghaft bewegte ich die Finger, die Füße.

Das Aufstehen wurde jeden Morgen zur Qual.

Warum auch aufstehen?

Gigi war meist schon zur Arbeit. Die Wohnung leer. So wie ich.

Draußen war es brütend heiß. Es hatte seit vier Wochen nicht mehr geregnet.

Der Regen hatte aufs Autodach geprasselt.

Mirko war zum Gasthof *Fenscher Bach* gerast und hatte von dort aus einen Krankenwagen und die Polizei gerufen.

Zehn Minuten später hörten wir das Martinshorn.

Der Wirt der Gaststätte, der mit Mirko zur Unfallstelle gefahren war, hatte mich aus dem Wagen gezogen und ein paar Meter weiter weg auf den Boden gelegt. Nasses Laub unter mir, das nach schwarzer Erde und Verwesung roch.

Ich vergrub das Gesicht darin und atmete den Geruch ein.

Ich sah nicht zum Auto hinüber.

Ich lag da und fror.

Meine Hände wurden kalt, meine Stirn schwitzte.

Ich lag mit geschlossenen Augen einfach da und dachte gar nichts.

»Können Sie mich hören?«, wurde ich mehrmals gefragt.

Als ich mich aufsetzte, übergab ich mich auf meine neuen Jeans. Sie waren blutig. Etwas klebte daran, das wie Haar aussah. Langes dunkles Haar wie das von Jenni.

»Schock«, sagte jemand.

Eine weiße Trage, Schnallen um meinen Körper, die mich hielten. Festhielten. Sicher hielten.

Irgendwo ein furchtbares Schreien. Ich wusste nicht, woher und von wem.

Drinnen war es wärmer. Und hell. Doch ich verschloss die Augen vor jedem Licht. Und ich fror. Mir war so kalt, dass ich dachte, eine dünne Eisschicht bilde sich auf meiner Haut.

Das war mein Schweiß.

»Wie heißen Sie?«, wurde ich gefragt. »Können Sie uns Ihren Namen sagen?«

»Maya«, flüsterte ich. »Was ist mit Maya?«

Ich bekam keine Antwort.

Doch kurz bevor die Türen des Krankenwagens geschlossen wurden, hörte ich das Donnern. Der Wind der Rotorflügel eines Hubschraubers.

Ich fragte nicht nach Jenni.

Das Krankenhaus, die Gänge und das gelbe Licht, das mir von der Decke ins Gesicht leuchtete, brachten endlich Erlösung.

Stiche in den Arm. Und Schlaf. Tiefer, dunkler Schlaf. Ohne ein einziges Bild.

Das Krankenhaus hatte mich nicht lange genug behalten.

Nach fünf Tagen wurde ich entlassen.

Gigi und Alois holten mich ab.

Alois wollte mich stützen, obwohl ich allein gehen konnte. Wir stiegen in einen Wagen, den ich nicht kannte, der jetzt sein Wagen war.

Zu Hause zogen wir dunkle Kleidung an.

Henning erschien in schwarzen Jeans, schwarzem T-Shirt und Jackett.

Sein Gesicht war das einzige, in das ich zu blicken wagte.

Er lachte nicht sein ansteckendes Henning-steckt-die-Welt-an-Lachen, aber in seinen dunklen Augen stand, dass er mich liebte. Dass nichts etwas daran änderte: Ich war seine beste Freundin. Das war meine Rettung an diesem Tag.

Die Sonne brannte erbarmungslos auf die große Gesellschaft in Schwarz.

Wir standen abseits, und ich blickte kein einziges Mal auf.

Die Eltern hatten gebeten, von Kondolenzbezeugungen am Grab Abstand zu nehmen.

Ich hätte es sowieso nicht gekonnt.

Hörte nur das Schluchzen der Freundinnen und Freunde.

Weinte selbst nicht eine Träne, weil sie in mir zu Stein geworden waren.

Ich sah nicht nach links und nicht nach rechts.

Wollte die Blicke nicht sehen. Wollte nicht mitbekommen, wie sich Münder Ohrmuscheln näherten und hineinwisperten.

Sosehr ich Maya, meine liebste Maya, auch sehen wollte, ich war froh, dass sie nicht dort war.

Henning hielt meine Schulter so fest umfangen, dass er mich auch aufrecht gehalten hätte, wenn mir die Beine plötzlich weggeknickt wären.

Mayas Satz, vor langer Zeit gesprochen, kam mir wieder in den Sinn: »Jenni bedeutet mir das, was dir Henning bedeutet. Könntest du dir vorstellen, ohne ihn zu leben?«

Ich stellte mir vor, ohne Henning hier sein zu müssen.

Maya würde dort stehen, müsste sein Fehlen ertragen, in Jennis Arm geborgen und gefangen zugleich.

Denn sie würde noch besitzen, während ich verloren hätte.

Ich war froh gewesen, dass sie nicht dabei war.

Doch unmittelbar danach begann das Vermissen. Und es wurde täglich größer und schmerzhafter, wie ein wuchernder Tumor, der auf alle lebenswichtigen Organe drückt.

Vier Wochen waren seit dem Unfall vergangen. Ein ganzer Monat.

Ich hatte Maya nicht ein einziges Mal im Krankenhaus besucht.

Doch wie ich hörte, kam sie nach knapp drei Wochen raus und musste sich zu Hause noch schonen.

Sie hatte Rippenbrüche und eine schwere Gehirnerschütterung davongetragen. Außerdem, so erzählte man mir, war ihr rechter Arm doppelt gebrochen.

Ich sagte mir, dass sie deswegen nicht schreiben konnte.

Und schrieb ihr trotzdem selbst auch nicht.

Ich wusste nicht, was ich ihr hätte schreiben sollen. Außer dass ich sie liebte, fiel mir nichts ein.

Wie hätte ich ihr schreiben können, dass es mir leidtat? Wie hätte ich versuchen können, sie zu trösten?

Wenn ich morgens aufwachte, Tag für Tag, wenn ich den ersten Schock überwunden hatte und barfuß vor dem großen Spiegel im Bad stand, dann konnte ich mir kaum ins Gesicht sehen.

Denn dass sie nicht mehr bei mir war, der Schock über die plötzliche Trennung unser beider Leben, war für mich der größte Schmerz von allen.

Und dessen schämte ich mich.

Der gestrige Besuch bei dem Anwalt hatte mich ein Stück aus meiner Lethargie der vergangenen vier Wochen aufgerüttelt.

Er hatte mir gezeigt, dass nicht alle verstanden.

Oder dass sie zwar verstanden, aber dennoch versuchten, es anders darzustellen, als es wirklich war.

Nicht nur der Anwalt versuchte, etwas zu verdrehen, um mich in besserem Licht dastehen zu lassen.

Auch Gigi weigerte sich beharrlich, die Zusammenhänge so zu sehen, wie sie waren.

Sie sprach von dem Unfall, als handle es sich um einen sehr bedauerlichen, aber unwissentlich und in kindlichem Frohsinn verursachten Unglücksfall.

Henning schien sich kein eigenes Bild gemacht zu haben, bis ich zum ersten Mal mit ihm redete.

Er hörte sich an, was ich sagte, nickte. Und von da an war klar, dass er kapiert hatte. Er war immer da, nahe bei mir. Berichtete lächelnd von seinen Erfolgen in Sachen Referendarin und brachte so ein Stückchen Alltag in mein Leben.

Nur dass er den geplanten Urlaub mit Gundi sausen ließ, das verbot ich ihm.

Meine Familie, Henning und Susette versuchten, mich vor den Gerüchten abzuschirmen, die rumgingen.

Aber das war ein Unterfangen, als wollten sie den Wind daran hindern, in die Äste der Weiden zu fahren.

Es gab Stimmen, die behaupteten, die regennasse Fahrbahn hätte auch einen Wagen mit geringerer Geschwindigkeit zum Schleudern gebracht.

Andere waren der Meinung, Alois hätte mir niemals einen so starken Wagen überlassen dürfen.

Wieder andere wiesen darauf hin, dass Jenni, die ja immerhin erwachsen und eigenverantwortlich war, sich nun einmal nicht angeschnallt hatte.

Es schien so viele Wahrheiten zu geben, wie es Menschen gab, die sie und mich gekannt hatten.

Bei jeder dieser Wahrheiten ging es darum, herauszufinden, wer tatsächlich schuld war.

Ich wusste die Antwort.

Aber ich dachte nicht daran, sie allen zu sagen, die sich sensationslüstern die Mäuler zerrissen, die weder trauerten noch sich ängstigten, sondern einfach nur Anteil haben wollten an einem Schicksal, das sie nichts anging.

Ich dachte überhaupt nur an sehr wenig. Mit Ausnahme von Maya. An sie dachte ich ständig.

Manchmal versuchte ich Trost zu finden in den Erinnerungen an das vergangene Jahr, an die vielen wunderschönen Momente.

Doch jedes Mal endete solch eine Gedankenreise im Hier und Jetzt. Im Nirgendwo. Ohne sie.

Ich wollte Maya sehen.

Ich wollte sie so sehr sehen, dass alles in mir schmerzte.

Also ging ich zu ihrem Haus.

Ich wusste, was ich ihr sagen wollte.

Nämlich, dass ich keine Worte hatte. Dass meine Liebe zu ihr mein einziger Trost war. Und dass die Hoffnung, sie würde mich auch weiterhin lieben, der einzige Grund war, nicht aufzugeben, wenn mich Morgen für Morgen dieser schreckliche Schock überfiel.

Ich hatte mir die Sätze zurechtgelegt. Hatte sie vor mich hingemurmelt. Hatte dabei ihr Gesicht vor mir gesehen. Mich gefragt, was ich tun sollte, wenn sie weinte, wenn sie schrie, wenn sie mit erhobenen Fäusten auf mich losging.

Ich hatte geglaubt, sie so gut zu kennen, besser als jeder Mensch sonst.

Doch jetzt wusste ich nicht, was mich erwartete.

Das war mir gleichgültig. Ich musste zu ihr.

Es war einfach so.

Das Haus war noch genauso groß und fremd und stinkreich wie immer. Aber diesmal war es viel schlimmer, ihm gegenüberzustehen. Das Haus hatte Augen. Es sah mir entgegen, als ich die Einfahrt heraufkam. Es hatte sich mit der Hitze der vergangenen Wochen aufgeladen und wirkte unnahbarer denn je.

Ich sah auf den Boden und ging eilig auf die Klingel ohne Namensschild zu.

Der Ton erklang tief im Haus.

In meinen Ohren viel zu laut. Er war doch nur für eine bestimmt. Ich wollte nicht, dass andere es hörten.

Doch leider waren es auch die anderen, die seinem Ruf folgten.

Als die Tür geöffnet wurde, stand dort Britta.

Ihr Gesicht war bleich und glatt wie eine straff gespannte Leinwand. Aus dem Innern des Hauses wehte mir ein kühler Luftzug entgegen.

»Hallo«, sagte ich.

Britta antwortete nicht.

Ihre Lippen wirkten blutleer.

Warum kam ausgerechnet Britta an die Tür?

»Ist ...« Ich musste husten, weil mir etwas im Hals steckte und die Stimmbänder blockierte. »Ist Maya da?«

Rechte können verloren gehen.

Die Selbstverständlichkeit, mit der Mayas Familie – sogar Britta – mich immer zu ihr gelassen hatte, war plötzlich verschwunden.

Vor meinem Gang hierher hatte ich mir keine Gedanken darüber gemacht, dass das passieren könnte.

Aber nun wurde es mir schlagartig klar.

Diese Erkenntnis zog mir den Boden unter den Füßen fort wie eine Fallluke. Ich strauchelte und musste die Hand ausstrecken, um mich an der Hauswand abzustützen.

Meine Bewegung veranlasste Britta dazu, die Tür wieder ein wenig zuzuschieben.

O Gott, dachte ich entsetzt. *O Gott, sie wird mich nicht hineinlassen.*

So war es. Und noch schlimmer.

»Was denkst du dir?«, zischte Britta durch fast geschlossene Lippen über die zwei flachen Stufen hinweg zu mir herunter. »Hier einfach aufzukreuzen! Was denkst du dir dabei?«

Ich schaffte es nicht, ihr ins Gesicht zu sehen.

Stattdessen starrte ich auf den Boden. Der ordentlich gewischte Marmorboden. Über den Maya immer mit dicken Socken rutschte und schlidderte.

»Ich möchte sie nur sehen«, sagte ich. Es kam mir vor, als hätte ich es schon hundertmal wiederholt.

»Aber ganz sicher will sie dich nicht sehen, du …« Sie brach ab.

Ich begann trotz der Wärme zu zittern.

Ich?

Was wollte sie sagen? Wie wollte sie mich nennen? Welche Worte hatte sie für mich?

»Britta!« Meine Stimme war so dünn. Ein Wunder, dass sie sie überhaupt hörte. Doch sie hielt tatsächlich noch einmal kurz inne. »Sagst du ihr bitte, dass ich da war?«

Doch Britta antwortete mir nicht mehr.

Sie nickte nicht und schüttelte nicht den Kopf. Wandte sich nur ab, wandte mir den Rücken zu, als wäre ich eine lästige, räudige Katze, die um Futter gebettelt hatte.

Dann schloss sich die Tür vor mir.

Britta tat endlich das, was ihrer Meinung nach schon die ganze Zeit das Richtige für ihre Schwester war: Sie hielt mich von Maya fern.

Im ersten Moment konnte ich es nicht fassen.

Ich stand dort und starrte auf die verschlossene Tür.

Früher, das wurde mir schlagartig klar, hätte ich mir so eine Behandlung nicht gefallen lassen. Früher hätte ich noch einmal geklingelt, so lange, bis mir geöffnet worden wäre. Hätte Radau gemacht. Hätte nach Maya gerufen. Denn es konnte nicht sein, dass sie mich nicht sehen wollte. Sie hatte mich doch immer sehen wollen.

Früher hätte ich ganz sicher gewusst, dass ich eine solche Behandlung nicht verdient hatte.

Ich lief ziellos durch die Straßen und versuchte mir einzureden, dass ich es morgen noch einmal probieren könnte.

Ich könnte es jeden Tag noch mal probieren, bis Maya selbst die Tür öffnen würde.

Als ich daheim ankam, traf ich vor dem Haus Susette, die mich mit den Worten empfing: »Da bist du ja!«

»Wieso?«, fragte ich dumpf. »Willst du mich sprechen?«

Doch Susette winkte mich hinein.

In der Wohnung fanden wir Gigi in heilloser Unruhe auf und ab laufend. »Gott sei Dank!«, brach es aus ihr heraus, als ich zur Tür hereinkam. Sie stürzte sich auf mich und umarmte mich so fest, dass mir die Luft wegblieb.

Ich befreite mich unsanft.

»Was soll das? Ich war nur zwei Stunden weg«, beschwerte ich mich.

»Aber in welchem Zustand! Und ich wusste doch nicht, wo du bist. Du hast keinen Zettel geschrieben oder jemandem Bescheid gesagt!«, rief Gigi. Ich sah ihr an, dass sie verzweifelt war. Ihre Augen waren gerötet, ihr Mund wirkte verzerrt. Auch ihr Leben hatte gelitten.

Bei dem Gedanken sanken meine Schultern herab.

»Es tut mir leid«, sagte ich. »Ich ... ich wollte zu Maya.«

Gigi und Susette sahen mich angespannt an.

»Und? War sie nicht da?«, fragte Susette, während Gigi sich auf die Unterlippe biss.

»Sie wollte mich nicht sehen«, antwortete ich. Es war nicht genau das, was geschehen war. Aber es war das, was ich fühlte.

In den Gesichtern der beiden war Bestürzung zu lesen.

Eine Weile war es still im Raum.

»Sie muss das erst noch verkraften«, wagte Gigi schließlich zu sagen. »Das ist nicht so einfach für sie. Ich meine ...« Sie sah verlegen auf ihre Hände.

»Nein. Ich habe das Gefühl, es ist endgültig«, hörte ich mich sagen. Stellte verwundert fest, dass ich das tatsächlich so meinte.

Konnte es selbst nicht fassen. Aber das glaubte ich wirklich. Und das war der Grund, weshalb ich mehr als vier Wochen damit gewartet hatte, es zu versuchen.

Jetzt, da ich es ausgesprochen hatte, hielt mich nichts mehr zurück.

»Und vielleicht ist es auch nur recht, dass es so ist. Es ist mir immer gut gegangen, oder? Aber sie war das Beste und Schönste, das mir je passiert ist. Ich konnte mir alles vorstellen mit ihr. Das ist es doch, was man Liebe nennt, oder? Wenn man mit jemandem das ganze Leben teilen will, das ist das Größte, was man erleben kann, oder? Ist nur fair, wenn ich das nicht mehr haben kann.«

Gigi fasste mich am Arm.

Meine Haut reagierte mittlerweile geradezu allergisch auf die vielen mitfühlenden Berührungen, sodass ich den Arm brüsk fortzog.

»Komm, setz dich doch erst mal«, sagte Gigi sanft.

Aber ich wollte mich nicht setzen. Ich wollte nichts als diese Gerechtigkeit in die Welt hinausschreien.

»Ich mache mir Sorgen um dich«, fuhr Gigi fort und sah mich entsprechend an. Sie war immer eine wundervolle Mutter gewesen, aber ihre Fürsorge und ihr gleichzeitiges Vertrauen in mich machten mich plötzlich rasend. »Ich bin nur so durchgedreht, weil ich dachte, du machst vielleicht irgendeine Dummheit. Ich sehe doch, dass du dich quälst. Du marterst dich mit Selbstvorwürfen. Aber das darfst du nicht. Du zerfleischst dich innerlich. Das ist nicht gut!«

»Du hast gut reden«, sagte ich. »Du hast keinen Menschen auf dem Gewissen.«

Gigi holte tief Luft.

Sie setzte sich aufs Sofa und streckte die Hand nach mir aus.

Ich sah nicht hin.

Susette stand am Fenster und hörte uns mit verschränkten Armen zu.

»Pass mal auf, mein Schatz«, setzte Gigi erneut an. »Ich bin zwar nur siebzehn Jahre älter als du. Aber in diesen Jahren konnte ich eine ganze Menge Erfahrungen sammeln. Und eins kann ich dir sagen: Mir sind im Leben auch ein paar Sachen passiert, bei denen ich gut und gerne alles hätte hinschmeißen können. Was meinst du, wie es war: schwanger mit sechzehn! Und Großmutter nicht auf meiner, sondern auf der Seite klatschender Nachbarn und Verwandten. Als dein Vater fortging, dachte ich auch, die Welt bricht zusammen. Ich dachte, ich werde nie im Leben wieder froh, kann nie wieder lachen. Es war das Schlimmste, was ich mir vorstellen konnte. Aber dann kamst du. Und mit dir wurde alles anders. Schon in dem Moment, als sie dich auf meinen Bauch legten, war mir klar, dass alles gut werden würde. Egal, wie furchtbar die Zeit vorher auch gewesen war.«

Ich schnaubte durch die Nase. »Was willst du damit sagen? Soll ich mich jetzt schwängern lassen, oder was?«

»David!«, knurrte Susette vom Fenster her.

Gigi beachtete sie nicht.

An mich gewandt und mit seidenweicher Miene fuhr sie fort: »Alles, was im Leben geschieht, hat einen gewissen Sinn. Das ist doch so, Susette, oder? Das ist die Lehre, die wir daraus ziehen müssen. Oft sieht man im ersten Moment noch nicht, was dahintersteckt. Oft ist es ein Rätsel, und wir verzweifeln fast daran. Aber irgendwann, manchmal erst Jahre später, erkennt man, wozu etwas geschehen musste. Alles, was geschieht, hat einen übergeordneten Sinn.«

»Gigi«, sagte ich und hörte selbst, wie meine Stimme jede Färbung verlor. Sie war plötzlich trocken wie das Gras, das dort draußen ohne Regen verdorrte. »Für Jenni hatte es wirklich überhaupt keinen Sinn ergeben, in diesem verfluchten Auto zu sterben.«

Susette räusperte sich. »Wenn ich mich mal kurz einmischen darf ...«

Gigi sah aus, als wolle sie es ihr lieber verbieten, aber sie sagte nichts.

»Auch wenn rechtlich entschieden werden sollte, dass David nicht die volle Verantwortung für den Unfall trägt, ist es doch so, dass sie sich schuldig daran fühlt. Das kannst du nicht einfach negieren, Gigi. Du kannst nicht einfach sagen, dass dem nicht so ist. David fühlt es so. Sie war schließlich dabei, nicht du.«

Gigi sah sie wütend an. »Vielen Dank für die Belehrung in Sachen Gefühlswelt meiner eigenen Tochter, Susette! Ich denke, ich weiß sehr gut, was in David vorgeht. Das heißt aber noch lange nicht, dass ihre Einstellung dazu richtig ist. Es ist nicht richtig, dass sie sich die ganze Zeit über selbst so fertig macht!« Dann wandte sie sich wieder an mich. »Ich versuche doch nur, dir zu helfen.«

In mir platzte ein roter Ballon, der in den letzten Wochen bis zum Bersten aufgeblasen worden war.

Er zerplatzte und vergoss seine blutrote Flüssigkeit in alle Winkel meines Körpers.

»Du hilfst mir nicht, indem du leugnest, dass ich schuldig bin!«, schrie ich Gigi an. Ihre Augen wurden vor Schreck riesengroß. Aber auch das konnte mich jetzt nicht mehr aufhalten. »Du hilfst mir damit überhaupt nicht. Ich muss damit fertig werden, dass durch meinen Fehler ein Mensch gestorben ist! Ich muss es ertragen lernen. Ich muss leben lernen. Lachen. All das, obwohl ich Schuld habe. Ich habe Schuld, kapier das doch endlich!«

Dann war es sehr still im Raum.

Liebe Maya,

vor etwa einer Woche wollte ich Dich besuchen.

Britta hat mich nicht zu Dir gelassen. Aber ich hoffe, sie hat Dir gesagt, dass ich da war.

Was geschehen ist, kann ich nicht rückgängig machen – auch wenn ich liebend gern mein ganzes Leben dafür gäbe. Doch niemand fragt danach.

Ich würde es auch nicht so sagen, wenn ich nicht wüsste, dass wir auf jeden Fall darüber sprechen müssen.

Das müssen wir tun, Maya! Sonst werden wir es beide nicht loswerden.

Ich vermisse Dich so sehr, dass ich es gar nicht beschreiben kann.

Willst Du mich auch wiedersehen?

Bitte ruf mich an!

In Liebe – für immer, da bin ich sicher –

Deine David

Vier Tage später kam der Brief ungeöffnet zurück.

Die Adresse war durchgestrichen.

Quer über die Vorderseite standen mit einer feinen Kulimine etwas verschnörkelt die Worte »Zurück an den Absender« geschrieben.

Es war Mayas Handschrift.

Ich starrte sekundenlang darauf.

Zum ersten Mal, seit wir uns kannten, spürte ich Wut auf sie in mir aufsteigen.

Ich wusste, ich war es vielleicht nicht mehr wert, dass sie mich weiterhin liebte.

Aber genauso wusste ich auch, ich verdiente es – wie jeder andere verrückte Typ, mit dem sie sich abgab –, dass sie mit mir sprach.

Mich einfach abzuservieren mit einem zurückgesandten Brief, nachdem ich mich wochenlang gequält und gewunden hatte, das war nicht fair.

Ihre Geste war demütigend.
Sie war nicht die Einzige, die litt.
Genau genommen hatte sie es sogar gut.
Sie konnte sich in ihrer Opferrolle sonnen. Konnte sich von ihrer älteren Schwester und der ganzen Gemeinde vor mir, der Bösen, der schlimmen Versuchung, beschützen lassen.
Sie brauchte sich selbst keine Vorwürfe zu machen. Sie hatte ja keinen tragischen Fehler begangen. Im Gegenteil. Sie hatte sogar gewarnt: »Fährst du nicht zu schnell?«
Jetzt konnte sie den Finger heben und auf mich deuten. So wie die anderen.
Nein, nicht wie die anderen. Denn nach allem, was Maya und ich miteinander gehabt hatten, war sie mir etwas schuldig.
Nachdem sie mir einen ganzen Sternenhimmel geschenkt hatte, war sie mir zumindest ein paar Worte schuldig.
Die wollte ich mir holen.
Also schrieb ich eines Nachmittags einen Ich-geh-kurz-weg-Zettel für Gigi und machte mich auf den Weg.
Ich wusste, wo ihre Musiklehrerin wohnte, bei der sie Geigenunterricht hatte.
Weil Maya es immer sehr genau nahm mit dem Üben, war ich sicher, dass sie auch heute dort wäre.
Tatsächlich stand vor dem Haus unverkennbar ihr Rennrad.
Ich verbarg mich hinter der Hecke nahe beim Haus.
Und dann kam sie endlich heraus.
Ich hörte ihre Stimme, bevor ich sie noch sah.
Sie rief etwas ins Treppenhaus zurück und bekam von dort offenbar Antwort, denn sie erwiderte noch einmal etwas. Was genau, konnte ich nicht verstehen, aber ich kannte ihre Stimme. Ich hätte ihre Stimme aus Tausenden herausgehört.
Nicht weil sie besonders schön war. Nur weil es ihre Stimme war.
Ich hatte mir alles sorgfältig zurechtgelegt. Jeden Satz, jedes Wort. Ich wollte mich nicht selbst übertölpeln, indem ich die einzige Gelegenheit versaute, die sich mir vielleicht böte, sie noch einmal zu sehen. Ich wollte nichts dem Zufall überlassen.
Dann sah ich sie.
Sie ging, den Geigenkoffer im Arm, hinüber zum Fahrradständer und schloss ihr Rad auf.
Jetzt sollte ich zu ihr gehen.
Ich zupfte noch einmal an meiner Jacke herum. Es war ihre Lieblingsjacke. Die trug ich zusammen mit ihrem Lieblings-

pulli, ihren Lieblingsjeans, ihren Lieblingsschuhen. Ich wusste genau, was sie von jedem einzelnen Teil aus meinem Kleiderschrank hielt. Wir kannten uns doch so gut. Es war verrückt, dass ich nicht einfach zu ihr hingehen und sie umarmen konnte.

Aber auf jeden Fall würde ich ihr sagen, was ich ihr zu sagen hatte. Ich wollte, dass sie bereute, meinen Brief zurückgeschickt zu haben. Ich wollte, dass sie sich dessen schämte. Meinen Brief zu lesen, das war doch das Mindeste.

Maya verstaute den Geigenkoffer in einem breiten Rucksack, schwang ihn auf den Rücken und ein Bein über die Fahrradstange.

Ich machte mich bereit.

Sie dreht eine kleine Kurve und kam die Straße entlang auf die Hecke zu, hinter der ich noch verborgen stand.

Der Fahrtwind wehte ihr Haar zurück.

Über ihre rechte Wange zog sich ein breiter, pflasterähnlicher Verband, der vom Kinn bis zur Schläfe reichte. Quer über ihre Stirn verlief eine dunkelrote Linie. Henning hatte doch von einer Narbe berichtet.

Ich starrte.

Ich starrte so lange auf dieses entstellte und seltsam fremde Gesicht, bis Maya an mir vorübergefahren war.

Sie hatte mich nicht bemerkt.

In den späten Julitagen war die Verhandlung.

Zu meiner Erleichterung war kein Publikum zugelassen, da ich noch unters Jugendstrafgesetz fiel. Trotzdem waren für meinen Geschmack immer noch viel zu viele Menschen da.

Ich fürchtete jeden einzelnen von ihnen. So wie ich in dieser Zeit selbst von meinem Schatten fürchtete, er könnte mir etwas hinterherrufen.

Gigi und ich hatten die gesprochenen und geschrienen Worte zwischen uns begraben.

Sie hatte nie wieder behauptet, ich würfe mir etwas vor, das nicht der Wahrheit entspreche. So wie ich früher keine Prinzessin sein wollte und sie das akzeptiert hatte, so hatte sie nun hingenommen, dass ich mir meiner alleinigen Schuld bewusst war.

Deswegen hatte ich gewollt, dass sie und Alois mich an diesem Tag begleiteten.

Nun war ich heilfroh, dass sie da waren.

Alles war so offiziell, so wichtig und so strengen Regeln unterworfen, dass mein Hals sich zuschnürte wie ein enges Konfirmandenblüschen.

Die Richterin sah mich streng an.

Ich fand es richtig, dass es eine Richterin war und kein Mann.

Ich hatte Respekt vor Frauen. Das musste jeder haben, der mit Großmutter und Gigi aufgewachsen war, mit Susette und Evelyn, jeder, der Maya kannte.

Es kam mir nur natürlich vor, dass auch an dieser entscheidenden Stelle in meinem Leben eine Frau saß.

»Sie sagen von sich selbst, dass Sie die alleinige Schuld an dem Unfall tragen?«, fragte sie mich.

Ich war auf diese Frage vorbereitet. Daher sagte ich rasch: »Ja, ich bin allein schuld.«

Sie sah in ihre Akten.

Unser Rechtsanwalt stand auf. »Frau Vorsitzende, wenn ich für meine Mandantin sprechen darf ...«

»Herr Rechtsanwalt, ich habe den Eindruck, Ihre Mandantin legt gar keinen Wert darauf, dass Sie für sie sprechen«, erwiderte die Richterin freundlich und in keiner Weise geringschätzend, aber wahrheitsgetreu.

»Sie wissen, was das bedeutet, Frau Jochheim? Wenn Sie allein schuld an dem Unfall sind, sind Sie allein auch schuld an dem Tod eines Menschen.«

Diesmal dauerte es länger, bis ich antworten konnte.

Ich nickte. Und dann sagte ich leise: »Ja, das bin ich.«

Hinter mir hörte ich Gigi leise weinen.

Mein Leben war ein fließender Bach in einem bunten Kieselsteinbett gewesen.

Ein Auf und Ab, Hin und Her, ein beständiges Murmeln, Rauschen und Plätschern.

Es war ein Fluss der Dinge, die alle zueinander gehörten wie ein Roman, in dem es keine Kapitel gab. Mein Leben hatte sich in einem Guss erzählt.

Doch jetzt war alles anders.

Ein Buch über mich wäre ein Buch mit vielen kleinen Kapiteln gewesen. Jeweils nicht länger als eine Seite. Und in jedem stand das Gleiche.

Eines Nachts erwachte ich schweißgebadet.

Da war ein Fels gewesen.

Ein riesiger grauer Felsen, auf dem ich wie angekettet lag. Ich wollte mich bewegen, wollte fort von diesem schrecklichen Ort, doch ich konnte nicht.

Nicht einen einzigen Finger konnte ich rühren. Auch nicht um Hilfe schreien. Was ohnehin vergeblich gewesen wäre, denn es war niemand in der Nähe. Ich war ganz allein auf diesem Felsen.

Und statt aufzustehen und so schnell wie möglich fortzurennen, lag ich dort und wartete voller Panik, dass es geschehen würde.

Ich wusste, es würde geschehen. Ich konnte nicht ausweichen.

Und dann sah ich ihn.

Ein gewaltiger Felsbrocken, beinahe ein Berg, hatte sich gelöst und flog auf mich zu.

Er surrte heran wie ein Meteorit, den ich kommen sah, dem aber nicht auszuweichen war.

Er kam näher und näher.

Mit aller Kraft wollte ich aufspringen. Aber die Beine gehorchten mir nicht.

Und dann war er da. Er schlug auf meinem Felsen auf und zerschmetterte mich.

Mit diesem Bild war ich aufgewacht.

Keuchend und schwitzend lag ich im Dunkel meines Zimmers.

Es dauerte ein paar Minuten, bis mein Atem sich beruhigte, bis ich aufhörte zu zittern.

Es war nur ein Traum, nur ein Traum.

Und was für ein verrückter.

Ein Fels.

So etwas Verrücktes hatte ich nicht mehr geträumt seit …

Plötzlich ging mir auf, dass ich schon lange nicht mehr geträumt hatte.

Ich konnte mich an kein einziges Bild erinnern. Keine blasse Erinnerung stieg aus den Tiefen meines Unterbewusstseins auf.

Unglaublich.

Ich konnte mich an keinen einzigen Traum erinnern seit …

Ja.

Seit.

Der August war so heiß, dass niemand sich recht bewegen wollte.

Ich verbrachte die Tage am See, lag dort unter dem Schatten der Bäume und starrte in den Himmel. Manchmal las ich. Manchmal ging ich schwimmen. Eine fremde Person, die mich beobachtet hätte, wäre zu der Überzeugung gelangt, ich lebte ein wunderbar faules Leben. Eine fremde Person, die nicht in meinem Gesicht lesen konnte.

Oft kamen an den späten Nachmittagen Henning und Meike dazu.

Meike merkte man gar nicht an, dass sie Lehrerin war. Sie war nett. Genau genommen war sie die erste von Hennings Freundinnen, mit der ich wirklich etwas anfangen konnte.

Man konnte über Gott und die Welt mit ihr reden. Kein Thema war für sie zu abwegig, um nicht zumindest ein paar Gedanken daran zu verschwenden.

Was ich an ihr aber am angenehmsten fand, war die Art, wie Henning sich verhielt, wenn sie dabei war.

Es gab keine Sekunde, in der er sich aufblies wie ein Truthahn, um sie zu beeindrucken – so wie ich es zigmal in Verbindung mit anderen Mädchen oder Frauen erlebt hatte.

Er war ganz der, den ich seit der fünften Klasse meinen Freund nannte. Mit Meike zusammen war er genauso, wie er war, wenn wir allein waren. Das deutete ich als gutes Zeichen.

Im September ging die Schule wieder los.

Für mich natürlich nicht. Ich hatte mein Abitur in der Tasche. Das Zeugnis lag abgeheftet im Ordner mit allen anderen Zeugnissen.

Doch für die anderen begann der Unterricht wieder. Sie gingen jeden Tag zur Schule, standen schwatzend auf dem Schulhof mit den aufgeheizten Pflastersteinen, saßen in ihren Klassen, schrieben den Stoff mit oder langweilten sich, fürchteten unangekündigte Tests, und in den Pausen flirteten sie.

Alle. Nur eine nicht mehr.

Von Henning erfuhr ich, dass Maya wieder in ihrer Stufe war.

Ich sah sie vor mir in den vertrauten Gängen, den Räumen der Oberstufe, der Pausenhalle.

Dort bewegte sie sich wieder. Und neben ihr eine leere Stelle, auf die niemand blicken konnte, ohne blind zu werden. Eine Stelle wie ein fehlendes Puzzlestück in einem sonst vollständigen Bild.

Ein paarmal war ich nahe dran, zur Schule zu fahren und am Ausgang auf sie zu warten.

Doch immer verließ mich der Mut, kurz bevor ich aufbrechen wollte.

Es war die Vision von Dutzenden von Augenpaaren, die mich feindselig anstarrten.

Von lauter werdenden Stimmen, die fragten, wie es sein kann, dass ich dort stehe, während sie alle täglich auf diese eine leere Stelle starren müssen.

Am meisten aber war es die Erinnerung an die rote Strieme auf Mayas Stirn, an das faustgroße Pflaster in ihrem Gesicht. Das alles ließ mich vor dem Öffnen der Wohnungstür zurückschrecken.

Im Oktober schlug plötzlich das Wetter um.

Alle atmeten auf, froh, nicht mehr die heiße Luft in den Lungen ertragen zu müssen.

Dann duckten sie sich unter dem Wirbel des Sturmes und dem Regen.

Ich lief hinein in den Wald und erhoffte mir dort Schutz. Ich suchte den gewalttätigen Zauber des gewissen Nachmittags, in dessen weiterem Verlauf Maya mir alle ihre Sterne gezeigt hatte.

Ich kannte den Wald.

Ich kannte ihn wie mich selbst.

So wie ich mich selbst gekannt hatte, bis ich sagte: »Ich hab alles unter Kontrolle!«

Und jetzt gab es viele Tage, in denen der Wald mit mir in einer Sprache sprach, die sich mir erschloss, ohne dass ich eine Übersetzung gebraucht hätte.

Die Baumwipfel brüllten.

Sie tosten über mir wie eine Hand, die auf mich niederfahren wollte.

Sie schrien mir nach, wenn ich die vertrauten Wege ging.

Der Wind peitschte mir mit dünnen Zweigen Striemen ins Gesicht. Die nicht zu Narben würden.

Es war so kalt wie auf steilen Klippen am Meer, wenn die Gischt schon an den Füßen leckt. So kalt wie Eiskristalle im Gesicht. Alle ehemals liebkosten Moospolster unwirtlich. Der Wald feindlich. Vorwurfsvoll. Er klagte mich an. Ließ nicht stehen, was die Richterin entschieden hatte. »Fahrverbot. Wiederholung der Schulungen.«

Ich musste mit einem Urteil leben, das »Totschlag« hieß und mir nicht einmal eine tatsächliche Strafe gegönnt hatte, weil ich noch zu jung war.

Der Wald strafte mich. Er wollte nicht länger mein Zuhause sein.

Opa murrte, weil ich auch an goldenen Tagen nicht mehr dort spazieren gehen wollte.

Immer wieder kam der Traum.

Jedes Mal wusste ich, dass ich dort schon einmal gelegen hatte, auf diesem Felsen.

Ich wusste immer, was geschehen würde. Dass ich nicht würde ausweichen können.

Der Fels würde kommen. Er würde auf mich zufliegen, unaufhaltsam, zerstörerisch.

Ich würde Todesängste ausstehen.

Musste fort. Konnte nicht. Niemals konnte ich fort.

»Ssscht! Schschsch!«

Ich fuhr auf.

Gigi prallte vor mir zurück. Sie hatte sich über mein Bett gebeugt und mir die Stirn gestreichelt.

Es musste schon Morgen sein. Durchs Fenster fiel das gräuliche Licht eines beginnenden Herbsttages.

»Du hast geschrien«, sagte Gigi.

Ich fasste nach ihrer Hand und hielt sie fest.

Zum ersten Mal nach unserer Auseinandersetzung vor etlichen Wochen nahm ich ihre Hand.

Als ich ihr von dem Traum erzählte, sah sie mich ernst an.

»Zieh dich an und komm in die Küche. Wir können zusammen frühstücken«, sagte sie dann.

Ich widersprach schon allein deshalb nicht, weil ich froh war, meinem Bett und der Erinnerung an diesen immer wiederkehrenden Traum entfliehen zu können.

In der Küche saßen wir uns in Frotteebademänteln über den Pyjamas gegenüber.

Es duftete nach Toast und Kaffee. Ich empfand so etwas wie eine heimelige Vertrautheit, die ich von früher gut kannte. Irgendwie hatte sie sich jedoch in den vergangenen Monaten nie mehr eingestellt. Ich kostete diesen kleinen Ansatz von Normalität aus und rührte so lange in meiner Kaffeetasse, bis ich wirklich nicht anders konnte und Gigi anschauen musste.

»Du musst etwas tun«, stellte sie daraufhin fest. Es war keine Bitte. Ich war wieder zehn, und sie war meine Mutter, und sie hatte entschieden. »Ich weiß, dass es schwer ist für dich. Aber wir meinen alle, dass es nicht gut ist, wenn du weiterhin so allein vor dich hin lebst und keine Aufgabe hast. Du musst etwas tun.«

»Wer ist alle?«, wollte ich wissen.

»Alois, Großmutter, Susette, ich ... alle eben.«

Alle, denen ich etwas bedeutete und die wollten, dass es mir wieder besser ging.

Irgendwie schien ich selbst nicht mehr zu diesem Personenkreis zu gehören.

Gigi fuhr fort: »Alois und ich haben uns umgehört. Wenn du

jetzt nicht unendlich viele Bewerbungen schreiben willst, gibt es zwei Möglichkeiten für dich: In zwei Monaten geht Doro in Mutterschutz. Du könntest erst einmal als ungelernte Aushilfe im Reisebüro arbeiten, und wenn du nach ein paar Wochen feststellst, dass es dir gefällt, macht Alois mit dir einen Ausbildungsvertrag. Ich finde das eine Superidee. Was meinst du?«

Alois' Reisebüro. Acht Stunden am Tag hinter einem Schaufenster, in dessen Auslage Palmenstrandplakate, echte Sonnenliegen und gekaufte Muscheln die Kunden anlocken sollten. *Guten Tag, wie kann ich Ihnen helfen? Mallorca? Natürlich, eine Riesenauswahl. Bitte sehr. Reiterurlaub in der Normandie? Selbstverständlich. Schauen Sie doch mal hier. Wie wäre es mit einer Nilkreuzfahrt? Jeden Tag Landgang an unterschiedlichen Orten.*

»Und die zweite Möglichkeit?«, fragte ich.

Gigi seufzte.

Vielleicht hatte sie den Traum vom Familienunternehmen Reisebüro geträumt.

»Michael hat seine Chefin im Verlag gefragt. Sie kann sich vorstellen, dich auszubilden. Du wärst vorerst aber nur halbtags im Verlag. Sie will nämlich, dass du nebenbei studierst.«

Studieren war meiner ganzen Familie nach wie vor unheimlich.

In Großmutters Augen bedeutete ein Studium das frei finanzierte Herumlottern in rauchigen Studentenkneipen, Schlafen bis in den helllichten Tag hinein und anschließender nahtloser Übergang in die Arbeitslosigkeit.

Gigi dagegen brachte Menschen mit Studienabschluss eine merkwürdige Scheu entgegen, die ihr gar nicht ähnlich sah. Für sie bestand die Universität aus körperlosen Köpfen, in denen sich Wissen ballte wie Gewitterwolken an einem Sturmhimmel. Der Gedanke, ich würde mit so viel geistiger Nahrung gefüttert, erfüllte sie mit großer Furcht vor der dadurch gewiss entstehenden Distanz zwischen uns.

Ich selbst hatte gar keine Vorstellung davon, was mich bei einem Studium erwarten würde. Auch die Arbeit in einem Verlag war mir fremd, und ich hatte keinen blassen Schimmer davon. Doch da ich keine hundertfünfzig Bewerbungen schreiben wollte (und auch keine Ahnung hatte, als was und wo ich mich bewerben wollte) und die Arbeit im Reisebüro bei aller Liebe zu Alois mich gleichfalls abschreckte, blieb mir keine Wahl.

Die großen Entscheidungen in meinem Leben waren also offensichtlich geprägt davon, dass einfach keine Alternativen geboten wurden.

Alle großen Entscheidungen – außer Maya.

Zu Maya hatte es massig Alternativen gegeben. Aber sie waren es nicht wert gewesen, auch nur eine Sekunde lang den Blick von Maya zu wenden.

Alois nahm meine Entscheidung gelassener auf als Gigi.

»Find ich gut!«, sagte er und lachte. »So können wir uns wenigstens nicht gegenseitig kontrollieren.«

Großmutter wandte kein Wort gegen das Studium ein, was nur zeigte, wie erleichtert sie war, dass ich überhaupt wieder irgendetwas tat.

Sie sprach so gut wie nie über den Unfall. Aber an der Art, wie sie mich hin und wieder ansah, erkannte ich, dass sie wusste. Sie wusste, welche Leere in mir herrschte und dass keine Worte, kein Trost, dass nichts das ändern konnte. Nichts als die Zeit, die viel zu langsam verstrich.

Oft erwiderte ich ihren Blick und fragte mich, ob es wohl Opas Kriegsverletzung gewesen war, die ihr dieses Wissen beigebracht hatte. Aber ich fragte sie nie danach. Ich kam allmählich zu der Ansicht, dass alle Menschen mit Tiefgang ihr eigenes Bündel zu tragen hatten.

Die Fahrt mit dem Bus und der Bahn zum Verlag hätte wegen der ungünstigen Verbindung beinahe zwei Stunden pro Weg bedeutet.

Es wurde zusammengeworfen, und ich bekam eine kleine Wohnung in der Nähe des Verlages, von der aus es nur etwa zehn Minuten Fußweg zur Uni waren.

Gigi war ganz in ihrem Element, als es darum ging, meine Wohnung einzurichten.

Sie bestückte die Küche mit einem königsblauen Kühlschrank und Herd und einem Omaschrank aus der Flohmarkthalle. Das Schlafzimmer erhielt einen hübschen Kleiderschrank im Bauernstil und ein dazu passendes Bett, das direkt unter dem großen Fenster platziert wurde. Im Wohnzimmer gab es zwei gemütliche Sessel und eine kleine Couch, zwei Bücherregale und einen wuchtigen Schreibtisch, an dem ich meine Uniarbeit erledigen sollte.

Ich tat alles genau so, wie es mir gesagt wurde.

Morgens frühstückte ich in der kleinen Küche am runden Küchentisch Müsli und Vollkornbrot.

Anschließend ging ich entweder zur Uni oder in den Verlag. Saß in den Vorlesungen oder an dem mir zugeteilten Schreibtisch, lernte und arbeitete.

Ich glaube, insbesondere Großmutter hatte sich Sorgen gemacht, dass sich in meinem momentanen Zustand die fehlende Kontrolle im Hinblick auf die Unibesuche negativ auswirken würde. Sie hatte Angst, dass ich in Apathie versunken morgens einfach im Bett liegen bliebe. Dass ich nicht aufstehen könnte und die hehren Ziele des Studiums den Bach runtergehen würden. Aber dem war ganz und gar nicht so.

Ich schwänzte niemals eine Vorlesung oder ein Seminar. Ich stand pünktlich auf, schrieb alles mit, arbeitete gewissenhaft, gab Hausarbeiten schon vor dem gesetzten Termin ab und war alles in allem eine vorbildliche Studentin.

Ich konnte nicht anders.

Unter meinen Füßen, ja, unter meinem ganzen Körper befanden sich Schienen, auf denen ich unablässig vorwärtsrollte. Durch die Tage und durch die Nächte. Ich duschte alle zwei Tage und zusätzlich, wenn ich besonders verschwitzt war. Ich rief daheim an und teilte mit, dass es mir gut ging. Wenn Henning, Gigi oder Susette mich besuchten, hatte ich immer alle gewünschten Getränke in der Wohnung, besorgte Kuchen und Knabbereien.

Mein Leben war eine Farce.

Doch ich wusste es nicht anders.

Ich hatte niemanden, der mir von Trauerarbeit erzählt hätte.

Ich dachte, Psychotherapeuten seien für Durchgeknallte, Kriminelle und andere Geistesgestörte da.

1988 wurde zu 1989.

Der Frühling kam. Der Sommer begann.

Ein Jahr war vergangen.

Ein nutzloses, ein sinnentleertes Jahr – wie ich fand. Ein Jahr, in dem meine leblose Hülle sich zum Büro und zur Uni bewegt, neue Bekanntschaften geschlossen hatte und doch so einsam war.

Ich hatte die Einsamkeit nicht gekannt. Ich hatte sie nie kennen lernen müssen als Kind, als ich Gigi hatte und Susette und Opa und Großmutter. Dann waren da Henning, unsere kleinen Internatsfreundinnen, Menschen, die mich nicht nur tangierten, sondern berührten, mich anrührten.

Und dann kam Maya. Die noch viel mehr tat. Die mit beiden Händen hineingriff in mein Leben. Aus all diesem Vollen schöpfte und es dann doppelt und dreifach zurückgab.

An dem Tag, als die Abiturzeugnisse von Mayas Jahrgang vergeben wurden, kam Henning bei mir vorbei.

Er besuchte mich immer noch hin und wieder allein. Obwohl

Meike inzwischen beinahe eine Freundin für mich geworden war, mochte ich seine Besuche ohne sie auch sehr.

Er war aufgedreht wie ein junges Kaninchen, sprang ständig wieder vom Sofa auf, erzählte pausenlos Geschichten, die mich offenbar zum Lachen bringen sollten, und sah mir viel zu selten in die Augen.

Irgendwann hob ich die Hand.

Henning wurde schlagartig still.

»Kannst du mir mal sagen, was eigentlich los ist?«, wollte ich von ihm wissen.

»Wieso? Was soll los sein?«, erwiderte er mit einer Miene, die Verwunderung ausdrücken sollte, mir allerdings höchst verdächtig erschien.

»Du redest wie ein Wasserfall, seit du zur Tür reingekommen bist.«

»Na und? Ich denke, du interessierst dich für die News aus unserem Kaff ...«

»Aber nicht, wenn du mir dadurch etwas anderes verschweigst«, fiel ich ihm ins Wort.

Henning sah mich einen Moment lang fassungslos an und schüttelte dann den Kopf.

»Wie stellt ihr das bloß an? Meike macht auch immer solche Sachen mit mir. Das ist bestimmt so, weil ihr Frauen seid. Unbegreiflich.«

Ich zog die Brauen hoch.

»Also gut.« Er hob kapitulierend die Hände. »Ich hab Maya getroffen.«

Ich blinzelte kurz.

Henning berichtete öfter über Maya.

Ich fragte ihn danach. Wie es ihr ging. Was man sich über sie erzählte. Wie sie aussah. Was sie tat.

Henning erzählte mir alles, was er erfuhr.

Sie ging offenbar häufig ins Kino. Oft allein. Oder mit Britta.

Britta war meistens bei ihr, wenn Henning ihr zufällig irgendwo begegnete.

Dies war das erste Mal seit einem Jahr, dass er sie allein getroffen hatte.

»Im Supermarkt?«, wiederholte ich.

»Ja, im ... im Süßigkeitengang.« Henning räusperte sich. Mein Bauch sagte mir deutlich, dass er mir etwas Unangenehmes erzählen musste. Vielleicht, fuhr es mir plötzlich durch den Kopf wie eine scharfe Klinge. Vielleicht hat sie einen Freund.

»Was hat sie gesagt?«, fragte ich schließlich, als Henning keine Anstalten machte, weiterzureden.

»Sie hat mich gefragt, wie meine Lehre so läuft«, antwortete Henning und sah zu Boden.

»Sonst noch was?«

»Peter hat erzählt, dass sie den Führerschein gemacht hat«, sagte Henning und schielte in mein Gesicht.

Ich griff nach meinem Glas und sah, dass meine Hand zitterte.

»Ihre Eltern haben ihr einen Wagen geschenkt. Polo, glaub ich. Das ist ein Ding, hm? Ich meine, dass sie jetzt Auto fahren kann. Irgendwie hätte ich das nicht gedacht. Ich meine, ich hätte nicht gedacht, dass sie so schnell ...« Er brach ab.

Wir wussten es beide.

Was das für sie bedeuten musste.

Jemand wie Maya machte nicht einfach mal so den Führerschein und ließ sich dann von ihren Eltern einen kleinen Wagen schenken, um sich darüber ein Bein auszufreuen und vor ihren Freunden damit anzugeben.

Es musste ihr viel bedeuten. Vielleicht die eigenen Grenzen zu überschreiten. »Vielleicht will sie ihr Schicksal lieber selbst in der Hand halten, anstatt sich noch mal bei jemand anderem reinzusetzen«, mutmaßte ich und versuchte vergeblich, nicht so dramatisch zu klingen, wie ich mich fühlte.

»Schätze, sie braucht das Auto für den Job, den sie machen will«, stellte Henning richtig.

Ich richtete mich auf. »Wozu braucht eine Lehrerin unbedingt den Führerschein?«

»Sie will zu den Bullen.«

Wir sahen uns an.

»Polizei?«, fragte ich tonlos.

Er nickte.

Maya keine Lehrerin?

Nicht mit den Schülern scherzend?

Stattdessen in einer grünen Uniform, mit Mütze und einem Schlagstock an der Seite?

In diesem Moment entglitt sie mir endgültig.

So viel hatte sie mir erzählt über ihre Vergangenheit, die Kindheit mit zwei älteren Schwestern und den Eltern, die so viel unterwegs waren. Ihre Gegenwart war angefüllt gewesen mit unserer Zweisamkeit. Und ihre Zukunft hatten wir uns gemeinsam violett, grün, gelb, orange und himmelblau ausgemalt. Ich hatte sie vor mir sehen können. Hatte sie auf allen ihren Wegen begleiten können. Weil ich sie kannte. Weil nichts an ihr mir fremd war. Weil ich wusste, dass sie Lehrerin werden würde, und zwar volles Brett.

Und nun.

Das.

»Hat sie ... hat sie sonst noch was gesagt?«, wagte ich schließlich doch noch zu fragen.

Henning schüttelte den Kopf.

Sie hatte nicht nach mir gefragt.

Mit keinem Wort.

Am nächsten Abend tauchte Susette bei mir auf. Sie hatte es sich angewöhnt, samstagnachmittags, wenn sie eigentlich mit Heike im Bett liegen sollte – was aber nicht möglich war, weil Heike arbeiten musste –, die Zeit mit mir totzuschlagen.

Dass sie abends hier eintrudelte, war eher selten.

»Na, meine Zweitbesetzungs-Beziehung!«, begrüßte sie mich an der Tür mit einer Umarmung und einem dicken Kuss auf die Wange. Sie war sorgfältig geschminkt und herausgeputzt wie zu einer Party.

»Muss Heike in einer Abendschicht einspringen?«, fragte ich ahnungsvoll und schielte heimlich zum Sofa, wo ich mir bereits Chips und Cola bereitgestellt hatte, um mir gleich einen Science-Fiction-Spielfilm im Fernsehen anzusehen.

»Genau!«, bestätigte Susette und folgte nur kurz meinem Blick. »Vergiss das, du Couch-Potato! Ich habe andere Pläne für deinen Abend!«

Ihr Gesichtsausdruck beunruhigte mich. Susette kam manchmal auf höchst sonderbare Ideen, wenn sie den Eindruck hatte, dass irgendwer nicht ausreichend am Leben Anteil nahm.

»Und die sehen wie aus?«, fragte ich vorsichtig.

Sie unterzog mich einer genauen Betrachtung.

»Zuerst springst du unter die Dusche. Wasch dir auch die Haare ...«

»Den Hals auch?«

»Den kannst du auslassen. Hauptsache, du kannst die Haare gut stylen. Die sind nämlich eigentlich zu lang für meinen Geschmack.«

Ich fasste mir in die deformierte Frisur, die wirklich einen neuen Schnitt vertragen konnte.

»Und dann?«

»Ich suche dir was Schickes aus deinem Kleiderschrank. In den wollte ich sowieso schon seit langem mal einen prüfenden Blick werfen. Und dann machen wir uns richtig hübsch, und ich zeig dir die Szene. Das wird wirklich allmählich Zeit.«

»Die Szene?«, wiederholte ich lahm, während sie mich bereits Richtung Badezimmer schob. »Du meinst die Lesbenszene?«

»Nein. Die Szene für Langhaar-Schildkröten natürlich. Mach schon! Wenn wir uns beeilen, bekommen wir noch ein bisschen was vom Standardtanz mit.«

Standardtanz. Szene.

Ich stand unter der Dusche und schäumte mir die Haare ein.

Susette schien allen Ernstes wild entschlossen zu sein, mit mir auszugehen.

Ich konnte mich nicht entscheiden, ob ich die Idee gut oder miserabel finden sollte.

Ich war schon seit Ewigkeiten nicht mehr aus gewesen. Seit mehr als einem Jahr, um genau zu sein.

Susette erhoffte sich doch wohl nicht von mir, dass ich heute Abend den Schalter umlegte und plötzlich einen auf Stimmungskanone machte!

Sie hatte hoffentlich nicht plötzlich vergessen, dass ich zu nichts mehr zu gebrauchen war, schon gar nicht zum Saturday-Night-Fever-Spaß!

Als ich in ein Handtuch gewickelt aus dem Bad kam, hatte Susette mir bereits ein paar Sachen zur Auswahl auf mein Bett gelegt.

»Du brauchst dringend was Neues. Die meisten deiner Klamotten sind ja von vorgestern«, bemerkte sie kritisch.

»Na und?«

»Was heißt na und? Du musst dich doch hin und wieder mal etwas schick machen können.«

»Für wen denn?«, fragte ich und spürte in dem Augenblick, als ich es aussprach, das Gewicht dieser Worte.

Susette sah mich kurz abschätzend an. Diesen Blick hatte sie problemlos von Gigi übernommen.

Offenbar kam sie zu dem Schluss, dass ich eine gute Portion Wahrheit vertragen könnte.

»Pass mal auf, mein Schatz. Während du hier drinnen versauerst, tobt da draußen das Leben. Und ich habe nicht vor, noch länger mit anzusehen, wie du es an dir vorbeiziehen lässt. Kapiert?!«

Ihre Vehemenz beeindruckte mich.

»Okay«, sagte ich daher langsam. »Aber ich will nicht, dass du versuchst, mich zu verkuppeln. So weit bin ich noch nicht.«

»Also weißt du! Als ob ich gleich an so was dächte!«, seufzte Susette. Doch in ihren Augen glomm ein merkwürdiges Leuchten.

Ich zog ein rotes Poloshirt und schwarze Jeans an und strich die Haare mit Gel zurück, die beste Frisur, die mein rauswachsender Schnitt momentan erlaubte.

»Du siehst aus wie der wiedergeborene James Dean«, bemerkte Susette, als wir aus dem Auto stiegen und über den Parkplatz zur Disco hinübergingen. »Und die Klamotten stehen dir ja überhaupt nicht.« Ihr Grinsen dazu war durchaus kokett.

»Wart erst mal ab, bis ich tanze«, sagte ich. Ihre Freude über mich und meine Zusage zu diesem Abend waren ansteckend.

Und zugegeben: Ich war auch neugierig.

Bisher hatte ich noch nie einen Fuß in die so genannte Szene gesetzt. Susette hatte ein paarmal davon erzählt. Doch ich hatte nicht das Bedürfnis gehabt, sie zu begleiten. Auch mit Maya zusammen nicht.

Ich hätte nicht gewusst, wozu.

Wir hatten einander. Das hatte mir völlig gereicht.

Jetzt sah ich mich gespannt um. Schon an der Tür standen diverse Grüppchen von Frauen herum, die miteinander lachten und schwatzten und sich auf den Abend einstimmten.

Die meisten von ihnen hatten kurze Haare, waren ungeschminkt und lässig gekleidet.

Ihr Anblick berührte mich seltsam.

Sie sahen alle eher aus wie ich, nicht wie Maya.

Brittas Worte, die mich nie ganz losgelassen hatten, tauchten wieder als Echo in meinem Kopf auf.

»Zieh nicht so ein Gesicht!«, zischte Susette mir zu. »Wenn schon alle denken, dass ich dabei bin, Heike mit einem Stück jungem Gemüse zu betrügen, dann sieh gefälligst hübsch aus!«

»Kennen die dich denn alle hier?«, gab ich gerade so laut zurück, dass es für sie – aber nur für sie – über die laute Musik hinweg zu verstehen war.

»Kennen ist zu viel gesagt«, grinste sie. »Aber die Szene ist klein. Da wird viel gequatscht – auch über die, die man gar nicht persönlich kennt.«

Das klang nicht so, als ob ich ein Teil davon sein wollte.

»Guck mal, schön, nicht?« Susette deutete zur Tanzfläche, wo sich einige wenige Paare im Standardtanz zur Musik bewegten.

Ich sah ihnen eine Weile zu.

Sie machten eindeutig einen versierteren Eindruck, als ich es in der Garage mit Henning oder auf der Hochzeit mit Maya hinbekommen hatte.

Doch es sah seltsam aus.

Dass jedes Paar aus zwei Frauen bestand, wirkte irgendwie sonderbar.

Es entsprach nicht dem Anblick, den ich zu sehen gewohnt war. Deswegen schaute und schaute ich und konnte eine ganze Weile nicht genug bekommen.

Susette holte uns von der Theke etwas zu trinken. Als sie zurückkam, stand ich immer noch am selben Fleck und starrte.

Sie schmunzelte.

Offenbar fand sie mein Staunen sehr erheiternd.

Wir standen und glotzten.

Susette wurde alle nasenlang von mir fremden Frauen angesprochen, die sie offenbar gut kannte, denn man umarmte sich und verteilte Küsschen, es wurde gelacht, und man tauschte Neuigkeiten aus.

Verrückt. Aber ich hatte vorher noch nie darüber nachgedacht, wie Susettes Leben außerhalb unserer »Familien-Treffen« und der Unternehmungen gemeinsam mit Heike wohl aussehen mochte.

Ich hatte nie einen Gedanken daran verschwendet, dass sie Menschen kannte, die ich noch nie gesehen hatte, dass sie mit diesen Menschen bestimmte Gefühle und gemeinsame Erlebnisse teilte.

Plötzlich begriff ich, was die Leute meinen, wenn sie sagen, dass sie an jemandem eine völlig neue Seite kennen lernen.

Susette war ein Teil dieser Zusammenkunft von Frauen, die man »die Szene« nannte. Und das hatte ich vorher einfach nicht gewusst.

»Es gibt übrigens auch jenseits der Tanzfläche etwas zu sehen«, raunte Susette mir irgendwann ins Ohr.

Ich wandte mich um und sah sie verwundert an. Sie deutete mit einer winzigen Kopfbewegung nach rechts. »Die mit den langen dunklen Haaren und der Jeansjacke da drüben starrt dich schon seit einer geschlagenen Stunde an. Vielleicht solltest du mal einen Blick riskieren.«

Ich drehte den Kopf noch ein Stückchen weiter und sah der Frau mitten ins Gesicht.

Sie erschrak offenbar, lächelte dann jedoch und nickte kaum sichtbar.

Ich spürte, wie mir das Blut ins Gesicht schoss, und wandte mich rasch wieder ab.

»Sie erwartet doch hoffentlich nicht, dass ich zu ihr rübergehe, oder?«, fragte ich Susette, die mich feixend beobachtet hatte.

»Gott sei Dank ist es unter Frauen nicht geregelt, wer wen anspricht oder so. Entweder es passiert, oder es passiert nicht.«

»Na, und in diesem Fall wird eindeutig nichts passieren«, entschied ich und heftete meinen Blick wieder auf die Tänzerinnen vor mir.

Als ich ein paar Minuten später wie zufällig den Kopf wandte und zu der Stelle schaute, wo die fremde Frau gestanden hatte, war sie verschwunden.

Gott sei Dank. Ich hätte nicht gewusst, was ich mit ihr hätte reden sollen.

Etwa »Ich bin nicht bereit für so was!«? Oder »Tut mir leid, aber ich liebe eine andere!«? Oder »Wir können gerne ein bisschen flirten, aber mehr ist nicht drin!«?

Nein, es war besser, wenn sie fort war und ich mir um eine, die mich lange anschaute, keine Gedanken mehr machen musste.

Aber sie war hübsch gewesen.

Im Grunde genau der Typ, der sich immer in mich verschossen hatte.

Mit dem kleinen Unterschied, dass die Mädchen früher alle nicht gewusst hatten, dass ich ebenfalls ein Mädchen war.

Alle, bis auf eine.

Genau bis zu diesem Gedanken kam ich. Dann sah ich sie.

Noch etwa zwei Meter von mir entfernt. Sie war auf dem Weg zu mir.

Ich fuhr herum.

Susette wurde gerade von zwei Frauen mit Beschlag belegt und konnte mir nicht helfen.

Also wagte ich den Sprung ins eiskalte Wasser.

Ich hatte keine Ahnung, was das für ein Lied war, das da gerade gespielt wurde, aber ich würde wohl dazu tanzen müssen.

Rasch schob ich mich in die dicht gedrängte Menge auf der Tanzfläche. Egal, wenn das jetzt wie eine Flucht aussah. Egal, auch wenn ich das eigentlich gar nicht vorgehabt hatte. Ich hatte bei dem geplanten Abend nicht ans Tanzen gedacht.

Aber das war besser, als dort zu stehen, von einer wildfremden Frau angesprochen zu werden und nicht zu wissen, was ich ihr antworten sollte.

Ich hatte schon so lange nicht mehr getanzt.

Als ich mich jetzt mitten unter den im Takt sich bewegenden Körpern befand, musste ich mitmachen.

Ein vorsichtiger Blick zurück verriet mir, dass die fremde Frau mir nicht gefolgt war.

Natürlich nicht. Auf der Tanzfläche konnte man niemanden ansprechen.

Hier konnte niemand Kontakte knüpfen.

Ich würde einfach hierbleiben, bis Susette sich dort drüben von ihren Bekannten freigeschaufelt hatte. Dann würde ich zu ihr stürzen und sie hinter mir her zum Ausgang schleifen.

Bis dahin aber blieb ich hier, in Sicherheit.

So dachte ich.

Doch dann hörte ich auf die Musik und begann tatsächlich zu tanzen.

Ich bewegte meine Beine; meine Arme, meine Hände fuhren durch die Luft.

Ich spürte den Rhythmus, nahm ihn auf und gab ihn ab.

Ich schloss die Augen, um ein wenig mehr allein zu sein. Und während sich mein Körper zur Musik bewegte, fiel mit einem Mal etwas von mir ab.

Eine Hülle. Eine Rüstung. Irgendetwas, das mich bisher geschützt hatte.

Ich merkte es viel zu spät.

Spürte es erst, als ich bereits nackt und ungeschützt zwischen lauter Fremden stand.

War plötzlich hineingesprungen in meinen Tanzschritt. Der doch nicht mehr allein mir gehörte. Den ich doch teilte mit einer, die ihn genauso beherrschte. Die ihn mit mir tanzen konnte in der engsten Berührung, die möglich war: nämlich die der Augen und der Seele.

Unser erster Blick war da.

Ihr gesenkter Kopf, als ich zu ihr hinüberging.

Ihre Hände auf meinen geschlossenen Augen. Fingerspitzen in meinem Haar. Meine Haut in Flammen. Ihr Lachen.

Es gab Tausende von Bildern, die mit einem Schlag vor mir aufzogen wie eine Armee. Sie hatten nur darauf gewartet, eine Schwachstelle in meiner Verteidigung zu finden.

Nun stießen sie durch all das Weiche.

Eine Welle, die ich nicht hatte kommen sehen, brach über meinem Kopf.

Vor meinen Augen plötzlich die beiden Trachtenfiguren, unter deren Beinen Magnete klebten und die ich mit meinen Kinderfingern dazu bringen konnte, sich umeinander zu drehen – Opa hatte sie mir vor vielen Jahren von einer Kur im Schwarzwald mitgebracht.

Ich fasste Susettes Arm. Fest.

Sie drehte sich um, und als sie mein Gesicht sah, traten Schrecken und Bestürzung in ihre Miene.

»Ich muss hier raus!«, keuchte ich und stürzte an ihr vorbei zum Ausgang.

Auf dem Weg zum Parkplatz holte sie mich ein.

»David!«, rief sie und griff von hinten nach meiner Schulter.

Ich schüttelte sie ab, blieb aber dennoch stehen.

Wir waren beide von dieser wilden Hatz außer Atem.

»David«, wiederholte Susette dann, sehr viel leiser und so liebevoll, dass es mich zerriss.

Mein Körper zerbrach in zwei Teile, einfach mittendurch.

Susette fing mich auf und hielt mich fest.

Sie ließ meine Tränen über ihre Schulter fluten.

»Es tut mir leid«, flüsterte sie immer wieder. Und als ich mich endlich beruhigt hatte, sagte sie: »Ich wusste nicht. Ich hab nicht gedacht, dass so was passieren könnte ... Das wollte ich wirklich nicht.«

Ich wischte mir mit der bloßen Hand übers Gesicht.

Susette kramte ein Taschentuch heraus und reichte es mir.

»Ist schon okay«, sagte ich dann. »Aber komm nie wieder auf den Gedanken, mich irgendwohin mitzunehmen, ja?«

Susettes Stirn war zerfurcht von schlechtem Gewissen. Sie schüttelte den Kopf wie eine, die nichts will, außer dass man ihr eine dumme Idee verzeiht.

»Ich geh da nämlich nie wieder hin«, setzte ich hinzu.

Zwei Wochen später war ich wieder dort.

Allein.

Ich hatte mir in der Zwischenzeit die Haare schneiden lassen.

Ich hatte vierzehn Abende lang an die Decke meines Schlafzimmers gestarrt, an der nicht ein einziger Stern zu sehen war.

Und nun blinzelte ich ins Stroboskoplicht.

Natürlich hatte ich Susette nichts davon erzählt. Niemand wusste davon.

Weil ich selbst keine Ahnung gehabt hatte, ob ich es tatsächlich bis hierher schaffen würde.

Meine Angst vor den Erinnerungen war so groß, dass ich mir ebenso hätte vorstellen können, auf dem Parkplatz wieder kehrtzumachen.

Meine Sehnsucht nach dem, wie sich Leben anfühlte, war offenbar noch größer.

Also stand ich am Rand der Tanzfläche, klammerte mich an meinem Cola-Glas fest und versuchte, mich daran zu erinnern, wann die letzte S-Bahn fuhr.

Kein ungefragtes Bild suchte mich ungewollt heim.

Aber ich spürte sanfte Wellen von Lebendigkeit, die zunächst zaghaft meine Füße umspülten und dann immer mehr von meinem Körper eroberten.

Ich hielt den Atem an.

Aber es tat nicht weh. Im Gegenteil. Ganz im Gegenteil.

Ich wagte ein Lächeln.

Und war froh, dass niemand hier war, der mich kannte.

Immer noch kam es mir unpassend vor, grundlos zu lächeln. In einem Leben, in dem geschehen war, was in meinem Leben geschehen war, schien ein Lächeln aus purer Lebensfreude nicht angebracht.

Hier kannte mich niemand.

»Da bist du ja wieder«, sagte eine Stimme ganze nahe an meinem Ohr.

Ich zuckte zusammen.

Es war die dunkelhaarige Frau von vor zwei Wochen.

Sie lächelte ebenfalls und hob ihr Sektglas.

»Hallo«, erwiderte ich und spürte, wie mein Lächeln wieder verschwand.

Ich hatte an sie gedacht. Natürlich hatte ich auch an sie gedacht. Was geschehen würde, wenn sie wieder da wäre. Wenn sie wieder schauen würde. Wenn wir uns irgendwie begegnen würden. Ich hatte keinen Plan gehabt, was dann geschehen würde.

»Du warst beim letzten Mal so schnell verschwunden«, sagte sie nun und stellte sich neben mich, um gemeinsam mit mir auf die Tanzfläche zu schauen. Ich war erleichtert, dass sie das tat. Es war mir weitaus angenehmer, neben ihr als ihr gegenüber zu stehen.

»Ich bin Aschenputtel, musst du wissen«, sagte ich. »Es war kurz vor zwölf.«

Sie sah mich nicht an, lächelte aber.

»Aschenputtel? Tatsächlich? Ich finde, du siehst eher aus wie Zorro.«

»Zorro?«
»Ja, dieser spanische Volksheld, der ...«
»Ich weiß, wer Zorro ist.«
»Du siehst aus wie er.«
Ich musste lachen. »Zorro is back?«
»And she is beautiful!«, ergänzte die Frau.
»Ich bin David«, sagte ich und gab ihr die Hand.
»Summer«, sagte sie und lächelte.
»Bitte?«
»Summer. So heiße ich.« Ihr Lächeln vertiefte sich. Sie sprach es aus wie den englischen Sommer, weite Rasenflächen, blühende Rhododendronbüsche und dampfende Teetassen unter hellen Sonnensegeln.
»Ungewöhnlicher Name.«
»Stimmt. Deiner ja nicht.«
Sie war der erste Mensch, der mich nicht danach fragte, wieso ich so hieß, wie ich hieß.
Ein Moment der stummen Verwunderung verging.
Dann freute ich mich über ihre unausgesprochene Akzeptanz der Dinge, wie sie nun einmal waren.
Damit hatte ich schon ein gutes Stück über Summer gelernt.
»Ich glaube, du bist die einzige Frau mit so langen Haaren hier«, warf ich ihr zu.
Sie schüttelte ihre Mähne und lachte. »Ja, ist das nicht wundervoll?«
Wir standen den ganzen Abend nebeneinander.
Natürlich sprachen wir auch.
Wir gaben uns gegenseitig Getränke aus.
Ich wollte nicht tanzen. Also ging sie allein los, wenn sie ein Lied mochte.
Und ich ertappte mich dabei, wie ich ihr zusah.
Sie war vollkommen anders als Maya.
Maya war natürlich und unverstellt. Ihre hellblonden Haare, die blauen Augen und die helle Haut wirkten immer wie ein Frühlingstag, offen, duftig, frisch.
Sie behielt nichts für sich, sondern war mit einem einzigen Blick als die zu erkennen, die sie wirklich war. Sie hielt nicht viel von gekünsteltem Verstellen und Schauspielerei.
Summer dagegen erschien rätselhaft und geheimnisvoll. Sie war wie eine selbst erdachte Inszenierung. Ihr Lächeln hatte offenbar stets einen Hintergrund. Sie schien mehr zu wissen, als sie preisgab.

Was mich aber am meisten anzog, war mein eigener Wunsch, ihr Geheimnis zu ergründen.

»Wie alt bist du eigentlich?«, fragte sie mich, als wir später, viel später – die Dämmerung näherte sich bereits von Osten her unseren müden Schritten – zu ihrem Wagen auf dem Parkplatz gingen.

»Zwanzig«, antwortete ich ihr. »Und du?«

»Siebenundzwanzig«, sagte sie und sah mich von der Seite an. »Stört dich das?«

»Nein«, antwortete ich. Wollte fragen, wieso mich das stören sollte. Wollte hinzusetzen, dass ich ja sogar zu Susette, die etliche Jahre älter war als ich, ein sehr freundschaftliches Verhältnis hatte, dass ich noch mehr Leute kannte, die älter waren als ich ... doch so weit kam ich nicht.

Summer schloss die Beifahrertür ihres Wagens auf, legte den Arm um mich und küsste mich.

Ich erwiderte den Kuss.

Und dies war der Beginn meiner verspäteten lesbischen Teenagerzeit.

Sex mit Summer war fantastisch.

Ich glaube, sie hatte das Wort Hemmungen noch nicht einmal gehört.

Es machte Spaß, sie zu erkunden. Manchmal stellte ich verwundert fest, dass sie mich besser zu kennen schien als ich selbst. Sie tat Dinge immer im richtigen Augenblick.

Und zwar nicht nur, wenn wir miteinander schliefen.

Auch wenn wir wieder einmal gemeinsam aus waren, hatte sie immer das richtige Maß an Nähe und Distanz heraus, das ich brauchte, um mich wohl zu fühlen.

Nach unserer ersten Nacht hatte ich befürchtet, ihr damit etwas versprochen zu haben, das ich nicht halten konnte.

Ich hatte dieses Gewisse bisher nur mit Maya erlebt.

Mit Maya war es so selbstverständlich gewesen, dass es fortan nur noch uns gab.

Für mich hatte es nur noch sie, für sie nur noch mich gegeben.

Wir hatten von einem Tag auf den anderen die Welt ausgeblendet und waren von zweien zu einem geworden.

Als ich das erste Mal aus Summers Bett stieg, wusste ich, dass mir das mit Maya Erlebte nicht noch einmal möglich sein würde.

Ich fühlte mich nicht so, als hätte ich endlich einen lang vermissten Teil von mir gefunden.

Ich fühlte mich nur so, als hätte ich guten Sex gehabt. Mehr nicht. Aber ehrlich gesagt: auch nicht weniger.

»Das ist leider nicht immer so, dass sich zwei auf diesem Gebiet so gut verstehen«, erklärte Summer mir. »Aber das wirst du noch feststellen, denke ich ... leider müssen wir alle irgendwann diese Erfahrung machen.«

Dazu lachte sie.

Ich fand es merkwürdig, dass sie so selbstverständlich von einer Zeit sprach, in der ich diese Intimität nicht mehr mit ihr, sondern mit irgendeiner anderen teilen würde.

Sie erwähnte es manchmal wie eine Tatsache, die unverrückbar feststand. Und sie erwartete von mir keinen Widerspruch. Im Gegenteil. Als ich einmal versuchte, mich in schwammigen Ausführungen zu ergehen, um ihr zu erklären, dass ich selbst an so etwas derzeit gar nicht dachte, verdrehte sie nur die Augen und schnalzte mit der Zunge. »Mach dir doch nichts vor, Zorro-David«, sagte sie. »Mir brauchst du so was sowieso nicht zu erzählen. Ich brauch das nicht. Alles klar?«

Ich erzählte Gigi und Susette davon. Und Susette, die sich sowieso ausgesprochen fasziniert von Summers raumgreifenden Auftritten und ihrer Selbstinszenierung zeigte, erklärte: »Sie ist sehr ehrlich. Das gefällt mir!«

Heike war in den folgenden Wochen eine ganze Ecke aufmerksamer als vorher.

Ich war froh, dass Summer die Erste war, mit der ich schlief. Die Erste nach Maya.

Summer war wie Seide auf einem Laken, die sich überall dorthin schob, wo ich sie nie vermutet hätte. Sie umfloss mich.

Die Tatsache, dass wir innerhalb kurzer Zeit Freundinnen wurden, verhinderte wahrscheinlich dauerhaft, dass wir uns verliebten. Ebenso, dass wir uns verletzten.

Wir erzählten uns unsere Geheimnisse.

Summer war krank. Ihr Körper war aus Alabaster. Aber ihre Seele war ein Trümmerfeld. Vielleicht verstanden wir uns deswegen so gut.

»Persönlichkeitsstörung«, sagte sie. »Unheilbar.«

»Dahinter kann man sich ja wunderbar verstecken«, erwiderte ich.

»Hinter dem Tod auch«, antwortete sie und stellte damit klar, dass ich von ihrer Seite keinerlei Schonung erwarten konnte.

»Ich weiß nicht, was das ist zwischen euch«, murmelte Gigi einmal mit gerunzelter Stirn. »Aber offenbar tut sie dir gut.«

Das blieb auch so, als wir es irgendwann mit dem Sex einfach bleiben ließen.

Wir sprachen nicht darüber. Wir hörten einfach nur auf damit.

Ich tauchte in die Szene ein, wie ich mich früher in die Wellen der Ostsee geworfen hatte. Ich wurde neu geboren. Niemals begegnete ich einem Gesicht, das ich aus meinem früheren Leben kannte. Ich konnte aufhören, mich ständig umzusehen und zu fürchten, dass jemand mit dem Finger auf mich deutete.

Auf den Frauenpartys standen Summer und ich nebeneinander, sahen in die Menge und zeigten der anderen, wer für uns interessant war.

Im Grunde verhielten wir uns nicht anders als pubertierende Jüngelchen am Autoskooter der Frühlingskirmes.

Von da an stellte sich heraus, dass ich – obwohl ich meinem eigenen Empfinden nach längst nicht so schön war wie Summer – wesentlich mehr Chancen hatte als sie.

Von allen Seiten flogen mir Blicke zu. Jeden Abend wurde ich angesprochen, eingeladen, angeflirtet.

»Wie kommt es eigentlich, dass alle so auf mich fliegen?«, wunderte ich mich einmal, als ich mit Susette shoppen war und die Verkäuferin im Jeansgeschäft mir zusammen mit der Einkaufstasche ein Augenzwinkern über die Theke gereicht hatte.

Susette grinste.

»Weil du genau diese Frage stellst, deswegen«, antwortete sie und sah selbst ganz entzückt aus.

»Du bist so unbedarft, du bist ohne Vorurteil, du bist auf eine herzerfrischende, niedliche Art und Weise naiv. Und das gepaart mit deinem heldenhaften Aussehen, deinen Glutaugen, deiner Größe, deinem schönen, schlanken Körper und dem selbstbewussten Auftreten … das reicht sicher aus, um mehr als einer kleinen Lesbe den Kopf zu verdrehen.«

Ich musste lachen.

Und fand diese Vorstellung angenehm. Schließlich musste ich dazu nichts weiter beitragen, als nur so zu sein, wie ich war.

Ich war einfach ich, und schon kamen sie von allen Seiten an wie die Kätzchen zur Sahne.

Allerdings stellte ich in dieser Zeit fest, dass Summer tatsächlich Recht gehabt hatte: Es war nicht selbstverständlich, dass zwei sich auf dem Gebiet der Sexualität gut verstanden.

Manchmal beließ ich es bei einem einzigen, wenig überzeugenden Versuch.

Manchmal dauerte es ein paar Wochen, bis auch mir klar war, dass der Spaß auf der Strecke blieb.

Summer hatte mehr Glück, wie sie mir berichtete. Sie führte es meist darauf zurück, dass sie eben wählerischer sei. An anderen Tagen wies sie darauf hin, dass sie einfach weniger Auswahl hatte und sich daher mehr Mühe gab.

Wir kannten uns beinahe ein ganzes Jahr, als sie mich eines Sonntagmorgens aufgeregt anrief.

»Setz dich hin!«, begann sie das Telefonat. Die Stimme geheimnisvoll gesenkt.

»Ich sitze. Bis eben lag ich noch. Im Bett. Es ist kurz nach neun am Sonntagmorgen«, gähnte ich in den Hörer.

»Gerade ist Tatjana aufgebrochen …«

»Ohne Frühstück?«

»Mit Frühstück, David! Mit! Es ist nämlich nichts gelaufen außer dem Legen und Deuten von Tarotkarten.«

Ich stöhnte. Doch sie ging einfach darüber hinweg. »Alles andere kommt noch. Sei gewiss! Was aber der Hammer ist: Die Kleine macht eine wirklich interessante Ausbildung, wusstest du das?«

Wie sollte ich das wissen?

Der Abend auf der Party war für mich so verlaufen, dass ich sehr viel tanzte, während Summer sich mit ihrer neuen Bekanntschaft an einen der Bistrotische zurückzog und redete und redete.

»Was wird sie denn?« Ich reckte mich genüsslich.

»Kommissarin«, antwortete Summer.

»Oh«, machte ich und schnalzte mit der Zunge. »Du meinst, so richtig mit Mord und Totschlag und so? Sie sieht ja gar nicht danach aus. Ich dachte, sie ist noch verflixt jung.«

»Fast so alt wie du, meine Süße«, flötete Summer. »Und deswegen dauert es natürlich noch eine ganze Weile, bis sie in dem Job arbeiten kann. Sie muss erst mal die ganz normale Polizeiausbildung machen …«

Summer ließ ihre Worte in der elektronischen Leitung zwischen uns hängen und wartete, dass sie bei mir ankamen.

Sie kamen an.

»Und wieso soll ich mich deswegen hinsetzen?«, fragte ich und bemühte mich, meine Stimme ruhig und gelassen klingen zu lassen. Summer brauchte ich nichts vorzumachen. Ich versuchte, mich selbst anzulügen. Und scheiterte kläglich.

Ich sah es förmlich vor mir, wie Summer nickte – um meine jäh aufflackernde Ahnung zu bestätigen.

»Na ja, sie hat mir viel davon erzählt. Von den Prüfungen im letzten Jahr, die sie alle ablegen mussten. Das muss wirklich ein Nervenkrieg gewesen sein. Ich meine, Diktat, Intelligenztest, psychologische Fragen, ärztliche Checks, Urinprobe, Belastungs-EKG, freier Vortrag zum Thema ›Kann man bei einem Abenteuerurlaub entspannen?‹, Rollenspiele und und und. Sie musste möglichst viele Punkte erringen. Ich hasse ja Prüfungen. Und wenn es darum geht, ob ich meinen Traumjob machen darf oder nicht, muss es noch eine ganze Ecke schlimmer sein. Ich glaube, sie wollte mich beeindrucken. Deswegen hat sie alles ganz detailliert erzählt. Und natürlich fielen auch ein paar Namen von Leidensgenossen. Wie das aber nun mal so ist in der Welt, sind manche Namen sehr selten. Ich horchte auf und siehe: Sie ist seit letztem September mit deiner Maya zusammen in der gleichen Ausbildungsgruppe.«

Mit deiner Maya.

»Tatsächlich?«, murmelte ich.

In mir fiel ein Benzinfass um und fing Feuer.

Summer seufzte. Sie hatte mich natürlich durchschaut.

»Das, meine Liebe, hat etwas zu bedeuten! Schicksal. Ein Jahr lang weißt du fast nichts von ihr. Und plötzlich kommt eine so nahe ran, dass sie dir im Prinzip erzählen könnte, wie Mayas Tagesablauf aussieht. Das kann doch kein Zufall sein!«

Ich hatte vor einer ganzen Weile aufgehört, über Begriffe wie Zufall und Schicksal nachzudenken. Solche Überlegungen machten mich schier irre. Deswegen ließ ich mich auch jetzt nicht darauf ein.

»Und du meinst, dass ich das gerne möchte – Mayas Tagesablauf wissen? Wie kommst du auf den Gedanken? Ich bin froh, dass du diese neue Flamme – wie heißt sie, Tatjana? – wahrscheinlich bald wieder abservieren wirst. Wer die erste Nacht mit dir mit Tarotkarten verbringt, kommt doch wohl nicht für etwas Längeres infrage.«

Diesmal grunzte Summer.

»Das steht noch nicht fest. Immerhin haben wir beide für die Zukunft *Die Liebenden* gezogen.«

Als ich aufgelegt hatte, saß ich minutenlang erstarrt auf der Bettkante und bewegte mich nicht.

Ich hatte einfach nicht damit gerechnet.

Die Gedanken an Maya waren mir so vertraut wie mein eigener Geruch. Ich hatte sie kaum noch wahrgenommen.

Es waren Gedanken gewesen, die sich mit der Vergangenheit beschäftigten, unserer gemeinsamen Zeit. Alles, was mit einem

Wiedersehen, einer Aussprache, ihrem Verzeihen zu tun hatte, verbot ich mir.

Wie sollte ich mit dieser neuen Situation und den darin verborgenen Möglichkeiten umgehen?

Das Telefon klingelte erneut.

Ich hob ab und meldete mich.

»Schätzchen«, hörte ich Gigis Stimme, »bist du schon wach?«

»Nein«, antwortete ich. »Was gibt es denn?«

»Ich hoffe, du sitzt!« Ihre Stimme klang ein bisschen zittrig und aufgeregt.

Ich nahm mir fest vor, sicherheitshalber heute überhaupt gar nicht aufzustehen.

»Sag schon, was los ist!«, brummte ich.

»Ich bin schwanger«, sagte Gigi.

Die Familie drehte natürlich durch.

Großmutter zeigte über Wochen hinweg so viel Kopfschütteln, dass Susette sich eine saftige Bemerkung über altersbedingte Muskelschwäche nicht verkneifen konnte, die tatsächlich insofern Wirkung zeigte, als Großmutter sich fortan beherrschte.

Ich versuchte, vernünftig zu sein und einzusehen, dass Großmutters Bedenken nicht an den Haaren herbeigezogen waren: Gigi war achtunddreißig Jahre alt, und natürlich bedeuteten eine Schwangerschaft und die Geburt ein Risiko. Jederzeit war ich bereit, hierüber ernsthaft zu diskutieren.

Aber im Grunde freute ich mir ein Bein aus.

Ich riss an der Uni und im Verlag alle durch meine gute Laune mit. Natürlich löste ich Verblüffung aus, wenn ich erzählte, dass ich ein Geschwisterchen bekommen sollte. Aber das war mir egal.

Gigi und Alois schwebten sowieso gemeinsam auf einer rosaroten Wolke, die über alle Ängste und Zweifel erhaben war.

Geplant war es nicht gewesen.

Aber manchmal gerieten Ereignisse einfach zu einem Wink des Schicksals.

Immer wenn ich gefragt wurde, ob ich lieber eine Schwester oder einen Bruder hätte, erklärte ich, dass mir das vollkommen gleichgültig sei. Ich wisse genau, dass es die tollste Schwester, der tollste Bruder der Welt würden.

Heimlich jedoch träumte ich von einem kleinen Mädchen. Nicht etwa deshalb, weil Gigis Prinzessinnentraum in mir weiterlebte, sondern weil ich es mir herrlich vorstellte, für eine Kleine das große Vorbild zu sein, sie zu beschützen und zu stärken – damit sie im Leben nur Gutes erlebte.

Ich begann wieder Tagebuch zu schreiben.

Alles, was Gigi mir über ihren sensationellen Zustand mitteilte, schrieb ich nieder.

Leider zeigte meine Mutter nur wenig schwangerschaftstypische Merkmale.

Weder wurde ihr morgens übel, noch verlangte ein plötzlicher Heißhunger nach Gurken und Zuckerwatte.

Trotzdem gab es viel aufzuschreiben.

Die Seiten meines Tagebuches füllten sich mit Befindlichkeitsberichten, Aussagen von Ärzten, Hebammen, Bekannten und Freunden, Ultraschallbildern und einer schier nicht enden wollenden Liste von Namen, von denen kein einziger schön genug zu sein schien, um meiner Schwester gerecht zu werden.

Opa war in heller Aufregung.

Ich fuhr häufiger als in den vergangenen zwei Jahren nach Hause, machte Besuche in der Zimmerstraße und ging mit ihm spazieren.

»Du warst auch mal so klein«, sagte Opa dann immer zu mir. Neuerdings wiederholte er sich in seinen Erzählungen häufig. »So klein, dass ich dich auf dem Arm halten konnte.« Er verschränkte die Arme, als wiege er darin einen Säugling.

»Ach, das geht doch heute auch noch!«, sagte ich und tat so, als wolle ich ihm auf den Arm klettern.

Darüber mussten wir beide so lachen, dass unsere Knie nachgaben und wir nebeneinander im taubenetzten Moos landeten.

Das waren Momente, in denen ich das Leben wieder spürte.

Bunte, warme Momente, die mich durchströmten und mich erinnerten. Wie mein Leben früher gewesen war.

Wie Leben sein konnte.

Ich hatte Summer gebeten, mir nichts davon zu erzählen, was ihre neue Flamme Tatjana über ihre Ausbildung bei der Polizei berichtete.

Ich wusste, es würde mich beschäftigen. Ich wusste, ich würde mir wieder Maya vorstellen, sie an Orten gehen, lachen, reden sehen, die ich doch gar nicht kannte.

Ich würde sie wieder durch ihre Tage begleiten. Obwohl mir das doch eigentlich nicht möglich war.

Wir hatten uns seit zwei Jahren nicht gesehen.

Ich wusste nicht, mit welchen Menschen sie sich umgab, mit wem sie befreundet war und wo sie wohnte, wie sie lebte.

Ich wusste nur, dass es mir nicht guttäte, wenn ich meine Gedanken für sie wieder so weit öffnen würde. Gerade jetzt, da ich begonnen hatte, mein Leben ohne sie sogar hin und wieder zu genießen.

Ich wusste das alles. Aber ich konnte nicht anders.

Ich fragte Summer, ob Tatjana eigentlich »in einer Art Kaserne lernen« würde. Und erhielt detailliert Auskunft über die dreijährige Ausbildung zur Kommissarin. Summer hatte natürlich alle Infos aus Tatjana herausgekitzelt, ohne dass diese auch nur einen blassen Schimmer hatte, wieso Summer derart interessiert war an der Fachhochschule für öffentliche Verwaltung oder dem Institut für Aus- und Weiterbildung, den Theorieteilen, den Schießübungen und Unfallsimulationen.

Bald wusste ich alles darüber.

Ich war informiert darüber, wann Maya Blockseminare hatte, wann Prüfungszeit war und wann Praktikum.

Keine Ahnung, wie Summer es aus ihr herausbekam, aber durch Tatjana erfuhr ich sogar, wie Maya in den Klausuren abschnitt, was ihre Lieblingsfächer waren und wo ihr Ehrgeiz lag.

Jedes Mal, wenn ich Gigi sah, schien ihr Bauch ein bisschen gewachsen zu sein.

Jedes Mal hatte ich etwas Neues von Maya erfahren, ihrem Alltag, ihren Gewohnheiten, ihren Freunden.

Sie wäre begeistert gewesen von der Vorstellung, mit mir zusammen Babysitting zu betreiben, da war ich sicher.

Manchmal, wenn ich mein Ohr an Gigis dicke Melone hielt, stellte ich mir vor, Maya davon zu erzählen. Ich sah förmlich, wie ihre Augen aufleuchteten.

Und wie erst, wenn ich ihr von der Geburt berichten könnte!

Als Gigi mich fragte, ob ich dabei sein wolle, fiel mir vor Schreck fast das Herz in die Hose.

Dass Alois dieses Ereignis nicht verpassen wollte, war von Anfang an klar gewesen.

Aber dass auch ich die Gelegenheit bekommen sollte, bei der Geburt meiner kleinen Schwester dabei zu sein, hatte ich bis zu Gigis Frage noch gar nicht erwogen.

Selbstverständlich wollte ich.

Blut und Schmerzen waren wirklich nicht mein Ding. Doch ich stellte es mir noch schlimmer vor, untätig auf dem Flur zu warten und nervös auf und ab zu rennen.

So dachte ich vorher.

Am 23.Januar 1991 war es dann so weit.

Alois rief mich im Verlag an. Es war gegen halb zehn am Vormittag.

Claudia, unsere Chefin, war informiert, dass so was passieren könnte, und strahlte mich an, als ich mit weichen Knien und zitternder Stimme um den Tag Urlaub bat, der für diesen Fall vereinbart war.

Ich rief mir ein Taxi und ließ mich zum Krankenhaus fahren.

Dort ging alles ganz piano los.

Statt bereits glücklich schreiend im Kreißsaal zu liegen, saß Gigi schlecht gelaunt auf einem der Plastikstühle im Gang und meckerte leise vor sich hin.

Ab und zu verzerrte sich ihr Gesicht. Das war alles.

Das machte ja alles einen recht friedlichen Eindruck, fand ich.

Zwei Stunden später bereute ich meinen Entschluss gründlich, bei diesem Ereignis dabei sein zu wollen.

Alois und ich standen wie die Dummköpfe herum, während Gigi sich aufführte, als hätte sie mit ihrem letzten Krankenkassenbeitrag das komplette Hospital gekauft und sei nun berechtigt, Ärzte und Schwestern nach Gutdünken zu beschimpfen und herumzukommandieren.

»Wie konnte ich nur auf diese bekloppte Idee kommen, es sei toll, ein zweites Kind zu haben!«, fluchte sie zum Beispiel.

Sie schlug nach dem Arzt, der ihr eine Spritze geben wollte, und weigerte sich, nach Vorschrift zu atmen.

»Wozu haben wir denn dann diesen Kurs besucht, wenn du jetzt nicht mitmachst?«, wollte Alois verzweifelt wissen. Die Schmerzen, die Gigi auf ihrem Stuhl hin und her rissen, nahmen ihn sichtlich mit.

»Du kannst ja meinetwegen hecheln wie ein Hund im August!«, pflaumte Gigi und schrie dann wieder in der nächsten Wehe.

»Fühlen Sie doch mal. Das Köpfchen liegt schon vorne. Sie können es ertasten«, riet die Hebamme freundlich und wollte Gigis Hand nehmen.

Doch meine Furien-Mutter riss die Hand wieder fort.

»Ich will aber nicht!«, presste sie hervor. »Ich will nichts fühlen und tasten. Ich will, dass das endlich aufhört! Können Sie es nicht irgendwie rausholen, verflucht noch mal?!« Die letzten Worte hatte sie fast gebrüllt.

Ich war erschrocken.

Die Hebamme lachte.

Alois sah aus, als sei ihm das alles furchtbar peinlich. Schließlich hatte er Gigi in diese missliche Lage gebracht.

Ich schwitzte Blut und Wasser und hätte einiges darum gegeben, den Kreißsaal verlassen zu können. Aber ich fürchtete, Gigi könne dann vom Stuhl springen und mir nachhechten.

Irgendwann, es dauerte eine halbe Ewigkeit für uns alle, war es endlich geschafft.

Der Geruch von Blut erfüllte den Raum.

Dazu ein Quäken wie von einem kleinen Hundewelpen.

Mein Herz zog sich heftig zusammen.

»Haben Sie nicht gesagt, dass es ein Mädchen wird?«, fragte die Hebamme.

Alois nickte mit starrem Blick und wischte sich ein paar Schweißtropfen von der Stirn.

»Da hat der Kleine Sie aber ganz schön an der Nase herumgeführt. Hier haben Sie Ihren Sohn, Frau Friese-Jochheim.«

Gigi schluchzte auf und streckte die Arme aus.

Und dann war alles tatsächlich so, wie es immer erzählt wird und wie wir es uns vorgestellt hatten: Dieser Winzling lag auf Gigis Bauch. Alois streichelte sein Gesichtchen mit zitternden Fingerspitzen. Und ich heulte vor Glück, weil ich einen Bruder hatte. Einen kleinen Bruder.

Wir nannten ihn Ennio.

Weil Gigi und Alois ungefähr neun Monate vor seiner Geburt gemeinsam durch Italien getourt waren, um ein paar Hotels zu begutachten.

Dieser folgenreichen Reise sollte Rechenschaft getragen werden.

Ennio war nicht nur das schönste, sondern vor allem auch das fröhlichste Kind der Welt.

Er schrie wenig, lachte früh und bezauberte alle Menschen damit, dass er so bald schon die Arme nach allem Unbekannten ausstreckte.

Ich war so oft bei Gigi und Alois zu Hause, wie meine Arbeit und das Studium es eben zuließen.

Ihr Häuschen wurde zum Treffpunkt der Familie, aller Freunde und Bekannten.

Offenbar wollten alle Anteil nehmen an der täglichen Entwicklung unseres Familienzuwachses.

Großmutter und Opa waren beide auf ihre Art sehr stolz.

Großmutter erging sich in guten Ratschlägen und in langen Erzählungen, wie meine Säuglingszeit damals verlaufen war. Gigi sagte nicht viel dazu, aber ich las an ihren Augen ab, dass sie manche Geschichten wohl anders erzählt hätte.

Opa war einfach fasziniert von diesem winzigen Wesen, das einmal genauso groß werden sollte wie er.

Er liebte es, an Ennios Kopf zu schnuppern und mit den Fingerspitzen die zarten Wangen zu streicheln.

Obwohl er in der letzten Zeit nicht mehr so fit war wie früher, unternahmen wir zwei oft gemeinsam Spaziergänge, um Ennio im Kinderwagen ein bisschen herumzufahren.

An einem der ersten richtig warmen Tage im Mai unternahmen wir wieder einmal einen solchen Ausflug.

Opa kränkelte schon seit Tagen ein wenig herum und war deswegen ziemlich still.

Beide tief in Gedanken versunken, schlenderten wir durch den Stadtteil, in dem Gigi und Alois wohnten.

Ich dachte an ein Manuskript, das ich derzeit zu bearbeiten hatte.

Es war eine dramatische Liebesgeschichte, die mir viel zu pathetisch erschien. Aber Claudia war der Meinung, dass so etwas gut ankomme. Deswegen versuchte ich nun zu retten, was zu retten war, und zumindest einige der allzu theatralischen Stellen zu entschärfen.

Ennio quäkte und verzog unwillig das Gesicht.

Ich beugte mich zu ihm hinunter, lüpfte kurz die leichte Decke, um ein eventuelles Windelmalheur zu erschnüffeln, und erschrak daher furchtbar, als Opa plötzlich rief: »Maya!«

Ich fuhr auf, stieß mit dem Kopf an den Kinderwagenhimmel und sah mich hektisch um.

Sie stand auf der anderen Straßenseite.

Opa winkte und fuchtelte mit den Armen.

Maya stand ganz ruhig da und blickte zu uns herüber.

Mein Puls raste.

Für einen kurzen Augenblick wurde mir schwindlig, der Boden drehte sich, die Häuser auf der anderen Seite tanzten umeinander.

Nur Maya.

Ganz still.

Mitten in meinem Fokus.

Dann schaffte ich es – nach einer kleinen Ewigkeit, wie mir schien –, die Hand zu heben und zu grüßen.

Ich hoffte, dass die Grimasse, die ich schnitt, einem Lächeln zumindest ähnelte.

Da löste sich auch ihre Starre.

Sie schaute kurz nach links und rechts, überquerte die Straße und stand vor uns.

»Hallo«, sagte sie.

»Hallo, Maya!«, erwiderte Opa mit leuchtenden Augen und sah mich beifallheischend an. »Ich hab sie zuerst gesehen!«

»Hast du!«, antwortete ich ihm. Und »Hallo« antwortete ich ihr.

Dann wusste ich nicht weiter.

Schmal sah sie aus.

Die Narbe auf der Stirn war immer noch deutlich sichtbar.

Die Wangenknochen zeichneten sich stärker als früher ab, und es lag ein seltsam starrer Zug um ihren Mund.

Vielleicht schien es auch nur so. Denn sie hatte die weichen, prinzessinnenhaften blonden Locken abgeschnitten. Ihre Haare waren fast so kurz wie meine. Wenn sie auch so unendlich viel hübscher lagen. Die neue Frisur ließ Maya jung aussehen. Viel jünger, als ich sie je gekannt hatte.

Sie warf einen kurzen Blick in den Kinderwagen.

»Ach du meine Güte ... Ist das etwa ...«, stammelte sie und nickte zu Ennio hinunter.

Ich sah ihn an. Beinahe hatte ich vergessen, wo ich mich befand. Und mit wem.

»Oh ... nein!« Ich musste lachen. »Du wirst es kaum glauben. Aber das ist mein Bruder.«

»Dein Bruder? Gigis und Alois' Sohn?«

»Ja. Unser kleiner Ennio. Nicht zu fassen, wie?«

»Nein, unglaublich.« Jetzt beugte sie sich vor und sah sich unser Goldstück genauer an.

»Stimmt. Man sieht es an der Nase.« Dazu blickte sie mich von unten herauf an und lächelte. Ein bisschen frech.

Mein Herz stolperte.

Unerwartet und mit atemberaubender Gewalt ergriff mich ein besinnungsloses Glücksgefühl.

Da war sie.

Und sie lächelte.

»Wann kommst du uns mal wieder besuchen?«, wollte Opa wissen. »Wir haben ein paar neue Spiele. Kennst du Uno?«

»Au ja, das kenn ich«, sagte Maya und lächelte auch ihn an. »Das macht echt Spaß, nicht?«

Opa nickte begeistert. Dann griff er nach meiner Hand und sah mich mit verzagter Miene an.

»David, ich muss mal.«

»Wir gehen gleich heim«, antwortete ich ihm und blickte Maya an.

»Wie ...?«
»Was ...?«, begannen wir gleichzeitig.
Wir lachten darüber.
Ich nickte ihr zu. Sie verstand diese Geste immer noch und beendete ihre gerade begonnene Frage. »Was machst du so?«
»Ich? Och, nichts Spannendes. Ich arbeite in einem Verlag. Und nebenbei studiere ich. Nächstes Jahr mache ich den Abschluss, und dann werde ich Vollzeit im Verlag sein.«
War das alles? War das wirklich alles, was ich Maya über mein Leben erzählen konnte?
Mir fiel sonst nichts ein. Außer dass ich überglücklich war, sie zu sehen.
»Und du? Wie ... wie geht es dir?«
Dies war eine andere Frage, fiel mir plötzlich siedendheiß auf.
Es war eine Sache, ganz neutral zu erklären, was man arbeitete. Ganz anders konnte eine Antwort auf die Frage nach dem Befinden ausfallen.
»Gut«, sagte Maya sehr schlicht.
Ich fand, sie sah dabei aus, als lüge sie, ohne es selbst zu wissen.
»David«, meldete sich Opa neben mir noch einmal, »ich muss wirklich mal.«
Seine Miene ließ darauf schließen, dass es dringend war.
»Vielleicht solltet ihr besser schnell heimgehen«, schlug Maya vor.
Klang ihre Stimme bedauernd? Oder wollte ich das nur heraushören?
»Ja«, sagte ich und sah Opa abschätzend an, der bereits die Hände zu Fäusten ballte. »Okay. Dann gehen wir mal.«
Wir standen noch für einen kurzen Augenblick voreinander, sie und ich.
Ich musste ihr sagen, dass ich sie wiedersehen wollte.
Ich musste ihr erklären, was mir gerade bewusst geworden war: dass ich seit damals kein einziges Mal wirklich glücklich gewesen war. Nicht so sehr wie jetzt gerade, beim Blick in ihre blauen Augen.
»War schön, dich zu treffen«, sagte ich hölzern und hob die Hand.
»Stimmt«, erwiderte sie. »Ja, fand ich auch.«
Opa zupfte an meinem T-Shirt.
»Tja, dann ...«, meinte Maya.
»Dann ...«, zögerte ich.
»Mach's gut«, sagte sie.

»Du auch«, antwortete ich.

Opa schaffte es nicht mehr zur Toilette.

Großmuter schimpfte vor sich hin, war dann wieder bemüht, ihrem verlegenen Mann klarzumachen, dass er nichts falsch gemacht hatte.

Über all diesem Trubel vergaß ich zu berichten, wen ich getroffen hatte.

Abends rief ich Henning an und erzählte es ihm.

»Ich weiß nicht, Henning, aber ich habe mich bestimmt nicht getäuscht. Da war was zwischen uns. Sie hat mich so angesehen. So hat mich seit ihr nie wieder eine angesehen. Du verstehst schon, nicht? Sie hat sich wirklich, wirklich gefreut, mich zu sehen. Ihre Augen haben so geleuchtet. Und sie hat auf diese ganz bestimmte Art gelächelt, die mir schon immer runterging wie Butter. Ich dachte ja erst, das kann nicht wahr sein. Eigentlich kann das doch nicht sein. Aber jetzt bin ich mir sicher: Da ist noch was möglich zwischen uns. Ich muss sie wiedersehen und es rausfinden. Vielleicht können wir es ja doch schaffen miteinander. Vielleicht hat sie mir doch verziehen. Meinst du nicht?«

»David«, sagte Henning sehr ernst.

Ich wusste es.

Ich wusste es sofort und wollte rufen: »Nein! Schweig! Sag es nicht!«

Doch die Kehle war mir wie zugeschnürt. Und ich hörte Hennings Stimme: »Ich wollte es dir schon längst sagen. Aber weil du nicht mehr von ihr gesprochen hast, dachte ich, es ist vielleicht endlich vorbei. Da wollte ich dich nicht wieder an sie erinnern. Aber es ist so: Maya hat einen festen Freund. Ich weiß es von Peter Schnelle. Es ist sein Cousin.«

Ennio war unser aller Liebling.

Noch nie konnte ein Kind auf der Erde herumgelaufen sein, dem so viel Zuwendung zuteil wurde.

Erstaunlicherweise wurde er trotzdem nicht zu dem verzogenen kleinen Haustyrannen, den schlaue Verwandte für solche Konstellationen vorauszusagen wissen.

Gigi und Alois setzten ihm Grenzen, nach denen er wie alle Kinder verlangte.

Großmutter bemühte sich sichtlich, ihnen nachzueifern, schmolz aber immer wieder dahin wie Butter in der Sonne, wenn Ennio sie mit seinem Prinz-Charming-Lächeln bezirzte.

Bei Opa und mir durfte der Kleine sowieso alles, was er wollte.

Und so avancierten ausgerechnet wir, die Jochheims, die früher als »anormale Sippe« gegolten hatten, jetzt zur Vorzeige-Großfamilie.

Mit drei Jahren kam Ennio in den Kindergarten.

Gigi berichtete, dass er sich an seinem ersten Tag an der Tür nur noch einmal pflichtbewusst umdrehte, um zu winken, und dann an der Hand der Erzieherin strahlend im neuen »Spieleland« verschwand, wie Gigi und Alois es nannten.

Wahrscheinlich glauben alle Eltern und Tanten, dass ihr Kind, ihr Neffe, ihre Nichte das beliebteste und gefragteste Kind im ganzen Etablissement sei. Ich bin aber sicher, dass es bei Ennio tatsächlich so war. Das lag an seiner offenen, freundlichen Art allen Fremden gegenüber – egal, ob Groß oder Klein – und an seinem Hang, besonders diejenigen zu integrieren, die gewöhnlich am Rand standen.

Wir Jochheims und Friesen liebten ihn sowieso bedingungslos.

Ennio begann schon früh, einen ganz speziellen, eigenen Willen zu entwickeln, was auch als Familientradition zu betrachten war.

Er hatte ungewöhnliche Vorlieben beim Essen (welches Kind außer ihm liebt schon eingelegte Oliven und verabscheut Fleisch?), beim Fernsehen (Favorit war die Merci-Schokoladen-Werbung) und auch bei Menschen.

Letzteres zeigte sich am deutlichsten an einem schicksalhaften Tag im September 1995.

Ennio war viereinhalb Jahre alt, redete wie ein weiser Papagei und konnte so schnell rennen, dass Gigi fest daran glaubte, dass er mich allemal, aber auch Alois schlagen würde, sobald er noch etwas längere Beine bekäme.

Großmutter und Opa hatten ihn an diesem besagten Tag aus dem Kindergarten abgeholt und wollten auf dem Heimweg in die Zimmerstraße noch ein paar Besorgungen machen.

Ich sollte vom Verlag aus bei ihnen vorbeikommen und den Kleinen mit zu Gigi und Alois nehmen.

Um kurz nach eins klingelte mein Telefon im Verlag.

»Der XYZ-Verlag, mein Name ist ...«

»Cornelia!«, schrie Großmutter so laut in den Hörer, dass ich ihn vor Schreck fast fallen ließ. »Du musst sofort herkommen!«

Ihre Stimme klang mehr als nur panisch.

Mein Herz gefror zu einem Eisblock.

»Was ist passiert?«, fragte ich.

Meine Kollegin, die mir am Schreibtisch gegenübersaß, blickte beunruhigt auf.

»Ennio ist weg!«, kreischte Großmutter. Im Hintergrund hörte ich Stimmengewirr. »Ich ruf jetzt die Polizei!«

»Halt! Warte! Wo seid ihr? Wieso ist er denn einfach weg?« Jetzt überschlug auch meine Stimme sich.

Großmutter sprudelte in knappen Sätzen heraus, was ich wissen musste.

Dann knallte ich den Hörer auf, hob ihn sofort wieder ab und rief die Taxizentrale an.

Ich raste den Gang entlang, riss Claudias Bürotür auf, erklärte atemlos, es sei ein Notfall, ich müsse sofort aufbrechen, und rannte weiter.

Dem armen Taxifahrer standen nach einer Viertelstunde bereits die Schweißperlen auf der Stirn.

Ich war sicher, dass ich meinen kleinen Bruder nie wiedersähe, wenn ich nicht möglichst rasch am Ort des Geschehens ankäme.

Zum ersten Mal seit damals trieb ich jemanden im Auto zur Eile an.

Ich sagte Sätze wie »Schneller, verdammt!« oder »Da ist eine Abkürzung! Ist mir egal, ob das eine Anliegerstraße ist! Fahren Sie!« Und je höher das Tempo, desto besser fühlte ich mich. Natürlich dachte ich an Unfälle. Natürlich dachte ich an Jenni. An Maya. An Leben und Lieben, die verloren waren. Ich war nass geschwitzt, weil ich an sie dachte. Aber ich wusste, wenn ich diese Prüfung nicht bestand, sähe ich Ennio nie wieder, das Kostbarste, das mir im Leben geblieben war.

Großmutters Gestammel hatte ich entnommen, dass sie auf dem Heimweg vom Kindergarten noch zum Schlachter rein wollte.

Da Ennio in der Metzgerei beim Anblick eines abgezogenen Kaninchens einmal einen Brüllanfall bekommen hatte, hatte Großmutter entschieden, ihn mit Opa zusammen draußen auf einer nahen Parkbank warten zu lassen.

Das Wochenende stand bevor, die Leute wollten ein letztes Mal grillen, die Schlange vor der Fleischtheke war entsprechend lang. Als Großmutter nach zwanzig Minuten den Laden wieder verließ, fand sie auf der Bank um die Ecke nur noch Opa vor. Von Ennio weit und breit keine Spur.

Sie hatte Opa so sehr in die Mangel genommen, dass er nun verängstigt und verstockt nur noch schwieg und sie aus ihm nicht herausbringen konnte, wohin Ennio verschwunden war. Und mit wem.

Das Einzige, was Großmutter von Opa erfahren hatte, war die Aussage, dass Ennio mit einem netten Mann mitgegangen war.

Und diese beiden Wörter »netter Mann« ließen mir das Blut in den Adern gefrieren.

Ich dachte an das Schlimmste. Ich versuchte, nicht an das Schlimmste zu denken. Ich schloss ein Abkommen mit Gott, an den ich doch nicht glaubte, dem ich aber trotzdem versprach, nie wieder eine Affäre anzufangen, wenn es mir nicht wirklich ernst war, die Patenschaft für mindestens ein Kind in Afrika zu übernehmen und auf seine Fingerzeige zu achten, falls ER für mich eine Karriere als mildtätige Sozialarbeiterin oder Ähnliches planen sollte. ER sollte mir im Gegenzug nur meinen kleinen Bruder zurückgeben, heil und gesund. Mehr wollte ich nicht.

Als wir in die Straße einbogen, sahen wir schon von weitem den Polizeiwagen und die Menschentraube, die sich um die Parkbank gebildet hatte.

»Da!«, sagte ich, und der Taxifahrer hielt mit quietschenden Reifen hinter dem Polizeiauto. Ich gab ihm ein saftiges Trinkgeld. Trotzdem las ich an seinem Gesicht ab, dass er hoffte, mich nie wieder chauffieren zu müssen.

Ich drängelte mich durch die versammelte Schar fremder Menschen und stand neben Großmutter, die wild auf einen jungen Beamten einredete, während der andere neben Opa auf der Bank saß und sich sichtlich bemühte, ihm gut zuzureden.

»Cornelia!«, rief Großmutter, als sie mich sah. Ihr Gesicht war kalkweiß, während sich auf ihren Wangen und der Stirn hektische rote Flecken zeigten.

»Sprich du mit ihm! Ich dreh ihm gleich den Hals um!«

Dass sie so etwas sagte, während fremde Ohren scheinbar teilnehmend, in Wahrheit jedoch sensationslüstern lauschten, machte mir klar, in welchem Zustand der Auflösung sie sich befand.

Ich ging zu Opa, nickte dem Beamten ein freundliches »Guten Tag, ich bin die Enkeltochter« zu und reichte Opa die Hand.

»Ich komm nicht mit da hin!«, sträubte sich der und verschränkte die Arme vor der Brust.

»Wohin kommst du nicht mit?«, wollte ich wissen.

»Aufs Polizeibüro«, murrte Opa.

»Ich versuch ihm die ganze Zeit klarzumachen, dass wir ihn gar nicht mitnehmen wollen«, erklärte der Beamte mir etwas überfordert.

»Niemand will dich zur Polizei bringen, Opa«, sagte ich. »Ich will mit dir nur ein Stückchen durch den Park spazieren gehen. Hier sind für meinen Geschmack zu viele Menschen, findest du nicht?«

Opa sah sich kurz um. Dann nickte er und stand mühsam auf. Der ganze Trubel schien ihm zugesetzt zu haben.

Als wir an der Parkbank vorbei über den Rasen gehen wollten, war plötzlich Großmutter neben uns.

»Du bleibst besser hier«, raunte ich ihr zu.

Sie öffnete protestierend den Mund, schloss ihn aber gleich wieder und drückte mir kurz mit zitternden, klammen Fingern die Hand.

Opa und ich spazierten davon.

»Nun erzähl mal«, sagte ich nach ein paar Metern. »Wie kam es denn, dass Ennio verschwunden ist?«

Zuerst glaubte ich, dass er auch mir nicht antworten wolle, doch dann räusperte er sich.

»Ich fühl mich schlecht«, sagte er leise zu mir. »Ennio wollte auf den Spielplatz. Aber meine Beine sind heute wie Wackelpudding. Ich hatte keine Lust.«

»Und dann?«

Opa zuckte die Achseln und sah verlegen aus.

»Und da ist dieser nette Mann vorbeigekommen, und der wollte mit Ennio zum Spielplatz gehen?«, half ich ihm weiter.

Ich hob kurz den Blick und spähte durch den Park. Doch der Spielplatz lag am anderen Ende und war von hier aus nicht zu sehen.

Opa nickte.

»Wie sah der Mann denn aus? Kannst du dich erinnern?«

»Groß. Mit so einem alten Mantel und mit einem Einkaufswagen.«

»Einem Einkaufswagen?«, wiederholte ich verwundert. Hier in der Nähe gab es keine Supermärkte. »Meinst du so einen Trolley, wie du auch einen hast, wenn du Besorgungen machst? Den blau karierten?«

»Nein, es war ein Einkaufswagen. Wie bei Edeka. Der war bis oben voll. Ennio durfte schieben helfen.«

In meinem Kopf überschlugen sich die Bilder.

Streifte ein irrer Kindesentführer durch die Stadt, der seinen Einkaufswagen mit Süßkram beladen hatte und kleine Jungen und Mädchen einsammelte wie der Rattenfänger von Hameln die Nagetiere?

In diesem Augenblick schwoll hinter uns an der Straße eine weibliche Stimme zu hysterischem Kreischen an.

Seit Ennios Geburt wusste ich, dass die sanfte, zarte Gigi auch zu so etwas fähig war.

Offenbar war meine Mutter soeben am Ort des Geschehens eingetroffen.

»Ich glaube, wir gehen besser zurück«, sagte ich und versuchte ein beruhigendes Lächeln, obwohl in meinem Magen ein Säurebecken brodelte.

Opa murmelte beschämt: »Er hat gesagt, er bringt ihn gleich wieder zurück. Nur dreimal rutschen.«

Wir wandten uns um, und ich joggte rasch zu der Gruppe von Wartenden zurück.

Gigi bemerkte mich erst gar nicht. Sie war vollauf damit beschäftigt, Großmutter anzuschreien. Ihre Stimme war dabei so hoch und schrill, dass ich nur Bruchteile verstand. Worte wie »verantwortungslos«, »altersdebil« und »kinderuntauglich« konnte ich heraushören und war froh, dass mir der Rest erspart blieb.

Ich musste sie am Arm fassen, damit sie mich bemerkte.

»Opa sagt, er ist mit dem Mann zum Spielplatz gegangen.« An den Polizeibeamten gewandt: »Es muss ein großer Mann mit einem Einkaufswagen und einem alten Mantel sein.«

Gigi sah den Polizisten mit tellergroßen Augen an.

»Kommen Sie!«, sagte der knapp und hielt ihr die hintere Tür des Einsatzwagens auf.

»An allen großen Unglücken meines Lebens warst bisher du schuld!«, fauchte Gigi Großmutter an, die unter diesem Satz zusammenzuckte, als hätte ihre Tochter nach ihr geschlagen. Dann stieg Gigi ein und knallte die Tür zu.

Der Wagen startete, und sie fuhren los. Der Polizeiwagen holperte über die Bürgersteigkante und den Rasen bis zum Parkweg und bretterte dann auf dem asphaltierten Weg davon.

Großmutter starrte dem Wagen wie hypnotisiert nach.

»Das kann der Johann gewesen sein«, meldete sich da eine Stimme aus der Menge hinter uns. Es war eine der Verkäuferinnen aus dem Metzgerladen.

»Wie?«, fragte ich.

»Der Johann. Das ist ein Obdachloser, der fast jeden Tag hier vorbeikommt. Oft fragt er nach Wurstabfällen und so. Wir dürfen das ja eigentlich nicht, aber ...« Die Frau verstummte.

Großmutter und ich sahen uns an.

Was tat ein Obdachloser mit einem kleinen Jungen?

Rutschen, um genau zu sein.

Gigi und die beiden Polizisten fanden Ennio quietschvergnügt oben auf der höchsten Plattform, von der aus er der heulenden Gigi geradewegs in die Arme sauste.

Johann zeigte sich, auch in seinem alkoholisierten Zustand, höchst verlegen. Es war ihm nicht gelungen, den willensstarken, rutschbegeisterten Zwerg davon zu überzeugen, dass nach drei Partien das Fest auf dem Spielplatz zu Ende sein sollte.

Ennio hatte immer wieder eine neue Runde rausgeschlagen, bis selbst dem benebelten Stadtstreicher klar sein musste, dass die mit Opa vereinbarte Zeit längst um war.

Gigi schimpfte und lachte abwechselnd.

Die Polizeibeamten waren etwas ratlos.

Ennio war zunächst beschämt und dann besorgt, da Gigi ihm klarmachte, dass sein heiß geliebter Opa wegen seiner Rutschsucht eine gehörige Standpauke erhalten hatte.

Die Aufregung legte sich auch dann noch nicht, als wir endlich alle – einschließlich Alois, der gemeinsam mit dem zurückkehrenden Polizeiwagen bei uns eintraf – in der Zimmerstraße einfielen, um das gerade Erlebte zu verdauen.

»Niemals! Niemals gehst du mit Fremden mit!«, schärfte Gigi ihrem Sohn gerade zum zwanzigstens Mal ein. »Wie oft hab ich dir das schon gesagt?«

»Aber Johann ist doch kein Fremder«, trotzte Ennio. »Ich treffe ihn ständig. Und Kerstin kennt ihn auch.« Kerstin war seine Gruppenleiterin im Kindergarten.

Gigi dreht sich empört zu Alois um. »Hast du das gehört? Wir müssen unbedingt mit ihr sprechen. Sie kann doch den Kindern keine Landstreicher vorstellen!«

»Ich finde es gar nicht schlecht, wenn sie von klein auf lernen, dass es so etwas gibt«, wagte Alois zu entgegnen.

Gigi plusterte sich auf und ging dann wieder auf Großmutter los.

»Wie konntest du nur Ennio und Papa allein da draußen lassen? Dass ausgerechnet dir das passiert, wo du doch immer so tust, als sei bei dir alles hundertprozentig korrekt!«

Großmutter schnaubte. »So ein Unsinn! Das war doch bisher auch kein Problem. Was weiß ich, was ihm heute in den Kopf gefahren ist?« Sie wandte sich an Opa und fuhr ihn an: »Was hast du dir nur dabei gedacht, Herbert?«

»Lass ihn in Ruhe!«, sagte ich. »Er zittert ja schon. Hey, keine Sorge. Wir sind nur alle furchtbar aufgeregt, weißt du. Es ist ja nichts passiert!« Ich legte den Arm um Opa und wäre fast zurückgeschreckt.

»Gigi, hol mal bitte das Fieberthermometer«, bat ich möglichst ruhig, um ihn nicht noch mehr zu beunruhigen. »Ich glaube, er hat vor lauter Aufregung Fieber bekommen.«

Von diesem Tag an schien es so, als würde Opa nicht wieder richtig gesund werden.

Das hohe Fieber brachte ihm zwei Wochen strenge Bettruhe ein. Als er dann wieder aufstand, war er klapperdürr geworden und lief mit den schlurfenden Schritten alter Männer umher, die selbst mir klarmachten, dass er nicht mehr mein lustiger Kumpel, sondern ein betagter Mensch war.

Wir gingen nur noch selten spazieren. Und oft, wenn ich ihn ansah, überkam mich eine melancholische Traurigkeit. Er wirkte so zerbrechlich.

Ich erinnerte mich daran, was ich Gott versprochen hatte für den Fall, dass er sich um Ennios unbeschadete Rückkehr kümmerte.

Daher nahm die Zahl meiner Affären rapide ab.

Zuerst dachte ich, es werde mir schwerfallen, denn mittlerweile war das »Ausziehen zum Fang« – wie Summer es nannte – für mich zu einem Hobby geworden. Doch dann stellte ich fest, dass meine selbstauferlegte Askese in diesem Bereich eine Erleichterung bewirkte.

Also hielt ich die Augen offen nach etwas, das ER vielleicht für mich geplant haben mochte. Aber ich wusste nicht recht, woran ich mich orientieren sollte.

Wollte ER von mir etwas, das mir wehtat?

Wollte ER Opfer von mir?

Nein, das konnte nicht sein. Ich war nie dem Glauben verfallen, dass Gott einer sei, der gerne sieht, wenn jemand leidet. Das ursprüngliche Christentum bedeutete für mich im schlichtesten und daher schönsten Sinne: Nächstenliebe.

Daher vermutete ich, es sei das Beste, wenn ich versuchte, mich selbst und meine Mitmenschen möglichst glücklich zu machen. Nicht auf flüchtige, konsumorientierte, sondern auf eine tiefgreifende, ruhige Art und Weise.

Ich verbrachte viel Zeit mit Ennio. Ich hielt die Werte der Familie und Freundschaft hoch, ich war immer da für die Menschen, die mir etwas bedeuteten.

Summer sprach manchmal von meinem »Heiligenschein«, wenn sie mich aufziehen wollte. Aber ich glaube, im Grunde bewunderte sie mich sogar ein bisschen dafür, dass ich versuchte, möglichst gut zu sein.

Dieser leicht selige Zustand hielt eine ganze Weile an.

Erst zwei Jahre später, einige Wochen nach Ennios Einschulung, schien er sein Haltbarkeitsdatum überschritten zu haben.

An einem Samstagnachmittag war ich zum Quatschen zu Summer gegangen, und wir saßen auf ihrem winzigen Balkon, tranken alkoholfreie Cocktails, für die wir beide schwärmten, und beobachteten die Kinder, die aus dem spartanisch ausgestatteten Spielplatz im Innenhof das Bestmögliche machten.

»Wie geht's eigentlich so mit Tatjana und dir?«, fragte ich irgendwann. »Du hast schon lange nichts mehr von ihr erzählt.«

Summer seufzte.

»Ich glaube, ich muss mal mit ihr reden«, sagte sie dann versonnen. Das hieß, sie überlegte ernsthaft, die Beziehung zu beenden.

Ich wusste, dass sie unzufrieden war.

Seit Tatjana ihre Ausbildung beendet hatte, konzentrierte sie sich zu stark auf Summer. Was der sicherste Weg war, um ihre Freundin in die Flucht zu schlagen. Zu viel Nähe könnten Leute mit ihrer Krankheit nicht ertragen, behauptete Summer immer und versteckte ihre einsetzende Langeweile hinter der allseits bekannten Diagnose.

»Vielleicht müsst ihr mal wieder zusammen wegfahren«, schlug ich halbherzig vor.

Tatjana war nett. Aber im Grunde war sie mir ziemlich gleichgültig.

»Das habe ich auch überlegt, aber …«

In diesem Augenblick klingelte es an der Tür.

Summer sah mich vielsagend an und stand auf.

Niemals hatte sie einer anderen als mir den Schlüssel zu ihrer Wohnung anvertraut. Auch Tatjana in den sieben Jahren ihrer lockeren Beziehung nicht.

Ich hörte die Stimmen der beiden im Flur.

Summer klang laut und betont heiter.

Sie kamen in den Wohnraum. Tatjana wirkte extrem aufgeregt. Ihre Stimme überschlug sich fast.

Mehrmals versuchte Summer, sie zu unterbrechen, ihren Redefluss aufzuhalten. Offenbar um sie darauf hinzuweisen, dass sie nicht allein waren, sondern dass ich auf dem Balkon saß und zumindest theoretisch mithören konnte. Wenn Tatjana weiter in dieser Lautstärke sprach, natürlich auch praktisch.

Ich musste schmunzeln.

Doch dann fielen ein paar Worte, die mir das heimliche kleine Lächeln wie mit Schmirgelpapier aus dem Gesicht wischten.

»Warum hast du mir nie gesagt, dass es dabei um diese Jenni ging?«, fauchte Tatjana gerade.

Ich zuckte zusammen vor körperlichem Schmerz, den diese überraschende Frage in mir auslöste.

Jenni.

Summer seufzte, und ich sah durch die Balkontür, wie sie die Hände rang. »Du hast nicht gefragt. Und du wärst befangen gewesen. Deswegen habe ich ...«

»Befangen?«, lachte Tatjana verächtlich. »Tu doch nicht so, als hättest du dabei auch nur eine Sekunde lang an mich gedacht! Dir ging es doch immer nur darum, dass ich nichts von Davids großem Geheimnis erfahre!«

»So ein Unsinn!«, versuchte Summer sie zu beruhigen. »Ich wollte doch nur ...«

»Du brauchst dich jetzt nicht zu rechtfertigen!«, fuhr Tatjana sie an. »Ich weiß, dass David dir näher steht, als ich es je könnte. Meinst du, ich bin blöd, oder was? Ich hab das immer hingenommen. Hab nie was gesagt. Aber wenn ich wegen deiner dussligen Loyalität ihr gegenüber vor meinen eigenen Leuten dumm dastehe, dann hört's auf! Verstehst du? Wenn du es mir gesagt hättest, hätte ich wenigstens Bescheid gewusst und mich heute nicht bis auf die Knochen blamiert. Wir sind seit sieben Jahren zusammen! Sieben Jahre! Wie steh ich jetzt da vor Maya und den anderen? Was für einen Eindruck macht unsere tolle Beziehung jetzt vor meinen Kollegen? Was meinst du, wie Maya geguckt hat, als Davids Name fiel?«

Eine kleine Pause entstand.

Offenbar ging Tatjana die Luft aus.

»Wie hat sie denn geguckt?«, fragte Summer dann nach. Ich wusste, dass sie an mich dachte, wie ich hier saß und ihnen zuhörte.

Tatjana lachte kurz und bitter auf. »Ich dachte, sie fällt gleich in Ohnmacht. Bis ich endlich kapiert habe, wieso sie so erschrocken ist! Boah, ich hab mich so dämlich gefühlt. So dumm. So desinformiert. Du hast es doch die ganze Zeit gewusst, oder? Von Anfang an wusstest du, dass Maya diese Maya ist, nicht? Die Maya, deren Freundin Jenni von David totgefahren wurde, oder?«

Summer schwieg.

»Ich würde es nicht so ausdrücken«, antwortete sie schließlich. »Und David wohl auch nicht.« Mein Herz zog sich krampfhaft zusammen vor Dankbarkeit, als ich das hörte.

Tatjana rümpfte die Nase. »Aber es ist eine Tatsache. Das Gericht hat sie verurteilt. Sie war schuld an dem Unfall, bei dem Jenni starb.«

Diesmal war ich darauf vorbereitet. Dennoch schmerzte es, die beiden Silben aus Tatjanas Mund zu hören.

Dies war mein neues Leben, meine zweite Chance. Doch offenbar konnte ich auch hier nicht entkommen.

Meine eigene Dummheit und der Tod hatten mich untrennbar mit einem Menschen verbunden, den ich kaum gekannt hatte.

Ihr Name sollte mich begleiten wie eine zweite Haut, die auf ewig in Flammen stand.

Jenni.

Im Zimmer ließ sich Tatjana aufs Sofa plumpsen.

Sie war alles losgeworden, was sie Summer hatte an den Kopf werfen wollen.

In der Luft hing nun alles, was nicht ausgesprochen worden war.

Es waberte aus der halb geöffneten Balkontür an mir vorüber und stahl sich über die Brüstung in den hellen Nachmittag. Ich ließ es ziehen. Das hatte nichts mit mir zu tun. Es lag so vieles darin, was nur die beiden miteinander klären konnten.

Gerade wollte ich mich erheben, um hineinzugehen und Tatjana aus ihrer Unwissenheit über mein Hiersein zu erlösen, als ich sie mit leiser Stimme sagen hörte: »Und weißt du, was das Schlimmste war? Als die anderen fort waren und wir allein noch mal sprachen ... als sie von damals erzählte ... da wurde mir plötzlich so vieles klar. Mir wurde zum ersten Mal richtig bewusst, was ich vermisse, bei dir vermisse, Summer.«

Stille.

»Wie sie von David sprach, von der Zeit damals, von dieser Liebe ... das muss echt der Hammer gewesen sein. Ich meine, sie waren natürlich noch ziemlich jung und so. Da geht man doch alles noch viel idealistischer an. Aber trotzdem. Ich ... ich habe sie richtig beneidet.«

Warum gab es so wenig Luft, so wenig Sauerstoff hier draußen? Ich musste den Mund weit öffnen, um nicht zu ersticken.

Dann hörte ich Summers Stimme, die kühl und unsentimental klang im Gegensatz zu Tatjanas emotionalem Ausbruch. »Und was sagt ihr Freund dazu, dass sie derartig von einer anderen Frau schwärmt?«

»Sie hat keinen Freund«, antwortete Tatjana verwundert.

»Ach. Nicht mehr?«

»Einen festen eigentlich noch nie.«

»Da haben wir was anderes gehört.« Summers Eisigkeit bekam deutliche Risse.

Tatjana spürte es bestimmt auch. »Was immer David und du gehört haben, stimmt aber nicht. Sie hat 'ne Weile ziemlich viel wechselnde Freunde gehabt. Aber seit zwei, drei Jahren gar nichts mehr. So ist das«, erklärte sie. Und dann nichts mehr.

Ich sah auf meine Hände. Sie waren derart um die Stuhllehne gekrampft, dass die Knöchel weiß hervortraten.

Es bedurfte einer ganz bewussten Handlung, um sie sanft vom Holz zu lösen.

Ich stand leise auf.

Als ich durch die große Scheibe des Fensters spähte, sah ich sehr weit links Summer an ihrem Bücherregal lehnen.

Von Tatjana waren nur die ausgestreckten Füße zu erkennen, die in Sandalen steckten.

Also wandte ich mich um und beugte mich über das Geländer.

Summer wohnte im Hochparterre. Vorsichtig schwang ich das erste Bein über die Brüstung und hoffte, dass nicht irgendein Nachbar mich beobachtete. Das zweite Bein. Ich schätzte kurz den Abstand zum Boden und ließ mich fallen.

Heil unten angekommen, sah ich mich nicht einmal um. Ich klopfte ein bisschen Blumenerde von meinen Jeans, um die ich Summers Geranien erleichtert hatte, und lief los.

An diesem Abend ging ich zum ersten Mal nach langer Zeit wieder mal in die Szene und erwachte am Morgen neben einer hübschen braunhaarigen Frau, an deren Namen ich mich nicht erinnern konnte.

Ich schlich ins Bad, setzte mich aufs Klo und hielt mir den Kopf.

Mir war klar, dass ich meinen Deal mit Gott gebrochen hatte.

Aber irgendwie wurde ich das Gefühl nicht los, dass er sich mir gegenüber auch nicht unbedingt fair verhalten hatte.

Warum war alles noch da?

Ich rechnete mit den Fingern, weil mein Kopf zu schwer dafür war, und stellte fest, dass es sechs Jahre her war, dass ich Maya das letzte Mal gesehen hatte.

Und neun Jahre waren vergangen seit dem Unfall. Neun Jahre.

Das war eine lange Zeit.

In dieser Zeit war viel geschehen.

Ich hatte das Rauchen angefangen und wieder aufgehört.

Ich war durch Südengland gereist, hatte Urlaub in Spanien, Frankreich, Holland und auf Kreta gemacht.

Die Mauer war gefallen.

Aus Raider war Twix geworden.

Wichtiges und Nichtiges.

Neun Jahre hatten mich älter und – hoffentlich – auch reifer gemacht. Sie hatten sich in mein Gesicht geschrieben und waren auf meinem Körper, meiner Haut, in meinen Augen zu lesen.

Ich hatte Dutzende von Mündern geküsst, aber keine tiefere Berührung zugelassen. Alle diese Lippen vermochten jene eine, tiefe, erste Spur nicht zu verwischen.

Ich stand auf, betätigte die Spülung und wusch mir Hände und Gesicht mit kaltem Wasser.

Als ich in den Spiegel sah, wirkten meine Augen riesig groß. Sie waren dunkel und unergründlich, ein Rätsel für die meisten, die hineinblickten.

Vielleicht, sagte ich mir, vielleicht wäre es längst zu Ende, wenn es weitergangen wäre.

Natürlich. Wir wären noch eine ganze Weile verliebt gewesen. Dazu war das Fieber einfach zu heftig gewesen, als dass es rasch abgeklungen wäre.

Aber mit der Zeit – neun Jahre sind immerhin eine lange Strecke Zeit – wäre das womöglich auch zwischen uns geschehen. Das, was wohl allen passiert.

Wie könnte denn eine Liebe bestehen, die im pubertären Alter von siebzehn Jahren erblühte?

Ich dachte an Maya in einer Polizeiuniform. Eine Farce. Ein Comic.

Wahrscheinlich hätten wir uns auseinandergelebt. Wir hätten es zunächst nicht einmal bemerkt, so vertraut wäre der Umgang miteinander gewesen. Doch die Langeweile zusammen mit dem Befremden hätte sich durch unser »Gemeinsam« gefressen. Wir hätten nicht aufhalten können, was dann geschehen wäre: eine schöne Fremde. Ein Augenblicksblinken. Die Verheißung des Neuen und Unbekannten.

Und schon wäre es vorüber gewesen mit uns.

Unsere Freunde hätten bedauernd bemerkt: »Wir dachten, das mit euch, das hält.« Während wir solche Sprüche nicht mehr hätten hören können.

Was wäre dann gewesen, wenn alles so gekommen wäre?

Womöglich stünde ich dann hier, in meinem eigenen Bad, an meinem eigenen Waschbecken, während drüben im Bett eine Fremde schlummerte, und würde mich im Spiegel anstarren.

»Natürlich!«, sagte ich zu mir und nickte bekräftigend. »Natürlich wäre es so gekommen.«

Worüber sollte ich mich eigentlich beklagen?

Worüber sollte Gott sich beklagen?

Ich war nur da, wo ich sowieso gelandet wäre. Egal, ob mit oder ohne Unfall. Egal, ob mit oder ohne Maya.

Das Geräusch von nackten Füßen auf den Holzdielen schreckte mich auf, und ich blickte zur Seite.

»Morgen«, lächelte die braunhaarige junge Frau zerknautscht. Sie sah zaghaft aus. Unsicher, was als Nächstes zu tun sei.

Vielleicht war sie noch nicht oft in der Wohnung einer fremden Frau aufgewacht. Ich schätzte sie auf ein paar Jahre jünger als mich selbst.

»Was war das für ein Höllenzeug, das du mir da heut Nacht ausgegeben hast?«, fragte sie schließlich, als ich schwieg. Diese schlichte Frage mit ihrem Alltäglichkeitscharakter löste meine Zunge vom Gaumen. »Guten Morgen. Ehrlich gesagt weiß ich das auch nicht mehr so genau. Cocktails, oder?«

Sie nickte kurz und hielt sich den Kopf.

»Cocktails«, wiederholte sie mit gequältem Gesichtsausdruck und sah mich daraufhin zögernd an.

»Ja?«, fragte ich.

»Ist das richtig, dass du … du heißt wirklich … David?«

Ich erinnerte mich plötzlich daran, wie sie einen Kaugummi aufgeblasen hatte. Es war eine große rosafarbene Blase geworden. Diese kindliche Geste hatte mich gerührt.

Jetzt nickte ich. »Getauft bin ich natürlich auf einen anderen Namen. Ich erzähl dir gern die Geschichte, wie ich zu meinem Spitznamen gekommen bin. Aber erst musst du mir noch mal sagen, wie du … ?«

Sie sah mich groß an.

»Nina«, sagte sie.

Dann mussten wir beide lachen.

Nina blieb.

Ich hätte nicht sagen können, wieso sie und nicht irgendeine andere vor ihr. Vielleicht hoffte ich, mein Versprechen Gott gegenüber doch noch halten zu können. Denn schließlich verband Nina und mich mehr als nur eine Affäre.

Ich lernte ihre Eltern kennen und nahm sie mit zu Gigi und Alois.

Ennio mochte sie sofort, so wie er von jedem begeistert war. Er liebte die Menschen derart grundsätzlich, dass Summer einmal behauptete, sie halte ihn für den reinkarnierten Jesus.

»Wenn das, was dein kleiner Bruder da praktiziert, nicht christliche Nächstenliebe ist, dann weiß ich nicht, was das sonst sein sollte«, stellte sie fest.

Gigi hingegen ertappte ich immer wieder mal bei einem Blick auf Nina, der mir nicht angenehm war. Sie sah nicht skeptisch oder misstrauisch aus, nein, das ganz sicher nicht. Nur ein wenig verwundert. Das reichte, um mir zu verraten, was sie dachte.

Nina und ich waren drei Monate zusammen, als sie mich fragte, ob ich mit ihr zusammen einen Hund anschaffen wolle.

Wir lagen träge auf meinem Bett und genossen ganz nebenbei das Gefühl, das uns summend durchdringt, wenn wir mit der Hand nackte Haut streicheln.

»Einen Hund?«, antwortete ich langsam. »Das ist ... na ja, ist das nicht ein bisschen viel Verantwortung? Ich meine, ich habe mich bisher immer vor Haustieren gedrückt. Wahrscheinlich könnte ich leicht mal vergessen, mit ihm rauszugehen oder ihn zu füttern. Das wäre doch eine echte Katastrophe für das Tier, findest du nicht?«

Ich kitzelte sie an der Seite, und sie kicherte.

»Ach, komm schon, David!«, schmollte sie. »Er kann ja auch weniger als zur Hälfte deiner sein. Und ich will mir schon lange einen anschaffen. Ich dachte da an einen aus dem Tierheim. Mehr Fell als Hund, weißt du? Es wäre einfach toll für mich, wenn ich wüsste, dass du es mittragen würdest. Schließlich beschränkt einen so ein Tier auch mal in der Spontaneität. Wir könnten nicht einfach für ein Wochenende nach London fliegen oder so.«

Ich grinste. »Wenn es nicht mehr ist. Ich bin sowieso nicht besonders spontan. Da mach ich natürlich mit.«

»Oh, cool!« Sie schlang mir die Arme um den Hals und küsste mich.

Das Telefon klingelte.

Ich wand mich lachend aus Ninas Umarmung und hob ab.

»David, kannst du nach Hause kommen?« Gigis Stimme war ganz dünn.

Diese Faust, die ich inzwischen so gut kannte, fuhr aus der verbrauchten Luft im Raum, mitten aus Ninas leisem Gekicher hervor und traf mich an der Brust. Zielgenau. Klamm, aber hart wie Stahl umschloss sie mein Herz mit ihrem schraubstockartigen Griff.

»Was ist geschehen?«, fragte ich mit trockenem Mund.

»Opa stirbt«, antwortete sie.

Nina hatte angeboten, mich zu begleiten. Sie war sehr mitfühlend und liebevoll. Doch ich lehnte ab.

»Da wird nur Familie rumschwirren. Und engste Freunde der Familie. Du würdest dich nur unwohl fühlen, wie das fünfte Rad am Wagen«, wehrte ich ab. Und fuhr allein.

In Wahrheit wollte ich sie nicht bei mir haben. Ich fand, dass es Angelegenheiten gab, die ich nur allein erledigen konnte. Oder mit Menschen, die ... ich liebte.

Gigi öffnete mir mit rot geweinten Augen die Tür. Im Hintergrund des Flurs wechselte gerade Alois mit dem Telefon am Ohr vom Wohnzimmer in die Küche. Er sah zu mir her, hob die Hand zum Gruß. Der kurze Moment reichte, um zu erkennen, dass er froh war um alles, was er tun konnte. Ennio steckte natürlich in der Schule.

Großmutter kam leise aus dem Schlafzimmer, streckte die Hand aus und legte sie mir an die Wange.

»Was ist denn passiert?«, fragte ich flüsternd, während ich meine Jacke an die Garderobe hängte.

Gigis Unterlippe zitterte.

Sie zuckte mit den Achseln, und ihre Augen schwammen in Tränen.

»Er ist alt«, sagte Großmutter schlicht. Ihre Hand hatte sich rau und trocken angefühlt.

»Wollen wir nicht doch den Krankenwagen rufen?«, fragte Gigi ängstlich.

»Nein!«, antwortete Großmutter entschieden. »Du weißt, was Dr. Weber gesagt hat. Du willst Herbert doch nicht dieser Maschinerie aussetzen, wenn sie ihm sowieso nicht mehr helfen können, oder?« Dann wandte sie sich an mich. »Komm, vielleicht erkennt er dich noch.«

Panik schwappte mir in Wellen um die Füße.

Die Füße, die mechanisch meiner Großmutter in den Raum folgten, aus dem sie gerade gekommen war.

Ich musste tief Luft holen.

Die Vorhänge waren zugezogen. Es war dunkel und stickig hier drinnen. Opas Alter-Mann-Geruch mischte sich mit dem von Medizin und geschluchzten Tränen.

Ich trat ans Bett.

Opa lag dort dünn wie ein kleiner Junge unter der Decke. Sein Gesicht wirkte blass und faltig.

Sein Blick war starr an die Decke gerichtet, und eine furchtbare Sekunde lang glaubte ich, ich sei zu spät gekommen. Doch dann bewegten sich seine Lider.

»Schau mal, Herbert, wer hier ist«, sagte Großmutter und klopfte zart auf die Bettdecke.

Opa drehte den Kopf in unsere Richtung. Doch offenbar gehorchten ihm die Augen nicht mehr richtig. Sein Blick irrte umher. Seine Stirn runzelte sich vor Verwirrung.

»Cornelia ist hier. Siehst du«, sagte Großmutter laut und deutlich.

Ich stand da wie aus Stein.

Starrte auf ihn hinunter.

Mein Spielkamerad aus Kindertagen. Mein Waldfreund. Lehrer und Schüler in einem.

So klein und zerbrechlich mit einem Mal.

»Erkennst du Cornelia nicht, Herbert?«, fragte Großmutter, diesmal noch etwas lauter.

»Er ist doch nicht schwerhörig«, sagte Gigi hinter uns. Ich hatte gar nicht bemerkt, dass sie hereingekommen war.

»Nein, aber er kann schlecht sehen«, murmelte ich und trat hinüber zum Fenster. Ich zog die Vorhänge auf, räumte die Topfblume von der Fensterbank und öffnete das Fenster.

Fast erwartete ich, dass Großmutter protestieren würde. Aber sie sagte kein Wort.

Von draußen drang frische Luft herein. Der November war warm und sonnig. Im Baum vor dem Haus saß ein Vogel und sang.

Mit wenigen Schritten war ich wieder am Bett.

Opa mühte sich furchtbar ab, bis Großmutter die Bettdecke lüftete und er die Hände herausziehen und auf die Decke legen konnte.

Seine Kraft reichte nicht aus, um den Arm auszustrecken, doch er sah mit weit geöffneten Augen hinüber zum Fenster, atmete tief ein und aus. Seine Finger bewegten sich wie zu einer kleinen Klavierübung.

»Er erkennt sie nicht«, flüsterte Gigi tonlos und mit tränenerstickter Stimme hinter mir.

Ich verschmähte den Stuhl, den Großmutter mir hinschob, und kniete mich ans Bett, nahm Opas Hand.

Wie oft hatte ich als kleines Kind auf seinem Schoß gesessen. Hatte ihm die dünnen Arme um den Hals geschlungen. Wie viele Male hatten wir miteinander gespielt, die ungebremste Freude und das innige Glück erlebt, das nicht viele Erwachsene mit Kindern teilen können.

Er war so sehr ein Teil von mir, dass er unmöglich gehen konnte. Ich wusste, dass ich ihn niemals verlieren würde. Solange ich mich nur erinnerte.

»Rotbuchen sind nicht rot. Weder ihr Stamm noch ihre Blätter«, sagte ich plötzlich. »Wenn man eine Buche sieht, die dunkelrotes Laub trägt, dann ist es eine Blutbuche.«

Da wandte er sehr langsam den Blick vom Fenster und sah mir ins Gesicht.

Er lächelte.

Und ich wusste, dass er mich sehr wohl erkannt hatte. Mehr, als es irgendjemand je vermocht hatte.

Opa starb in der Nacht um halb fünf.

Wir waren alle bei ihm. Auch Onkel Patrick und Onkel Christian.

Es war ein ruhiger und bewusster Abschied. Ich ließ mich in die Stille fallen, ohne zu wissen, dass ich sie fortan lange würde suchen müssen.

All das, was nach dem Tod eines Familienangehörigen zu tun war, war mir fremd. Wir hatten noch niemanden auf diese Weise verloren.

Es verwunderte mich, wie viele Anrufe zu erledigen, Entscheidungen zu fällen, Diskussionen zu führen waren, wer sich alles meldete, wie viele Trauerkarten, Blumen und sonstige Beileidsbekundungen uns erreichten.

Henning kam gleich am nächsten Tag, kondolierte Großmutter sehr artig und konnte sich, als er Gigi umarmte, die Tränen nicht verkneifen.

Als der Pastor zu Besuch kam, verdrückten wir zwei uns aus der Wohnung und schlenderten nebeneinander hinüber in den Wald hinter dem Haus.

»Gibt's was Neues?«, wollte ich wissen. Mein alter Freund kam mir irgendwie verändert vor.

»Meike ist schwanger«, antwortete er und kickte einen Stein den Weg entlang. Eine Geste, die mich an den Zwölfjährigen von damals erinnerte.

»Oh.« Mehr konnte ich dazu nicht sagen. Gerade war der Tod wieder so präsent in meinem Leben. Wie konnte es da so etwas wie Schwangerschaft oder Geburt geben? Wie konnte es überhaupt irgendetwas anderes geben?

Henning sah mich von der Seite an.

»Du sagst ja gar nichts«, bemerkte er verwundert. Seine Augen waren von vielen kleinen Falten umgeben, als müsse er ein Grinsen unterdrücken.

Ich stieß die Luft aus.

»Na ja, was sagt man denn zu so was? Herzlichen Glückwunsch, oder?!«

Er hüstelte.

»Das klingt ja nicht sehr euphorisch. Ich wollte dich eigentlich fragen, ob du Taufpatin werden willst.«

Taufpatin. Ich spürte nichts außer einer kleinen Verwunderung.

»Was ist jetzt mit deinen Plänen?«, fragte ich.

Henning guckte verwirrt.

»Entwicklungshilfe«, sang ich. Dass er nicht gleich von selbst draufkam, sagte doch alles. »Du hattest doch ziemlich weitreichende Pläne, wenn ich mich recht erinnere. Und zwar über Jahre hinweg. Was wird denn aus denen, wenn du jetzt eine Familie gründest?«

Wir schlugen einen Weg ein, den ich mit Opa oft gegangen war. Er führte zur Pferdekoppel, wo der alte Pronto schon lange nicht mehr auf unsere Brotspende wartete, sondern andere, mir unbekannte Pferde weideten.

Henning steuerte die Bank an, die dort schon seit Jahrzehnten stand und mittlerweile recht hinfällig wirkte.

Mein Freund wirkte nachdenklich. »Meine Pläne, ja, das waren Wünsche und Träume, die ich einfach brauchte, um erwachsen zu werden, um ein Ziel zu haben.«

Ich wartete. Aber mehr kam nicht.

War das sein Ernst? Wollte er es dabei belassen? Dass seine in leuchtenden Farben ausgemalte Zukunft zusammenschrumpfte zu einem verdorrten, unerreichbaren Traum?

»Aber du hast dein Ziel nicht erreicht«, sagte ich provokant.

Henning sah mich seltsam an. »Das ist auch nicht immer der Sinn eines Ziels.«

»So ein Unsinn«, blökte ich. »Du wolltest etwas erreichen in deinem Leben. Soll das jetzt plötzlich nichts mehr wert sein?«

Hennings Augen funkelten für einen Moment. Fast dachte ich, er würde mich anschreien. Doch dann beherrschte er sich doch.

Er atmete ein paarmal tief ein und wieder aus.

Dann setzte er sich auf die Bank und klopfte mit der Hand auf den Platz neben sich.

Ich zögerte. Setzte mich.

»Vielleicht solltest du Maya mal besuchen«, sagte er.

Ich erschrak bis ins Innerste. In mir verkrampfte sich alles. Wir schauten beide starr geradeaus auf den Koppelzaun.

»Was hat Maya mit deiner Entwicklungshilfe zu tun?«, wagte ich nach einer Minute erstarrter Stille zu fragen.

»Alles«, erwiderte er. »Denn sieh mal: Mein Wunsch, so was zu tun, kam doch nur daher, weil ich anderen so gern helfen wollte. Ich wollte im übertragenen Sinn ein Vater sein, und zwar ein guter Vater. Einer, der sich kümmert, der da ist, der Verständnis hat und der seine Kinder liebt.«

Er brauchte nicht hinzuzufügen, dass er sich früher einen solchen Vater selbst gewünscht hatte.

»Das werde ich jetzt haben. Ich werde dieser Vater sein. Wenn wir Glück haben, klappt es noch mit einem zweiten Kind. Meike hätte es gerne. Und mir können es ehrlich gesagt gar nicht genug Kinder sein. Kannst du dir vorstellen, dass so ein kleiner Wicht zu mir ›Papa‹ sagt? Zu deinem alten Kumpel Henning?«

Nun musste ich doch kurz lächeln, als er mich mit einer Kleinkindgrimasse ansah.

In mir regte sich etwas, das ich ihm gegenüber noch nie empfunden hatte. Es fühlte sich an wie Neid.

»Jetzt weiß ich immer noch nicht, was das alles mit Maya zu tun hat«, brummelte ich dann.

Henning ließ Luft ab.

»Wenn du das wirklich nicht weißt, dann kann ich dir nicht helfen.«

Ich wusste es wirklich nicht.

Die Beerdigung jagte mir eine furchtbare Angst ein.

Ich war bisher nur ein einziges Mal auf einer Beerdigung gewesen. Und die war in meiner Erinnerung manifestiert als die leibhaftige Hölle. Die Bilder, die ich davon vor meinem inneren Auge sah, wirkten wie das Negativ eines Films. Es war dunkel. Nicht samten oder sternenklar dunkel wie die Nacht, sondern so dunkel, als gäbe es niemals wieder einen einzigen Sonnenstrahl. Nie wieder einen winzigen Funken Freude. Und nie wieder Hoffnung.

Ich hatte mir irgendwann geschworen, dass ich mich nicht noch einmal so fühlen wollte wie damals. Aber natürlich kam es nicht infrage, dass ich an Opas Beerdigung nicht teilnahm.

Letztendlich überraschte es mich, wie befreiend die Totenfeier dann tatsächlich war.

Es war keine riesige Beerdigung, aber es kamen doch so viele Leute, dass nicht alle in der kleinen Kapelle Platz fanden und einige während der Messe draußen stehen und frieren mussten.

Ich empfand es als tröstlich, dass uns so viele Menschen beistehen und von Opa Abschied nehmen wollten. Das Singen der Kirchenlieder. Die innig gemurmelten Gebete. Alles war so ernst und festlich, der letzten Feier für diesen wichtigen Menschen angemessen.

Die Tränen flossen bei uns allen. Doch sie wärmten und taten wohl. Es hatte nichts gemein mit dem gelähmten Entsetzen von damals.

Am Grab standen wir noch eine ganze Weile zusammen, betrachteten die Aufdrucke auf den Kranzschleifen, die hübschen Blumengestecke und tauschten leise Erinnerungen aus.

Unter denen, die uns Beileid bekundeten, waren auch Evelyn und ihre Mutter.

»Wie lieb, dass Sie gekommen sind«, sagte Gigi zu ihrer ehemaligen Vermieterin. Evelyns Mutter umarmte sie wortlos, und beide weinten.

Ich wusste, dass Evelyns Vater vor zwei Jahren an plötzlichem Herzversagen gestorben war.

Evelyn und ich sahen uns einen Moment lang etwas verlegen an.

»Ich wollte gerade gehen. Wahrscheinlich sind die ersten Gäste schon beim Streuselkuchen angekommen, während wir hier noch herumstehen. Kommst du mit?«, fragte ich und deutete mit dem Kopf zum Ausgang.

Das traditionelle Beisammensein bei Kaffee und Kuchen sollte in der kleinen Gaststätte direkt hinter dem Friedhof stattfinden.

Evelyn nickte, und wir gingen nebeneinander her.

Ich hatte sie seit der Schulzeit nicht mehr gesehen.

Schon früher war sie ungewöhnlich hübsch gewesen. Doch in den letzten zehn Jahren war sie wirklich eine Schönheit geworden. Ihre Haut war rosig und vollkommen glatt. Keine Unreinheit, keine Falte. Sie wirkte wie aus Porzellan. Dennoch war ihr Gesicht lebendig, und ihre Augen glänzten.

»Wie geht es dir?«, fragte sie und betrachtete im Gehen die Spitzen ihrer Schuhe. »Ich wollte dir einmal schreiben, ist schon lange her, aber deine Mutter sagte mir, du wolltest niemanden von früher sehen oder hören.«

Ich musste schlucken. »Ja. Ja, das war eine Weile so.«

»Aber jetzt bist du wieder hier«, lächelte sie.

Ich nickte.

»Wie lange bleibst du?«

»Mal sehen. Es gibt eine ganze Menge zu erledigen, wobei ich Großmutter helfen will. Ich hab mir freigenommen. Wir können uns treffen, wenn du Lust hast«, schlug ich vor.

Sie räusperte sich. »Das wäre wirklich schön. Aber ich wohne nicht mehr hier. Ich fahre gleich anschließend wieder heim.«

»Du bist extra zur Beerdigung hergekommen? Das ist ... toll.« Ich lauschte dem Klang meiner Worte nach. *Das ist toll.* Ich klang wie ein Teenager. Und ich fühlte mich ähnlich unbeholfen.

»Na ja«, lächelte Evelyn und schüttelte ihre Locken. »Ehrlich gesagt habe ich gehofft, dich hier zu treffen.«

Ich sah sie rasch an, und sie erwiderte meinen Blick mit einem verzagten Lächeln.

»Du hast es wohl noch nicht gehört, was?«, fragte sie.

Ich schüttelte verwundert den Kopf.

»Ich habe mich von Carsten getrennt. Schon vor ein paar Monaten.«

»Oh«, machte ich, unsicher, welche Reaktion sie von mir erwartete. Ich kannte ihren Mann nur vom Hörensagen und hatte keine Ahnung, welche Art von Ehe sie geführt hatten.

Evelyn holte tief Luft. »Ich habe mich nämlich in jemand anderen verliebt. Um genau zu sein: in eine Frau.«

Ihre Wangen röteten sich zart, und ich beobachtete es fasziniert.

Diese andere Frau musste ein echter Glückspilz sein. Evelyn war wunderschön und außerdem ein herzensguter Mensch. Das spürte ich, obwohl ich nur neben ihr herging.

Trotzdem war mir nicht ganz klar, wieso sie die Fahrt hierher auf sich genommen hatte, nur um mir zwischen Friedhof und Kaffeetrinken ihr lesbisches Coming-out zu präsentieren.

»Ich hoffe, du bist mir nicht mehr böse wegen ... na ja, wegen früher«, begann ich langsam. Unsere Episode lag so unendlich weit zurück, als hätte sie sich in einem anderen Leben zugetragen. Aber ich war nicht sicher, ob sie genauso empfand.

Jetzt lachte sie herzlich. »Ach, solche Teenagerdramen muss wohl jede erleben, oder? Jedenfalls bin ich dir sehr dankbar. Ohne dich und unsere Internatsgeschichten wäre ich vielleicht gar nicht auf den Gedanken gekommen, dass das zwischen ihr und mir etwas Besonderes sein könnte. Ich hätte mir wahrscheinlich weiterhin etwas vorgemacht.«

Der Eingang der Gaststätte kam bereits in Sicht.

Da fiel mir etwas ein.

»Hast du Lust, mich mal zu besuchen? Ganz zwanglos zum Kaffee? Oder zu einem Spaziergang? Vielleicht ja auch zusammen mit deiner Freundin? Wie heißt sie eigentlich?«

»Vera«, sagte Evelyn, und ihr Lächeln sagte noch viel mehr. »Gerne! Ich käme wirklich gerne«, strahlte sie.

Als wir den Gastraum betraten, spürte ich noch Minuten später das Lächeln auf meinem Gesicht, das manchen Gästen sicher seltsam vorkam.

Mir aber war bewusst, dass hier die Chance zu einer Freundschaft lag. Und das freute mich umso mehr, als sich plötzlich mein altes, abgelegtes Leben mit meinem neuen zu verbinden schien.

Evelyn, in deren Elternhaus Gigi und ich unsere kleine Wohnung gehabt hatten, gehörte zur Fakultät!

Wir würden uns treffen. Wir würden über früher reden.

Sie hatte mich gekannt, wie ich damals war, wie ich vorher war. Den Kern, der immer noch in mir ruhte.

Auch wenn Evelyn sich verändert hatte, blieben uns doch die gleichen Erinnerungen. Wir würden uns an bestimmte Witze erinnern, an peinliche oder traurige Situationen. Sie war sanfter geworden.

Wie Jenni heute wohl wäre? Diese Frage konnte niemand beantworten.

Und ich hatte sie nicht einmal so gut gekannt, um noch sagen zu können, wie sie damals eigentlich war.

Die nächsten Tage waren angefüllt mit dem Bewältigen von bürokratischem Kram.

Großmutter funktionierte.

Doch immer, wenn sie nach etwas griff, sah ich, dass ihre Hand zitterte. Und auf ihrer Haut waren viele dunkle Flecken zu sehen, die ich noch nicht kannte.

Gigi und sie ließen vorübergehend ihre lebenslangen kleinen Kämpfe ruhen. Die Trauer um Opa verband uns alle mit einer engen Schärpe aus gemeinsamem Vermissen.

Unglaublich, wie ein Mann, der geistig einem Sechsjährigen glich, uns alle unterhalten und – was noch viel wichtiger war – zusammengehalten hatte. Opa fehlte wirklich überall.

Der Tod hatte seine große Glasglocke über uns gestülpt, welche die Zeit zu einem Nichts degradierte, Momente zu Ewigkeiten erhob und ganze Tage einfach auslöschte.

Ich half Großmutter bei dem Papierkrieg, wo ich konnte. Aber ich glaube, am meisten half ihr, dass ich da war.

Zwei Tage nach der Beerdigung saßen wir gemeinsam am Küchentisch und sortierten Unterlagen.

Großmutter seufzte, wie sie es in den letzten Tagen oft tat, wenn sie wieder einmal feststellen musste, dass sie nicht alles zusammengetragen hatte, was sie brauchte. »Kannst du mir bitte aus der großen Schublade im Wohnzimmer das Familienbuch holen? Es ist …«

»Dunkelgrün mit einem goldenen Wappen drauf«, ergänzte ich lächelnd. Als Kind hatte ich es mir immer wieder ansehen wollen.

Es war mir wie ein Wunder vorgekommen, dass Großmutter, Opa, Patrick, Christian, Gigi und ich alle gemeinsam in einem Buch verewigt standen.

Daher wusste ich genau, wo Großmutter es aufbewahrte, und ging zielstrebig ins andere Zimmer und an die richtige Schublade.

Ein paar Ordner und lose Blätter lagen darauf, aber als ich sie zur Seite schob, sah ich bereits das Tannengrün des Leineneinbandes.

Ich griff danach. So etwas Kostbares. Betrachtete es nachdenklich und drehte es in den Händen.

Da fiel mir auf, dass ich zusammen mit dem Buch einen Fetzen Papier aus der Schublade gezogen hatte.

Ich wollte ihn schon unbesehen wieder zurücklegen, als mein Blick darauffiel.

Es war ein Zeitungsausschnitt. Gewiss ein paar Jahre alt, denn er war vergilbt und an den Rändern knittrig.

Auf dem Bild war etwas zu sehen, das ich nicht sofort erkannte.

Ich kniff die Augen zusammen, und in den entfernten Winkeln meines Unterbewusstseins ballte sich etwas zusammen, das mich warnte.

Doch da war es zu spät, um nicht hinzusehen.
Es war ein zerbeultes, schrottreifes Auto, das im Straßengraben lag.
Wie in Trance klappte ich den Artikel auf.
Die Überschrift lautete: *Abiturientin verursacht schweren Unfall. Freundin stirbt.*
Ich wollte nicht. Ich wollte es nicht lesen.
Aber ich las wie unter einem Zwang.
Zeile um Zeile.
Von drei jungen Frauen war dort die Rede. Die tödlich Verunglückte wurde mit Vornamen genannt. Ihr Nachname war mit einem Buchstaben abgekürzt.
Der letzte Satz des kleinen Artikels lautete: »Die Fahrerin überlebte auf wundersame Weise unversehrt.«
Meine Hand zitterte so sehr. Die Schrift verschwamm mir vor den Augen.
Ich merkte nicht, dass Großmutter den Raum betreten hatte.
»Cornelia!« Ihre Stimme von der Tür her.
Vor Sorge streng und hart.
Ich drehte mühsam den Kopf.
Sie kam die paar Schritte zu mir herüber und umarmte mich.
Sie schlang die ehemals so starken und jetzt so rührend dünnen Arme um mich und weinte.
Um ihren Mann, der schon seit 1944 nicht mehr da war. Stattdessen zu ihrem vierten Kind geworden war, das sie jetzt gerade überlebt hatte. Um ihre Enkeltochter, die nicht unversehrt war. Sie hatte überlebt, ja, aber nicht unversehrt.
In diesem Augenblick war meine Großmutter der einzige Mensch, der mich verstand.

Jetzt, da ich selbst einen schweren Verlust zu verschmerzen hatte, konnte ich es wagen.
Ich setzte mich in den Bus und fuhr in die Nachbarstadt.
Der Bus nahm die gleiche Strecke.
Ich erkannte die Kurve. Aber es war keine gefährlichere Kurve als jede andere. Es war heller Tag, die Sonne schien. Meine Erinnerung sträubte sich.
Ich stieg am Friedhof aus und suchte lange zwischen den Reihen, bevor ich das Grab fand.
Es sah gepflegt aus.
In einer kleinen Vase hatte jemand frische Blumen hingestellt.
Rund herum war eine Dornröschenhecke aus Heckenrosen

gewachsen und säumte nun auch den flachen Stein, auf dem nichts stand als ihr Name.

Der Name, der für mich zu einer zweiten Haut geworden war.

Hier auf diesem kalten, nackten Stein lag meine Haut. Abgezogen von meinem Körper und meiner Seele. Nur mit dem rohen Fleisch bekleidet, stand ich dort im Novemberwind und fror erbärmlich.

Frau Schmelz öffnete mir die Tür und wurde blass.

»Guten Tag«, sagte ich vorsichtig. »Bitte entschuldigen Sie, dass ich so unangekündigt hier auftauche. Darf ich einen Augenblick hineinkommen?«

Frau Schmelz trat einen Schritt zurück und sah sich um. Hinter ihr erschien im Flur ihr Mann, um nachzuschauen, wer geklingelt hatte.

Er lächelte mich freundlich an. Doch plötzlich veränderte sich sein Gesichtsausdruck. Er erstarrte.

Die Tür hatte sich noch nicht hinter mir geschlossen, als er auf mich zukam.

»Was wollen Sie von uns?«, blaffte er mich an.

Auf so viel Feindseligkeit war ich nicht vorbereitet. Ich öffnete den Mund, doch heraus kam nur ein leises Stammeln.

»Falls Sie herkommen, um sich bei uns die Absolution abzuholen, kann ich Ihnen gleich sagen, dass Sie besser gleich wieder gehen!«, fuhr er mit bebender Stimme fort. »Eins sag ich Ihnen: So was verjährt nicht. Unsere Tochter ist nämlich immer noch tot. Auch wenn Sie Ihr Leben wieder im Griff haben!«

»Erhard!«, sagte Frau Schmelz streng, aber ruhig. Ihre Stirn hatte sich mit vielen kleinen Falten überzogen. »Führ dich nicht so auf! Das bringt doch nichts.«

Er nahm seine Jacke vom Haken und verließ an mir vorbei das Haus. Sein Körper umweht von gerechtem Zorn.

»Bitte …«, rief ich ihm nach, doch Frau Schmelz schüttelte den Kopf. »Lass ihn, Cornelia. Er beruhigt sich schon wieder. Wenn ich über dieser ganzen Tragödie eins gelernt habe, dann ist es die Einsicht, dass jeder seine eigene Zeit braucht.«

Sie führte mich ins Wohnzimmer, wo sie mir einen Platz auf dem Sofa anbot. Dann sah sie mich nachdenklich an.

»Maya ist oft zu uns gekommen, weißt du. Sie war viel hier. Manchmal saß sie einfach einen ganzen Nachmittag lang in Jennis Zimmer. Das hat uns beiden geholfen. Es tat so gut, das Leben darin zu spüren. Und sie wollte Abschied nehmen.«

Ich musste mich sehr bewusst aufs Atmen konzentrieren.

»Heute ist das Zimmer mein Bügelzimmer, ein Hauswirtschaftsraum. Eigentlich wollten wir alles so lassen, wie es war. Aber wir waren bei einer Therapeutin. Die hat uns ganz allmählich dazu gebracht, auch von solchen festgefahrenen Erinnerungen Abstand zu nehmen. Es ist nicht gut, wenn man zu vieles so lässt, wie es damals war, oder? Nein, das ist nicht gut. Das Leben geht weiter. Ich muss sagen, wir haben wirklich begriffen, was diese Worte bedeuten. Das Leben geht weiter.«

Ich verknotete die Hände ineinander.

Mein Leben war auch weitergegangen.

Ich wusste, was sie meinte.

Wusste ich es wirklich?

Frau Schmelz fuhr fort: »Von Mirko haben wir kaum noch etwas gehört. Er kam nach der Beerdigung her. Ich habe ihm ihren Lieblingspulli gegeben und ein paar Sachen, die er ihr geschenkt hatte, seine Briefe an sie. All so was. Aber danach ist er nie wieder hier gewesen. Er ist weggezogen. Ich glaube, nach Bonn. Vielleicht ist es verrückt, aber ich war froh darüber.«

Ein schamhaftes Lächeln überflog ihr Gesicht.

Warum war ich eigentlich hergekommen?

Mir fiel nicht mehr ein, was ich hatte sagen wollen.

So schwiegen wir ein paar Minuten lang.

Manchmal trafen sich unsere Blicke beim Umherschauen im Raum. Dann lächelte Frau Schmelz mir aufmunternd zu.

»Du darfst meinem Mann nicht böse sein«, sagte sie schließlich.

»Das bin ich nicht!«, beeilte ich mich zu sagen. »Wirklich. Ich kann ihn verstehen. Er hat ja Recht. Ich wollte nur ...«

Ratlos hob ich die Hände.

Frau Schmelz nickte. Ihr Gesicht sah aus, als habe sie Schmerzen.

»Es war furchtbar«, flüsterte sie. Diese Worte hätten eigentlich ausgereicht. Doch sie sprach weiter. »Ich fühlte mich so einsam. Damals dachte ich, dass Erhard es im Gegensatz zu mir gut hatte. Erhard konnte wenigstens funktionieren. Er musste alles organisieren, musste sich zusammenreißen. Aber ich. Hatte nichts zu tun, außer zu fühlen, dass sie nicht mehr da war. Doch später begriff ich, dass er die schwierigere Rolle dabei hatte. Ich durfte trauern, ich wurde von allen bemitleidet und geschont. Aber er musste auch mir noch eine Stütze sein. Viel zu viel für einen einzelnen Menschen. Er geht immer noch zur Therapeutin.«

Sie hielt kurz inne, den Blick weit in sich hinein gerichtet.

»Ich konnte mich auf nichts konzentrieren. Keine Fernsehsendung, kein Buch. Was die Leute redeten, die uns einluden, war mir so was von egal. Ich fand, alles war unwichtig. Aber irgendwann bat mich jemand von der AWO, für einen Basar einen Kuchen zu backen. Ich sagte zu, aber ich hab's nicht getan. Nicht weil ich es vergessen hätte. Verstehst du? Ich habe es einfach nicht getan. Am Basarabend bekam ich einen Anruf von dieser Frau. Sie war sauer. Und plötzlich, wie soll ich sagen, plötzlich begriff ich, dass das Leben weitergeht. Dass es andere Menschen gibt, denen wir auch verpflichtet sind. Und das ist gut so. Beim nächsten Basar habe ich gleich drei Kuchen gebacken und beim Verkauf geholfen. Du glaubst nicht, wie gut das tat. Auch wenn ich zu Hause in ein Loch fiel, als ich zur Tür hereinkam. Es war der erste Schritt.«

Ich sah auf meine ineinander verschlungenen Hände, die sich aneinander festhielten, um nicht zu zittern.

Wollte ihr sagen, wie sehr ich unter meiner Schuld gelitten hatte und immer noch litt. Doch ihre schmale Gestalt, der kummervolle Ausdruck in ihren Augen spotteten jeder durchquälten Nacht, jedem meiner Albträume und jedem meiner Verluste. Wie hätte ich dieser Frau sagen können, dass es mir leid tat? Mein Leid war eine Farce gegen ihres.

»Natürlich fragt man sich immer noch, warum das sein musste«, fuhr Frau Schmelz fort, als ich nichts erwiderte. »Maya und du, ihr habt es auch überlebt. Ihr wart angeschnallt. Ihr habt euch und eure Lieben vor so einem Unglück geschützt.

Wir haben uns solche Vorwürfe gemacht. Jeder sich selbst und wir uns gegenseitig. Sie wollte sich nie anschnallen im Auto. Mein Mann hat ihr das durchgehen lassen. Er sagte immer, sie hält sich ja fest.« Sie schüttelte den Kopf, und für einen Moment spürte ich, wie rot glühender Groll in ihr aufstieg. Doch sie kämpfte dagegen an. Ihre Miene wurde hart, und sie zwang den heraufziehenden Sturm mit ein paar Lidschlägen nieder. Ich bewunderte sie für ihre unglaubliche Stärke. »Ich hätte mich durchsetzen müssen. Ich war viel zu inkonsequent mit ihr. Das einzige Kind. Wenn sie früher einmal die Erfahrung gemacht hätte, dass es unangenehme Folgen hat, wenn man sich nicht anschnallt, dann wäre sie an diesem Abend wohl nicht so leichtsinnig gewesen.«

Ich krümmte mich, weil ich ihre Worte kaum ertragen konnte. »Sie glauben doch nicht allen Ernstes, dass Sie selbst schuld an

Jennis Tod sind?! Das dürfen Sie nicht denken! Das ist nicht richtig!«, sagte ich mit Vehemenz in der Stimme.

Frau Schmelz fuhr sich übers Haar.

»Wer kann schon sagen, welche Umstände letztendlich zu einer solchen Katastrophe geführt haben? Maya sagte immer, dass Selbstvorwürfe Jennis Andenken nur beflecken würden. Sie hat mir sehr geholfen. Habt ihr beiden euch eigentlich nach dem Unfall noch mal gesprochen?«

Da waren sehr viele Worte in meinem Mund, die hinauswollten. Doch die Stimmbänder verweigerten jede Mitarbeit. Ich schüttelte nur den Kopf.

»Was eine einzige Sekunde alles zerstören kann, wenn etwas falsch läuft«, murmelte sie und schüttelte den Kopf.

Der Kloß in meinem Hals wuchs.

Sie selbst hatte den größten Verlust erlitten, den sich eine Mutter nur vorstellen kann. Ihre einzige Tochter.

Und trotzdem konnte sie die Augen öffnen und sehen, was andere verloren hatten. Was ich verloren hatte. Durch meine Schuld.

Sie sah mich nicht an. »Aber du hast doch nicht etwa die Beziehung zu Maya beendet, um dich selbst zu bestrafen.«

Ich hörte selbst, wie scharf ich die Luft einsog.

Plötzlich war da ein Schnitt im Raum zwischen uns.

Ihre Stimme prallte als Echo in meinem Kopf hin und her. ... *du hast doch nicht etwa die Beziehung beendet...*

»Ehrlich gesagt weiß ich das nicht. Ich weiß eigentlich gar nicht mehr, wieso wir uns nicht mehr gesehen haben. Ich dachte wohl, es muss so sein.«

Sie sah mich noch einen Moment lang kummervoll an, nickte und wandte den Blick ab.

Ich ging langsam und in Gedanken versunken zur Bushaltestelle hinüber.

So wenig achtete ich auf alles um mich herum, dass ich Herrn Schmelz erst sah, als er schon beinahe vor mir stand.

Ich spürte den Schrecken auf meinem Gesicht.

»Das muss Sie wirklich Überwindung gekostet haben, hierher zu kommen«, sagte er. Seine Schultern waren weit durchgedrückt. Aber er sah freundlicher aus als vorhin.

»Es hilft niemandem, immer nur wegzulaufen. Manchen Dingen muss man sich stellen«, antwortete ich schlicht.

Erhard Schmelz, der Vater von Jenni, sah mich mit seinen wässrig blauen Augen an.

»Da haben Sie Recht«, sagt er und streckte mir die Hand hin. »Alles Gute.«

Ich nahm seine Hand, die sich kalt und knöchern anfühlte.

»Ihnen auch«, antwortete ich. Und es kam mir gar nicht so absurd vor, einem Vater, der seine Tochter verloren hatte, alles Gute zu wünschen. Jenni war tot. Das stimmte. Aber er selbst lebte.

Auf dem Heimweg im Bus saß ich ganz vorn. Ich sah das kleine Holzkreuz in der Kurve schon von weitem.

Dass ich wieder selbst ein Auto steuern würde, hatte ich mir lange Zeit nicht vorstellen können. Und wenn, dann hatte ich immer die Vision von einem sensationellem, Aufsehen erregenden Ereignis gehabt. Ich hatte darin eine tränenreiche Szene gesehen, voller Dramatik und weit greifender Bedeutung. In Wahrheit war es dann etwas sehr Nebensächliches.

Ich war zusammen mit Susette und Alois' Metrokarte unterwegs zu einem vorweihnachtlichen Großeinkauf.

Susette hatte mir nicht nur geholfen, für meine, Gigis und Großmutters Vorratskammern Unmengen an Zeug heranzuschleppen, sondern fuhr auch selbst einen schwer beladenen Einkaufswagen vor sich her.

Während ich in der Käseabteilung weitere Plünderungen vornahm, manövrierte Susette unsere Eroberungen bereits in Richtung Kasse und kollidierte dabei mit dem niedrigläufigeren Wagen des Besitzers einer Gyrosbude.

Als ich, beladen mit Mozzarella und Gouda, wieder bei ihr ankam, war sie gerade in ein lautes und von Entschuldigungen nur so triefendes Gespräch mit dem jungen Griechen verwickelt.

Schließlich fuhr er sein zentnerschweres Tiefkühlfleisch zur Kasse, nicht ohne sich noch mehrmals umzudrehen und uns zuzuwinken.

Susette winkte mit eingefrorenem Lächeln zurück.

Erst als er außer Sicht war, zog sie ihr Bein an und hielt sich mit schmerzverzerrtem Gesicht den Knöchel.

»Hast du dich richtig verletzt? Wieso hast du das denn nicht gesagt?«, wunderte ich mich.

»Ach, der Typ hätte mich doch bestimmt ins Krankenhaus fahren wollen«, jammerte Susette und grinste schief.

Sie schob ächzend ihr Hosenbein hoch, und wir besahen uns die Bescherung.

Der Knöchel sah wirklich nicht gut aus. Es würde bestimmt eine ordentliche Lilagrünfärbung werden.

Susette humpelte, mehr oder weniger auf einem Bein, mit mir zur Kasse und war auch beim Einladen der Einkäufe in ihren Wagen so gut wie möglich behilflich. Doch dann kam der Moment, als wir in den Wagen stiegen.

Ich saß bereits auf dem Beifahrersitz und beobachtete Susette, die sich mit zusammengebissenen Zähnen hinters Steuer klemmte.

»Bist du sicher, dass mit dem Fuß alles in Ordnung ist?«, fragte ich unsicher.

Susette atmete tief ein und aus. »Ich fürchte, ich sollte ihn doch röntgen lassen«, gestand sie und sah dabei seltsam verlegen aus.

»Das macht doch nichts«, versicherte ich ihr. »Wir bringen fix die Sachen heim, und ich begleite dich dann ins Krankenhaus, wenn du möchtest.«

Während ich es aussprach, wurde mir klar, dass wir Kilometer entfernt von daheim in einem Auto saßen, das Susette nicht nach Hause steuern konnte.

Susette dachte wohl in diesem Augenblick etwas Ähnliches.

»Ehm …«, machte sie.

»Rutsch rüber!«, befahl ich, stieg aus und ging um den Wagen herum zur Fahrerseite.

Vielleicht war es die Tatsache, dass ich es vorher nicht großartig geplant hatte. Vielleicht war es die Notwendigkeit.

Jedenfalls stellte sich außer einem leichten Flattern in der Magengrube keine größere Nervosität ein.

Ich verstellte den Sitz und die Spiegel ein bisschen, denn Susette reichte mir nur bis zur Schulter. Dann startete ich den Wagen.

Susette half mir mit dem Rückwärtsgang, der etwas klemmte; an der ersten Ampel holperten wir noch ein wenig, aber dann lief es ganz flüssig.

Wir machten es wie verabredet: Ich fuhr sie heim, lud ihre Einkäufe aus, und dasselbe erledigten wir in der Zimmerstraße. Dann setzten wir uns wieder in ihren Wagen, und ich fuhr sie ins Krankenhaus.

Großmutter stand hinter dem Fenster, als ich aus der Parklücke ausscherte. Ich sah ihre grauen Haare hinter der Gardine.

Während ich auf dem Krankenhausgang wartete, bis Susette mit der Untersuchung durch war, dachte ich über vieles nach.

Auf dem Heimweg erzählte Susette von der netten Ärztin, die sie behandelt hatte, und schien insgesamt sehr aufgeräumt zu sein bei der Aussicht auf eine Woche Krankschreibung wegen eines verstauchten Knöchels.

»Susette, hast du eigentlich jemals wieder Kontakt zu Anja aufgenommen?«, fragte ich plötzlich mitten in ihren Erzählstrom hinein.

Sie sah mich überrascht an. Das erkannte ich aus dem Augenwinkel.

»Ja, einmal«, antwortete sie.

»Wie war es?«

»Sie war verheiratet.«

Wir schwiegen eine Weile. Ich ließ die Information sacken. Versuchte mir Anjas Gesicht aus der Erinnerung zurückzuholen. Doch es gelang mir nicht. Heikes drahtige Gestalt, ihre roten Haare und die kraus gezogene Nase kamen mir in die Quere.

»Das muss eine schreckliche Enttäuschung gewesen sein. Ich meine, du hattest doch bestimmt gehofft ...«

Ich sprach nicht weiter, und es entstand eine kleine Pause.

»Hast du dich sehr geärgert?«, wollte ich dann wissen.

»Geärgert? Weil sie anders lebte als damals mit mir? Weil sie nicht mehr zu mir zurückwollte, sondern glücklich war mit ihrem Mann und dem Kind?«

»Nein. Geärgert, dass du es versucht hast? Ich finde, in manchen Fällen darf niemand eine Wiederholung versuchen. Ich finde, man sollte es dabei belassen, was es ist: eine schöne Erinnerung. Auch wenn es manchmal wehmütig macht.«

»Schwachsinn!«, brummte Susette. »Wer hat dir denn solchen Blödsinn eingepflanzt? Was nicht zu Ende ist, ist nicht zu Ende, bis eine gesagt hat, dass es zu Ende ist. Ich konnte Anja erst loslassen, nachdem ich sie besucht hatte.«

Sie fragte nicht nach, weshalb ich das alles wissen wollte. Vermutlich wusste sie es sowieso.

Vielleicht sollte ich es tun?

Maya besuchen.

Es beenden, indem ich sie sagen hörte, dass es zu Ende sei. Oder indem ich es selbst sagte.

Sicherlich würde ich es schaffen. Immerhin hatte ich den Besuch bei Jennis Eltern geschafft. Ich hatte es geschafft, mich wieder hinter das Steuer eines Wagens zu setzen. Daran hatte ich sogar so viel Spaß gehabt, dass ich mir von meinem Ersparten ein eigenes Auto zu Weihnachten schenkte.

Warum sollte Maya ein größeres Hindernis sein als all dies?

Maya ein Hindernis? Im Hinblick auf welches Ziel?

Zunächst musste ich mein Versprechen Nina gegenüber halten.

In den ersten Januartagen fuhren wir in meinem Auto, das wie ein echtes Studentenauto wirkte, klein, verwaschen und mit abgesessenen Sitzpolstern, ins städtische Tierheim.

Nina hatte in ihrer Wohnung alles vorbereitet.

Ein Körbchen stand in einer Ecke des Schlafzimmers, der Fressnapf in der Küche. Sie hatte eine Leine und ein verstellbares Halsband gekauft. In knalligem Rot. Weil sie der Meinung war, dass sie sowieso keinen Hund wolle, dem Rot nicht stand.

Als wir den Wagen auf dem Parkplatz vor dem Tierheim abstellten, betrachtete ich kurz die große Wiese, die neben dem Gelände lag.

In der Nacht hatte es geschneit, und die weite Fläche lag unberührt da. Sie sah rein und frisch aus.

»Kommst du?« Nina stand schon an der Pforte.

Die Tierheimangestellte, die sich mit Mechthild vorstellte, führte uns zu den Hundeanlagen.

Hier war es unglaublich laut, und es stank nach Urin, Kot und nassem Fell.

Die meisten der Hunde standen bellend an den Gittern.

»Wir haben hier Mehr-Hunde-Haltung in den Zwingern«, erklärte uns Mechthild. »Dann drehen sie nicht so schnell durch. So, da wären wir.« Sie öffnete eine Gittertür, hinter der gleich fünf kleine Fellmonster einen Meter hoch in die Luft sprangen und kläfften. »Die hier sind bestimmt das, was Sie suchen.«

Nina schob sich hinter Mechthild in den Zwinger. Ich schüttelte den Kopf und zwang mich zu einem Lächeln. »Du suchst ihn aus! Das war so abgemacht.«

Nina kniete sich auf den Boden und strahlte, als sie von allen Seiten angesprungen und beschnüffelt wurde.

»Oh, oh, wie heißt der hier denn?«, rief sie und kraulte einen schwarzen Hund mit langem, lockigem Fell hinter den Ohren.

»Das ist Jerry. Ein echt süßer Kerl. Der versteht sich mit allen«, erklärte Mechthild mit Kennerblick auf die zukünftige Hundebesitzerin. Sie schien stolz, uns gleich den passenden Hund präsentiert zu haben.

»Ist er nicht süß? Ist er nicht süß?«, hörte ich Nina immer noch von der Seite auf mich einreden. Nein, eigentlich redete sie nicht wirklich auf mich ein. Nicht einmal den Hund meinte sie mit ihren wasserfallartigen verbalen Ergüssen. Eigentlich redete sie mit sich selbst.

Ich wandte mich unwillig ab.

Ihre Mädchenhaftigkeit, ihre hohe Stimme, das alles kam mir plötzlich vor wie aus einem der Shirley-Temple-Filme, und die hatte ich noch nicht mal als Kind gemocht.

»Was ist mit dem da?«, fragte ich die Tierpflegerin, die mit beinahe gierigem Glanz in den Augen meine Freundin beim Verlieben beobachtete, und deutete willkürlich auf einen der Hunde, die in dem Auslauf nebenan saßen.

»Ach, das ist Fips«, sagte sie nach einem raschen Seitenblick. »Mit der ist so gut wie gar nichts mehr los. Ich wette, die wird nie vermittelt.«

Ich betrachtete Fips genauer.

Sie besaß einen hübschen Kopf, der mich an Lassie erinnerte, aber breiter wirkte. Ihr Fell war braungolden und sah verfilzt aus, obwohl deutlich war, dass zumindest an einigen Stellen jemand versucht hatte, mit Bürste und Schere Ordnung in das Gezause zu bringen.

»David, guck mal! Guck mal, wie er mich ansieht! Das muss Liebe auf den ersten Blick sein, meinst du nicht?«, jubelte Nina gerade.

Ich warf einen flüchtigen Blick auf sie und das schwarze Wollknäuel, das begeistert an ihr hinaufzuklettern versuchte, um ihr nicht nur die Hände, sondern auch das Gesicht abzuschlecken.

Die anderen Hunde im Auslauf taten es ihm gleich, obwohl ihnen doch klar sein musste, dass die fremde Frau nur Augen für einen von ihnen hatte.

Fips sah nicht hin. Fips hatte den Kopf auf den Boden gelegt und blickte stumpf über die weite graue Fläche, die sich vor ihren Augen erstreckte.

»Was ist denn mit ihr?«, fragte ich Mechthild noch einmal.

Diesmal bedachte sie mich mit einem längeren Blick, in den sich neben Neugier auch etwas Verschlagenes mischte. Witterte sie die Chance, heute zwei Hunde loswerden zu können?

»Sie hat sich aufgegeben«, antwortete sie ruhig, als käme das hundertmal in der Woche vor. Hundert Hunde pro Woche, die stupide vor sich hin starren, niemanden mit der Bürste an ihr Fell lassen und irgendwann einfach mit der Zwingerwand verschmelzen.

Monate später würde irgendjemand fragen: »Oh, wo ist eigentlich Gipsy?« (oder Max oder Luna ... der Name spielt bei dieser Geschichte keine Rolle).

Und dann fiele es allen auf, dass Gipsy sich aufgegeben hatte.
»Woran sieht man das?«, wollte ich wissen.
»An den Augen«, erklärte sie mir.
Ich sah wieder in Fips' Augen. Die Pflegerin hatte Recht.
»Nina«, sagte ich, »wenn du dich für den da entschieden hast, dann ist doch alles geritzt. Dann können wir doch jetzt alles einstielen, oder?«
Wenn ich mich nicht irrte, starrte Fips über den Linoleumboden, unter der Eisentür hindurch genau auf meine Füße.
Nina nahm das wild strampelnde Päckchen vom Boden hoch und trug es lachend und zärtlich flüsternd mit nach vorn.
An der Tür drehte ich mich noch einmal um, um zu schauen, ob die anderen Hunde in Jerrys Auslauf sich etwas daraus machten, dass einer ihrer Kumpel verschwand und sie weiter hier hocken mussten.
Doch keiner von ihnen schien besonders enge Freundschaft mit Ninas Auserwähltem geschlossen zu haben.
Im Auslauf davor erhob sich etwas Beigefarbenes mühsam vom Boden und hinkte zum Wassernapf.
Und dann sagte die Pflegerin Mechthild, die mich beobachtet hatte, diese wenigen Sätze: »Fips ist angefahren worden. Unten im Wodantal. Das rechte Hinterbein hat's erwischt, musste amputiert werden. Irgendein Raser hat sie auf dem Gewissen.«
Ich folgte ihr und Nina nach vorn zur Theke, an der alle Formalitäten geklärt werden mussten.
Da war es mir bereits klar.
O Gott. Bitte nicht.
Aber es gab kein Zurück.

Die Heimfahrt war grässlich.
Nina sprach kein einziges Wort mit mir.
Der schwarze Hund saß auf ihrem Schoß und sah aus dem Fenster.
»Machst du das extra?«, zischte Nina, als ich vor ihrer Haustür hielt. »Ich wette, du machst das extra! Du willst mir die ganze Freude daran verderben. Deswegen machst du das!«
Wie hätte ich es ihr erklären sollen? Sie wusste nichts. Von mir.
»Steig einfach aus, in Ordnung?«, antwortete ich und starrte nach vorn aus der Frontscheibe auf den Gehweg, auf der Schneeverwehungen hübsche Muster auf die Pflastersteine malten.

»Das wirst du noch bereuen, das sag ich dir!«, prophezeite Nina mir, klemmte sich ihren schwarzen Wischmopp unter den Arm und knallte die Tür zu.

Ich fuhr heim.

Vor dem Haus hielt ich an und sah auf die Rückbank.

Fips erwiderte meinen Blick nicht. Sie hatte den Kopf auf ihre intakten Vorderpfoten gelegt und starrte vor sich hin, auf die Wagentür. Ebenso wie sie im Auslauf auf den Boden gestarrt hatte.

»Na, dann komm mal rein«, sagte ich etwas unbeholfen, griff nach der alten Leine, die Mechthild mir mitgegeben hatte, und zog ein wenig daran.

Fips quälte sich aus dem Auto und hinkte schwerfällig hinter mir her ins Haus.

Meine Vermieterin war begeistert. Einen dreibeinigen Hund aus dem Tierheim zu beherbergen, schien in ihren Augen eine Art Ablassbrief zu sein.

Sie beteuerte, dass sie mich gerne unterstützen wolle. Und nein, was für eine gute Tat, solch einem Tier noch eine zweite Chance zu geben. Hier übrigens noch ein paar alte Kauknochen, nie weggeschmissen, nachdem die alte Topsi nicht mehr war.

Ich saß mindestens eine Stunde lang auf meinem Sofa und starrte Fips an, die sich vor die Heizung gelegt hatte. Den Kauknochen beachtete sie nicht.

Schließlich nahm ich das Manuskript zur Hand, das ich mir übers Wochenende aus dem Verlag mit nach Hause genommen hatte.

So richtig konnte ich mich nicht auf die Arbeit konzentrieren.

Immer wieder wanderte mein Blick zu dem beigefarbenen Fleck in meinem Augenwinkel.

Es schien Fips egal zu sein, wo sie auf dem Boden lag und vor sich hin starrte. Meiner Meinung nach verhielt sie sich hier nicht anders als im Zwinger des Tierheims.

Vielleicht war dies für sie nur eine weitere Variante des Eingesperrtseins. Ein weiterer Ort, an dem sie sich aufgeben konnte.

Einmal stand sie auf, wobei ihr verbliebener Hinterlauf kurz heftig zitterte, und humpelte in die Küche, wo ich ihr bei unserer Ankunft eine Schüssel mit Wasser hingestellt hatte.

Vielleicht hatte sie auch Hunger?

Ich öffnete den Futtersack, den ich im Tierheim erstanden hatte, und füllte drei Hände voll Trockenfutter in eine Müslischale.

Hierbei beobachtete Fips mich zum ersten Mal genau.

Als ich ihr die Schüssel hinstellte, schnupperte sie daran, warf mir von unten einen kurzen Blick zu und machte sich dann über ihre Mahlzeit her.

Derweil stand ich in der Küchentür und sah ihr zu.

Ich hatte immer schon gefunden, dass fressende Tiere eine Art von besonderer Ruhe und Zufriedenheit ausstrahlen, die es sonst nirgends gibt.

Sie wirken so völlig versunken und genießen offenbar jeden Bissen.

Opa hatte es immer geliebt, Pferde zu füttern oder den Ziegen im Streichelgehege des Tierparks ihr Spezialfutter hinzuwerfen.

Für einen Moment stand sein Bild, wie er besonders saftiges Gras über einen Weidezaun reichte und sich dann mit leuchtenden Augen zu mir umdrehte, so deutlich vor mir, dass es einfach umnvorstellbar schien, ihn nie wieder bei dieser Tätigkeit sehen zu können.

Ich lehnte immer noch am Türrahmen und weinte, als Fips schon längst an mir vorübergehumpelt war und sich wieder auf ihrem Platz an der Heizung niedergelassen hatte.

Es war sonderbar, nicht allein in meiner Wohnung zu sein und doch nicht zur Konversation gezwungen zu sein. Ich brauchte meine Trauer nicht zu erklären, mein Schluchzen nicht mäßigen. Trotzdem war mir die ganze Zeit über bewusst, dass mit mir noch eine zweite Seele im Raum war. Eine Seele, die offenbar selbst genügend Kummer mit sich herumtrug und sich deswegen um meinen nicht kümmerte.

Als ich die Tränen getrocknet hatte und wieder durch die Nase atmen konnte, kramte ich in meinem Badezimmerregal nach einer bestimmten Bürste und einem engzahnigen Kamm. Beides hatte ich nie benutzt, und es erfüllte mich mit Befriedigung, dass es nun doch noch einen Zweck erfüllte.

»Was meinst du?«, sagte ich dann mit zaghaft erwachter Solidarität zu Fips. »Sollen wir mal versuchen, dich zu einem ordentlichen Hund zu machen?«

Ich kniete nieder und strich ihr über den Rücken.

Fips hob den Kopf, schnupperte an meinem Arm und wandte den Blick ab.

Ich griff nach dem Kamm und setzte an. Meine Güte, dieses Fell war wirklich schwer zerzaust! Warum hatte sich im Tierheim niemand intensiver um sie gekümmert?

Vorsichtig zog ich den Kamm durch die Haarspitzen.

Wieder drehte Fips den Kopf und betrachtete meine Hand mit dem Haarpflegeutensil.

»Wir machen einen ganz hübschen Hund aus dir, du wirst schon sehen«, sagte ich zu ihr.

Dann griff ich nach einem besonders verfilzten Haarbüschel und setzte den Kamm an.

Fips' Kopf schoss herum, und bevor ich auch nur denken konnte, dass dies eine gefährliche Situation werden könnte, spürte ich schon den brennenden Schmerz in meinem Handgelenk, und Fips saß in der Ecke hinter dem Fernseher.

Fluchend rannte ich ins Bad, die linke Hand fest um die rechte geschlossen.

Rot tropfte es ins Waschbecken. Ich spülte das Blut mit wenig Wasser ab und besah mir die Bescherung. Gott sei Dank war die Wunde nicht tief. Fips hatte offenbar nur eine Stelle erwischt, die zum einen besonders stark blutete und zum anderen enorm schmerzempfindlich war.

Ich hob den Blick und sah in den Spiegel.

Du bist vollkommen durchgedreht!, sagte ich mir selbst. So was tun nur Irre! Sofort bringst du diesen Hund zurück ins Tierheim, rufst Nina an und entschuldigst dich.

Zuallererst musste ich aber meine Verletzung verbinden.

Ich kramte in der Schublade, in der ich Grippemedikamente und Ähnliches aufbewahrte, und fand tatsächlich eine Mullbinde, die ich benutzen konnte.

Dann wagte ich mich vorsichtig wieder ins Wohnzimmer.

Fips befand sich immer noch in der Ecke hinter dem Fernseher. Sie hatte sich dort hingelegt, und im Gegensatz zu ihrer vorherigen Apathie beobachtete sie mich nun, wie ich den Raum wieder betrat und etwas ratlos herumstand.

Ich ging zum Telefon und wollte schon Ninas Nummer eintippen, als ich es mir doch noch einmal anders überlegte. Es war besser, wenn ich den Hund erst zum Tierheim zurückbrachte. Es käme bestimmt nicht gut bei Nina an, wenn ich mich erst so sonderbar benahm und sie dann beim Stein des Anstoßes auch noch um Hilfe bat.

Die Frage war nur: Wie um alles in der Welt sollte ich Fips aus ihrem schwer zugänglichen Versteck heraus und wieder in mein Auto bekommen?

Wir betrachteten uns eine Weile gegenseitig.

»Hm«, machte ich schließlich. Und dabei bewegten sich ihre Ohren interessiert nach vorn.

Ich ging in die Küche, öffnete den Kühlschrank und schnitt ein ordentliches Stück vom Käse ab.

Als ich wieder ins Wohnzimmer kam, stand Fips erwartungsvoll mitten im Raum.

Rasch holte ich das Halsband, legte es ihr wieder um und gab ihr dann den Käse.

Als ich am Tierheim ankam, brannte auf dem Hof und der angrenzenden Wiese helles Licht wie auf einem Fußballfeld.

Ich stieg aus, schloss meine Jacke dicht gegen die über mich hereinbrechende Kälte und wollte gerade die hintere Tür des Autos öffnen.

»Sie sind leider zu spät«, sagte eine Stimme hinter mir.

Ich fuhr herum.

»Wie bitte?«

Sie war etwa so alt wie ich oder auch ein paar Jahre älter. Ihre Nase und Wangen waren rot, als hätte sie lange in der Kälte gestanden. Unter der dicken roten Outdoorjacke zog sie die Schultern zusammen, um wenigstens ein bisschen Wärme zu speichern. Unter ihrer Bommelmütze schauten blonde Locken hervor.

Ich starrte sie an.

»Der Kurs«, sagte sie lächelnd und deutet auf die hell erleuchtete Wiese hinter dem Zaun. Jetzt sah ich, dass der Schnee dort nicht mehr so jungfräulich wie heute Morgen wirkte, sondern von vielen Schuhen und Hundepfoten platt getrampelt war. »Er ist gerade vorbei. Bestimmt haben Sie noch die Sommerzeiten im Internet gesehen. Ich predige ständig, dass die Seite aktualisiert werden muss.«

Ich sah sie an.

Fips richtete sich im Auto auf und blickte zur Scheibe heraus, als hätte sie die Stimme erkannt.

Die Frau sah sie und warf mir einen raschen Blick zu.

»Oh, Sie sind die, die Fips ein neues Zuhause geben will! Die Aushilfe, die heute Morgen hier war, hat davon erzählt. Eigentlich wollten Sie nur einen einzigen Hund mitnehmen, nicht? Den kleinen Jerry. Aber dann hat es Sie anscheinend erwischt …«, begann sie strahlend. Dann verstummte sie. Offenbar war ihr gerade klar geworden, dass mein Auftauchen kein gutes Zeichen für Fips war.

»Ich bin Melanie. Ich leite die Hundeschule hier am Ort und führe am Tierheim auch Training durch«, sagte sie, wobei ihre Stimme eine Spur Misstrauen verriet, und reichte mir die Hand.

In diesem Augenblick erlosch das grelle Licht und tauchte das gesammte Außengelände des Tierheims in hunderachenschwarze Dunkelheit.

Hier im Hof brannte lediglich noch eine einzelne kleine Außenlampe.

Mein Gegenüber, Melanie, und ich blinzelten.

»David«, sagte ich. Sie stutzte kurz.

»So nennt mich jeder«, erklärte ich mit einem Lächeln, das ich für diese Erklärung reserviert habe.

Dann reichte auch ich ihr die Hand. Sie nahm sie, und ich zog zischend die Luft ein.

Erschrocken sah sie mich an. Dann mein bandagiertes Handgelenk, über das der Jackenärmel heraufgerutscht war.

»Sie hat Sie doch nicht etwa gebissen, oder?«

Ich nickte.

»Und jetzt wollen Sie sie zurückbringen?« Der Tonfall ihrer Stimme hatte sich nun deutlich verändert. Es schwang darin so viel Ärger, beinahe Wut, dass ich fast zurückgeprallte wäre. »Das habe ich schon immer gesagt: ›Irgendwann sind sie einfach nur froh, dass irgendein ... irgendjemand kommt und sie mitnimmt, und dann ist es völlig egal, wer und wohin, und schon sitzt sie am Abend wieder im Zwinger.‹ Scheiße auch!«

Melanie wandte sich ab und stapfte durch den platt getretenen Schnee hinüber zu einem geparkten Kombi.

Es dauerte ein paar Sekunden, bevor ich begriff, dass sie nicht vorhatte, sich noch länger mit mir zu unterhalten. Sie wollte einfach fahren.

»Moment mal!«, rief ich, als sie gerade die Fahrertür ihres Wagens hinter sich zuschlagen wollte.

Sie hielt kurz inne und sah mich aus dem dimmerig beleuchteten Innern ihres Autos an.

»Sie kennen den Hund doch, oder?«, fragte ich und trat näher.

»Das bisschen, was sie kann, habe ich ihr beigebracht«, antwortete Melanie.

»Wieso hat sie ...? Ich meine ...« Ich hielt die verletzte Hand hoch.

Melanie seufzte tief.

»Sie beißen nie aus Bosheit. Selten als Angriff. Meist aus Angst. Haben Sie etwas mit ihr angestellt, das ihr Angst gemacht haben könnte?«

Ich zuckte die Achseln. »Ich wollte sie kämmen.«

»Und niemand hat Ihnen gesagt, dass sie davor Angst hat?«

»Nein.«

Melanie zögerte sichtlich. Dann zog sie den Schlüssel wieder aus dem Zündschloss und stieg aus.

Sie war eine große Frau, aber trotzdem kleiner als ich.

»Ich habe schon immer gesagt, sie sollen den Aushilfen nicht erlauben, Tiere rauszugeben. So eilig kann es doch niemand haben mit dem neuen Haustier, dass er nicht noch einmal wiederkommen könnte, um sich von den Fachleuten beraten zu lassen«, sagte sie, wohl eher zu sich selbst.

»Und was soll ich jetzt machen?«, wollte ich wissen. Sie kam mir vor wie eine, die wusste, was in einem solchen Fall zu tun war. »Wie soll ich einen Hund behandeln, der mich beißt?«

Die Art und Weise, wie sie mich jetzt ansah, berührte mich unerwartet.

Schlagartig wurde es mir bewusst. Ich kannte diesen Blick. Es lag darin sehr viel Herausforderung. Aber auch die scheue Angst vor einer Zurückweisung.

Diesen Blick hatte ich erst ein einziges Mal auf mir gespürt. Vor langer Zeit. Auf dem Schulflur vor den Klausurräumen.

Mit einem Mal schlug mir das Herz bis zum Hals.

»Die Frage ist nicht, was du tun sollst«, sagte sie und merkte offenbar gar nicht, dass sie mich plötzlich duzte. »Die Frage ist: Bist du bereit, überhaupt etwas zu tun?«

Ich wandte den Kopf und sah zu meinem Auto hinüber, hinter dessen hinterer Scheibe undeutlich Fips' Kopf zu erkennen war.

Mir rauschte das Blut in den Ohren.

Eigentlich war ich mit dem festen Vorsatz hergekommen, Fips wieder abzugeben.

Ich war sicher gewesen, dass es eine kopflose Fehlentscheidung gewesen war, sie mitzunehmen. Allem Verstand zum Trotz wusste ich schließlich, wieso gerade ihr Schicksal mich so berührt, mich geradezu zur Übernahme von Verantwortung gezwungen hatte.

Aber ich hatte keine Ahnung von Hunden. Ehrlich gesagt wusste ich nicht einmal das Elementarste über sie. Es wäre grober Unfug gewesen, Fips zu behalten. Es wäre nur möglich gewesen, ganz eventuell wäre es möglich gewesen, wenn ich als Hilfe eine versierte, gute Hundetrainerin hätte, die mir alles erklären und mir meine neue Partnerin auf drei Pfoten näherbringen würde.

Melanie sah mich weiterhin an.

Es war ihr Blick. Allein ihr Blick.

»Ja. Ja, dazu bin ich bereit«, sagte ich.

Da lächelte sie wieder. In mir ging die Sonne auf.

Lange Waldspaziergänge im Februar sind nicht jedermanns Sache. Deswegen waren sie schon immer ein Auswahlkriterium für meine Freundinnen.

Melanie und ich trafen oft keine Menschenseele, wenn wir mit den Hunden unterwegs waren.

Ihr Gordon Setter Godot war ein echtes Seelchen. Er kam mir so viel sensibler und empfindlicher vor als die raubeinige, dickköpfige Fips. Doch Melanie wurde nie müde, mich aufmerksam zu machen auf Fips' anfangs sehr sparsame Reaktionen, ihre vorsichtige Anteilnahme an allem, was ich mit ihr unternahm. Sodass sich mir die Gefühlswelt der Hündin immer mehr erschloss.

Es dauerte eine Weile, aber mit den Wochen, die ins Land gingen, lernte ich den ersten Hund in meinem Leben immer besser verstehen.

Melanie wollte sich den privaten Unterricht, den sie mir mit Fips erteilte, nicht bezahlen lassen. Sie behauptete, sie sei so happy darüber, dass sich endlich jemand dieser so besonderen Hundeseele erbarmte, dass sie dafür gerne in Kauf nahm, zwei Übungsstunden pro Woche mit mir zu verbringen.

Ich mochte ihren flapsigen Tonfall, wenn sie so etwas von sich gab.

Melanie war etwas Besonderes.

Sie besaß die Fähigkeit, sich mit Tieren zu verständigen, ohne Worte zu benutzen.

Allein ihre Körpersprache zeigte den Hunden, mit denen sie arbeitete, was sie von ihnen wollte, dass ein bestimmtes Verhalten unerwünscht und das andere erwünscht war. Nach kurzer Zeit taten sie alle, was Melanie ihnen vorschlug.

Genau wie ich.

Ich lernte, was Klicker-Training ist, sprach nur noch von positiver Bestärkung, las Bücher über Delphin-Ausbildung (denn wenn ich wusste, wie ein Delphin trainiert wurde, war die Kommunikation mit einem Hund »nur noch ein Klacks«, behauptete Melanie) und versuchte, für mich selbst klarer darin zu werden, was ich eigentlich wollte.

»Du weißt offenbar gar nicht, wohin du willst«, sagte Melanie zu mir, als wir wieder einmal mit rot gefrorenen Nasen auf der Trainingswiese herumstanden, weil eine Übung mit Fips nicht klappte. »Wie soll sie dir dann folgen können? Du musst erst deinen eigenen Weg finden! Hast du einen blassen Schimmer, wohin du willst?«

Ich hob lachend die Hände. »Genug für heute. Ich gelobe Besserung. Aber jetzt kann ich nicht mehr.«

Melanie lächelte und strich mit der Hand zart an Fips' Wange entlang, an den Rippen vorüber bis zur Flanke. Sie hatte mir beigebracht, dass dies eine Berührung war, die Fips liebte, während sie alles hasste, was ihr von oben auf den Kopf griff. Solch imperiale Gesten machten ihr Angst.

Seit unserem ersten Tag hatte sie nie wieder versucht, nach mir zu schnappen. Und ich hatte ihr nie wieder Angst gemacht.

»Ich denke, dein Mädel hat auch genug«, sagte Melanie und sah mich an.

Natürlich hatte Fips meine Zuneigung gewonnen. Jeder, der dieses intelligente, zurückhaltende Wesen Tag für Tag um sich hatte und nicht lieb gewann, musste ein Herz aus Stein besitzen.

Ich mochte die Trainingsstunden mit Melanie, weil sie mich in einer Art und Weise forderten, die ich bisher noch nicht kennen gelernt hatte.

Es war nicht nur der Verstand, den ich für das Training brauchte, sondern auch sehr viel Gefühl. Mein Bauch war gefragt.

Davon abgesehen gab es noch einen Grund, warum ich einen verabredeten Termin mit unserer Hundetrainerin nie abgesagt hätte.

Es war Melanies Blick. Ihre Art, mich herausfordernd anzusehen und gleichzeitig zu lächeln. Das Gefühl, ich würde unter ihren Augen so oder so bestehen. Weil sie mir alles zutraute, aber auch den Beweis dafür sehen wollte.

Einige ihrer Gesten, ein bestimmter Tonfall in ihrer Stimme waren mir von Anfang an vertraut gewesen.

Sie erinnerten mich.

Manchmal, hin und wieder, blitzten durch Melanies Gesicht Mayas Züge hindurch.

Jedes Mal war ich elektrisiert und starrte sie an. Doch diese kleinen Aufblitzer verschwanden so schnell, wie sie gekommen waren, und hinterließen Melanie. Und eine heiße, zähflüssige Spur in mir.

Die ganze letzte Woche über hatte ich mich schon gefragt, wie lange ich es noch aushielt.

Wie lange könnte ich noch auf diese zufälligen Momente warten, in denen die Vergangenheit so nahe schien?

Ich war sicher, dass ich das Warten irgendwann nicht mehr aushalten könnte.

Als ich jetzt den Mund öffnete, hatte ich jedoch nichts anderes im Sinn als eine schlichte Einladung als kleines Dankeschön für all ihre Mühen. Dachte ich.

»Ich weiß, du hast wahrscheinlich noch zu tun. Aber vielleicht hast du trotzdem Lust, noch etwas trinken zu gehen. Wie wäre es mit einem Besuch in der Schokolateria? Die haben auch fantastische Kaffeesorten.«

»Du glaubst doch wohl nicht, dass ich in eine Schokolateria gehe und dort Kaffee trinke? Was für ein Frevel!«, empörte sich Melanie.

Ich sah ihr an, wie sehr sie sich über meine Einladung freute.

Also luden wir die beiden Hunde in meinen Wagen und fuhren in die Stadt.

Im Wagen entstand zunächst eine merkwürdige Stille zwischen uns.

Wir hatten schon etliche Stunden miteinander verbracht, aber immer hatten dabei die Hunde – besonders natürlich Fips – im Vordergrund gestanden. Sogar einen gemeinsamen Spaziergang unternahmen wir unter dem Vorwand, dass Fips Hundekontakt brauche und die beiden sich doch so gut verstünden.

Dies war plötzlich eine andere Situation.

Es wurde privat zwischen uns.

Und unser Schweigen verriet mir einiges.

Außerdem erhielt ich einige persönliche Informationen über sie. Wie sie wohnte. Welchen Kontakt sie zu ihren Eltern hatte, die in der Eifel einen Bauernhof führten. Welche Fernsehsendungen sie gerne sah. Wie die Schulzeit für sie gewesen war.

Als wir beim Thema Schule angelangt waren, konnte ich nicht verhindern, dass mir Maya wieder in den Sinn kam. Ich hätte nicht sagen können, dass sie sich ähnlich sahen. Es war nur verblüffend, wie oft ich an Maya dachte, wenn ich Melanie betrachtete.

»Wie heißt deine Freundin? Summer?«, wiederholte Melanie irgendwann verwundert.

Ich nickte, dann schüttelte ich den Kopf. »Ja, sie heißt Summer, aber sie ist nicht meine Freundin … also, nicht meine … ehm … sie ist einfach nur meine beste Freundin«, stammelte ich.

Melanie sah mich seltsam an.

Ich dachte, sie würde irgendetwas fragen oder zumindest so laut denken, dass ich es hören könnte. Doch stattdessen sagte sie nur: »Noch so ein außergewöhnlicher Name. Wieso nennst du sie Summer?«

Ich atmete die angehaltene Luft wieder aus.

»Das wirst du verstehen, wenn du sie kennen lernst«, antwortete ich.

Summer erzählte ich, dass Melanie ganz sicher lesbisch sei.

»Woher willst du das wissen?«, fragte sie interessiert.

»Na, wie sie geht. Und dann ihre Frisur. Meine Güte!« Ich lachte und rollte mit den Augen.

»Du hast tatsächlich Ähnlichkeit mit einem Stichling, wusstest du das?«, bemerkte Summer.

Wusste ich bisher noch nicht.

»Hatten wir früher in Bio. Die brauchen bestimmte äußere Signale, und schon gehen sie steil. Auch wenn es sich beim Gegenüber nur um eine Pappattrappe handelt. Bei dir ist es genauso: Kaum bietet dir eine Frau die gewisse Frisur und den coolen, lässigen Gang, bekommst du einen feuerroten Bauch und bist paarungsbereit.«

»Beim Menschen heißt das Fetisch«, korrigierte ich sie gackernd. »Aber komm bloß nicht auf die Idee, hier einen Versuch mit einem Pappaufsteller zu wagen. Darauf fall ich jedenfalls nicht herein.«

Nachdem Melanie und Summer sich dann tatsächlich kennen gelernt hatten, wollte ich natürlich wissen, was die eine von der anderen hielt.

Melanie sagte: »Ich denke, sie ist die treueste Freundin, die man sich wünschen kann. Wenn man so glücklich ist, sie zur Freundin zu haben.«

Summer sagte: »Sie gefällt mir. Ja, sie gefällt mir ganz ehrlich. Das Einzige, was mich immer noch ein bisschen stutzig macht, ist eigentlich weniger sie selbst als vielmehr deine Bemerkung nach eurer ersten Begegnung.«

Wir saßen auf Summers breitem Sofa und schauten im Fernsehen eine billige US-Serie an.

»Was habe ich gesagt?«, wollte ich grinsend wissen.

»Dass sie Maya ähnlich ist«, antwortete Summer. Ich fühlte, wie mein Lächeln verblasste.

»Das habe ich nie behauptet.«

»Hast du.«

»Ich meinte es aber nicht so.«

»Oh, echt nicht? Wie hast du es denn gemeint?«

Ich sah sie groß an.

»Sie … sie hatte so eine Art zu gucken«, murmelte ich schließlich. »Das hat mich an Maya erinnert. Aber nur am Anfang. Ganz am Anfang.«

»Jetzt nicht mehr?«

»Ne.«

»Dann ist ja alles gut.«

Summer griff in die Chipstüte, die zwischen uns auf dem Sofa lag, und schob sich eine ganze Hand voll scharfer Pepperonichips in den Mund. Allein bei dem Anblick fingen meine Lippen schon Feuer.

Kauend schaute Summer wieder zum Bildschirm und tat so, als verfolge sie ausschließlich das Geschehen dort.

Dabei wusste sie genau, dass sie mich an der Angel hatte. Sie war wirklich eine verdammt gute Freundin.

»Wieso ist alles gut, wenn ich mich nur am Anfang an Maya erinnert fühlte?«, erkundigte ich mich widerwillig. Mir war klar, dass sie nur auf diese Frage gewartet hatte.

Summer schnalzte mit der Zunge. »Tu nicht so dumm, David. Du weißt genauso gut wie ich, dass es nicht gut gehen kann, wenn in einer aufkeimenden Liebesbeziehung die eine in der anderen nur eine verflossene Liebe sucht.«

Ich lachte hell auf.

»So ein Unsinn!«, rief ich und wollte mich ausschütten vor Heiterkeit. »Was für eine aufkeimende Liebesbeziehung meinst du bloß?«

Zehn Jahre nachdem ich Maya das letzte Mal geküsste hatte, kehrten meine Träume von ihr zurück. Das Gefühl für sie, das ich immer noch Liebe zu nennen bereit war, erschien so irreal, so weit fort wie alles aus meinem ersten Leben, wie alles, was »davor« geschah.

In meinen zurückkehrenden Träumen suchte ich nach etwas Verlorenem.

Mir brach der Schweiß aus, ich rannte, ich rief, ich schaute in alle Winkel.

Manchmal, in diesen Träumen, traf ich dann Maya.

Lief auf sie zu.

Schlang die Arme um ihren zarten Körper.

Senkte das Gesicht an ihren Hals und vergrub es an ihrer weichen, weichen Haut.

Dann spürte ich ihre Hände auf meinem Rücken. Wie sie hinabwanderten, meinen Po umfassten. Wie sie sich unter meine Kleidung schoben, meine Brüste umschlossen, mit ihnen spielten.

Ich keuchte und schwitzte.

Einmal erwachte ich von einem Orgasmus.

Mir war klar, dass etwas geschehen würde. Jetzt war einfach der richtige Zeitpunkt dafür gekommen. Und genau der richtige Mensch. Aber wieso träumte ich nicht von diesem Menschen? Wieso träumte ich immer nur von Maya?

Der März war bereits weit vorangeschritten.

Die ersten Krokusse streckten die vorwitzigen Köpfe aus dem Boden und würden ihren Heldenmut wahrscheinlich teuer bezahlen müssen, denn es schneite wieder.

Wenn der Kurs am Tierheim, an dem ich mit Fips teilnahm, beendet war, half ich Melanie gewöhnlich, die benutzten Geräte wegzupacken und alles ordentlich zu verlassen.

Wir standen im kalten und zugigen Geräteraum und versuchten, aus dem Trainingsplan für die nächste Woche schlau zu werden, den irgendjemand Kluges hier aufgehängt hatte.

»Offenbar interessiert sich jemand für Nando«, stellte Melanie fest und deutete auf einen eingetragenen Termin am Mittwoch. »Da muss ich mir richtig Mühe geben, damit es klappt.«

»Du gibst dir doch immer Mühe«, bestärkte ich sie und versicherte ihr wieder einmal meine gute Meinung über sie.

»Nicht bei allen gleich«, gestand sie und grinste mich rasch von der Seite an. Nicht lange, denn wir standen sehr eng beieinander.

»Tatsächlich?«, sagte ich und wandte den Kopf.

Sie war wirklich sehr nahe.

Ich sah, wie die Atemwolke vor ihrem Mund sich in meine Richtung bewegte, wenn ich einatmete.

»Ich mache Unterschiede«, erwiderte Melanie, diesmal in eindeutig flirtendem Tonfall.

»Inwiefern?«, wollte ich wissen und sah sie unverwandt an.

Keine Ahnung, was mich plötzlich überkam. Ich wollte, dass sie mir ihren Blick schenkte.

Sie tat es. Zuerst nur kurz.

Doch dann ging ein Ruck durch Melanie, und sie blickte mich voll an.

»Weil es manchmal Menschen gibt, die etwas ganz Besonderes sind«, antwortete sie langsam.

Dann beugte ich mich vor und küsste sie.

Es war ein Kuss der Notwendigkeit. In mir brach etwas auf. Etwas lang Verschollenes, das tief vergraben gelegen hatte.

Die Kruste brach auf, und es schoss heraus wie ein Löwenzahn, der gewaltsam durch den Asphalt treibt.

Alle Lippen vorher, alle nach Maya, waren vergeblich gewesen.

Oder vielleicht waren sie notwendig gewesen, um dies zu ermöglichen.

Melanie legte die Arme um mich und küsste mich auch. Wir standen eine ganze Weile dort, in dem kältesten Raum des Tierheims, und küssten uns.

Ich bestand nur aus Gefühl.

Mein Heimweg war voller Kristalle aus Eis und Sonne, die bei jedem Schritt schmolzen und neu gefroren.

Fips hob mehrmals den Kopf und sah mich an.

Ich schloss ihr und mir die Haustür auf und stieg vor ihr die Treppe hinauf. In meiner Wohnung ließ ich mich von innen gegen die Tür sinken.

Melanie. Ich probierte den Namen aus. Lächelte.

Sagte ihn laut in die dunklen Räume meiner Wohnung hinein und lachte.

Ich hatte eine Frau geküsst und alles ringsum vergessen.

Ich hatte mich wie in meinen Träumen gefühlt. So warm, geborgen, so durch und durch gewollt und begehrt. Es machte gar nichts aus, dass Melanie nicht mit zu mir nach Haus hatte kommen wollen.

Sie war wie betäubt gewesen, nachdem wir uns endlich voneinander hatten lösen können.

Sie hatte mich angestarrt, ungläubig, fassungslos. Und ohne ein Wort der Erklärung, nur mit dem Versprechen auf ein baldiges Wiedersehen hatte sie sich verabschiedet und war mit Godot verschwunden.

Aber das machte nichts.

Ich wusste, dass es so schon in Ordnung war. Ich wusste, dass es mit ihr und mir etwas Großes werden würde. Ich wusste, dass alles gut werden würde.

Und dann klingelte das Telefon.

Ich hastete hin.

Sie wollte meine Stimme hören!

Sie wollte mich sprechen und mir sagen, dass sie sich unsterblich in mich verliebt hatte, mehr als je in einen anderen Menschen. Alles sei ihr egal. Diese sonderbaren Definitionen: Was bin ich? Wer bin ich? Was sind wir einander? Sie wollte meine Stimme hören, weil sie sich nach mir sehnte!

»Hallo?«, meldete ich mich, bemüht, meine Stimme so klingen zu lassen, als hätte ich gerade einen wunderschönen Liebesfilm mit Happyend gesehen.

»Hallo«, antwortete eine Frauenstimme, die mir vage bekannt vorkam. »Spreche ich mit David?«

Stille.

In mir war es plötzlich ganz still.

Melanie.

Einfach nur Stille in mir, weil ich so sehr mit Melanie gerechnet hatte, dass jede andere Anruferin mich einfach enttäuschen musste. Hatte ich gedacht.

Das Ausbleiben meiner Enttäuschung verwirrte mich einen Moment lang mehr als alles andere. Auch mehr als die Tatsache, dass Maya mich anrief.

»Hallo?«, wiederholte sie unsicher.

»Ja«, beeilte ich mich zu sagen. »Ja, ich bin es. Tut mir leid. Ich war nur so ... überrascht. Hallo. Wie schön, dass du anrufst. Ich ... ich war nur im ersten Augenblick so platt.«

»Dachte ich mir«, lachte sie verlegen. Ihre Stimme klang tiefer, als ich sie in Erinnerung hatte. »Eigentlich wollte ich dir einen Brief schreiben. Aber ich habe zigmal angefangen und kam nie über die ersten Zeilen hinaus. Da dachte ich, am besten rufe ich einfach an.«

»Gute Idee!«, versicherte ich ihr.

Dann schwiegen wir einen Augenblick lang. In dem ich mein Herz klopfen hörte.

»Ich hab gehört, dein Opa ist gestorben«, sagte Maya und räusperte sich. »Das tut mir sehr leid. Du hast doch so an ihm gehangen.«

Ich musste schlucken. »Ja. Das war sehr schwer für uns alle. Er war alt, aber es war trotzdem zu früh. Es heißt ja immer, die Besten gehen als Erste.«

Maya atmete hörbar aus.

Ich ließ mich auf den Schreibtischstuhl sinken. Was hatte ich gesagt?

Einen Augenblick lang war ich davon überzeugt, sie werde einfach auflegen. Doch dann fragte sie leise: »Geht es dir denn gut?«

Ein Bild schoss mir in den Kopf: *Maya auf ihrem Rennrad. Die langen Haare umwehten im Fahrtwind ihre schlanke Gestalt. Sie wandte den Kopf und lachte mich an.*

Mir kam in den Sinn, etwas Theatralisches zu sagen wie »Mir geht es viel besser, als es mir eigentlich gehen dürfte.«

Aber dann besann ich mich und antwortete: »Ja. Mir geht's gut. Ich habe tatsächlich diese klasse Stelle als Lektorin im XYZ-Verlag bekommen. Die Arbeit macht echt Spaß. Das Herumfeilen an Texten und so, weißt du.«

»Das hat dir schon immer Freude gemacht«, stimmte sie mir zu. Ich hörte sie beinahe lächeln. »Weißt du noch, wie du für die Schülerzeitung diese Spionagegeschichte geschrieben hast, in der alle Lehrer vorkamen?«

»Sicher. Herr Grün war der Meisteragent, so eine Art 007. Was weit hergeholt war, denn als er den Text gelesen hat, hat er nicht mal begriffen, worum es darin ging.«

Maya lachte auf.

Ich spürte, wie meine Lippen sich öffneten, während ich in den Hörer lauschte.

»Na ja, aus mir ist nun doch keine Lehrerin geworden«, sagte Maya. »Dafür sprichst du jetzt gerade mit einer waschechten Kommissarin.«

»Ich weiß. Henning hat es mir erzählt.«

»Und unsere gemeinsame Bekannte«, setzte Maya vorsichtig hinzu.

»Tatjana. Ja, die auch«, bejahte ich, ebenso vorsichtig.

»Ich bin eigentlich nicht wirklich gut mit ihr befreundet«, gestand Maya nach einer peinlichen kleinen Pause.

»Weißt du was? Ich auch nicht«, raunte ich.

Diesmal kicherten wir beide gleichzeitig.

»Sie war nur mit meiner besten Freundin zusammen, mit Summer.«

»O ja, die muss eine Wucht sein. Tatjana hat ständig von ihr geredet.«

»Tatsächlich? Darf ich das Summer erzählen? Ich glaube, das würde sie auch nachträglich noch freuen.«

»Wenn ich ihr damit eine Freude mache, gern.«

Ihr trockener Humor, den ich immer so zum Brüllen komisch gefunden hatte, blitzte wieder auf. Sie hatte stets kleine Scherze auf Lager, die manche Menschen gar nicht bemerkten, bei denen ich mich aber immer hätte vorwärts und rückwärts kugeln können.

Ich stand vom Stuhl auf und lief in der Wohnung auf und ab, während sie mir ein bisschen von ihrem Leben in den letzten zehn Jahren erzählte.

Natürlich berichtete sie mir nicht, wie oft und mit wem sie es getrieben hatte.

Das wollte ich auch lieber nicht wissen. Und war heilfroh, dass auch bei mir die Sprache nicht darauf kam. Ich wäre arg ins Schleudern geraten.

Aber sie war sehr interessiert an Fips. Sie sagte, sie wolle selbst gerne einen Hund, schrecke aber davor zurück, weil sie ihm aufgrund des Schichtdienstes nicht gerecht werden könne.

Irgendwann, ich war mittlerweile im Schlafzimmer auf meinem Bett gelandet, fragte ich mich, wieso Maya angerufen hatte.

Was hatte sie mir in den vielen begonnenen, aber nicht beendeten Briefen sagen wollen?

Ich wäre nicht auf den Gedanken gekommen, sie danach zu fragen. Nicht, weil ich es nicht wissen wollte. Und nicht einmal deswegen, weil ich befürchtet hätte, neugierig zu erscheinen. Sondern aus dem alleinigen Grund, dass ich nicht riskieren wollte, sie könne meine Frage missdeuten und als Anlass zur Beendigung unseres Telefonates verstehen.

Ich wollte unser Telefonat nicht beenden.

Von mir aus konnten wir tagelang weitertelefonieren.

Doch irgendwann kam es.

Aus Mayas Stimme wich der heitere Tonfall, und sie wurde so ernst, wie es bei einem Anruf nach zehn Jahren nur angemessen sein kann.

»Wollen wir uns nicht treffen? Ich glaube, wir sollten über ein paar Dinge reden«, sagte sie auf diese sehr ernste Art.

Ich kannte das von früher.

Wenn sie auf diese Weise etwas fragte, dann wollte sie eine ebenso ernste Antwort. Jeder Scherz und jedes Ausweichen wurden sogleich durch unwilliges Stirnrunzeln, Zungenschnalzen oder brüskes Abwenden bestraft.

Ich hörte ihrer Stimme nicht nur den Ernst an, sondern auch die Brisanz. Wahrscheinlich hatte sie diese Worte viele Dutzend Male geprobt. Sie klang trotzdem oder vielleicht gerade deswegen furchtbar aufgeregt.

»Ich weiß nicht, Maya, ich … nein. Nein, ich glaube, das wäre keine gute Idee. Wir haben uns doch inzwischen ganz gut eingerichtet mit unserem jeweiligen Leben. Ich meine, was geschehen ist, ist geschehen. Ich kann es nicht rückgängig machen. Es wäre ein kläglicher Versuch, es ungeschehen zu machen, wenn wir einfach darüber reden.«

»Ich will mit dir nicht über Jenni reden«, erklärte Maya. Dieser Name aus ihrem Mund, durch die elektronische Leitung über etliche Kilometer hinweg, hinein in mein Ohr, ließ mich schlagartig zittern.

»Worüber willst du dann mit mir reden?«, fragte ich und fühlte mich mindestens so bang, wie sie sich anhörte.

»Über uns«, sagte Maya leise.

Der Boden, auf den ich starrte, wölbte sich vor meinen Augen nach unten.

Mir wurde schlecht.

»David?«

»Ja.«

»Bitte.«

Was hätte ich sonst tun sollen? Hart bleiben? Nein sagen? Den Hörer auflegen?

Ich hatte keine Wahl.

Nachdem wir aufgelegt hatten, ging ich wie eine Schlafwandlerin in der Wohnung umher. Stand lange unter dem Schrägfenster in der Küche und sah zum Mond hinauf, der voll und klar dort oben stand und sein Licht weiß und kraftvoll über die Schneelandschaft goss, als wolle er zügellosen Sex mit ihr. So geheimnisvoll und rätselhaft und doch für alle sichtbar.

Ich war davon ausgegangen, dass Melanie sich am nächsten Tag umgehend melden würde.

Dass sie nicht anrief, verwunderte mich. Aber es passte mir ganz gut in den Kram.

Ich musste nachdenken.

Darüber, was ich empfunden hatte, als ich mit Maya sprach. Was der Klang ihrer Stimme, ihr Lachen und ihre flehentliche Bitte in mir ausgelöst hatten.

Ich dachte auch daran, wie unser Treffen verlaufen würde.

Sie wollte am nächsten Wochenende zu mir kommen.

Und ich war mir im Klaren darüber, dass ich mit dem Rücken zur Wand stand.

Ich hatte keinen blassen Schimmer, was Maya zu dem wahnsinnigen Entschluss getrieben hatte, mich unbedingt wiedersehen zu müssen.

Sie hatte weder rachsüchtig noch paranoid geklungen.

Die winzige Ahnung, die sich wie ein auszubrütendes Ei in mir einnistete, wollte ich nicht groß werden lassen.

Und so war ich tagelang damit beschäftigt, mich selbst in Schach zu halten.

Erst nach drei Tagen riss ich mich zusammen, packte Fips ins Auto und fuhr zu Melanies Wohnung.

Ich war erst einmal dort gewesen. Die Straße, das Haus, die Stufen zu ihrer Wohnung hinauf, alles war mir fremd.

Auch Melanie machte keinen vertrauten Eindruck auf mich.

Aber wir hatten uns geküsst. Ich hatte sie geküsst, und sie hatte den Kuss erwidert. Aus dem Grund war ich hier. Und weil ich ihr von Maya erzählen musste. Das musste ich tun. Denn alles andere wäre unfair gewesen.

Verrückterweise war ich innerlich so weit auf Distanz gegangen, dass ich gar nicht spürte, dass Melanie noch viel weiter fortgerückt war.

Wir schlichen ein wenig umeinander herum, während Fips und Godot auf dem Wohnzimmerteppich ihr Wiedersehen mit einem ausgelassenen Balgspiel feierten.

Gerade als ich den Mund öffnen wollte, um zu erzählen – von Maya von damals und heute, meinem Wollen und Nichtkönnen –, gerade da sagte Melanie: »Ich muss dir was sagen, David.«

Ihre Augen glänzten.

Ich schloss den Mund wieder.

»Ich hab dir was verschwiegen«, begann sie und sah mich dabei nicht an. Das schlechte Gewissen stand ihr ins Gesicht geschrieben. »Es war keine Absicht. Jedenfalls anfangs nicht. Ich meine, unser Verhältnis zueinander war klar: Du warst eine Hundebesitzerin mit einem schwierigen Hund, und ich war die Trainerin. Wenn man sich auf einem solchen Niveau trifft, dann muss man sich ja nicht zwangsläufig Privates erzählen. Zum Beispiel, wie man lebt. Oder mit wem ...«

Meine Kehle wurde schlagartig trocken.

»Mit wem?«, wiederholte ich dumpf.

Melanie schien im Gegensatz zu mir über enormen Speichelfluss zu verfügen, denn sie musste kräftig schlucken.

»Du hast eine Beziehung und hast es die ganze Zeit nicht ein einziges Mal erwähnt?«, hakte ich nach, um sicherzugehen, dass ich sie nicht falsch verstanden hatte.

Sie nickte.

»Ja, aber ... ich weiß, es klingt bestimmt wie eine blöde Ausrede, aber Burkhard und ich haben uns in den letzten Monaten sehr voneinander entfernt. Irgendwie hatten wir nicht mehr so die Berührungspunkte. Er verbringt viel Zeit beim Sport. Freeclimbing.«

»Er tut *was*?« Unser Gespräch kam mir immer absurder vor. Melanie hatte eine Beziehung. Mit einem Mann. Burkhard.

»Er klettert.«

Ich sah sie stumm an.

»Nach unserem letzten Treffen ... also, nachdem du und ich ... bin ich zu ihm gefahren und hab ihm alles erzählt.«

»Du hast ihm alles erzählt? Was denn? Alles?« In mir kochte langsam die Wut hoch. Wie hatte sie mir verschweigen können, dass sie in einer festen Beziehung lebte? War ihr nicht klar gewesen, was zwischen uns passierte?

Melanie sah mich bittend an. »Ich kann verstehen, wenn du sauer bist. Es ist nur ... ich war so durcheinander. Mir ist das noch nie passiert. Als ich gemerkt habe, was ich für dich empfinde, habe ich es erst gar nicht wahrhaben wollen. Ich habe es einfach ignoriert. Nur fiel mir irgendwann auf, dass ich nie etwas von Burkhard erzähle. Ich wollte das irgendwie nicht. Ich fand, er hatte zwischen uns nichts zu suchen.« Damit hatte sie tatsächlich Recht!

»Du willst mir jetzt erzählen, du hast dich noch nie in eine Frau verliebt?«, fragte ich ungläubig.

Melanie starrte mich verständnislos an. »Wieso findest du das so verwunderlich?«

Ich lachte hölzern. »Ach, vergiss es!«

Doch sie schüttelte den Kopf. »Natürlich. Es hat Situationen gegeben. Früher, in der Schule zum Beispiel. Oder meine Ausbilderin auf dem Hundeplatz, wo ich mit meinem ersten Hund war ... Aber dabei hab ich mir nichts gedacht.«

»Ja, so geht es den meisten«, grinste ich schief. »Sie denken sich einfach nichts dabei. Und wenn sich nicht irgendeine Lesbe erbarmt und sie küsst, leben sie ihr Leben immer weiter so gedankenlos, heiraten, bekommen Kinder und fragen sich zwischendurch, was um Himmels willen nur mit ihnen los ist, dass sie sich so seltsam fehl am Platz fühlen.«

Melanie sah aus, als wisse sie nicht, ob sie lachen oder weinen sollte.

»Ich habe Burkhard erzählt, dass ich jemanden kennen gelernt habe, für den ich etwas empfinde. Und das bedeutet wohl, dass es aus ist zwischen ihm und mir. Aber ... vielleicht kennst du das. Als es ausgesprochen war ... also, plötzlich hat er so viel erzählt. Von sich und wie er sich fühlte in den letzten Monaten. Er hat geweint und ...« Sie brach ab.

»Kurz: Du hast dich nicht von ihm getrennt«, resümierte ich.

Nicken.

Sie sah so kläglich aus, dass ich die Arme ausstreckte und sagte: »Na, komm mal her!«

Wir umarmten uns.

Und es lag deutlich mehr in dieser Umarmung als nur der Trost, den wir bei einer Freundin suchen. Für einen kleinen Augenblick ritt mich der Teufel, und ich wollte sie wieder küssen.

Wollte ihre Entscheidung komplett auf den Kopf stellen. Ich wusste, dass ich es konnte.

Doch dann tat ich es doch nicht. Und fand es schade.

Irgendwann hob Melanie den Blick und sah mich an. »Da ist ein Geheimnis um dich herum. Mir ist klar, dass du mir etwas verschweigst. Das ist dein gutes Recht. Aber wenn es mich etwas angeht, dann fände ich es fair, wenn du es mir irgendwann mal erzählen würdest.«

»So wie du mir erzählt hast, dass es Burkhard gibt?«, erwiderte ich und hätte mir im gleichen Augenblick die Zunge abbeißen können.

Ich konnte richtig widerlich sein.

Melanie zog die Luft ein.

Aber sie schwieg.

Vielleicht glaubte sie, ich hätte das Recht, so etwas zu sagen.

Erst als ich fast schon daheim war, fiel mir ein, dass ich nichts von Maya erzählt hatte.

Nichts von dem Telefonat als blanker Tatsache. Und erst recht nichts von der Erschütterung, die Mayas Stimme in mir erzeugt hatte.

Ich hatte auch vergessen, dass ich mit meiner besten Freundin verabredet war und sie für den Notfall über einen Schlüssel verfügte, mit dem sie sich im Falle einer Verspätung meinerseits Einlass verschaffen konnte.

Summer hatte aus lauter Frust über meine Abwesenheit ein Inferno unter den Schokoladentafeln in meinem Vorratsschrank angerichtet. Nur eine Zartbitter mit Cayennepfeffer hatte überlebt. Die mochte ich auch nicht.

»Was für eine göttliche Zwickmühle«, seufzte Summer, die zur Zeit keine Liebelei in Aussicht hatte, nachdem sie sich meine Erläuterungen zur momentanen Situation angehört hatte.

Ich fand es nur mäßig tröstlich, dass sie mich um meine klägliche Situation beneidete. Eher machte mir Summers Interesse die Absurdität meiner Lage noch deutlicher. Zehn Jahre hatte ich damit verbracht, Maya und meiner großen Liebe zu ihr nachzutrauern. Nun hatte ich in Melanie zum ersten Mal eine Frau getroffen, die mich wirklich berührte. Und nicht genug damit, dass ich es zum ersten Mal in meiner Lesbenlaufbahn mit männlicher Konkurrenz zu tun hatte, nein, genau in diesem Moment tauchte Maya wieder auf.

»Versuch bloß nicht, mir einen Ratschlag zu geben«, warnte ich Fips, die mich mit bernsteinfarbenen Augen fragend ansah.

»Du bist eindeutig parteiisch.« Sie wedelte zaghaft mit dem Schwanz, als wisse sie nicht genau, was sie von meiner aufgekratzten Stimmung halten sollte.

Gut, dass es wenigstens mit uns so einfach war. Sie und ich. Wir waren zwei, die zueinander gehörten.

Fips gehörte zu niemandem als nur zu mir. Und ich gehörte zu niemandem als nur zu ihr.

Es war ein bisschen so wie früher, als Gigi und ich allein in unserer Wohnung lebten.

Natürlich hatte es Großmutter und Opa und Henning gegeben – aber nur eine, zu der mein Band so stark gewesen war.

Das war heute auch wieder so. Mit diesem karamellpuddingfarbenen Hund und mir. Fips, das Opfer eines Rasers. Und eine Raserin.

Wenn jemand stirbt oder uns verlässt, behauptet alle Welt, dass wir uns immer an diesen Menschen erinnern werden. Man sagt, dass er in uns weiterlebt – genau so, wie er lebendig war.

Als ich Maya wieder traf, wurde mir klar, dass diese Behauptung eine Lüge war.

Ich war immer so sicher gewesen, dass ich keine einzige Sekunde unserer gemeinsamen Zeit vergessen würde, dass jede ihrer Gesten mir auf ewig im Gedächtnis bleiben würde. Doch als sie jetzt vor mir saß, stellte ich mit wachsendem Entsetzen fest, wie viel mir nicht mehr gegenwärtig war.

Ihre Art, sich zurechtzusetzen, wenn sie sich nicht hundertprozentig wohl in ihrer Haut fühlte.

Die Bewegungen ihrer Hände beim Erzählen.

Die Tönung ihrer Stimme, wenn sie etwas erzählte und gleichzeitig lächelte.

Ich sah das alles. Ich hörte das alles. Wusste, dass ich es damals in- und auswendig gekannt hatte. Und begriff nicht, wie ich auch nur einen winzigen Teil davon hatte vergessen können.

Ich war regelrecht geschockt, wie sehr meine Liebe mich offenbar im Stich gelassen hatte.

Das Einzige, was ich immer vor mir gesehen hatte in all den Jahren, war ihr scheuer Blick von unten herauf, in dem zugleich so viel Forderung lag.

Der war immer noch ein Teil von ihr. Dieser Blick. In dem eine unergründliche Angst und ein unberechbarer Wille zugleich lagen.

Sie war bezaubert von Fips.

Und Fips ließ sich nicht lange bitten. Entgegen ihrer üblichen

Zurückhaltung beschnüffelte sie Mayas ausgestreckte Hand ausgiebig und ließ sich schon bald von ihr kraulen.

Ich wollte Maya gern sagen, wie ungewöhnlich das für meine Hündin war. Doch ich tat es nicht, weil ich sie nicht bedrängen und sie mit dem Heiligenschein der Besonderheit umgeben wollte.

Wir gingen durch meine Wohnung, und Maya begrüßte altbekannte Gegenstände mit nicht zu verbergendem Entzücken. Sie sah sich mit weit offenen Augen um, als wolle sie alles aufnehmen, was mich in meinem Leben Tag für Tag umgab. Wir sprachen über allerlei Unwesentliches und genossen es beide. Wussten wir doch, dass irgendwann ein Punkt kommen würde, an dem unser Gespräch nicht einfach mehr so dahinplätschern würde.

Es war schön, sie reden zu hören.

Sie sah so hübsch aus in dem blau karierten Hemd, das sie trug und dessen Farbe ihre Augen zum Leuchten brachte.

Obwohl ich ihre langen Haare vermisste, musste ich mir selbst eingestehen, dass ihr die kurzen auch wunderbar standen. Sie sah jung, lebendig und gerade so frech aus, dass ich sie fortwährend anstarren musste.

Ich bekam Sehnsucht nach dem Sommer und einem weiten Himmel, wenn ich sie ansah. Beim Schnee im März da draußen vor dem Fenster schien die Erfüllung dieser Sehnsucht unerreichbar weit.

Maya wollte alles über Ennio wissen.

Ich erzählte ihr von meinem kleinen Bruder und seinen kindlichen Heldentaten. Als ich seine Gabe erwähnte, so offen und freundlich auf alle Menschen zuzugehen, hob sie lächelnd die Schultern.

»Das wundert mich nicht«, sagte sie und sah mich an. »Du bist doch auch so. Das kommt von deiner Familie. Dieser unkonventionelle Umgang miteinander. Gigis Offenheit. Ihre enge Freundschaft mit Susette. Die klaren Grenzen, die deine Großmutter setzte in Kombination mit der kindlichen Fröhlichkeit deines Opas. Ist doch klar, dass ihr zwei zu echten Menschenfreunden werden musstet.«

Ich lauschte ihren Worten nach.

Der Klang ihrer Stimme hüllte mich in einen weichen Schleier aus liebevollen Erinnerungen.

Sie wusste, was mein Leben ausmachte.

Sie kannte die Menschen, die ich liebte und die mir meine unbeschwerte Kindheit, die Nestwärme und unbegrenzte Liebe geschenkt hatten.

Ihr Wissen um mich, das ihr so selbstverständlich über die Lippen kam, machte mich für einen Augenblick sprachlos.

Wie hatte ich vergessen können, wie besonders sie war?

»Ich dachte immer, dass du deine zukünftigen Schüler mit deiner Menschenliebe zu großartigen Menschen erziehen würdest. Wieso hast du einen anderen Beruf gewählt?«, wollte ich wissen.

Maya betrachtete ihre Hände. Diese schönen, schmalen, geschmeidigen Hände, die ich nicht zu lange ansehen durfte, weil mir sonst eine Menge Gedanken kamen, die sie um Himmels willen bloß nicht erraten sollte.

»Mein Job hat viel damit zu tun, Fälle aufzuklären. Ordnung zu schaffen, wo es anfangs chaotisch aussieht. Ich muss immer denjenigen suchen, der Schuld hat. Es beruhigt mich irgendwie, wenn ich in dem Durcheinander, das im Leben herrscht, ein bisschen mehr Durchblick habe und anderen Klarheit vermittle. Na ja … so in etwa.« Sie sah plötzlich verlegen aus.

Ich hüstelte. »O ja, da tust du bestimmt was Gutes. Wenn du all die schlimmen Mörder und sonstigen Straftäter, die den lieben Mitmenschen so viel Böses wollen, einfängst und hinter Gitter bringst.«

»Das ist nicht immer so«, widersprach sie, und ich entdeckte einen neuen Ausdruck auf ihrem Gesicht, den sie wahrscheinlich für offizielle Erklärungen zu ihrem Beruf entwickelt hatte. »Ich meine, es ist nicht immer so, dass die Täter nur Böses im Sinn haben. Manchmal geht es ja auch darum, den Schuldigen an einer Tat zu suchen, die gar nicht mutwillig begangenen wurde. Nicht alle, die etwas Strafbares begehen, wollten damit bewusst etwas Böses anrichten.«

»Wem sagst du das?«, antwortete ich halblaut.

Maya sah mich bestürzt an. Dann wandte sie den Blick ab.

»Wieso hast du mir nicht wenigstens geschrieben?«, fragte sie.

Mein Atem gefror zu einem zähen Strom.

Steif stand ich auf und ging zum Regal hinüber, in dem das Kästchen stand.

Ich nahm es mit zum Tisch hinüber und stellte es vor Maya hin.

Sie sah mich fragend an.

»Mach auf«, nickte ich ihr zu.

Das tat sie.

Ein Brief kam zum Vorschein. Noch einer und noch einer.

Es war knapp ein Dutzend.

Auf allen stand in der gleichen, leicht schnörkeligen Handschrift geschrieben: »Zurück an Absender«.

»Ich dachte, du hättest sie mir zurückgeschickt«, sagte ich unsicher.

Sie war leichenblass geworden. Ihre Antwort kannte ich, bevor sie den Mund geöffnet hatte. »Ich wusste nicht ... das ist Brittas Schrift.«

Viel zu laut war meine Stimme, als ich erwiderte: »Wie kommt es, dass sie jahrelang auf der Lauer gelegen hat, um alle Briefe abzufangen? Das gibt es doch gar nicht!« Ich war schockiert. Welche Kraft steckte dahinter! Eine unglaubliche Kraft des Willens, Maya und mich für immer zu trennen.

Maya hielt die Umschläge in ihren Händen und konnte den Blick nicht davon abwenden.

»Das ist wohl noch eine andere Geschichte, das mit Britta und mir. Wir haben seit einiger Zeit keinen Kontakt mehr.«

»Was?« Das konnte ich mir nicht vorstellen.

Mayas Lippen waren zu zwei schmalen Strichen geworden. »Sie will einfach nicht akzeptieren, wie ich bin, wie ich leben will. Sie ist verbohrt ohne Ende. Und das hier ... schlägt dem Fass den Boden aus!« Sie strich mit dem Daumen über ihren Namenszug auf dem oberen Umschlag. »Kann ich sie mitnehmen und lesen?«

Ich zuckte die Achseln, obwohl mein Magen unruhig flatterte bei dem Gedanken.

»Sie sind ja an dich adressiert.«

»Aber vielleicht trifft das alles nicht mehr zu, was darin steht.« Maya wagte einen kleinen Vorstoß in die Richtung, in der ich den Grund unseres heutigen Treffens vermutete.

»Du kannst ja immer aufs Datum gucken und entsprechende Abstriche machen«, grinste ich, obwohl ich genau wusste, dass ihr nicht zum Scherzen zumute war.

Maya hob den Blick und sah mich an.

»Immer wenn ich zufällig Henning oder Gigi begegnete, wollte ich sie nach dir fragen. Aber ich hatte zu große Angst, sie erzählen mir, dass du eine andere Freundin hast, dass es dir gut geht, dass du mich längst vergessen hast. Deswegen habe ich nie nach dir gefragt. Haben sie dir das nicht erzählt?«

Angst, dass ich sie längst vergessen hätte.

»Doch. Das haben sie mir erzählt. Ich dachte, du wolltest einfach nicht wissen, wie es mir geht und was ich so mache«, antwortete ich angespannt.

Wohin steuerte Maya mit diesem Gespräch?

Ich hatte geglaubt, es gehe um unsere Vergangenheit, um

unsere Beziehung von damals und um Dinge, die sie noch einmal aussprechen wollte.

Ich hatte gedacht, sie sei hier, um mir zu sagen, dass es zu Ende sei – damit es endlich tatsächlich zu Ende sein konnte.

Stattdessen saß sie hier, sah mich mit ihrem typischen Blick an und erzählte, dass sie stets Angst gehabt hatte, ich hätte sie vergessen.

»Ich hab's wirklich versucht mit den Jungs, weißt du«, sagte sie.

»Ich hörte davon«, erwiderte ich und hoffte, sie würde mich mit Details verschonen.

Das tat sie auch. Stattdessen fuhr sie mit noch Schlimmerem fort. »Aber bei anderen Frauen konnte ich auch nicht finden, wonach ich suche.«

Andere Frauen?

Davon hatte mir niemand erzählt. Auch Tatjana hatte nicht erwähnt, dass Maya etwas mit Frauen hatte.

Obwohl ich sie nicht ansah, erkannte Maya, was ich dachte. Sie lachte leise, und es klang amüsiert.

»Hast du etwa gedacht, du bist die Einzige, die so ist?«

Ich setzte mich aufrecht hin und räusperte mich.

»Maya, ich bin lesbisch.« Ihre Augenlider flatterten kurz. »Ich habe mich nie für Jungs oder Männer interessiert. Und ich habe ein paar mehr als nur einige Frauen getroffen in den vergangenen zehn Jahren. Ich weiß genau, das ist meine Art zu leben. Würdest du das von dir auch behaupten?«

»Was meinst du? Lesbisch zu sein? Oder ein paar mehr als nur einige Frauen getroffen zu haben?«, erwiderte Maya spitz.

Dem Ernst der Situation zum Trotz hätte ich über ihre Antwort fast gelacht. Da war sie wieder. Mit ihrem glasklaren Verstand, der selbst dann noch funktionierte, wenn ich selbst bereits nur noch Gefühl war.

Maya fuhr unbeirrt fort: »Ich habe weder bei den Jungs noch bei anderen Frauen das finden können, wonach ich suche, weil es etwas ganz Spezielles ist. Vielleicht findest du mich albern. Immerhin ist es schon lange her. Aber ich glaube, dass ich immer nach etwas Ähnlichem suche wie dem, was wir miteinander hatten. Das mit dir, das war so besonders. So einzigartig. Es war etwas, das für viel, viel länger als nur für ein Jahr geplant war, da bin ich sicher. Natürlich waren wir noch sehr jung. Aber trotzdem fühlte es sich doch nicht an wie eine dumme Teenagerschwärmerei, oder? Es war uns beiden doch verdammt ernst. Das weiß ich. Wir waren damals schon zu einer Tiefe in unserer Beziehung in der Lage, die viele nicht einmal in unserem jetzigen Alter begreifen. Was ich mit all dem sagen will …«

»Ich weiß, was du sagen willst«, unterbrach ich sie rasch. Mein Herz flatterte wie ein Kolibri im Kescher. Ihre Worte hatten ihn gejagt und hier hineingetrieben. »Aber das geht nicht, Maya«, beschwor ich sie, ohne auf das Zittern meiner Stimme zu achten. »Ich habe deine beste Freundin totgefahren. Ich habe sie auf dem Gewissen. Zwischen uns hätte nichts mehr leben können, nichts mehr atmen und nichts mehr wachsen. Du hättest doch die ganze Zeit gewusst, dass ich schuld daran bin, an deiner Trauer, deinem Verlust. Es wäre nie im Leben gut gegangen.«

»Und später?«, fragte Maya.

Später? Sie meinte. Heute!

Mittlerweile war meine Kehle so trocken, als hätte ich eine Woche Wüstendurchquerung hinter mir.

»Ich war vor nicht allzu langer Zeit bei Jennis Eltern, weißt du«, sagte ich mit bleischwerer Zunge im Mund. »Da ist mir klar geworden, dass der Tod nicht verjährt.«

»Du warst bei ihnen?«

Ich nickte.

»Wie geht es ihnen?«

Ich senkte den Kopf. »Frau Schmelz geht es wohl ganz gut. Sie hat es irgendwie besser verkraftet als er. Wobei das auch nur relativ ist. Ich glaube, sie denkt ständig daran. Es war schlimm, das zu sehen.«

»Sie hätten sich fast auch getrennt. Wusstest du das?«

»Frau Schmelz hat es angedeutet.«

Auch getrennt. Auch. So wie wir. So wie Maya und David sich trennten.

»Gibt es jemanden in deinem Leben, David?« Mayas Worte klangen so bang, dass sie mir wie Rasierklingen ins Fleisch schnitten.

Ich wollte schon den Kopf schütteln. Da fiel mir Melanie ein. Die eine Beziehung mit einem Freeclimber unterhielt und mich nicht noch einmal küssen wollte.

Maya deutete mein Schweigen anders, als es gemeint war.

Sie nickte kurz.

»Das war ein schönes Gespräch«, sagte sie mit belegter Stimme und stand auf. »Ich denke, ich gehe jetzt besser. Danke, dass du dich mit mir getroffen hast.«

Es war der schönste Abend seit zehn Jahren.

»Ich fand es auch schön, dich zu sehen«, antwortete ich.

Es war nur fair, dass ich es Melanie erzählte.

Sie hatte mir Burkhard gebeichtet. Ich beichtete ihr Maya. So versuchte ich es zumindest zu sehen. Auch wenn mir klar war, dass beides im Grunde nur das Gleiche bedeutete: Wir hatten es nicht wirklich miteinander versucht.

Die Chance, die sich uns aufgetan hatte, als wir uns trafen, hatten wir beide in ihrer Tragweite nicht erkannt. Wir hatten sie verstreichen lassen.

Doch blieb uns eine andere Möglichkeit. Die zur Freundschaft.

Das Vertrauen, das dazu nötig war, bewies ich, indem ich ihr von Maya und mir erzählte.

Melanie hörte sich stumm alles an.

Schließlich nickte sie, als begreife sie endlich etwas, das ihr an mir vorher unverständlich gewesen war.

Es tat gut, ihr alles zu erzählen. Auch wenn es sich gleichzeitig etwas paradox anfühlte.

»Glaubst du nicht, dass du irgendwann noch einmal mit ihr zusammen sein musst, um es für dich selbst endgültig abzuschließen?«, fragte Melanie vorsichtig, nachdem ich geendet hatte.

Sie war gerade dabei, unsere Teetassen zusammenzuräumen, um in der Küche Nachschub zu holen.

Ich bemühte mich, meiner Stimme einen festen Klang zu verleihen, der ihr zeigen sollte, dass ihre Frage mich nicht die Spur aus der Bahn warf. »Nein, das glaube ich nicht. Ich glaube, so einen Abschluss, wie du ihn meinst, den gibt es gar nicht, was diese Geschichte angeht.«

»Weil du es nicht willst«, murmelte sie im Wegdrehen.

»Was hast du gesagt?«, fragte ich scheinheilig.

»Nichts«, antwortete sie.

Das Jahr wurde älter.

Zwei Wochen nach unserem Treffen rief Maya mich unerwartet an. Ich war elektrisiert, und mein ganzer Körper spannte sich an in Erwartung einer erneuten Bitte und der von mir dann notwendigen Abwehr.

Doch die Bitte kam nicht. Maya berichtete ein bisschen aus ihrem Alltag und erzählte dann, dass sie Britta wegen der unterschlagenen Briefe zur Rede gestellt hatte. Wir teilten die Empörung über Brittas selbstgerechte Reaktion und legten auf in der Gewissheit, dass es eine gab, die verstand.

Etwa drei Wochen später rief ich dann Maya an.

Fragte, ob sich etwas getan hatte in Sachen Britta. Als dies nicht der Fall war, sprachen wir über dieses und jenes, lachten viel und legten mit einem Lächeln auf.

So entstand die Gewohnheit, in Abständen die Nummer der anderen zu wählen – wobei wir ohne jede Absprache sorgsam darauf achteten, dass wir uns mit der Initiative abwechselten.

Hin und wieder erwähnte ich Fragmente aus unseren Gesprächen, wenn Melanie und ich mit den Hunden unterwegs waren. Im Gegenzug dazu ließ Melanie ab und zu Burkhards Namen fallen, wenn sie von Unternehmungen am Wochenende berichtete.

So waren wir beide sicher, dass sich an unserer Situation nichts geändert hatte. Dass sich nichts ändern würde. Dass wir einander nicht anlogen.

Unsere Treffen hatten natürlich an Zauber verloren.

Wir vermieden es, den verheißungsvollen Ton des Flirtens zwischen uns wieder aufkommen zu lassen.

Trotzdem machte es nach wie vor viel Spaß, mit ihr gemeinsam spazieren zu gehen und Fips dabei zu beobachten, wie sie beinahe täglich etwas dazulernte.

Sie hatte sich prächtig entwickelt.

Sie rannte so schnell, wie ein Hund auf drei Beinen nur rennen kann. Natürlich war sie schneller erschöpft als ihre Spielgefährten, aber dann lag sie einfach im frisch sprießenden Gras, hechelte und lauerte den anderen auf, wenn die weiter über die Wiese sprangen. Oder sie wälzte sich im Moos, grub eifrig ein Loch, kaute Grashalme, Stöckchen und kam immer wieder zu mir, um mich mit eifrig erhobenem Kopf anzuschmachten. Ihre bedingungslose Liebe wurde zu einem Fixpunkt in meinem Leben.

Von dem Hund, der im Zwinger des Tierheims nur den Bodenbelag angestarrt und »sich aufgegeben« hatte, war nichts mehr zurückgeblieben. Fips war zu einem freundlichen und liebenswerten Wesen geworden, das imstande war, gerade durch ihre zarte Zurückhaltung die Zuneigung eines jeden zu erobern.

Sogar Großmutter rückte von ihrem alten Vorsatz (»Kein Tier im Haus!«) ab und steckte meiner Hündin heimlich Leckereien zu. Das war Ennio natürlich, Fips' Figur zuliebe, strengstens verboten. Doch er tat seine Begeisterung für Fips einfach anders kund. Indem er mit ihr um die Wette rannte, am Boden balgte oder stundenlang schmuste, bis sie beide auf dem Teppichboden vor dem Sofa übereinandergerollt eingeschlafen waren.

Gigi sah mich jedes Mal fragend an, wenn ich bei einem Besuch Mayas Namen erwähnte.

Susette rollte betont heimlich mit den Augen.

Aber sie wussten doch beide ...

Wie konnten sie auch nur eine Sekunde lang denken ...?

Meine Arbeit machte mir immer noch großen Spaß. Nicht auszudenken, dass ich um Haaresbreite an einem Alltag im Reisebüro vorbeigeschrappt war und die faszinierende Arbeit mit so vielen unterschiedlichen Texten und AutorInnen verpasst hätte.

Claudia, die Verlags-Chefin, verstand es, eine angenehme Arbeitsatmosphäre zu verbreiten, in der kreativer Umgang mit Worten, Sprache und Geschichten möglich war.

Michael und ich waren inzwischen zu einem eingeschworenen Team geworden.

Wir verbrachten die Mittagspause miteinander, lästerten liebevoll über KollegInnen und tauschten uns über die Projekte aus, an denen wir arbeiteten.

Es war an einem Donnerstag im Mai, ich war gerade neunundzwanzig Jahre alt geworden, als er aus dem Büro, das er mit einem Kollegen teilte, an meinen Schreibtisch herüberkam.

Ich sah ihm sofort an, dass etwas geschehen war, womit er nicht gerechnet hatte. Etwas, das mich betraf.

Er war blass um die Nase.

In der Hand hielt er ein Manuskript.

Mit den Worten »Ich finde, das solltest du dir ansehen« legte er es oben auf den Stapel anderer Manuskripte.

Die Geste war unmissverständlich.

Jetzt. Sofort. Als Allererstes.

Ich schlug das gebundene Manuskript auf und las die erste Seite. Dann klappte ich das Manuskript wieder zu und starrte auf das Exposé. Schließlich griff ich nach dem beigehefteten Begleitschreiben.

Der Absender lautete: Mirko Teichmann.

Es war also passiert.

Alle waren der Meinung, ich solle das Manuskript Michael überlassen und mich nicht weiter darum kümmern.

»Wühl nicht alles wieder auf, mein Schatz«, bat Gigi mich und sah regelrecht ängstlich aus. Sie hatte doch alles so hautnah mitbekommen.

Summer sagte: »Es war ein Zufall, David! Er weiß bestimmt nicht, dass du beim XYZ-Verlag Lektorin bist. Und wenn er es weiß und es extra deswegen zur Begutachtung geschickt hat, dann ist er ein Arschloch. Lass es auf sich beruhen. Es bringt dir nichts, wenn du dich einmischst.«

Ich wollte mich nicht einmischen.

Ich wollte nichts wieder aufwühlen.

Aber ich konnte dieses Manuskript nicht auf Michaels Schreibtisch zurücklegen und so tun, als hätte ich nie einen Blick hineingeworfen.

Deswegen wählte ich am nächsten Tag die Telefonnummer, die auf dem Schreiben angegeben war.

Nach dreimaligem Freizeichen meldete sich Mirko persönlich.

»Guten Tag«, sagte ich stockend. »XYZ-Verlag. Ich habe hier das Manuskript *Scherben im Laub* vorliegen. Kann ich ... ist es möglich, dass wir uns treffen?«

Mirko atmete tief ein. »Natürlich!«, antwortete er, und seine Stimme vibrierte vor freudiger Erwartung.

Er hatte sein Manuskript erst vor ein paar Tagen losgeschickt. Die Wartezeit auf Antwort von einem Verlag betrug gewöhnlich um die drei Monate.

»Wann denn?«, fragte er atemlos.

»Passt es morgen Abend um sieben?«

Kurzes Stutzen.

»Am Samstag?«

»Ja.«

»In Ordnung. Gut. Ja, wieso nicht? Treffen wir uns morgen. Soll ich in den Verlag kommen?«

»Nein. Das Geschäftliche wird mein Kollege Michael Zöllner regeln. Bei unserem Treffen handelt es sich eher um etwas ... Persönliches. Ich schlage vor, wir treffen uns im *Elroy*.«

Das *Elroy* war damals die bevorzugte Kneipe der Abiturienten gewesen.

Mirko stockte der Atem.

»Woher ...?«, fragte er.

»Ich bin es. David«, sagte ich.

Mirko saß mir steif und hölzern gegenüber.

Er war in den letzten zehn Jahren zu einem richtigen Mann geworden. Groß, schlank, sehnig und mit einem schmalen Oberlippenbärtchen, mit dem er ein bisschen wie ein hagerer Rhett Butler aussah.

Jenni und er waren fünf Jahre lang ein Paar gewesen. Eine Sandkastenliebe.

»Dein Buch ist gut«, sagte ich, nachdem wir bei der Bedienung, die bestimmt gerade erst volljährig geworden war, unsere Getränke bestellt hatten. »Ich denke, Claudia wird es nehmen.«

Mirko sah vorsichtig erfreut aus. »Findest du wirklich? Ich meine, es ... es ist mein erster Versuch.«

»Das dachte ich mir.«

»Wieso?«

»Beim ersten Buch schreiben die meisten über sich. Über ein Ereignis, etwas Großes, Wichtiges, das sie erlebt haben.«

»Findest du, ich habe kein Recht, darüber zu schreiben?«, wollte er wissen.

Ich stieß heftig die Luft aus. »Wer sollte ein Recht dazu haben, wenn nicht du?«

»Aber ich habe ... ich habe darin deine Position eingenommen.«

»Das weiß ich. Schließlich habe ich es gelesen.« Das hatte ich. Ich hatte das ganze Manuskript an einem einzigen Nachmittag gelesen und mehr als einmal eine Gänsehaut bekommen.

Mirko wiegte den Kopf. »Bestimmt habe ich es nicht so beschrieben, wie du es erlebt hast. Ich kann immer noch nicht fassen, dass ausgerechnet du beim XYZ-Verlag arbeitest. Ich habe mir ja schon Gedanken darüber gemacht, wie du reagieren würdest, falls das Buch jemals veröffentlicht würde und es dir zufällig in die Hände geriete. Aber ich hatte ja keine Ahnung, dass du es so schnell zu Gesicht bekämst. Glaub mir, wenn ich gewusst hätte, dass du da arbeitest, dann hätte ich ...«

»Hey«, unterbrach ich ihn, »es ist doch kein Tatsachenbericht! Es ist deine Geschichte. Du hast sie so geschrieben, wie du sie erlebt hast. Das ist völlig in Ordnung für mich. Mach dir darum keine Gedanken, okay!? Ich wüsste nur gern ...«

»Ja?«

»Na ja, es ist gut, dass du aus der Fahrerin einen Fahrer gemacht hast. Das verfremdet die Story ein bisschen und hat dir beim Schreiben bestimmt die Identifikation erleichtert. Aber andere Veränderungen in der Geschichte leuchten mir nicht so ein. Wieso hast du die Figur des Freundes des Unfallopfers so ... düster gezeichnet? Er ist ... wie soll ich sagen ...«

»Nicht sympathisch?«, half Mirko mir.

Ich lachte. »Ja, das trifft es ziemlich genau. Wieso hast du deine eigene Rolle derart negativ dargestellt? Hast du kein … Mitleid mit dir gehabt?«

Mirko schien froh, dass in diesem Augenblick die Bedienung mit unseren Gläsern kam. Das Mädchen zögerte. Es war im *Elroy* üblich, dass bei der Schülerschar, die hier ständig einfiel, gleich kassiert wurde. Offenbar wusste sie nicht, wie sie uns einordnen sollte. Als wir hier regelmäßig verkehrten, ging sie wahrscheinlich noch zur Grundschule.

Ich zog mein Geld heraus und zahlte für uns beide.

»Weiß Maya eigentlich davon?«, fragte ich plötzlich zu meiner eigenen Verwunderung.

Mirko sah erschrocken auf. »Was? Nein. Natürlich nicht. Will auch gar nicht wissen, was sie davon hielte.«

»Ich könnte sie fragen«, schlug ich vor.

Sein Blick huschte verwundert über mein Gesicht. »Ihr habt wieder Kontakt?«

Diesmal nickte ich nur.

»Wieso sollte sie etwas dagegen haben, dass du das alles aufgeschrieben hast? Vielleicht hast du damit etwas für uns alle getan.«

Er zuckte die Achseln, sah aber ungläubig aus.

Wir schwiegen eine Weile.

Ich spürte, dass Mirko etwas sagen wollte, doch offenbar fiel es ihm schwer.

Schließlich brach es doch aus ihm heraus. »Maya ist die Einzige, die weiß, wie es wirklich war. Sie könnte dir deine Frage nach der merkwürdigen Figur des unsympathischen Freundes beantworten.«

Ich blinzelte.

Wie es wirklich war?

»Was meinst du damit?«

Er winkte ab, als bereue er bereits das gerade Gesagte.

»Alle sagen mir doch: *Hach, wenn der Unfall nicht geschehen wäre, dann wärt ihr jetzt verheiratet, hättet bestimmt auch Kinder und all das*. Und dazu diese Blicke. Das ist manchmal nicht zum Aushalten. Die haben alle keinen Plan.«

»Wieso? Ihr wart so lange zusammen. Du hast sie geliebt. Sie wurde aus deinem Leben gerissen und …«

»Null Ahnung!«, unterbracht Mirko mich impulsiv.

»Wie?«

»Du hast null Ahnung, sagte ich. Genauso wenig wie die anderen. Was meinst du, wie oft ich diesen Senf schon gehört habe?

Kurz danach war es besonders schlimm. *So jung schon so gut wie ein Witwer!* Aber weißt du, was die Wahrheit ist? Ich wollte mich trennen.«

»Was?« Beinahe hätte ich mein Getränk umgeworfen.

»Ja, ich hatte mich in eine andere verguckt und wollte mich trennen. Am nächsten Tag wollte ich es ihr sagen. So war das. Peng.«

Mirko starrte in sein Glas.

Plötzlich begriff ich.

Ich verstand, wie er ein solches Buch schreiben konnte, in dem keinerlei Anklage, keinerlei Schmerz und Trauer zu finden war. Es war eine beinahe sachlich erzählte Geschichte, die durch ihre Klarheit bestach. Es gab nur eine Figur, der die Leserin deutlich ein bestimmtes Gefühl entgegenbringen sollte, nämlich Ablehnung: der Freund des Opfers.

»Und Maya wusste davon?«, wollte ich wissen.

Er schien mich nicht zu hören. »Ich wollte frei sein«, murmelte er wie zu sich selbst. »Ich wollte sie so gern los sein. Das ständige Klammern, die Kontrolle, die Enge. Ich wollte, dass sie mich in Ruhe lässt. Aber ich war so ein Feigling. Ich habe viel zu lange gewartet mit der Trennung. So lange, dass sie mich eigentlich nur noch genervt hat. Manchmal habe ich mir vorgestellt, wie es wäre, wenn sie einfach weg wäre. Verschwunden. Wenn ich mein Leben endlich ohne sie leben könnte.«

Mirko sah langsam von seinem Glas auf. Sein Blick traf den meinen.

Wie viele Menschen können sich eigentlich verantwortlich fühlen für einen einzigen Tod?

Das nächste Telefonat mit Maya war ein sehr langes.

Ich erzählte ihr von meiner Begegnung mit Mirko. Wir sprachen zum ersten Mal wirklich über damals.

Sie sagte, dass sie sich nicht erinnern könne. Noch nie. All die Jahre.

Als sie von mir erfuhr, dass sie mich mit »David, ich weiß nicht...« gewarnt und »Brems!« geschrien hatte, war es, als gebe ich ihr ein Stück Leben zurück.

Sie wiederholte leise die Worte.

Ich war ihre Erinnerung. Holte für sie herauf, was ich so lange mühsam unterdrückt hatte.

Alles, was ich noch wusste, teilte ich jetzt mit ihr. An einigen Stellen musste ich weinen. Sie weinte auch. Doch wir verbargen es voreinander.

Erst spät in der Nacht, nach mehr als vier Stunden, verabschiedeten wir uns.

»Maya?«, sagte ich, nachdem wir schon Tschüss gesagt hatten.

»Ja?«

»Ach nichts.«

Eine Sekunde lang hatte ich vorgehabt, sie um ein Treffen zu bitten.

Der Juni kam heran, und die Tage waren heiß, die Nächte schwül. Ich sehnte mich nach einem Körper an meinem und verbot mir jegliche Bilder, die vor meinem inneren Auge heraufzuziehen versuchten.

Stattdessen unternahm ich in meiner Freizeit viel mit Fips.

Am Tag der Offenen Tür besuchte ich mit ihr das Tierheim.

Dort wimmelte es von Besuchern. Alle Angestellten und Aushilfen waren mächtig beschäftigt. Einschließlich Melanie, die mit ein paar Hundegruppen Vorführungen einstudiert hatte, um Werbung für ihre Arbeit zu machen.

Abseits vom großen Trubel konnte ich Fips mit Godot ein bisschen über die Wiese toben lassen.

Doktor Munt, der für das Heim zuständige Tierarzt, gesellte sich zu mir. Offenbar suchte auch er ein wenig Ruhe vom Stimmengewirr und Hundegekläff.

»Wunderbar, wie Ihre Kleine sich entwickelt hat! Ich muss Ihnen wirklich ein ganz dickes Lob aussprechen. Sie haben dem Hund wieder Freude am Leben gegeben«, sagte er und betrachtete Fips, die mit Godot auf drei Beinen über die Wiese sprang.

»Ja, ich bin auch ganz happy darüber«, gab ich stolz zu. »Aber die Ehre gebührt bestimmt nicht mir allein. Das Training von Frau Plötzen hat auch sehr dazu beigetragen. Ohne sie hätte ich das nicht geschafft.«

Doktor Munt nickte zustimmend. »Die gute Melanie wirkt Wunder! Da haben Sie Recht. Als Fips damals abgegeben wurde, hätte ich nie gedacht, dass sie es noch mal so gut hätte. Ist auch für einen Hund ein ganz schöner Kraftakt, diesen verdammten Krebs zu besiegen.«

Ich spürte, wie sich eine steile Falte auf meiner Stirn bildete.

»Krebs?«, fragte ich.

»Ja«, sagte er und lächelte, als Fips Godot aufs Kreuz schmiss und sich auf ihn stürzte. »Ihren Leuten war das zu teuer. Die Operation, die Folgebehandlungen. Das konnten sie nicht tragen. Und dann war ja auch gar nicht klar, ob sie wieder ganz gesund würde – selbst mit dem amputierten Bein. Sie war anfangs doch sehr apathisch.«

Ich stand dort und starrte auf die spielenden Hunde.

»Ehm ...«, machte ich schließlich. »Ich dachte, Fips sei angefahren worden.«

»Angefahren?«, wiederholte der Doktor.

»Ja, man hat mir damals erzählt, dass sie im Wodantal von einem Raser angefahren worden sei und dadurch ihr Bein verloren habe.«

Er schüttelte den Kopf. »So ein Unsinn. Da hat bestimmt einer was durcheinandergebracht ... oder es wurde mal wieder eine herzzerreißende Geschichte erfunden, damit Sie sich erbarmen. Dabei ist Fips' wirkliche Geschichte doch schon erbarmungswürdig genug, oder? Nein, nein, ich selbst hab damals die Diagnose gestellt und ihr das Bein unterhalb des Knies abgenommen. Sah schlimm aus. Schlimm. Hätte nicht gedacht, dass sie es übersteht. Und jetzt schau sich einer diesen Hund an!«

Ihre wirkliche Geschichte ist doch schon erbarmungswürdig genug.

Ja. Krebs ist schlimm.

Abgegeben werden, weil die Besitzer die OP nicht zahlen wollen oder können, ist schlimm.

Amputiertes Bein ist schlimm.

Aber bei dieser Geschichte hätte ich nie und nimmer ...

Summer lachte so sehr, dass ihr die Tränen die Wange hinabliefen. Ich bereute, dass ich vom Tierheim aus sofort zu ihr gefahren war.

»Du hast den Köter aus dem Asyl geholt, weil du dachtest, er sei ein Raseropfer! Dein verdammtes schlechtes Gewissen hat dich dazu gezwungen, dir so einen Klotz ans Bein zu binden. Und was ist? Fips hatte ganz einfach nur eine profane Krankheit, an der zwar viele Leute sterben – und wahrscheinlich auch Hunde –, die aber so gar nix mit einem Autounfall zu tun hat ...«

Was an dieser Tatsache so lustig war, wollte sich mir nicht erschließen.

Ich brummte vor mich hin und hatte keine Lust, an diesem Wochenende viel Zeit mit meiner besten Freundin zu verbringen.

Daher stattete ich am Sonntag meiner Familie einen Besuch ab.

Die bestand momentan nur aus Gigi, Alois und Ennio. Großmutter war mit den »Frauen von Kriegsversehrten« auf einem Trip in die Eifel. Die Damen hatten irgendwann beschlossen, selbstverständlich auch die Witwen von Kriegsversehrten nicht aus ihrem engen Kreis auszuschließen. Was zur Folge hatte, dass sich mit den Jahren immer mehr alleinstehende ältere Frauen in ihrem Kreis befanden, der immer unternehmungslustiger wurde.

Großmutter tat es gut. Ich freute mich für sie. Auch wenn ich Opa immer noch furchtbar vermisste – wie wir alle.

Ich hatte beschlossen, niemandem sonst von Fips' wahrer Geschichte zu erzählen. Irgendwie befürchtete ich, dass entweder Lachen oder Bestürzung die Reaktion wäre. Und mit beidem konnte ich in diesem Fall nur schwer umgehen.

Das Wetter hatte umgeschlagen. Die Temperaturen waren merklich gesunken. Statt der brennenden Sonne fegten heute Wolkenfetzen über den Himmel, getrieben von einem hoch über uns peitschenden Wind.

Ständig drohte Regen, und so blieben wir im Haus.

Auch hier konnte ich mit meinem kleinen Bruder hervorragend spielen.

Ennio hatte seine Ritterzeit.

Die hatte ich als Kind übersprungen. Ich hatte mich immer nur in Zorro und Robin Hood verwandelt. Aber ein Ritter war ich nie gewesen. Mein kleiner Bruder dafür umso eifriger. Daher fuchtelten wir mit seinen Holzschwertern herum, und ich erzählte ihm, wie er den schönen Burgfräulein Gedichte aufsagen musste, und er kicherte darüber.

»Was für ein Wetter!«, stöhnte Gigi und sah zum Küchenfenster hinaus, gegen das die Äste des Fliederbuschs schlugen. »Und das im Juni! Richtiges Herbstwetter.«

Das hatte es schon einmal gegeben, erinnerte ich mich plötzlich.

Als Maya und ich das erste Mal miteinander im Wald waren, hatte es mitten im Sommer auch so gestürmt wie heute.

Rasch scheuchte ich die Gedanken an diesen Nachmittag fort. Sie hinterließen eine warme Spur in mir, die mich stundenlang nicht losließ und ständig erinnerte.

Alois und Gigi hatten im Wohnzimmer goldverschnörkelte große Rahmen aufgehängt, die in Wahrheit die Umrandung hübscher Regale waren, in denen Seite an Seite Hunderte von CDs standen. Es sah aus wie eine Ausstellung klein gestreifter Bilder in altmodischen Rahmen.

»Ich mache mir nur ein wenig Sorgen um diese verflixten MP3-Player«, gestand Alois, als ich seinen sorgfältig sortierten Bestand durchforstete.

»Ach, die Leute wollen doch auch etwas in der Hand halten, wenn sie Musik kaufen«, tröstete ich ihn geistesabwesend. »Die Player werden die CDs nie ganz verdrängen.«

»Was ist heute eigentlich mit dir, mein Schatz?«, fragte Gigi und sah mich aufmerksam an.

Ennios Kopf fuhr herum. Er musterte mich, als suche er an mir eine Veränderung.

Natürlich hätte ich Gigi gerne erzählt, was mit mir war. Aber solange mein Bruder zuhörte, wollte ich das nicht. Er war noch zu klein, um zu begreifen, worum es dabei ging.

»Ach, ich habe gerade mal wieder eine heftige Schlacht vorzubereiten. Mit ein paar alten Freunden gegen ein paar alte Feinde, weißt du«, grinste ich.

So ahnte Gigi sicher, in welche Richtung meine Gedanken heute strebten. Und Ennio, der wusste, dass er besser nicht lauschen sollte, zappelte auf seinem Sofaplatz herum.

Das Stichwort »Schlacht« fesselte ihn momentan wie nichts anderes.

Als ich Gigi, Alois und Ennio wieder verließ, umarmte mein kleiner Bruder mich so heftig, dass mir fast die Luft wegblieb. Offenbar wollte er mich festhalten.

»Du musst tapfer sein in dieser Schlacht«, sagte er mir leise ins Ohr.

»Okay. Halt dein Schwert bereit!«, flüsterte ich zurück.

Er würde jederzeit für mich kämpfen. Gegen Drachen. Gegen dreihundert rasende Gummibärchen. Leider gab es in der heutigen Zeit nicht mehr viele Gefahren, gegen die wir mit einem Schwert etwas ausrichten konnten. Da doch die meisten Kämpfe in uns selbst stattfanden.

Auf dem Rückweg folgte ich einer spontanen Eingebung und fuhr mit dem Wagen nicht direkt heim, sondern machte halt.

Einen Augenblick lang stand ich mit Fips dort am Waldrand und blickte über die Felder auf der anderen Talseite.

Der Wind flutete in großen Wellen darüber, hetzte die grünen Ähren, die doch nicht fliehen konnten. Der Anblick berührte mich innig. Er war so sinnlich, so begehrlich, dass mein Körper schmerzte vor Verlangen nach Erfüllung. Ich sehnte mich. Nach einem Menschen, der zu mir gehörte. Nach Händen, die mich so vertraut berührten, dass sie wie meine eigene waren und doch immer so anders, aufregend und neu.

Ich war doch immer gut allein klargekommen. Wieso verfolgte mich nun plötzlich dieser wilde Wunsch nach Zweisamkeit?

Da drehte ich mich um und lief in den Wald, mitten hinein zwischen die hohen, alten Bäume. Fips folgte mir auf drei leisen Pfoten.

Ich weiß, dass ich nicht die Einzige bin, die an sie glaubt. Die Wesen der Zwischenwelten, die zu uns herüberkommen, um uns zu verzaubern oder zu verfluchen. Sie leben nicht überall. In Städten und Häusern sieht man sie nie. Aber es gibt Orte, an denen wir sie finden können, wenn wir uns Mühe geben, sie zu entdecken.

Für Opa und mich war dies ein Zauberwald gewesen. Wir waren dort spazieren gegangen, wenn uns schwer ums Herz gewesen war und wir Erholung brauchten. Wir waren aber auch hindurchgewandert, wenn wir glücklich waren und dies feiern und genießen wollten.

Mir war klar, dass ich diesen Ort nun aufsuchte, weil ich mich ihm nahe fühlen wollte, dem einzigen Menschen, der ebenso an diese Wesen geglaubt hatte wie ich.

Hier sah ich ihn vor mir wie in all den vergangenen Jahren.

Doch weil die Zweige schlugen und die Äste knackten, die Blätter durch die Luft trieben und davonwehten, war es nicht nur Opa, den ich heute hier wiederfand.

Ich spürte, wie meine Gedanken von ihm fortglitten und bei Maya ihr Ziel suchten, wenn sie dort auch keine Ruhe fanden.

Wie konnte sie nur glauben, dass unsere gemeinsame Geschichte noch eine Zukunft haben könnte?

Sie hatte so ernst und überzeugt geklungen an dem Abend im März, als sie bei mir war. Als kenne sie keine Zweifel, was das anging. Als hätte Jennis Tod nichts geändert an der Tatsache, dass sie mich liebte, dass wir zusammengehörten.

Ich dachte natürlich auch an Melanie. Ihre ruhige, sanfte Stimme, wenn sie mit den Hunden sprach, und ihr lautes Lachen, wenn einer meiner Scherze sie mal wieder erheiterte.

Wie konnte ich so sicher sein, dass Burkhard keine Konkurrenz für mich wäre, würde ich es wirklich versuchen?

Ich wollte so gern alle Hoffnung in Melanie setzen. Denn alles, was sie mir bedeutete, war unbeeinflusst von Altlasten, unberührt von einem furchtbaren Trauma um den Tod eines Menschen, den ich verschuldet hatte.

Ganz sicher war ich gewesen in dem Gespräch mit Maya.

Sicher, dass ich den richtigen Weg kannte. Ihn gehen würde.

Wieso war sie nun hier?

So viel deutlicher als alle, die ich sonst noch in diesen Sturmwald hätte mitnehmen können?

Ich blickte einen Hang hinauf ins Unterholz, an Felsen und Moos vorüber, und hoffte auf Spuren meiner unsichtbaren Verbündeten. Es raschelte im Laub des letzten Herbstes. Kalter Wind fiel die Hänge herab auf mich zu. Zerwühlt von seiner unerwarteten Schärfe, stand ich da und begriff plötzlich, wieso ich damals im Wald gejagt worden war. Im Wald, wo die Suche beginnt, wo Fragen offen bleiben, dort hatte ich keinen Frieden finden können, damals.

Doch es war so viel Zeit vergangen.

Der nahe Bach rauschte, und ich flüsterte den Hang hinauf: »Ihr Elfen, ihr Kobolde, ihr Werwölfe, hört ihr mich? Seht ihr mich? Ich brauche ein Wunder. Versteht ihr? Ein Wunder!«

Es kam keine Antwort. Aber ich wusste, dass sie mich gehört hatten. Ich wusste, sie würden unternehmen, was immer notwendig war für mein Wunder. Ich verließ mich auf sie.

Ein paar Tage später rief Alois mich während der Arbeit an. »Was hältst du von einer Woche USA, Ostküste?«, begann er das Gespräch.

Es stellte sich heraus, dass ihm ein neuer Reiseanbieter eine kleine Pauschalreise zu einem Spottpreis angeboten hatte.

»Leider können Gigi und ich nicht fliegen. Sie hatte ja gerade erst Urlaub, und ich kann auch grad nicht weg, weil nächste Woche die Vertreter kommen. Wie wäre es, wenn du diese Testreise übernimmst? Natürlich für zwei Personen. Ihr müsst nur die Spesen zahlen.«

»Klasse!«, sagte ich. »Ich nehm Summer mit!«

»Bist du bescheuert?«, plärrte meine beste Freundin durch den Hörer. Sie gab sich alle Mühe, sich nicht anmerken zu lassen, wie sehr sie die Einladung freute. »Mit meiner Klaustrophobie steige ich doch in kein Flugzeug. Schade, ich bekäme Urlaub. Bei Frankreich hätte ich sofort angenommen.«

Dass Henning nicht mitkäme, hatte ich schon erwartet. »Unmöglich!«, sagte er wichtig. »Stell dir vor, das Baby kommt ein paar Tage zu früh. Dann wäre ich bei der Geburt nicht dabei und könnte mich gleich wieder von Meike trennen.«

»Na gut«, grinste ich. »Aber sag ihr, dass sie sich im Kreißsaal benehmen soll. Gigi hat da kein leuchtendes Beispiel abgegeben.«

»Ich richte es ihr aus. Wen wirst du denn jetzt fragen? Du wirst doch nicht etwa …?«

»Quatsch!«, fiel ich ihm ins Wort. »Ich werde stattdessen Melanie fragen.«

Henning seufzte. »Tu nichts, was ich nicht auch täte.«

»Leider kann ich keine Frauen schwängern, Kumpel«, erwiderte ich.

Melanie zögerte nur kurz. Als Freiberuflerin war es für sie ein Leichtes, ihre Termine für die kommende Woche umzulegen. Wenn sie abgesagt hätte, dann nur aus einem anderen Grund. Doch den schien es offenbar nicht zu geben.

»Die Hunde könnten in meiner Wohnung wohnen, und Kirsten kümmert sich um sie«, schlug sie aufgeregt vor. »Die ist immer froh, wenn sie zum Hundesitting bei mir wohnen kann und mal 'ne Weile aus ihrer Studentenbutze rauskommt.«

»Okay. So machen wir das!«

So machten wir es wirklich.

Bei der Abreise waren wir beide hibbelig wie zwei aufgezogene Spielzeughasen.

Wir quatschten und lachten, und alle Welt hielt uns bestimmt für zwei gute Freundinnen, die eine gemeinsame Reise unternahmen.

Ich hätte nicht gewusst, wie ich uns anders hätte beschreiben sollen. Ich wusste nur, dass die Beschreibung der beiden »guten Freundinnen« auch nicht richtig war.

Wir waren beide noch nicht in den USA gewesen und fühlten uns schon beim Anflug auf den Bostoner Flughafen wie in einer Folge von *Miami Vice*. Die Häuser sahen genauso aus wie in den Filmen. Die Straßen zogen sich wie breite Ströme durch das Land. Als wir den Flughafen verließen, stellten wir fest, dass hier alles größer, weiter, höher war als in unserer Heimat.

In den Autos konnte man vorn zu dritt sitzen.

In den Straßenrestaurants bedienten uns Kaugummi kauende Teenager, die Doreen oder Leila hießen.

Vor den Cafés waren Schilder aufgestellt, die warnten: »Don't even think of parking here!«

Der Reiseanbieter hatte nicht zu viel versprochen. Das urgemütliche kleine Hotel verströmte eine Atmosphäre wie bei den Waltons. Und das mitten in einer großen Stadt wie Boston. Wo wir Museen und Parks durchstreiften, in das Musical *The King and I* gingen, die Universität ebenso besuchten wie den campuseigenen Trödelmarkt.

Am letzten kompletten Tag, der uns in diesem viel zu kurzen Urlaub blieb, unternahmen wir einen Tagesausflug auf die Halbinsel Cape Cod.

Schon beim Überqueren der Landbrücke, die dorthin führte, kribbelte mein Bauch erwartungsvoll. Als sei dies hier etwas ganz Besonderes im Besonderen.

Mitten im riesigen Kreisverkehr, auf den wir hinter der Brücke zusteuerten, war mit grellbunten Blumen der Schriftzug *Cape Cod* gepflanzt. Hinweisschilder wollten erholungsbedürftige Bostoner und Touristen wie uns in alle Himmelsrichtungen locken.

Wir hatten schon etwas vor. Wir wollten frei lebende Wale treffen.

Die nette Frau an der Hotel-Rezeption hatte uns schonend darauf vorbereiten wollen, dass es in dem Örtchen Provincetown »lot of gays« gebe. Wir fanden, das sei kein Problem.

Als wir nun durch das malerische Seestädtchen schlenderten, war es wie eine andere Welt. Lesben- und Schwulenpaare gingen Hand in Hand, Arm in Arm auf der Straße spazieren. Die Geschenkläden, Boutiquen und Cafés wurden allesamt von gleichgeschlechtlichen Paaren geführt. Sogar die sorgfältig gepflegten Pferdekutschen für die romantische Stadtrundfahrt wurden von verwegenen Butches oder markanten Femmes gelenkt.

Ich fühlte mich pudelwohl und ziemlich angepiekst. Das ganze Homogehabe um uns herum. Und Melanie sah braun gebrannt und sommerlich frisch so zum Anbeißen aus, dass ich unsere unausgesprochene Übereinkunft in den Wind schoss und hemmungslos zu flirten begann.

Zu meiner Überraschung ging sie sofort darauf ein.

Sie lachte, sah mich von unten herauf an, versetzte die eine oder andere zweideutige Bemerkung und ließ es sich nicht nehmen, so mancher attraktiven Lesbe auf der Straße interessiert hinterherzusehen.

Fast war es schon eine Erholung, als wir an Bord eines kleinen Schiffes gingen, um etwa zwei Stunden vor die Küste zu fahren und dort Wale zu beobachten.

Ich glaube, wir rechneten nicht ernsthaft damit, inmitten all der anderen Passagiere tatsächlich einen dieser großen Meeressäuger zu Gesicht zu bekommen – doch allein die Unternehmung schien uns ziemlich abenteuerlich. Schließlich war hier *Der weiße Hai* gedreht worden, und die Gewässer sollten angeblich nur so wimmeln von überdimensionalen Lebewesen mit Flossen.

Wir genossen die Fahrt auf dem Wasser, den Wind im Haar und die Sonne auf der Haut.

Melanie lachte viel, und ich fand sie wunderschön.

Schließlich drosselte der Kapitän die Geschwindigkeit und fuhr sie am Ende ganz herunter. Nur ein einziger Motor brummte noch tief im Bauch des Schiffes.

Dieses leise Summen reichte offenbar aus, um zu verkünden, dass hier eine ganze Ladung Touristen auf den Auftritt der gigantischen Stars wartete. Denn kurze Zeit später vernahmen wir die ersten Entzückensrufe von Steuerbord, wo eine große Schwanzflosse gesichtet worden war.

Melanie sah mich begeistert an und zog mich mit sich an die Reling.

Ich war so sehr damit beschäftigt, ihre Hand in meiner zu fühlen, dass ich die Tatsache, dass fünf Meter von uns entfernt ein Wal die Wasseroberfläche streifte, nur am Rande mitbekam.

Doch als sich zwei weitere Tiere dazugesellten, vermochten selbst mein hormonumnebelter Verstand sich diesem wunderbaren Schauspiel nicht mehr zu entziehen.

Ich konnte es nicht fassen, dass diese Riesen dort im Wasser intelligente Lebewesen waren. Mit Gefühlen, mit Angst, Freude und offensichtlicher Neugier.

Stumm vor Staunen stand ich inmitten von foto- und videokamerabewehrten Touristen und versuchte zu begreifen.

Über Lautsprecher wurden wir darüber informiert, dass diese Tiere von Neugier angetrieben zum Boot kamen, dass sie weder angefüttert noch sonstwie manipuliert wurden. Ich versuchte mir vorzustellen, wie sie uns sahen. Ein Blechkahn voller kleiner, Lärm produzierender, quirliger Geschöpfe.

Vielleicht fragten sie sich gegenseitig nach diesem Wunder dort oberhalb der Wasseroberfläche. Wieso diese winzigen Wesen, angetrieben allein durch ihre Neugier, ohne Anfütterung, regelmäßig zu ihnen heraus aufs Meer kamen.

Plötzlich wünschte ich mir nichts sehnlicher, als Opa bei mir zu haben.

Tierfilme, besonders jene über die großen Meeressäuger, waren eine gemeinsame Leidenschaft von uns gewesen. Opa liebte Wale und Delphine und hatte immer davon geträumt, sich von einem dieser Geschöpfe durch die Wellen tragen zu lassen.

Fast eine Stunde lang dauerte das Schauspiel. Dann schwammen die gewaltigen Tiere eins nach dem anderen wieder davon.

Fast wollte ich mich schon abwenden und uns einen Sitzplatz in der Sonne sichern. Ich hatte keine Ahnung, dass der wichtigste Augenblick, der Grund meines Hierseins, erst jetzt kommen sollte.

Jetzt. Als einer der Wale noch einen Moment lang bei uns blieb. Er schwamm längsseits des Bootes und kippte sich sachte in Seitenlage.

Sein vergleichsweise kleines Auge spähte zu uns herauf.

Er sah mich an.

Ich weiß, ich weiß. Bestimmt waren alle zweiundachtzig Passagiere des Bootes der Meinung, dass der Wal sie anschaue. Sie ganz allein.

Aber ich war absolut sicher.

Es war einer dieser Blicke, die von einem ganzen Universum erzählen.

Ich schwöre, dieser Wal sah mich so an, als wolle er mir verzeihen.

Wer immer ihn dazu bevollmächtigt hatte, hatte sich dabei wahrscheinlich eine Menge gedacht.

Mir wurde schwindlig, und die Knie gaben mir nach, als ich diesen Blick erwiderte.

Mit eisernem Griff klammerte ich mich an die Reling und starrte zurück.

Verzeihen ist eine Kraft, die nicht alle beherrschen.

Es sollte etwas Alltägliches und Natürliches sein. Aber die meisten Menschen tun sich schwer damit.

Sie hadern mit ihrem Schicksal und zieren sich, einfach die Hand zu heben und »Schwamm drüber!« zu sagen – und viel wichtiger: es auch so zu meinen.

Manche Dinge kann man nicht verzeihen.

Hatte ich immer gedacht.

Doch dieser Wal, mitten im Atlantik vor der Küste Cape Cods, war anderer Meinung.

Er verzieh mir.

Als er sich wieder umdrehte, um das Boot noch einmal zu umrunden, nahm er all meine Schuld mit sich, zog sie hinab in die Tiefe.

Das Unglaublichste aber war das, was ich erst viel später begriff.

Als wir uns bereits wieder zwei Stunden den Fahrtwind um die sonnenverbrannten Nasen hatten wehen lassen und unser kleines Schiff im Hafen anlegte. Der Gehilfe legte die winzige Gangway aus, und wir liefen im Gänsemarsch hinüber.

Ich ließ den dicken Strick des Geländers durch meine Hände gleiten und sah nach unten, auf meine Füße, die in weißen Turnschuhen steckten.

Da begriff ich, dass auch ich verziehen hatte.

Ich hatte mit einer einzigen Fahrt aufs Meer hinaus allen verziehen, die mir je Schuld zugewiesen hatten.

»Du bist verändert«, stellte Melanie am nächsten Tag fest, als wir am Flughafen auf unsere Maschine warteten. Sie lächelte dabei so verheißungsvoll, dass sich in meinem Bauch ein warmes Ziehen ausbreitete.

»Tatsächlich?«, grinste ich zurück.

Doch dann lehnte ich mich in die Schale meines Kunststoffsitzes und betrachtete meine braun gebrannten Hände.

»Weißt du, ich glaube, es ist etwas geschehen, und ich hätte nie gedacht, dass es mal passieren könnte«, sagte ich schließlich ernst.

Melanie sah mich gespannt und erwartungsvoll an. In ihrem Blick lag so etwas Sonderbares wie ängstliche Vorfreude.

Sie sagte nichts, und so fuhr ich fort: »Du hältst mich vielleicht für verrückt, aber als wir diesen Ausflug aufs Meer gemacht haben, dieses Whale Watching, also, da ist etwas mit mir passiert ...«

So gut wie es mir möglich war, erklärte ich ihr, was ich empfunden hatte, als ich das Walauge auf mich gerichtet sah.

Ich stammelte ein bisschen und fühlte mich albern und abergläubisch. Aber ich erzählte ihr auch, was mir klar geworden war, als wir das Boot schließlich wieder verließen.

Die ganze Zeit starrte ich auf den Boden vor mir, als könne ihr Gesicht mich ablenken von meinen Worten. Falls sie lächelte oder die Stirn runzelte, wollte ich es lieber nicht sehen.

»Seitdem das geschehen ist, geht es mir wirklich richtig gut. Vielleicht ging es mir noch nie so gut. Ich fühle mich so ... leicht. Das meinst du wahrscheinlich mit ›verändert‹, nicht?«, schloss ich und sah sie wieder an.

Der erwartungsvolle Ausdruck war völlig aus ihrer Miene gewichen. Nur die Angst war zurückgeblieben, gänzlich ohne freudigen Anteil. Erkennen lag in ihren Augen.

Sie war blass geworden unter der Sommerbräune.

Ich erschrak.

»Melanie? Was ist denn?«, fragte ich rasch.

Sie wandte sich ab und sah aufs Rollfeld hinaus.

»Du denkst doch nicht, dass ich verrückt geworden bin oder so was!«, versuchte ich einen kleinen Scherz.

»Nein«, antwortete sie leise. »Ich denke, du hast endlich etwas geschafft, das schon längst hätte geschehen sollen.«

Ich fand es schön, dass sie es so sah. Ihre Worte zeigten mir, dass sie verstanden hatte. Warum sie aber so erschrocken gewesen war, erklärte sie nicht.

Bevor ich noch etwas sagen oder fragen konnte, sah ich, dass sie sich einen Ruck gab und sich mit einem kleinen Lächeln wieder mir zuwandte.

»Bin gespannt, was sie für einen Film zeigen. Hoffentlich ist es ein anderer als auf dem Hinflug. Den fand ich schon beim ersten Mal nicht besonders gut«, sagte sie.

Ich zögerte.

Es war deutlich, dass sie nicht mehr über mein spirituelles Wal-Erlebnis reden wollte.

Ich spielte einen Augenblick lang mit dem Gedanken, sie noch einmal zu fragen, warum sie so alarmiert reagiert hatte. Doch dann ließ ich es sein. Wenn sie wollte, würde sie mir bestimmt ein andermal erzählen, was sie so beunruhigt hatte.

Kurze Zeit später hatten wir beide den kleinen Zwischenfall bereits vergessen. Wir hatten einen angenehmen Rückflug samt spannendem Film, ungewöhnlich leckerem Essen und einem Nickerchen, bei dem Melanies Kopf aus Versehen an meine Schulter rutschte.

Als wir am Frankfurter Flughafen ankamen, war es Nacht.

Doch wir waren nicht müde.

Überall um uns herum graue Gesichter mit Ringen unter den Augen. Doch wir redeten und lachten, als gäbe es gar keine Tageszeit mehr, die uns zum Schlaf zwingen könnte.

Wir lösten meinen Wagen im Parkhaus aus, und ich fuhr uns sicher die zwei Stunden in unsere Stadt, zu meiner Wohnung.

Das war so abgemacht.

Wir würden hier die Nacht verbringen und erst morgen früh die Hunde in Melanies Wohnung abholen, wo Kirsten sie die Woche über betreut hatte.

Aber nun war es doch seltsam. Die Wohnungstür aufzuschließen und nicht von Fips begrüßt zu werden, die schwanzwedelnd und fiepend um mich herumhumpelte. Die Wohnungstür wieder hinter uns zu schließen und von nichts umfangen zu sein als von Dunkelheit.

Ich tastete nach dem Lichtschalter, doch plötzlich spürte ich Melanies Hand auf meiner.

»Nicht!«, sagte sie und hielt meine Finger fest.

Dann zog sie meine Hand, danach meinen Körper zu sich heran und küsste mich.

Ich ließ es nicht nur geschehen, nein, ich erwiderte ihren Kuss leidenschaftlich. Ich fühlte mich so leicht, so frei – ich hätte die ganze Welt so innig küssen können.

Der nächste Tag war sonderbar.

Zuerst schob ich es auf den Jetlag.

Innerhalb von einer Woche zweimal die Zeitzone zu wechseln war offenbar mehr, als mein Körper verkraften konnte.

Doch dann begriff ich, dass nicht nur ich sonderbar war, sondern auch Melanie. Sie ganz besonders.

Der nächste Schluss lag nahe: Sie machte sich Gedanken um Burkhard.

Nach dem Frühstück, auf dem Weg zu ihrer Wohnung sagte ich: »Hey, mach dir keine Sorgen, okay? Wenn du nicht willst, dann muss die letzte Nacht nichts bedeuten. Klar?«

Sie sah mich ausdruckslos an.

»Ich meine, du musst jetzt nicht losrennen und dein ganzes Leben auf den Kopf stellen, verstehst du? Es war sehr schön mit dir in Amerika. Und was letzte Nacht geschehen ist, passte ganz wunderbar zu meinen Gefühlen der letzten Tage. Aber du hast mir kein Versprechen gegeben, das du jetzt halten musst.«

Ich konnte nicht leugnen, dass es sich anfühlte, als würde ich alles nur noch schlimmer reden.

»Hey, ich hab dich lieb«, sagte ich.

Nein. »Ich liebe dich«, hätte ich sagen sollen.

Sagte es aber nicht. Nicht diese Worte. Nicht: »Ich liebe dich«.

»Ich hab dich auch sehr lieb«, antwortete Melanie mit meinen Worten und sah mich wieder so seltsam an. Entlarvend.

»Gib dir einfach Zeit, in Ordnung?«, sagte ich deshalb abschließend und fand dann, es sei besser, den Mund zu halten.

Fips' Wiedersehensfreude war rührend. Sie wedelte winselnd um mich herum, schleckte mir das Ohr ab, brachte mir ihr Lieblingsstofftier und bog den ganzen Körper vor lauter Ich-weiß-nicht-wohin-mit-mir.

Kirsten betrachtete sie und Godot, der sich Melanie gegenüber nicht minder leidenschaftlich benahm, und schüttelte den Kopf. »Das ist der Lohn für eine Woche Aufopferung meinerseits! Sie tun ja geradeso, als hätte ich sie täglich gefoltert.«

Melanie und ich wussten natürlich, dass es um etwas ganz anderes ging. Die beiden wussten einfach, ganz genau, zu wem sie gehörten.

Weil ich den Tag noch frei hatte, unternahm ich allein mit Fips einen langen Spaziergang, den sie sichtlich genoss.

Sie machte Jagd auf Tannenzapfen und lag neben mir in einer Wiese, um sich ausgiebig kraulen zu lassen.

Erst jetzt spürte ich, wie sehr ich sie vermisst hatte. Ihren braunen Blick, der immer wieder den meinen suchte.

Unsere Seelen waren untrennbar miteinander verbunden.

Ich fühlte mich ihr zutiefst verpflichtet und war genau deswegen erfüllt von einer unbeschreiblichen Glückseligkeit.

So etwas hatte ich bisher nur einmal erlebt.

Mit Maya.

Das Grün um Fips und mich herum versank in meinen Erinnerungen.

Die Homemovie-Streifen in meinem Kopf. Wie ich mit Maya zusammen in solchem wiesenschaumkrautgekrönten Glück lag. Wie wir auf den Rädern um die Wette fuhren. Oder einfach nur auf ihrem schneeweißen Bett lagen und Musik hörten, Elton John, Barbra Streisand, Grease und Elvis.

Ich sah sie auch vor mir, wie sie aufrecht am Tisch in meiner jetzigen Wohnung saß und Worte sagte, die darauf abzielten, dass wir wieder, dass wir immer noch ein Paar sein könnten.

Ich stellte mir vor, wie ich vom Verlag zur Polizeiwache fuhr und sie dort abholte. Wie sie in der Uniform wirken würde. Und was ihre Kollegen dazu sagen würden, wenn eine wie ich, die doch so ganz anders war als Maya …

Natürlich war es ein Unding.

Und es gab Melanie.

Seit heute Nacht gab es Melanie in einer unerwarteten Position in meinem Leben.

Und auch wenn sie nachdenklich und schweigsam gewesen war, als ich sie vorhin verließ: Burkhard war keine Konkurrenz, wenn ich es wirklich wollte.

Das würde sich in Kürze herausstellen.

Sobald Melanie sich selbst ein bisschen geordnet und mit ihm gesprochen hatte, würde sich alles klären.

Da war ich sicher.

Es dauerte eine Woche, bis sie sich meldete und bei mir vor der Wohnungstür stand.

»Tut mir leid, dass ich so lange gebraucht hab«, begann sie unser Gespräch.

»Ach, das bin ich ja inzwischen von dir gewöhnt«, grinste ich frech und ließ sie und Godot herein. »Was willst du trinken? Ich hab gerade Melonen-Limo gemacht. Sie ist etwas gewöhnungsbedürftig.«

»Ich probier sie.«

»Bravo! Es gefällt mir, wenn du so risikobereit bist.«

Ihr Gesicht verschloss sich noch ein wenig mehr. Ich hatte plötzlich ein ganz dummes Gefühl.

Wir setzten uns auf den Balkon und rührten das Eis in unseren Limogläsern um.

»Wie geht es dir?«, fragte ich schließlich, um unser Gespräch in Gang zu bringen.

Melanie zuckte die Achseln. »Heute geht's mir schon wieder besser. Ich war die letzten Tage ... ich musste so einiges auf die Reihe bekommen.«

Ich nickte.

»Hast du mit Burkhard gesprochen?«

»Ja.«

»Ja?«

Sie schwieg.

In meinem Bauch ballte sich eine Faust zusammen.

Mir fiel die Situation auf dem Boot beim Whale Watching ein. Wie sie meine Hand genommen und mich an die Reling gezogen hatte.

Das schien Jahre her zu sein.

»Hab ich mir schon gedacht«, sagte ich und zog an dem Strohhalm, den ich ins Glas gesteckt hatte.

»Was hast du dir gedacht?«, erkundigte sich Melanie, die offensichtlich froh war, dass sie nicht länger um Worte ringen musste.

»Dass du dich nicht von ihm trennen wirst«, antwortete ich. »Versteh mich nicht falsch. Es ist in Ordnung so. Ich habe dir ja gesagt, dass es nichts bedeuten muss, wenn du nicht willst. Wir können es als schönen Abschluss eines wirklich gelungenen Urlaubs betrachten. Du hast mir nichts versprochen und musstest nichts halten. War mir klar, dass du ihn nicht verlassen wirst.«

Dazu lächelte ich und hoffte, es würde so unverkrampft wie meine Worte wirken.

Melanie nahm auch einen Schluck Limonade und verzog das Gesicht. Offensichtlich war der Gewöhnungsprozess an meine neue Getränke-Kreation noch nicht abgeschlossen.

»Ich habe ihn aber verlassen«, erwiderte sie dann, ohne eine Spur von Rechtfertigung.

Ich sah sie an.
Sie blickte zurück.
Und jetzt? Was tust du jetzt, David?, fragte ich mich selbst, plötzlich bar eines jeden Arguments.
Melanie beobachtete genau mein Gesicht.
Dann nickte sie entschlossen, so als sei eine Erwartung bestätigt worden.
»Das ist also nicht der Grund, warum aus uns kein Paar werden kann«, erklärte sie mir, was ich doch schon die ganze Zeit wusste. »Burkhard und ich sind getrennt. Ich denke, was zwischen dir und mir geschehen ist, ist ein Beweis dafür, dass er und ich einfach nicht mehr zusammengehören. Er sieht es genauso. Es hat also nichts mit ihm zu tun. Du sollst wissen, dass es nichts mit ihm zu tun hat.«
Ich nickte und hoffte, sie werde nichts weiter erklären.
»Es hat eher was mit dir zu tun«, fuhr sie jedoch fort. »Ich habe lange darüber nachgedacht, und mein Verstand flüstert mir immer wieder etwas anderes zu, aber mein Bauch weiß es besser. Es wäre nicht richtig für dich. Ich weiß, dass es da etwas gibt, das dich zurückhält, irgendwie. Brauchst nichts zu sagen. Brauchst auch nicht zu erklären, wieso das so ist. Du hast zu Fips Ja gesagt. Aber ich glaube, du kannst grad zu niemand anderem Ja sagen. Nein, das ist auch nicht richtig. Ich meine: nicht zu jemand Neuem! Und das ... tut mir leid ... das ertrag ich nicht. Sag jetzt bloß nichts!«
Ich sagte nichts.
Was hätte ich auch sagen sollen.
Sie machte mich stumm mit ihrer Art, in mich hineinzuschauen wie eine Blinde mit tastenden Fingern. Und es bestand kein Zweifel, dass ihre Entscheidung unumstößlich war, schwer mitzuteilen, aber fest wie ein Fels. Was also hätte ich sagen sollen? Sie war Hundetrainerin. Sie war es gewöhnt zu sagen, wo es langging.
»Ich bin nicht bereit, deswegen zu leiden. Verstehst du?«, sagte sie. »Jetzt habe ich noch die Chance, mich zu entscheiden, die Beine in die Hand zu nehmen und mein Glück lieber anderswo zu suchen. Ich hoffe, du hast Verständnis dafür.«
Weil mein minutenlanges Schweigen sie so irritierte, trank sie in kleinen Schlucken die ganze Limonade aus. Sie musste wirklich verzweifelt sein.
»Was denkst du denn jetzt?«, forschte sie schließlich.
Was ich dachte?

In meinem Kopf rasten so viele Gedanken durcheinander, dass ich nicht in der Lage war, sie zu sortieren.

Das vorherrschende Gefühl in mir war eine bange Einsicht. Das ängstliche Wissen darum, dass sie Recht hatte mit ihrer Entscheidung. Die furchtsame Ahnung, dass ich infolgedessen würde handeln müssen.

»Ich weiß nicht so recht, was ich jetzt tun soll«, gestand ich Melanie schließlich.

Sie lächelte. Liebevoll. »Nach deiner Schilderung, was du auf dem Meer erlebt hattest, war mir sonnenklar, was du tun musst. Aber du erwartest doch hoffentlich jetzt nicht von mir, dass ich dir das sage!«

Was hat das Meer mit solcherart Entscheidungen zu tun?, fragte ich mich.

Ich rief Henning an. Nur der Anrufbeantworter.

Ich versuchte es auf dem neuen Handy, das er sich angeschafft hatte, um für seine hochschwangere Meike ständig erreichbar zu sein. Er ging erst ran, als ich schon fast wieder auflegen wollte.

»Hi, ich bin zurück und wollte fragen, ob du Zeit hast …«

»Moment!«, unterbrach er mich. »Da vorn links bitte. Nehmen Sie die Abkürzung. Ist mir egal, ob das nur für Anlieger frei ist. Fahren Sie!«, schnauzte er dann. Das kam mir bekannt vor. »Hör zu, David, wir sind grad auf dem Weg in die Klinik. Haben ein Taxi genommen …«

»Und das ist besser so!«, hörte ich Meikes lakonischen Kommentar aus dem Hintergrund. »Man sollte meinen, er muss das Baby bekommen!«, rief sie, damit ich sie hören konnte.

Ich war die Einzige von uns dreien, die wusste, dass ihm tatsächlich beinahe ebensolche Qualen bevorstanden wie seiner Freundin.

»Ist es denn was Wichtiges?«, fragte Henning gehetzt.

Ich zögerte kurz. »Nein«, sagte ich dann. »Das hat Zeit bis nach der Entbindung.«

»Okay, dann …«

»Hey, ich wünsch euch Glück! Glück, Glück, Glück! Hörst du?«

»Hmhm.«

»Oh, Schätzchen, nun fang doch nicht jetzt schon an zu weinen«, erklang wieder Meikes Stimme.

»Alles wird gut!«, versprach ich meinem besten Freund, der auf dem Weg zur Vaterschaft war.

»Ja«, sagt er. »Alles wird gut!«

Nachdem ich aufgelegt hatte, starrte ich minutenlang vor mich hin.

Fips winselte leise.

»Na gut«, sagte ich dann. »Ich kann es ja mal versuchen. Vielleicht ist sie gar nicht da.«

Maya hob nach dem vierten Freizeichen ab.

»Hallo, Fremde«, sagte ich.

»Du bist zurück!«, freute sich Maya. Ihre Stimme, dunkler als früher, war mir inzwischen wieder ganz vertraut. Ich erkannte jede kleine Nuance. Auch dass sie nicht fragte, mit wem ich meine kleine Reise in die USA unternommen hatte.

»Ja, ich bin zurück. Mit zig Fotos im Gepäck und einer Menge zu erzählen. Ich dachte...«

»Ja?« Wieso klang sie plötzlich so atemlos.

»Hättest du Lust, mich zu treffen? Ich könnte zu dir kommen und uns einen fetten Eisbecher mitbringen. Was meinst du?«

Maya lachte. »Ich nehm ein Spaghettieis. Und sag ihnen, sie sollen eine Extrawaffel drauftun.«

Das tat ich.

Tanzte von der Eisdiele wieder zum Auto und sang auf der Fahrt die Hits im Radio mit.

Falls es mir seltsam vorkommen sollte, mit zwei Eisbechern beladen auf dem Weg zu Maya zu sein, so schob ich den Gedanken erfolgreich weg.

Ebenso wie die Tatsache, dass ich vor wenigen Stunden von einer Frau, mit der ich gerade erst etwas angefangen hatte, einen Korb bekommen hatte.

Vielleicht dachte ich nicht daran, weil es sich nicht wie eine Abfuhr angefühlt hatte.

Melanie hatte sich mit »Bis Donnerstag« verabschiedet und damit geklärt, dass sie erwartete, mich wie gewohnt beim Hundetraining zu sehen.

Vielleicht dachte ich auch deswegen nicht an sie, weil ich genauso wenig an ihre Bemerkung über mein Erlebnis auf dem Meer denken wollte.

Ich wollte einfach gar nicht denken.

Wollte einfach mal wieder leben und tun, was mir in den Sinn kam. Und wenn mir in den Sinn kam, Maya zu besuchen und einen schönen Abend mit ihr zu verbringen, dann wollte ich verdammt noch mal so frei sein, das zu tun.

Meine Ankunft bei ihr hätte profaner nicht sein können.

Sie hatte gerade den Anruf einer Kollegin erhalten und ließ mich und Fips mit einem flüchtigen Kopfnicken in die Wohnung, den Hörer am Ohr.

Ich marschierte in die Küche, um das Eis auszupacken. Musste aber noch einmal zurückkehren, um Fips davon abzuhalten, Maya auf den Teppichboden zu schmeißen.

Lachend setzte Maya sich gegen meine stürmische Hündin zur Wehr, um dann wieder ernster mit ihrer Kollegin zu sprechen.

Sie hatte offenbar die Angewohnheit, beim Telefonieren in der ganzen Wohnung herumzulaufen.

Das war neu.

Das kannte ich noch nicht an ihr, weil wir früher immer Telefone mit Schnur gehabt hatten, die solche Freiheiten nicht erlaubten.

Nachdem Maya das Telefonat beendet hatte, kam sie zu mir und umarmte mich kurz zur Begrüßung.

Sie roch nach einem unbekannten Parfüm. Doch in den Duft mischte sich auch etwas Vertrautes, das sich mir sofort übers ganze Gesicht legte und ins Haar hineinkroch.

Wir schmausten hingebungsvoll das Eis. Ich zeigte ihr die Fotos von Amerika.

Auf einigen war Melanie zu sehen.

»Das ist Melanie«, sagte ich.

»Sie ist sehr hübsch«, stellte Maya neidlos fest.

Wieso sollte sie auch neidisch sein?

»Sie ist die Hundetrainerin, die mir mit Fips geholfen hat. Erinnerst du dich, dass ich davon erzählt habe?«

Maya nickte und konnte den Blick eine ganze Weile nicht von dem Bild lösen.

Schließlich hob sie den Kopf und sah mich ratlos an.

»David, wieso … wieso zeigst du mir das?«, wollte sie wissen.

Ihre Haare.

Immer noch dachte ich an Maya und ihre langen, engelsblonden Locken. Die sie hochstecken konnte und womit sie dann aussah wie Grace Kelly.

Doch jetzt waren die Haare kurz und zerzaust.

Ihre blauen Augen riesengroß, ängstlich. Sie sah wirr aus, wie ein frisch gebadeter Spatz, der von der Katze überrascht wird.

Ich streckte die Hand aus und berührte die Narbe an ihrer Schläfe.

Maya hielt ganz still.

»Weißt du, dass ich dir einmal regelrecht aufgelauert habe

nach dem Unfall? Du warst beim Geigenunterricht und fuhrst mit dem Fahrrad an mir vorbei. Ich wollte dir in den Weg springen und dich zwingen, mit mir zu reden. Aber dann habe ich deine Narbe gesehen. Und das Pflaster …«

»Ach ja, das Pflaster …« Maya griff sich kurz an die Wange. »Ich sah aus wie ein Zombie. Da hast du es dir wahrscheinlich anders überlegt, wie?«

»Maya!«, sagte ich und stand auf.

Zu erklären, was ich damals empfunden hatte, überstieg meine momentane Wortkompetenz.

Ich begann in der Wohnung herumzutigern, genau wie Maya es gerade beim Telefonat getan hatte.

Sie lief hinter mir her wie Fips, wenn man ihr einen Leckerbissen verspricht.

Als ich am Schlafzimmer vorüberkam, blickte ich durch den Spalt der halb geöffneten Tür und hielt inne.

»Geh ruhig rein«, sagte sie und deutete mit der Hand hinein.

Ich öffnete die Tür ganz und tat einen Schritt, blieb staunend stehen.

Quer über die Decke ihres Zimmers zog sich ein gemalter Sternenhimmel. Auf verwaschenem Blau waren Hunderte von gelben Sternen gemalt. Sogar die Milchstraße war durch einen hellen Nebel angedeutet.

»Das hat Björn gemacht, ein Kumpel aus der Ausbildung«, erklärte sie mir.

Ich sah hinauf und hätte am liebsten geweint. So weit und so schwer, so eng und leicht war mir plötzlich.

Maya trat zu mir heran. Ganz nahe hinter mir stand sie. Sodass ich sie an meiner rechten Schulter, nein, meiner ganzen Seite spürte.

Sie hob die Hand.

»Sieh mal. Da ist dein Sternzeichen, die Zwillinge«, flüsterte sie. Ich bekam eine Gänsehaut. »Und das da ist meins, der Schütze. Der große helle Stern da vorn gehört auch dazu. Es ist vielleicht etwas pervers, sich die Sterne bei hellem Tageslicht anzusehen. Aber vielleicht hast du ja Lust zu bleiben? Bis es dunkel ist?«

Ich wandte mich langsam um, und nun standen wir so eng voreinander, wie es seit vielen Jahren nicht gewesen war.

Ihr Körper war warm. Das spürte ich an meinen nackten Armen.

»Maya, ich weiß nicht, ob es gut gehen kann. Ich bin so anders geworden als früher. Das alles. Jenni. Das hat mich so verändert.

Ich hätte dir früher mein ganzes Leben versprechen können und hätte es ganz sicher gehalten. Aber jetzt, heute, ich kann dir nichts garantieren.«

»Ich weiß«, sagte sie. Kam noch näher. Bis wir uns überall berührten, wo wir uns nur berühren konnten, ohne uns tatsächlich anzufassen.

Ich weiß. Das hatte sie damals auch gesagt. Ganz zu Beginn. *Ich weiß*. Und trotzdem. Oder gerade deswegen.

Was soll ich sagen, wie es war, sie zu küssen nach all der Zeit?

Wer könnte denn das begreifen?

Sie hatte doch nichts von ihrer Süße verloren, von dem samtigen Blau, dem zarten Hauch der Verheißung.

Nur war sie so lange fort gewesen. Dass unsere Körper sich erst langsam erinnern mussten. Und neu erkennen.

Anfangs sprachen wir kein Wort.

Aus Angst, etwas zu zerstören, das so zerbrechlich schien wie ein Traum in den Morgenstunden.

Wir lagen auf den weißen Laken und sahen uns an. Wie sich zwei ansehen, die Großes vorhaben miteinander.

Sie war mehr als ein Schwur. Angespült aus den Tiefen des Ozeans, wo sie reingewaschen worden war. So wie meine Augen und mein Herz.

Als ich nun ankam, als ich spürte, dass etwas wie eine nicht erkannte Suche zu Ende ging, sah ich alle vor mir.

Ja, es war wie das, was andere Menschen als den Augenblick vor dem Tod bezeichnen. In dem alles an ihnen vorüberzieht, was sie liebten.

Gigi, diese besonderste Mutter von allen. Meine Großeltern, die Hüter meines Nestes, Spielgefährten und Beschützer. Alois, wenn ein Vater, dann er. Der beste Freund, Henning. Die liebste Freundin, Summer. Das Vorbild auf meinem »sexy« Weg zu mir selbst, Susette. Melanie, die mir schenkte, was sonst keine geben konnte, das Begreifen. Und Fips, der verwundete Teil meines Herzens.

Maya und ich lagen lange so.

Tatsächlich, bis es dunkel wurde.

Bis wir den Worten wieder trauten. Sie vorsichtig herausließen mit unserem Atem.

Da wagten wir es endlich. Uns zu sagen, wie sehr wir einander vermisst hatten.

Uns zu zeigen, was wir vermisst hatten. Dass alles noch da war. Und doch alles neu.

Irgendwann schlief ich ein. Schlief tief, schlief fest, als hätte ich Jahrzehnte an Schlaf nachzuholen. Ich hüllte mich in Mayas Duft, der überall im Zimmer hing, ihre Bilder, die sich über meine Lider legten wie Sternenstaub. Wachte mitten in der Nacht auf. Ohne zu wissen, wie spät es sein mochte. Mitten in der Nacht, Dunkelheit vor dem Fenster. Die Gewissheit, nicht wach geworden zu sein, weil ein Albtraum mich plagte oder weil Schlaflosigkeit sich wieder einmal durchsetzte im abrupten Aufschlagen der müden Augen. Nein, nicht aus einem solchen Grund wach geworden sein.

Wach sein, weil ihre Seele neben mir lag, die mich suchte, noch halb im Traum. Ihre Hände fragend über das Laken zu mir mein Dasein erspüren. Vielleicht ein wenig verwundert betrachten, ganz nahe sein wollen. Ihr Körper, der angezogen wurde von meiner Wärme unter der Decke, die er teilen wollte.

Ein wenig Erstaunen lag darin, wie die Berührung so ganz war. Von den nackten Füßen, unseren Knien, die aufeinander lagen zu einem Liebesknoten, unseren Bäuchen, frei von T-Shirts, süße Verheißung der Begegnung von Brüsten. Unsere Münder, die sprachen, ohne zu reden. Durch Lippen und Zungen, ein Biss, bis zur Gänsehaut, die sie lachen machte.

Lachen mitten in der Nacht. Herzschlag auf Herzschlag. *Komm, ich zeige dir die Sterne heute Nacht. Nicht oben am Himmel, aber weit drinnen in uns.*

Ich war es nicht.

Ich war nicht unversehrt.

Doch sie zu spüren, ihre Berührung, heilte mich.

Wir.

Sie schaut mich an. Immer habe ich darauf gewartet. Dass sie mich wieder so anschaut.

Darin liegt alles, was nicht fordert, nicht fragt, nicht kämpft, nicht wirbt, nicht anklagt.

Langsam, ganz langsam strecke ich die Hand aus und berühre ihr Gesicht.

Mein Finger gleitet über ihre Wange zur Schläfe, hinauf zur Stirn. Sie schließt die Augen.

Ihre Lippen bewegen sich leicht.

Was flüstern sie?

Der zarte Flaum am Haaransatz. Die Fülle ihrer hellen Brauen. Die Lider so zart, ohnegleichen.

Das Streifen ihrer Lippen mit der Fingerspitze die Erfüllung eines Herzenswunsches.

Was sie flüstern? Endlich. Endlich.